财 经 新 闻 核 心 教 材

财经新闻评论

包国强 等 编著

清华大学出版社

北京

图书在版编目（CIP）数据

财经新闻评论/包国强等编著．--北京：清华大学出版社，2011.5
（财经新闻核心教材）
ISBN 978-7-302-24662-6

Ⅰ．①财…　Ⅱ．①包…　Ⅲ．①经济－评论性新闻－教材　Ⅳ．①G210

中国版本图书馆 CIP 数据核字(2011)第 014686 号

责任编辑：纪海虹
责任校对：王荣静
责任印制：杨　艳

出版发行：清华大学出版社　　　　　　　地　　址：北京清华大学学研大厦 A 座
　　　　　http://www.tup.com.cn　　　　邮　　编：100084
　　　社　总　机：010-62770175　　　邮　　购：010-62786544
　　投稿与读者服务：010-62776969，c-service@tup.tsinghua.edu.cn
　　质　量　反　馈：010-62772015，zhiliang@tup.tsinghua.edu.cn
印　刷　者：北京鑫丰华彩印有限公司
装　订　者：三河市李旗庄少明装订厂
经　　　销：全国新华书店
开　　本：185×235　　　印　　张：17　　　字　　数：311 千字
版　　次：2011 年 5 月第 1 版　　　　　印　　次：2011 年 5 月第 1 次印刷
印　　数：1～5000
定　　价：32.00 元

产品编号：032806-01

财经新闻核心教材学术指导委员会、编辑委员会和主编名单

总　　序

崔保国[①]

英国有《金融时报》，美国有《华尔街日报》，日本有《日本经济新闻》，这几张财经报纸其实发行量都并不是很大，但它们名闻遐迩，誉满全球，不但在本国媒体中的地位举足轻重，还是各国政要、财经精英和主流人群的必读媒体。当然，还有《经济学人》、路透社、彭博社、CNBA等等国际大品牌财经媒体。

中国具有代表性的财经媒体在哪里？

中国经济已经成为世界第二大经济体，可是中国却没有一个能够拿得出手的财经媒体。我们缺少的不仅仅是具有国际影响力的财经媒体，更缺少真正意义上的财经记者和财经编辑。"培养一名普通记者需要两年，培养一名财经记者则需要八年"。《日本经济新闻》前社长杉田亮毅先生曾这样告诉我。培养一名过硬的财经记者太不容易了。这可是一个需要从长计议，非一日之功的事。没有一流的财经记者就不可能有一流的财经媒体。

根据教育部高等教育司的统计，我国新闻传播学类院系已达800多个，在校学生达13万人左右。在这些高校的新闻传播专业中，有财经新闻方向或经济新闻方向的院校并不多，这些学校大致有30所。这些高校的新闻传播院系由于创办时间短，师资力量缺乏等多种因素的影响，大多采用的教材还是普通的新闻传播学专业教材，而所用经济管理学专业方面的教材也是传统的经管类教材，这种状况，严重影响了财经新闻人才的培养。随着财经新闻专业方向开办的不断增加和经验积累，由中央财经大学新闻传播系谭云明教授等倡议发起，联合全国财经类高校新闻传播学专业的师资和财经业界精英出一套有特色的财经新闻类教材的计划早在2008年就出台了。这样做既可以打造成一套有特色的教材，又可以围绕教材建设，开展全国性财经新闻人才培养的合作与研究，也弥补了财经新闻理论研究滞后于财经新闻实践的现状。

没想到，这件事得到了清华大学出版社的鼎力支持，现在，这套书即将在清华大

---

①　崔保国系清华大学新闻与传播学院副院长、清华—日经传媒研究所所长、教授、博士生导师。

学出版社出版了,真是可喜可贺可纪念的大事。更没想到的是,这套系列教材的主编谭云明教授一再邀请我为这套书写一篇总序,虽然我实在不敢担待,但又盛情难却,恭敬不如从命,就算是为各位作者助威呐喊,为中国的财经新闻人才培养尽微薄之力吧。

这套"财经新闻核心教材"包括:谭云明等著的《财经新闻导论》、包国强等编著的《财经新闻评论》、林晖主编的《财经新闻报道案例教程》、郭光华、侯迎忠主编的《优秀财经新闻作品评析》等。这套教材的读者定位是财经类高等院校新闻传播院系的本科学生,也可供财经新闻从业人员使用。

财经新闻有广义和狭义之分。广义的财经新闻是对社会经济生活和与经济有关领域的全面报道。狭义的财经新闻则是一种侧重于报道财政和金融的经济新闻。重点关注资本市场、金融市场以及与投融资相关的市场,并从财政、金融的视角看社会经济生活。这套教材吸收了国内外最新的研究成果,总结各位专家学者和媒体从业人员长期从事财经新闻教学、科研和媒体实践的经验。既有一定的理论深度和完善的理论体系,又要符合本科生的教学特点。

随着全球经济一体化进程的加快,国际各大财经媒体纷纷启动全球扩张的步伐,财经媒体的全球化受到极大关注,中国的各大财经媒体也在试图逐渐做大做强,纷纷效仿国际著名财经媒体,积极打造中国的传媒航母。这套教材立足当代财经新闻实践,探讨财经新闻理论、采访、写作、编辑、策划、评论、优秀作品评析等诸多问题,教材中选取了大量财经新闻作品和案例,《经济日报》、《第一财经》、《21世纪经济报道》、《中国经营报》、《经济观察报》等财经主流媒体都有作品入选。这套教材做到了理论与实践结合,实用与学术结合,在财经新闻教材建设方面开创了先河,达到了很高的学术水准。

这套系列教材的主编和《财经新闻导论》的作者之一谭云明教授是我的好友和同行,他在财经新闻理论方面的探索和开创都记录在他的《财经新闻导论》中,他对这套书的贡献更是功不可没。这套教材中还有一位《财经新闻报道案例教程》的作者林晖教授是我熟悉的,她曾是我的学生和同事,现在她已经是上海财经大学经济新闻系主任了。看到林晖的书能在清华大学出版社出版自然是由衷地高兴,高兴之余也意识到自己已经老了,不知不觉间已到了"知天命"之年。

在这套教材中还有一篇不能不提的力作,是我国著名财经记者,《财经》杂志原主编胡舒立教授为《财经新闻评论》一书写的序。她和她领导的《财经》见证了中国转型期的整个社会经济的大起大落。她所经历的一切能给我们很多思考和启示,在某种意义上,我们中国财经记者可能需要比那些杰出的外国同行付出更多的努力,甚至是牺牲，才能做好我们的事情，才能不辱一个记者的使命。最后，我想引用胡舒立教授在书中写的一段话来作为结束语：

"对于未来，我当然希望经济体制与政治体制的矛盾逐渐理顺，市场规则得到真正的尊重，公开、公正、公平得到进一步的保障，记者没有那么多的'黑幕'可揭露。另一方面，我又希望媒体有更大的空间，不承担那么多的压力，媒体人可以安心而尽职地履行媒体责任。"

2011 年早春二月　清华园

无法确定的愿景[①]

胡舒立[②]

我算是出生在新闻世家,进入新闻行业看似顺理成章,其实是阴差阳错。当年本来想考北大中文系,却被人民大学新闻系录取了。

"文革"期间,中国新闻业受到严重摧残,"两报一刊"事实上成了"政治娼妓"(列宁语)。"文革"结束后上大学,我最初不太想上新闻系,分配到新闻系,只有上,系无奈。不过我的大学生涯正与中国改革的启幕同步。4年学业完成后,我想,既然做新闻这一行,只好把它做好。反正我一生只能做一件事。

改革是艰难的,经济改革既如此,中国新闻业的变迁只有更难。但改革以及由改革驱动的中国进步,是时代的大趋势。我做职业新闻人27年,有过许多兴奋与沮丧,信心与失望。中间犹豫过,要不要这样做下去,可总觉得没有什么理由放弃追求,因为希望总在,虽然通向希望的路并不是笔直宽阔的。这些年,兴奋与信心越来越多了。我想我的路是选对了,觉得自己是幸运者。

《财经》的创刊号,就发表了很有影响的报道:谁为"琼民源"负责?是大家所说的批评性报道。接下来,《财经》揭露了很多股市操纵的案例,以及其他经济领域的问题,比如《君安震荡》、《基金黑幕》、《银广夏陷阱》、《谁的鲁能》等等,当然,压力也非常大,包括利益集团的非议。我觉得媒体的批评权、公众的知情权远远大于利益集团自赋的或他赋的历史使命。

---

① 本文来自《中国新闻周刊》,http://www.sina.com.cn 2009 年 10 月 7 日 18:04,经胡舒立先生授权。

② 胡舒立,曾任《财经》杂志主编,现任中山大学传播与设计学院院长、教授、博士生导师,财新传媒总发行人兼总编辑、《新世纪》周刊总编辑、《中国改革》杂志执行总编辑。自 1998 年创刊之日起,《财经》就带有鲜明的特色,其影响力已远远超过一份普通的财经类媒体的范畴,是新闻理想的践行者。它既秉持媒体的良知与勇气,又以新闻专业主义为追求,成为中国当代新闻界的一种职业标准。胡舒立还设立《财经》奖学金,资助国内优秀的财经新闻记者、编辑及财经新闻专业研究生进修。

对于未来,我当然希望经济体制与政治体制的矛盾逐渐理顺,市场规则得到真正的尊重,公开、公正、公平得到进一步的保障,记者没有那么多的"黑幕"可揭露。另一方面,我又希望媒体有更大的空间,不承担那么多的压力,媒体人可以安心而尽职地履行媒体责任。

我觉得,我和《财经》见证着中国转型期的整个社会经济现象,对它的复杂性的理解,是很多时候回过头才能看到的。我觉得中国的记者需要独立的认识能力,需要理解转型中国的成熟的、有理论支撑的复杂认识框架。在某种意义上,我们可能需要比我们杰出的外国同行付出更多的努力,才能做好我们的事情,不负记者的使命。我想机会肯定是有的。

对中国的事情,我最不会做的就是预测。我经历过"文革"十年,从1966年的中学生停课到1976年的"四人帮"倒台。我愿意承认,在当时的每一次跌宕之中,我都从未预测过将来如何。何况此后我们又经历了改革开放艰难挺进的30年。甚至11年前创办《财经》,我自己对《财经》也无甚预测,更谈不上长期预测,就是在一直努力做着,就到了今天。

现在年长了,见得多也想得多。我已经深刻地意识到,对今后进行长期预测,非我的能力可及,甚至也不是我的兴趣所在。我就在想,我们期望的中国应当是什么样,每人心里有个梦,英文叫 vision,中文有译作"愿景"。然后就是扎实地努力,向这个愿景靠近。愿景可能总是很远很远,我作为乐观主义者,也得不断调整,然后努力地靠近着。或许,通过今天这种努力,外人可以窥知我对未来的"预测"。所以,我只想回答:想知道我对40年后的中国有何遥想吗?请检索我今天的脚印吧。

我只想,应当无愧于未来,其余的只有后人来说、来做了。

目录

CONTENTS

第一章　财经新闻评论发展的历史渊源

第一节　研究财经新闻评论的意义

一、媒体竞争环境下财经新闻评论的重要性日益凸显

在新闻改革的大潮中,各家报纸以改扩版为切入点的改革风起云涌,读者资源的争夺已经达到了白热化。与此同时,报纸作为一个群体还不断遭遇着其他媒体的市场挤压。电视已成为当今社会的第一媒体已是不争的事实。汽车工业在我国的飞速发展,为广播媒介的复兴提供了市场基础。网络媒体经历了最初的来势汹涌,逐渐趋于平稳,如今的网络媒体日益理性与成熟,竞争力也大大增强。2005 年,有"中国报业海外第一股"美誉的《北青传媒》在香港股市停牌,其利润暴跌 99.7%;与此同时,"百度"在纳斯达克上市,"阿里巴巴"兼并雅虎中国,创造了新媒体融资的神话;同年,网络媒体的利润以 71% 的增幅一路高歌猛进,而报纸却在 25% 的下滑中跟跄蹒跚。

随着入世五年保护期的结束,我国的传媒业将逐渐迎来真正的"战国时代"。虽然我国政府在加入 WTO 的谈判过程中,采取了既积极又稳妥的做法,并没有就开放新闻传播业的核心部分做出过承诺。但入世以后,我国经济社会以及人们思想观念的各种变化必将给传媒业带来深刻的影响。正如我国新闻学界泰斗、中国人民大学新闻学院方汉奇教授所言:中国已经入世,中国报业已经入世(其实是中国传媒入世)。这是中国改革开放的必然趋势。我们不但要"引狼入室",而且还要学会"与狼共舞"。

在众多的媒体选择面前,受众自会用手中的购买权投票。面对有限的受众资源,群雄逐鹿,鹿落谁手? 现在的媒体竞争已经达到了白热化的程度。媒体的细分化越来越明显,财经媒体日益受到受众的关注。

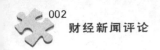

二、中国经济蓬勃发展促使财经时代的到来

1978年12月召开的党的十一届三中全会，果断地停止使用"以阶级斗争为纲"和"无产阶级专政下继续革命"的口号，作出把工作重点转移到社会主义现代化建设上来的战略决策，并富有远见地提出了对党和国家各个方面的工作进行改革的任务。全会重新确立了解放思想、实事求是的思想路线，由此，中国开始了以市场为取向的经济体制改革的伟大征程。

1992年1月18日至2月21日，邓小平视察武昌、深圳、珠海、上海等地并发表重要谈话，提出基本路线要管一百年，动摇不得。邓小平南巡讲话将中国的改革开放不断引向深入。2001年11月10日于卡塔尔首都多哈举行的世界贸易组织第四届部长级会议上，中国被接纳为世贸组织成员。入世促进了我国经济步入全球化的轨道，按照世界贸易组织的游戏规则办事。入世对于中国有着极其重大的意义。的确，入世五年以来，我国的政治、经济以及社会文化生活都已经发生了很大的变革，可以说，入世已然显著促进了中国的改革和社会经济的发展。正如前国家商务部部长薄熙来所说："入世前，WTO对于中国而言是深海，当时决策者鼓足勇气跳入自由贸易的大海，结果是越游本领越大，底气越足。"入世五年之间，中国经济取得了举世瞩目的成就，GDP已经跃居世界第四位，在全球经济体系中的地位和影响力已是不可同日而语了。现在，随着"五年过渡期"的结束，中国总体开放水平又将跃上新台阶，进入一个新阶段。

随着人们生活水平的不断提高，经济活动的领域日益广泛，伴随着全球化的浪潮，几乎再没有人能完全置身于"经济"之外。全球化的逐步实现使世界变小了，地球村出现了。中国商品与西方商品、中国文化与西方文化、中国人与西方人等等都产生了激烈的碰撞与交融。从国际上看，以经济为主的较量是各国竞争的主战场，以至于有如下说法：政治是经济的集中体现；从国内来看，经济的因素是众多问题的引源，它关系到社会的稳定，关系到我们每一个人的发展。因此，可以毫不夸张地说，围绕经济领域而展开的各项活动已然成为社会的主音符，财经媒体的存在意义越来越重要。

三、财经新闻评论是财经时代的重要新闻表现形式

伴随着我国经济的每一次前行和推动社会的每一次重大跨越，经济宣传和经济报道都相应地快速发展，综合性报纸的经济报道版面大幅增加，经济、财经类报纸相继涌现。

经济的主旋律地位使得人们对于经济信息的渴求有增无减。当下，我国正处在社会转型期，社会在转型，经济在转轨使得这一时期的社会经济事件、经济现象纷繁复杂。与此同时，入世使得我们身边发生的经济事件趋于复杂化、国际化、全球化，这也使得原本

就难以看清本质的经济事件变得更加的扑朔迷离。这时,仅仅知晓发生了什么经济事件已经不能满足读者的深层次需求。

中宣部部长刘云山 2006 年 5 月 30 日在全国宣传部长座谈会上指出,我国经济社会发展正站在一个新的历史起点上,处于深化改革、加快发展、全面建设小康社会的关键时期。越是面对深刻的社会变革,越是面对艰巨的历史任务,越要发挥党的思想理论优势,把深入推进理论武装工作摆在十分突出的位置。新闻评论素来被视为报纸的灵魂和旗帜,并以解疑释惑、深刻性和指导性见长。财经评论正是满足读者深层次需求的报道形式。好的财经评论能够挖掘出经济事件背后所隐藏的本质,能够揭示出经济现象所蕴涵的意义,以帮助受众在纷扰的经济现象中看清本质,从而对人们的工作、思想和行动进行正确的指导。一些财经评论以精当的事实、简练的分析、独到的见解明确表达自己的观点,往往可以使受众茅塞顿开。所以社会转型期需要财经评论。

在经济全球化的发展浪潮中,以数字化经济为核心的新经济正在临近当今世界。对我国而言,新经济浪潮只能说是刚刚起步,但谁也无法阻挡它临近的步伐。在这种变动中,市场更为动荡,经济现象更为复杂,社会对财经信息的把握、解释与预测的要求越来越高。这给财经新闻评论的发展提出了更高的要求,也给其更大的发展空间。

从财经新闻评论的内容上讲,首先,由于我国经济向前发展决定了媒体财经新闻评论的范围与题材会随着涌现出的新行业的日趋成熟而走向更专业化、深层化。我国正处在一个向现代化市场经济迈进的制度变革时代。新行业、新产业、新问题是必然的。经济领域中众多的热点、焦点问题,将成为媒体评论的领域。例如,加强和改善宏观调控、经济结构调整和协调发展、新农村建设、做好节能减排积极发展循环经济、改善民生增加人民收入等。其次,经济现实瞬息万变,面对一个新规则或市场变化,媒体除了要对经济术语作解释,对新现象进行解读,还要为所报道的经济活动的话题提供广泛论证、预测。一个经济变量会影响整个经济系统的变化,要对经济的布局以及未来趋势作前瞻性分析,分析背景和实质。

从评论的论述形式上来说,随着专家型记者增加和专家介入媒介,专业化信息的通俗化解释能力会增强,复杂的经济问题同样会处理得既通俗易懂而又很专业到位,这就会使财经新闻评论者在论述的表现方式上有所突破,按照受众的阅读习惯对评论的文体进行改进和创新,增强评论的可读性,在进行论述时采用一些具有深刻含义的财经故事,通过这些方法使财经新闻评论的专业性与通俗性达到一个合理的配置。

四、财经新闻评论是新闻"解读"时代的必然产物

新闻是新近发生的事实的报道。告知新闻信息长期以来是作为媒体的首要功能。但随着科学技术的进步和社会的前行,大众媒体的高速发展使得同媒体之间的博弈,跨

媒体间的竞争达到空前的白热化,媒体战国时代已经来临。有学者称此为信息过剩。"信息过剩,由于传媒业自身的发展和现代传播技术的飞速进步,媒介生产和传播信息的能力已远远超过了受众的需求,因而出现了信息的相对过剩。这种过剩对媒介提出了巨大挑战:过去,谁占有了信息这种稀缺资源,谁就可以拥有渠道霸权;现在,由于供给量的激增,信息由稀缺转为过剩,媒介作为简单信息载体的价值大大降低,终结了其渠道霸权的时代。"①

发达的大众传媒网络使得人们能够较为轻松地获得广泛的信息资源。水能载舟,亦能覆舟。正因为信息的海量并且趋于同质化使得人们很容易在信息的汪洋大海中迷失,要想获得真正有用的信息就显得相对困难起来。人们开始需要媒体的解读,需要媒体提供有用的观点,而不再是简单的信息告知,媒体"解读"新闻的时代在向我们走来。南方报业传媒集团总编辑杨兴锋认为,在国内,大众化报纸发展到了今天,已进入了微利时代。真正有发展空间的,应当是以意见、解读和视角取胜的主流报纸。这样的主流报纸,不仅仅是一个新闻纸、信息纸,也是一个观念纸,它的影响力,它的社会效益和经济效益都是最大的。

随着媒体"解读"新闻时代的到来,财经新闻评论的重要性日渐凸显。受众不仅希望知道发生了什么事,更希望知晓所发生的事情的意义及对其工作生活所造成的影响。财经新闻评论正是满足这一需求的重要表达形式。

第二节　财经新闻评论概述

一、"财经新闻评论"的概念

先来了解什么是"财经"。根据《现代汉语词典》的解释,"经济"在经济学上指社会物质生产和再生产的活动。这种解释过于抽象笼统,现代经济学理论认为,经济是上层建筑赖以存在和发展的基础,指社会生产关系的总和,包括物质生产、分配、交换和消费的活动。

众所周知,经济是一个大系统,财政只是经济的一个子系统,但中国一直流行财政经济(简称财经)这一概念:中央有财经领导小组,人大有财经委员会,学校有财经院校,媒体有财经报刊、财经专栏、财经频道,实际上,财经就是指经济,两者当作同义语。但是,在社会主义市场经济条件下,市场是资源配置的基础,财政与计划、金融、外经一样,只是

---

① 喻国明:《一个有影响力的传媒核心竞争力是如何形成的》,http://media.icxo.com/htmlnews/2004/01/08/61699.htm。

宏观经济调控手段之一,因此财经这一概念已经不再适用。

财政经济,无论是理解为财政与经济,还是财政的经济,都是强调财政在经济中的主体地位和支配作用,包括整个经济的各个领域。中国特有的这一概念,有其历史渊源。在古汉语中,并没有财政这一词汇,相近的概念是食货,主要指粮食,由皇帝亲自掌管,管理粮食就是管理整个经济。及至近代,才传入财政概念,但无论是北洋军阀的财政总长,还是国民政府的财政部长,都以官僚资本为支柱,管理财政就是管理整个经济,财政经济这一概念也就流行起来。中国曾是世界最早、最大、最强、历史最长的封建国家,官本位源远流长,根深蒂固,财政经济这一概念,正是这种官本位的具体体现。

全国解放以后,中央和各级政府都成立财政经济委员会,毛泽东在七届三中全会上作了"为争取国家财政经济状况的基本好转而斗争"的报告,从此,财政经济也成为新中国的规范用语。在计划经济条件下,政府包揽一切,财政包干一切,直接进行资源配置和收入分配。"生产资料的公有制,决定社会主义国家财政不仅包括生产领域以外的再分配关系,而且包括生产领域内的分配关系,从而形成一个包括国家预算、银行信贷和企业财务的广泛的社会主义财政体系。"[①]

随着改革开放,中国逐步采用市场经济国家通行规则。政府管理经济的职能,主要是制订和执行宏观经济政策,搞好基础设施建议,创造良好的经济发展环境。综合财政正逐步转变为公共财政,财政支出的重点是公共需要,不再用于竞争性领域。在中国的学科分类中,原有财经类各个专业,也分别归入经济学科和管理学科,财政只是经济学科的二级学科。无论是内地还是台湾出版的权威辞书,都找不到财政经济这一词条。为此,从理论上说,凡以"财经"命名者,都应当放弃财政经济这一特定历史条件下的过时概念。

对"财经"正名,不仅可以明确定位经济与财政,做到名副其实,而且对完善中国宏观经济调控体系具有重要现实意义。西方历来存在财政学派与货币学派之争,这里不去探讨两者主次,因为各有所重,各有所长,必须结合。但不可否认,随着国民经济市场化程度不断提高,货币政策的作用日益重要。过去,中国宏观经济以指令计划为主,以财政手段为主,银行只不过是"第二财政"。宏观经济体制全面改革以来,由于财政经验丰富,财税改革进展迅速,金融改革缺乏经验,则相对滞后,且险象环生。从这几年扩大内需来看,增发国债、调整税收等积极的财政政策效果显著,而稳健的货币政策由于传导机制尚未形成,就未达到预期效果,尽管一再调低利率,民间投资仍然不旺,尽管经济形势大好,证券市场至今不死不活。或许,这与财政经济这一概念不无关系,令人只要一提宏观调控,便首先想到财政政策,不利于发挥货币政策的应有作用。为此,从实践上说,为加强和改善宏观调控体系,也应当放弃财政经济这一特定历史条件

---

① 《辞海》,上海,上海辞书出版社,1979。

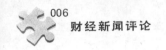

下的过时概念。

　　什么是财经新闻？"财经新闻"是一个比较晚才出现的概念，在此之前，人们更为熟悉和使用的词汇是"经济新闻"。传统上，经济新闻大多是以一些产业、行业报道，总结经验、揭示问题、宣传先进人物为主。由于报道的专业性很强，距离老百姓实际生活又比较远，所以并不为普通社会公众所关注。在2000年左右随着《财经》杂志和《21世纪经济报道》、《经济观察报》、《中国经营报》等新型报刊的崛起，"财经"概念才带着某种新潮、新锐的色彩逐渐为公众所瞩目。例如《21世纪经济报道》、《经济观察报》这类自名"经济"的报纸，却一直被人们视为财经报纸的代表。

　　关于什么是财经新闻，学界一直存在争议。一种意见认为财经新闻专指对财税、金融、市场、贸易、证券、行情等各方面经济生活情况的报道。也有人认为财经新闻的含义更为广泛，除上述领域外，还应包括工业、交通、基建等传统的方面。[①]　而《人民日报》前副总编周瑞金则认为，报道与新闻改革息息相关，从本质上来说，它其实就是经济报道。他说："不能把财经报道仅仅狭义地理解为财政金融领域的报道，而一定要把财经报道看作改革进入市场经济体制的历史新阶段的一种具有新特点的经济报道。"[②]其实，从一开始，"财经"一词的概念是以一种狭义的形式出现的。"例如我国比较早的一张以'财经'命名的报纸《中国财经报》，创办于1991年。该财政部主管，对自己的定位是：'报道国家财税、宏观经济政策，追踪国内外热点，聚集体制改革最新动态，展示中国市场化进程深度，为读者提供前瞻后析。'这个定位可以说比较集中地体现了人们对于财经概念的狭义理解。另外早些时候的一些媒介在报道财政，特别是金融领域的事件或现象时，也倾向于从一般经济新闻中独立出来，单独设置版面或栏目，例如《人民日报》在开设'财税金融'专版。显然，'财经'在人们的意识中是相对独立的一个经域。"[③]

　　随着我国经济体制改革的逐步深入，社会公众经济活动频繁，即使是一些宏观的经济动态和变革，也通过千丝万缕的渠道与普通百姓的日常生活联系。在这样的背景下，人们对于财经的理解慢慢变得宽泛起来，很多时候这个泛指各种商业性活动。英文中的"business news report"在中文里被翻译成"财道"；中文报纸《财经时报》的英文名则是"China Business Post"。如此，所有与经济有关的行为、活动和现象，既包括比较宏观的利率杠杆、货币政策，又包括中观的公司经营、产业动态，甚至关乎个人的理财行为也被包含进来。2002年《财经时报》改版时声明自己追求的价值在于："提供真实、扎实的商业，让经济简单明了。"在这里，财经和商业、经济已经成为可以串用的词汇。

　　不管是从眼下的媒介实践还是从人们的一般观念来说，我们现在使用"财经"这个概

　　① 张艳华、张贺泽：《财经报道的实用价值取向》，载《中华新闻报》，2003-10-09。
　　② 周瑞金：《财经报道与新闻改革》，《中国记者》，2002(10)。
　　③ 李本乾、李彩英、王学成、李翔：《财经新闻》，大连，东北财经大学出版社，2006。

念时，很多时候都是持一种宽泛的理解，泛指一切经济活动。根据这种运用状况，对于当今的财经新闻评论，我们大致可以认为是有关经济活动、现象、经济决策的最新事实和情况的有关评论。它具体指涉的对象十分广泛，在经济生活中扮演越来越重要角色的象征性资产，如货币、股票、期货等，这些领域的动态、政策、现象的评论自然是财经新闻评论的范围；传统上关于物质再生产所牵涉的生产、分配、交换、消费四大环节的活动也是其评论的范围。甚至经营管理领域，因为最终将影响到企业的市场表现，乃至整个市场格局都落在财经新闻评论的视野里。

虽然财经新闻评论和经济新闻评论有一定的重合度，从评论对象来说，两者本质上是一致的，但是，由于历史发展的原因，人们在使用这两个词时还是有差别的，它反映了在经济领域中评论侧重点的变化，一般情况下，经济新闻评论是指比较传统的对于经济活动领域（如工业、农业、商业等）新闻的评论，这评论往往是站在政府和管理者的立场上，重视总结经济建设的成就、问题、经验教训等，评论视野狭窄，有人形象地把它概括为"工业围绕产值转，农业围绕粮食转，商业围绕节日转，市场围绕柜台转"。财经新闻评论的概念应市场经济而诞生，因而从一开始就十分敏感于市场变迁。它着眼于市场经济中各种主体以及它们彼此的关系和博弈，重视对新闻事件的深入剖析和趋势判断，致力于为受众展示方方面面的联系。

具体来说，财经新闻评论的对象可以分为三块。第一块是政府机构的决策、报告、活动安排以及人事变动等方面的新闻评论。有人将这个领域称为经济领域。这些动态和事实的主体虽然不是直接参与市场活动，但其行为将会对市场行为产生深刻影响，因而也是不可忽视的。第二块是业界动态和现象。在社会中，公司是市场经济的最重要的活动主体，因此在很大程度上，业界报道就是公司报道。在一段时间里，有些对国民经济影响巨大或者跟百姓生活联系密切的产业，往往也成为媒介聚焦的对象，如目前的能源产业、信息产业、房地产行业等，其整体发展趋势和特点备受瞩目。第三块是资本融通领域，细分又有保险、股票、基金、债券、租赁、银行等。"重在对一切经象做理财化处理，即重在观察、分析宏微观经济领域发生的变化对资本市场建设及企业和个人投资理财等资本增值活动的影响，包括生产、流通、消费活动中的一切有关理财的新闻评论。"[①]市场经济是货币经济，通常人们把货币当作实物符号来理解，但是，在现代社会中，以货币为代表的价值符号已在很大程度上脱离实物而运动，形成自身相对独立的运动规律，并且将深刻影响国民经济活动，1997年亚洲金融危机即是一例。资本、金融是财经新闻评论重要的评论对象，在资本以及金融领域的一举一动都牵涉到国家经济的变动影响老百姓的经济生活，因此，对资本、金融等财经领域的新闻给予专业性的评论成为了当今经济领域方面评论的主流，受到了社会的广泛关注。

---

① Brian S. Brooks：News Reporting and Writing(7e)，BEDFORDIST. MARTIN'S，New York and Basingstoke.

那么,经济新闻、财经新闻与金融新闻有什么区别?"财经"类媒体与"经济"类媒体、"金融"媒体、"商业"媒体有什么关联?

过去我们习惯于把经济只是看作政治的附属,所谓经济新闻,就是报告生产成绩、宣扬大好形势。而在市场经济条件下,尤其是随着 WTO 的加入,这种状况发生了很大的变化。新闻是新近发生的事实的报道。经济新闻是新闻中的一种,概括地说,经济新闻是关于社会生产方式新近发生的事实的报道,是反映、服务和引导社会经济活动和人民群众经济生活的新闻。从经济学的角度讲,凡是报道生产、流通、交换、消费等社会经济活动各个环节的新闻,都是经济新闻;从经济部门、生产部门的角度讲,那些反映工业、农业、交通、商业、财政、金融等各种经济活动的新闻,都可称为经济新闻;从宏观的角度讲,凡是报道国民经济、生产建设和人民日常经济生活的新闻,就是经济新闻。

中国人民大学蓝鸿文教授认为,财经报道的概念应从广义上来理解,它应该包括生产、流通、消费经济活动中一切有关理财的报道。《现代汉语词典》对这几个概念的界定是:财经:"财政和经济的合称";经济:"经济学上指社会物质生产和再生产的活动";商业:"以买卖方式使商品流通的经济活动";财政:"国家对资财的收入与支出的管理活动";金融:"货币的发行、流通和回笼,贷款的发放和收回,存款的存入和提取,汇兑的往来等经济活动"。从上述诸多概念的定义可以初步判断:这些概念的外延是逐步缩小的。我们认为,金融类的报纸更多的只是关注证券市场、资本市场等微观经济活动的具体行为,而真正意义上财经类报纸的视域则是商业、经济、消费者事务以及影响商业活动的文化生活的所有方面。

综上所述,其定义可归纳为:财经报道(financial coverage)是有关财政、经贸等问题的报道,包括工业、农业、经济、商业、金融和消费等各个方面的热点新闻,如股市走向、石油价格、货币汇率等。

财经新闻的概念从 1998 年起快速被新闻业界接受,并在业界取得相对主导地位。此后国内经济新闻出现了一些新变化,归纳起来大致有六个方面。第一,新闻样式。新闻样式指新闻文体、版式设计、版面分类、图片使用等各类新闻文本的表现形式。财经新闻样式的改变并不只是技术性改变,也包含着理念意识形态等深层改变。第二,立场分野。对于经济自由主义的态度,出现了明显的立场分野,由此也直接影响其报道立场。第三,新闻价值观传统新闻价值标准虽未变,但出现了新解释。传统经济新闻更倚重新闻所具有的社会动员价值,即"宣传价值",而财经新闻力求还原新闻告知的"新闻价值"。第四,政治与经济术语。诸如"领导班子"等带有政治意识形态特征的术语减少,"基尼系数"等经济管理术语增加。第五,报道对象。财经新闻通常以上市公司为报道主体。提供直接面对普通消费者的产品或服务的大型企业在财经媒体上的能见度要远高于其他企业。第六,与消息源的关系。以往经济新闻中很多是经验或典型报道,其消息源绝大多数是政府部门。而财经新闻的消息源包括政府部门,但从数量上说则主要是各类企业的营销部门以及服务于各类企业的公关公司。总体而言,广告投放量越大的行业,则该行业里的企业在财经媒体上的可见度往往越高。[①]

财经新闻有广义和狭义之分。广义的财经新闻或称泛经济新闻,覆盖全部社会经济生活和与经济有关的领域,包括从生产到消费、从城市到农村、从宏观到微观、从安全生产到服务质量,从经济工作到政治、社会生活中的相关领域。狭义的财经新闻,则重点关注资本市场、金融市场以及与投资相关的要素市场,并用金融资本市场的视角看中国经济主义生活。

关于新闻评论的定义,学界和业界的专家也可谓仁者见仁,智者见智。他们都从不同的维度对新闻评论进行了界定。随着时代的发展,许多专家学者关于新闻评论的定义已经不能很好地概括出新闻评论的实践表现,本文认同赵振宇教授在《现代新闻评论》一书中给出的定义:所谓新闻评论是传者借用大众传播工具或载体,对新近发生或发现的新闻事实、问题、现象直接表达自己意愿的一种有理性、有思想、有知识的论说形式。新闻评论在报纸、广播、电视和网络上有不同的表现方式,或文字、或声音、或音像结合、或图文并茂,在新闻传播中发挥着重要作用。

综上所述,财经新闻评论应该是在媒体上公开发表的,对新近发生或发现的关于经济社会生产方式以及人民日常经济生活等经济新闻事件、问题、现象直接表达作者意愿的有理性、有思想、有知识的文章。财经新闻评论应同时满足以下几个条件:

(1) 财经新闻评论必须是在媒体上公开发表的文章。普通市民在街头巷尾或在家里客厅针对身边发生的经济事件作的议论,即使再有道理,也不在财经新闻评论之列。

(2) 财经新闻评论所评论的内容必须涉及对新近发生或发现的关于社会经济生产方式以及人民日常经济生活等经济新闻事件、问题和现象。它区别于时政评论、军事评论、体育评论、娱乐评论等评论范畴。

(3) 财经新闻评论必须是作者观点的直接表达。或代表传媒单位,或代表作者个人,他的所文所言,都是一种有形意见的表达:反对什么、批评什么、赞成什么、表扬什么,都是主观反映于客观的一种直接的、真实的思想表白。它不同于财经新闻中的消息、通讯,消息。通讯是告知读者财经信息,或者依靠事实信息传递给读者一种无形的观点,而财经新闻评论则是作者针对经济事件所持观点的直接表达。

二、财经新闻评论与财经新闻报道的区别

此处所说的财经新闻报道是指不包括财经新闻评论的其他报道,如消息、通讯等体裁的报道。涂光晋教授对于经济报道与经济评论的区别作过如下阐述,除了前者侧重于

---

① 邓理峰:《从"经济新闻"到"财经新闻"》,载《新闻与写作》,2007(10)。

对事实的报道,后者侧重于对事实的分析与评价外,后者应更注重见微知著、未雨绸缪,即不仅能从现象深入本质、从个别联系一般,而且能从现实推测未来,从未然思考必然。该段话既讲到了经济评论的深刻性,又谈到了经济评论的指导性。"从现实推测未来,从未然思考必然"指的就是经济评论要通过其深刻、从个别推广到一般,通过现实洞悉未知,告知读者未来的方向,要能正确指导人们的实践。这种区别对于财经评论与财经报道同样有意义。

首先,从写作目的上看,财经新闻评论针对财经领域存在的问题,运用党和国家财经建设的方针、政策进行分析、评估,旨在揭示事实材料所包涵的思想意义、问题实质或财经活动的发展趋向。财经新闻报道以传播财经信息为主要目的,提供受众应知欲知而未知的消息。财经新闻评论则在解读财经政策、引导社会舆论和指导读者实践等方面发挥着巨大作用。

相比财经新闻报道重在陈述财经事件本身,财经新闻评论则旨在揭示财经事件背后的意义,因此,就拨云见日、指点迷津的功效而言,财经新闻评论对于受众的指导性更强。

其次,从表达方式上看,财经新闻报道属于记叙类文体,以记叙为主,以讲清事实要素为基本要求。事实本身是否具有新闻性,能否准确地反映实际是其生命力所在。而财经新闻评论属于报纸言论,是议论文体,既摆事实又讲道理,以议论为主,讲究概念、判断、推理,要求论点准确、论据充分、论证有逻辑性。

财经新闻报道主要依靠新闻事实吸引读者,而财经新闻评论讲究的是以理服人。财经新闻评论在针对财经事件直接表达观点的时候,必须依靠逻辑的力量,必须依靠财经学上的原理,这样在基于新闻事实,运用逻辑思维得出的结论才会正确,才能让读者信服。

从行文上看,财经新闻评论文章的理论色彩更为浓厚。财经新闻报道主要是客观传递财经信息,因此,尽管它在行文上也遵循财经学上的逻辑思维,但一般情况下不会在报纸上阐述财经学上的有关原理。而财经新闻评论文章作者在对自己所持观点进行推导或论证的过程中必然会用到财经学上的相关知识和原理,其理论性更强。

最后,从反映内容上看,财经新闻报道主要是传递财经信息,反映现实财经问题,它把财经领域最新变动的信息用新闻报道出来,它遵循客观呈现的原则。尽管它也体现一定的思想倾斜,但主要是"用事实说话"。财经报道传播的是事实信息,具有客观性。

而财经新闻评论则以新闻提供的事实为出发点,深入挖掘事实表象所掩盖的本质现象,然后进行说理,由表及里,深刻揭示事实所蕴涵的意义,它是作者对财经新闻事件、问题、现象直接表达观点。财经评论传播的是观点信息,具有主观性。并且,不同的作者对同一财经现象可能会持不同的观点。财经新闻评论直接表达观点,观点体现了作者的思想,因此,相比较财经新闻报道而言,财经新闻评论的思想性更强。

三、财经新闻评论的特点

财经新闻评论是新闻评论大家族的一员,它区别于时政评论、军事评论、体育评论、娱乐评论等评论范畴。财经新闻评论在与其他评论相比较时表现出如下特点:

(一)作者队伍学者化

体育评论的作者大多是报社的记者,或者是资深球迷。娱乐评论的作者大多是报社跑娱乐新闻的记者。相比较而言,财经新闻评论的作者除了报社的评论员或跑财经新闻的记者外,相当一部分作者来自国内高校或者研究院的财经学专家和学者。因为财经新闻评论的专业深度,不具备一定的财经知识素养,不具备强有力的逻辑思维能力,就不能透过财经新闻事件,看穿事件的本质,因而就不可能写好财经新闻评论。所以,财经新闻评论的作者很多来自财经学的专家和学者。

(二)论题更广泛

新闻评论是依新闻事实生存而发挥的,财经新闻评论的论题当然是与财经有关的,军事评论的选题是有关军事的,体育评论是关于体育的,娱乐评论是娱乐界的。财经新闻评论涉及的范围很广,它关系到我们每一个人的生活,因此,财经新闻评论的选题广泛,相应的其读者群也分布广泛。

因为工作性质、关注焦点等的不同,在很多人看来,时事政治评论似乎离他们很远。军事评论的目标读者仅只局限在军事工作者和军事爱好者中间。体育评论和娱乐评论也同样局限于爱好者范围内。而财经新闻评论则不同,它受到全社会的广泛关注,在有些情况下,体育界和娱乐界的事件也可以成为财经事件。

(三)信息更实用

军事评论、体育评论、娱乐评论的读者在阅读评论时,得到的是兴趣爱好的满足。通过阅读这些评论,读者了解了相关的信息,丰富了日常生活,娱乐了身心,但这些信息对于读者而言并不会带来任何的利益得失。而财经新闻评论则不同,好的财经新闻评论可以给读者的财经生活带来好的变化。比如,一位炒股的读者看到关于国家宏观调控的有关评论后,他就可以对手中持有的股票作出分析,判断出股票未来的走势,从而保证自己财经利益的最大化。

四、财经新闻评论的地位

新闻评论一直受到主流媒体的重视,特别是报纸更把它誉为"灵魂"和"旗帜"。虽然有的报纸一度取消或减轻新闻评论,但是大多数报纸都以不同的方式加强了对评论的投入。财经新闻评论是整个媒体报道中一个重要的组成部分。与新闻传播的大势紧密相连，财经新闻评论也形成了自己的时代特征和发展走势，了解这一现状对于我们正确认识和发挥财经新闻评论的作用是十分有益的。

财经媒体的卖点是什么？我们认为，观点是当今财经媒体第一卖点。这里所说的"观点"，包括财经言论及观点性财经新闻。所谓观点性财经新闻，就是采写者在报道过程中，对所占有的财经信息进行梳理、分析、判断、整合，对财经事件、政策、现象、人物等加以独特解读，把深藏在芜杂的事实背后的深刻理念和普遍规律、发展趋势呈现给读者的新闻。

（一）"观点"（评论）对于财经媒体的意义

近年来，主打市井消息的都市报反而迫不及待地卖起了"观点"。它们以不同的视角，对同一事件或同一现象给予判断和评价。《南京晨报》、《现代快报》等都市报都开辟了评论版，有的版名就直呼为"观点"或"声音"，刊载的文章入木三分、鞭辟有据，道出了读者的心声，读来大快人心，如沐春风，为一些都市报带来了知名度与美誉度，这可以从近年盛行不衰的电视读报节目得到印证。据统计，《南京晨报》每年有近二百篇言论性文章在央视二套的"马斌读报"栏里被"点名"播报，这样的宣传力度和密度是众多纸质媒体梦寐以求的。而电视读报节目"名嘴"杨锦麟、马斌、孟飞，读报侧重点也多在于对事物的判断与评价。

与都市报不完全一样，财经媒体更重视卖"观点"，除了按照新闻体裁分类印刷成楷体的言论外，还有专栏文章和深度报道。如果说财经评论、专家专栏文章可以组织名家名作打造版面，那么，深度报道则是各大财经报刊不遗余力地精耕细作的"自有产品"。在国内，把单纯的财经信息整合为对读者经济生活、经济行为有一定指导作用的观点性财经新闻，已经成为新兴财经媒体努力的方向。它们从自身特点出发，发挥独特优势，有针对性地、专业化地整合所占有的经济信息，使之成为具有明显特征的观点性财经新闻，从而被读者有目的、有意识地自觉选择。甚至有人认为，判断一份财经报刊是不是主流财经媒体，一个重要的标准就是看其能否在及时、准确、客观、公正地报道经济事件、经济现象的基础上，运用自己独特的话语，传递一种全新的财经观点，从而成为读者所倚重的思想来源。正是通过大量鲜明、理性而又具有指导性的观点性财经新闻作品，《经济观察报》、《21世纪经济报道》、《财经》杂志等新兴财经报刊一经问世即占据市场高端，并取代传统经济类报纸，登上主流财经媒体的"宝座"。

国外《华尔街日报》、《日本经济新闻》、《金融时报》等国际著名财经报刊也是凭借其别具一格的财经时评、专栏作品及深度报道获得巨大成功。《华尔街日报》的"企业/公司聚焦"栏目，每期一个案例，请专家对某个公司或某个行业的战略或竞争态势进行深度分析，探讨其问题所在和成功途径。为了提供准确、快速的经济新闻报道和内外经济信息与动向的分析，自20世纪60年代以来，《日本经济新闻》先后成立了日本经济研究中心、日本经济数据开发中心、日本消费经济研究所、日经产业研究所等一系列经济研究调查机构，为读者提供既具有专业水准又具有可读性的财经资讯服务。

（二）只有"观点"才是独家的

人们购买都市报纸，阅读的是娱乐、市井等层面的消息。与此不同，买财经报刊，人们关注的是思想、是观念，甚至需要从中得到启发和指导。因此，财经媒体应提供能够影响人们经济观念、经济决策的观点。因为经济已渗入百姓居家、理财生活的方方面面，人们有越来越多的经济事务需要亲自处理，因而越来越需要"有用的"财经观点来帮助其做出有关经济生活、经济行为的判断与选择。财经观点已成为人们日常经济生活的必需品，单纯的财经信息不再是财经媒体的第一卖点，以大信息量吸引读者眼球、以信息量取胜的办报理念已经不能适应阅读市场新的需求。如今是一个信息爆炸的时代，独家信息已不存在，唯有独到的富有建设性的理性分析、判断才是真正独家的。财经媒体生产两种新闻产品：财经信息和财经观点。互联网时代，在财经信息这个产品上，报纸很难占优势，因为互联网提供的财经信息是海量的，而且还可以通过搜索有针对性地查找。比如3月17日，央行公布调高存贷款基准利率决定，各大网站当晚挂出重大消息，并制作了简单链接，而纸媒体最快第二天见报。但在财经观点这个产品上，财经报刊却能形成自己的核心竞争力，因为"思想"是偷不走的。仍以央行加息新闻为例，3月18日，有的报纸只是发布了从网上摘录的消息，有的却"抢抓第二点"，回顾了央行去年以来的加息历程，分析了此次加息的原因，更以大篇幅分析了此次加息对百姓居家理财等经济生活的深刻影响。两者相比较，哪个更有卖点不言而明。

（三）"观点"引发"深度报道"

把观点作为财经媒体的第一卖点，引发了深度报道的繁荣，更引发了新闻业务操作理念的更新，从过去注重"是什么"到现在更加注重"为什么"、"怎么样"，而这一变化完全符合读者新的需求。《21世纪经济报道》、《经济观察报》等，在处理财经信息时更注重其中涵盖着的利益、机会、趋势、方法，在注重故事、背景、观点等要素的同时，更敢于描述、提供自己的判断、分析与预测。2006年3月中旬，国务院办公厅转发了全国企业兼并破产和职工再就业工作领导小组《关于进一步做好国有企业政策性关闭破产工作意见的通知》，未来3年内全国将政策性关闭破产2116户国有企业，涉及国有金融机构债权2271.6亿元、职工351万人。3月20日，《经济观察报》03版题为《国企政策性破产拨动敏感神经2200亿银行债权谁来买单》的政策观察文章，深入采访了银行界人士、财政界人士、专家学者等，提出了"已引进战略投资者，股权结构多元化的国有银行是否还应该继续承担国企改制的成本？谁又该为银行债权买单？"的疑问，分析了2116户国企政策性破产涉及的2271.6亿元债权面临的各种可能的命运——或是汇金买单、或是财政买单、或是银行债权落空，读来令人振聋发聩。相对于其他报纸简短的动态消息，这篇报道的宏观性和纵深感以及入木三分的深刻分析给人留下了深刻的印象,体现了媒体独立的思想和话语。

新兴财经媒体凭借大量有分析有判断的重磅报道和评论,确立了自己的市场地位,锁定了特定的读者群,也形成了独特的媒体特色。《经济观察报》以"理性,建设性"为办报理念,《21世纪经济报道》提倡"新闻创造价值",《国际金融报》深信"资讯创造财富"。这些表述各异的报纸定位,传递出来的新闻业务操作理念却是相似的,即深入到财经新闻的"内核"部位,挖掘对受众而言有用的财经资讯,加以专业化整合后出售。这种理念代表了财经报道的发展趋势,也使财经媒体从过去的以信息量作为第一卖点转向以判断、分析、整合为新的卖点。这就不难理解,财经评论为何成了新兴财经媒体的拿手好戏。

以观点作为财经媒体第一卖点,并不否认信息是财经媒体的卖点这个命题,相反,观点是对信息的进一步深化。眼下,不少财经报纸在处理信息上出现了两个问题:一是大块头文章占据了版面,但其中信息含量明显不够;二是提供信息太过表面化,缺乏对所提供信息价值的深度挖掘。即只注重信息"量"的扩张,而缺乏"质"的提升。实际上,读者不仅渴望能在第一时间获得信息,更期待媒体能够对信息进行分析、综合、重新组装,进而将其整合为一种更为新颖且实用的资源。进行这样的新闻业务操作,要求财经媒体能够运用理性、独特的财经眼光、立场、新闻敏感以及判断标准,挖掘信息背后更深层次的内涵,从而帮助受众准确理解和把握财经事件、财经现象。[①]

第三节　财经新闻评论的历史考察

一、财经新闻评论产生的主、客观因素

随着中国的入世和改革开放的不断深入发展,社会主义市场经济体制的不断完善,财经方面的信息在现代经济发展中的重要作用日益明显,受众对于财经信息的需求不断加大,从而使财经新闻在新闻领域中占据着越来越重要的地位。由于21世纪初开始的住房、教育、医疗及分配体制改革的步伐加快,人们开始关注财富的增加以及与财富相关的信息。许多前所未闻的财经术语进入人们的视野,国债、基金、股权、A股、B股、指数、福利彩票、按揭、信用消费,等等,大量充盈着新型的财经报道版面,每天为受众带来大量的财经信息,并影响他们的各种投资理财举动。与之前的评论相比,当代财经新闻评论无论是在内容上、表现形式上还是在写作观念上都发生了比较显著的变化,而这些变化的原因基本上可以概括为以下几点:

---

① 袁达珍:《观点,财经纸媒的第一卖点》,载《传媒观察》,2007(6)。

（一）受众需求的变化

"对于任何性质的新闻媒介，受众的接触与选择，都是其一切功能目标实现的首要前提。无论从哪方面说，受众对于媒介的成败与生存都是至关重要的制约因素之一。要占有市场，要赢得受众，这是媒介的必然选择，而占有市场、赢得受众的第一步就是栏目的受众定位，即确定媒介整体和所设栏目的明确的传播对象，解决向谁传播的问题。"[①]而随着我国人均 GDP 达到 2 000 美元后，我国的经济发展进入了一个新的阶段。人们对于自己的温饱问题不再担心，取而代之的是对财富的追逐，人们对于经济信息的需求不再是漠不关心和被动地接受，而是主动地收集、分析与之相关的经济信息，特别是这些经济信息背后所隐藏的信息。

经济政策的制定者们需要了解宏观经济层面运行的情况，以便作出及时的调整，进行正确的决策；各企业要想紧跟经济的大潮，必须号准当前经济发展的脉搏，了解与之切身相关的经济政策信息和市场信息；而普通老百姓要想在股市以及其他资产投资上有所获益，他们就得每天关心股市的跌涨起伏，关心影响股市的每一个政策面的风吹草动。无论是政策的制定者、企业的管理决策者还是经营自己资产的老百姓，他们都得关注财经媒体对于经济层面的每一条信息，以及对信息的分析与评论。这正是目前财经评论受到空前关注的原因之一。

（二）评论的对象发生了变化

从改革开放初期大量经济形势大好的宣传、单纯介绍成绩、传达宏观经济政策的评论，转变为主要以发展、预测经济问题以及为受众释疑解惑为主。评论内容与国家经济的宏观调控政策相关，为经济改革的深入发展鼓与呼。评论对象涉及中观产业及行业走势面、微观企业的运作（证券公司、上市公司等）、各个阶层消费者的个人理财和日常经济生活。比如，人们如何正确对待我国人民币升值现象，人民币升值给我国经济带来了那些利与弊，我们如何才能做到趋利避害？再如，最近在我国沿海地区纺织业由于人民币升值、劳动力价格上涨等原因遭遇大量企业倒闭，我们应该如何应对？还有随着我国新一轮的经济发展高潮，楼市、股市都出现膨胀式地发展，老百姓如何利用手中的有限资本进行投资理财才能获得最大的收益？这些热点问题都成为近期财经评论的重点。

（三）评论信息量的不断增多

当今是知识经济时代，随着信息高速公路的连接，世界经济正日益趋向一体化、全球化。特别是在我国入世后，"国际分工合作越来越加剧，媒介看问题就不能限于一地一国，而要将一个行业、一个地区、一个国家发生的经济问题放在国家与世界大形势下认识、分析。同时，随着经济活动无限丰富，诸如'关税贸易壁垒'、'绿色壁垒'等新事物、新

---

① 刘勇：《试论新兴财经类报纸》，中国新闻研究中心网站 http://www.cddc.net。

名词出现得越来越快、越来越多,媒介要有针对性地释疑解惑,增强人们对国际经济风云的了解。譬如:'如果不了解耐克在美国、欧洲遭抵制的情况,就写不出雅加达、河内的劳工情况'"。① 财经信息的传播也比以往任何时候都更加迅速、快捷。财经新闻中专业财经学知识的含量大大增多,金融、证券、财政等方面的知识都有其自身的专业壁垒,如果没有这方面的专业知识的系统学习,别说是评论的写作就是阅读起来也比较吃力。人们对于财经新闻报道和财经新闻评论的写作要求越来越高,评论文章的写作者必须熟知现代经济理论,了解世界经济的发展趋势,掌握我国经济发展的脉搏,具备金融投资方面的知识,熟悉各行业特别是热点行业,如 IT 业、房地产业、汽车、通讯、新能源等行业运作机制和最新动态。举例来说写作于 IT 业发展趋势的分析评论文章,评论者必须熟知 IT 业的专业知识、发展沿革、最新的产业动态以及 IT 公司的运作状态,如果缺乏相关知识的积累,可能会出现意料不到的负面后果,影响媒介的公信力。财经评论信息量增多以及对专业知识的诉求,要求财经评论者成为所评论领域的半个专家,财经评论再也不是对经济现象进行肤浅的评述,而是进行深入的分析,甚至给出可行的解决措施。

(四) 以人为本的传播意识的回归

"曾有位经济学家这样回答一个记者关于'什么是经济学'的提问,他说,经济学就是教人们如何过日子的学问,他还说许多看似深奥的经济学原理其实就隐藏在人们日常的经济行为中。"②经济学本身就是为解决人们生活中的实际问题而设立的学问,更何况经济新闻的评论。如今,财经新闻评论不再仅仅是老百姓的宣传和教育工具。从写给国家干部政策制定者、高级知识分子等,转向主要写给投资者、消费者、企业的管理者等。财经评论站在阅读者的角度,以阅读者的诉求为写作的目标,进行国家经济政策的解读、产业、公司发展态势的分析。

财经评论写作对象更加倾向于经济建设相关的一线人员以及需要了解经济动态的广大投资者和消费者。不仅如此,财经评论的写作形式上也更加贴近读者的需求,其表现为财经评论的文体不断地创新,运用读者所接受的文体对财经现象进行评述,并且,在论述的方式上使抽象的经济理论通俗化,论述语言更加通俗易懂,文风更加形象生动。传播意识从政治学阶层上理解的"人",开始转为经济学意义上的"人",回归了经济新闻评论的本位。③ 最后,"财经新闻评论还必须写得引人入胜,避免那种'蓖麻油新闻'(即那种训令式的'读这个吧! 这对你有好处!')。要写得直截了当,甚至尖锐严厉,但始终要吸引人,以使你传达的思想信息易被读者消化吸收"④。

---

① 李良荣:《新闻学导论》,北京,高等教育出版社,2002。

② 范敏:《从受众的"使用与满足"看经济评论的服务性》,载《新闻与写作》,2004(11)。

③ 周纯:《财经新闻评论写作变化初探》(硕士论文)。

④ Conrad C. Fink:Writing Opinion for Impact,Iowa State University Press,1999。

二、财经新闻评论发展状况

新中国成立后自 1953 年第一个五年计划开始,实行重工业优先发展战略,中国经济体制就开始全面向计划经济转轨。自从中国共产党提出过渡时期总路线以后,除了继续翻译出版和普及马克思主义经济学说,围绕总路线开展的社会主义改造和计划经济下的工业化成为经济理论界研究的核心内容。从中国实际出发,探索一条快速实现从落后的农业国变成先进的工业国的社会主义道路,成为国家领导人优先考虑的对象,也自然成为经济学界的中心工作。在计划经济时代,整个社会生活泛政治化,特别强调高度集中统一,经济学研究与经济政策宣传均围绕这一中心工作展开。

新中国成立以来,党中央对经济宣传包括经济评论日益重视,但是在计划经济时代,经济宣传多半停留在年年月月周而复始的所谓指导生产、催促完成计划产量和产值上面,引不起众多读者的兴趣。在计划经济时代,生产的过程被人为简化,从生产、销售到分配以及扩大再生产,都是在既定的轨道上进行,因而经济报道的新闻性很弱。这是因为在这种生产模式下,从生产者到消费者都不需要额外的信息,一切都是按计划进行。"1950 年,中央人民政府新闻总署颁布的《关于改进报纸工作的决定》就曾指出:'适应全国逐步转入以生产建设为中心的任务的情况,全国报纸应当以首要的篇幅来报道人民生产劳动的状况,宣传生产工作和经济财政管理工作成功的经验和错误的教训,讨论解决这些工作中所遇到的各项困难的办法。'1954 年 7 月,中共中央关于报纸工作的决议进一步明确规定:'经济宣传所占的篇幅,不应少于报纸版面的 40%。'这就是说,中央对经济新闻一贯是十分重视的。但到了'文革'时期,国民经济处于崩溃的边缘,经济新闻也陷入'崩溃'的状态。据《人民日报》一位记者的抽样统计,1974 年,《人民日报》的经济新闻,仅占全部新闻的 13%,比之 100 年前的《申报》还少一个百分点。"[1]

"革命战争年代,党报评论是匕首和投枪,文字泼辣,语言尖锐。新中国成立后,中国共产党成为执政党,党报也成为国内唯一允许存在的报纸,成为党的喉舌。新的建设形势决定了新闻评论不能用对待敌人的方式去评说人民内部矛盾,也不存在媒体间的论战(当然,对外还存在论战问题);反之,随着国民经济的恢复,经济评论的选题增加了,经济新闻评论任何写的问题重新成为了人们思考的焦点。"[2]新中国成立后虽然经济评论有了一定的恢复和发展,但是其作为党的机关报的经济新闻评论,其作为主流意识形态话语下的意见教导者,党报的经济新闻评论以单向灌输为主,强调新闻评论的权威性,强调其代表编辑部和同级党组织发言的职责。评论员在这种不署名的评论模式下写作,隐抑个

---

① 闻学:《经济新闻评论:理论与写作》,武汉,武汉大学出版社,2007。

② 杨新敏:《新闻评论学》,苏州,苏州大学出版社,1998。

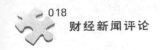

性,传达训导式意见,缺乏与受众的交流。

1978年后中国社会主义经济体制开始了根本性"蜕变"。一方面,传统体制中企业缺乏活力、市场及价值规律功能范围狭小等弊病开始得到治理。另一方面,具有活力的经济体制开始孕育,突出表现在,经济单位的主体性逐渐发育,市场发挥着日益增强的资源配置与利益调节作用。

中国经济发展道路也开始发生根本性变化。经济发展开始呈现出一种新的总体格局。与前相比,在经济增长动因方面,出现了侧重靠科技进步和宏观、微观经济管理改善等集约因素的特征;在总量增长的动态轨迹上,出现了相对较为稳定的态势,在经济总体结构方面,长期对持、僵滞的二元经济结构开始出现向现代经济转化的趋势。

随着党的十一届三中全会的召开,从"以阶级斗争为纲"转移到以经济建设为中心,新闻评论内容也相应有所转移。从此,各新闻媒体开始从自己的实际情况出发,围绕着经济建设发表各种评论,引导人民群众积极参与和配合社会主义现代化建设。新闻媒介的经济宣传日益显得重要而日趋繁荣。市场经济社会中对信息的需求被放大,没有信息就无法按市场要求开展生产和销售,无法合理消费,因此在发展之初对信息量的需求有特别的要求。在市场经济体制下,每一企业都将在经济运行中自行决策、自担风险、自我发展。这就要求企业经营者根据市场上所出现的价格信号、利率信号、汇率信号、供求信号等,独立地作出判断。然而,这些经济信息是瞬息万变的。每一企业的现状和遇到的环境条件都有不同,即使同一企业,今天的现状和遇到环境条件,也可能与明天不同。市场经济不允许他们墨守成规,不允许他们照抄照搬。没有创新意识和创新能力,他们就将在市场经济的汪洋大海中被淹没。我国市场经济发展起步,各方面开始完善,并试图与国际市场逐步接轨,努力成为国际市场的一个有机组成部分。"仍以《人民日报》的抽样统计为例,经济新闻所占比重1979年就达到了42%,恢复到了中央政府规定的不少于40%的水平,以后又逐年攀升,1989年到了57.6%,1994年,更到了65%,真正体现了'以经济建设为中心'这一历史发展,把中央政府于1950年希望的'首要篇幅'扎扎实实地落实到了实处。随着经济新闻的兴盛,经济类报纸也火爆起来,1978年只有5家,到了1992年,全国竟猛增到800多家。"[①]

党的十一届三中全会后中国的经济建设日新月异,经过近十来年的努力,在经济不断发展的同时,报刊的经济新闻评论开始逐步恢复实事求是的优良传统,经济新闻评论形成了新的繁荣局面,主要表现在:实事求是的传统恢复了;注重从实际经济事件和社会生活选题;经济评论品种增加,个人署名评论有了长足发展;经济评论引起普遍重视等等,这对我国的经济工作起到了具体的指导作用。应该说,这种趋势冲击着以往较长时期内存在的指令性较强的单一灌输模式,从而促进言论多样化、平等化,打破媒体言论由

---

① 樊凡、时统宇:《经济新闻范文评析》,北京,新华出版社,2001。

编辑部少数专业人员垄断的冷清氛围,使评论呈现出题材多样、生机勃勃的局面,评论文风也更平易近人。

1994 年我国确立社会主义市场经济体制后的财经新闻评论发生了更大的变化。"随着我国社会主义市场经济体制的逐步建立,住房、教育、医疗及分配体制的改革,人们开始更多地关注自己的财富和与财富相关的种种问题,与此相适应,国债、产权、美元、欧元、利率、汇差、A 股、B 股、个股、指数、买盘、卖盘、升幅、跌幅、转增股、配送股、中签号、分红保险、信用消费、按揭购房、上市公司中报、年报、股评信息……大量新型财经信息与日俱增地充盈各类媒体。"①各类财经报道、评论日益受到人们的重视,尤其是诸多新闻媒介的各种经济漫谈专栏纷纷登台亮相。"例如近 20 年来尤其是进入 20 世纪 90 年代以来,中央级报纸如《人民日报》不断开设各种经济漫谈专栏'市场随笔'、'经济茶座'、'经济札记'、'经济漫笔'、'视点'、'农村杂谈'等;《经济日报》开设了'星期话题'、'王府井随笔'、'每周经济观察'、'国际经济'、'随笔'、'快论'、'市说新语'、'商贸时评'、'股市周评'等;《光明日报》开设了'经济漫笔'等,出现了群言型和专家型的经济漫谈专栏同时并举的议论风生的喜人局面。"②

今天市场上的三大强势财经类报纸,《中国经营报》、《21 世纪经济报道》、《经济观察报》,从其内容、定位到报纸的价格都明显与"平民化""群众化"相区别,不断走向少部分的"分众",其专业程度是相当高的。探索性的报道得以加强,特别是经济形势的预测分析,许多财经报道都借助了经济专家的头脑,让他们在报道中点评财经现象,或让经济学专家开办专栏直接撰文,使财经新闻具有较强的专业性和科学性。

在全球市场趋向一体化的背景下,金融成为国家宏观经济调控的最有力的杠杆和筹集资金的主要渠道。现代金融活动正不断渗透到人们的生活中,越来越多地涉及他们的切身利益,因而也越来越多地关乎社会的稳定和安宁。因此,以证券、金融、房地产等经济和社会生活热点为核心的财经报道是经济报道的主体,尤其是金融报道,已经成为经济新闻的核心。像中国这样大规模经济体——金融市场从封闭型转换成开放型,国际上尚无先例,适合快速发展中国家的财政、货币、金融、外资、外贸、产业发展的宏观经济理论体系还有待重新构建。如何确保转型平稳推进的同时确保经济持续增长、社会基本稳定,让改革力度、发展速度和社会承受度保持统一,是对发展智慧的重大挑战。我们确立建立现代金融制度、以市场化方式配置金融资源的发展目标,边走边唱。这种大背景决定了转型时期的金融政策具有实验性、试探性和多变性。此外,银行市场、股票市场、外汇市场、期货市场以及金融衍生品市场发育与市场监管不完善,一个偶然事件甚至一次不恰当表态都可能让市场波澜骤起。所以报道金融新闻,不单单是简单的报道,还要对

①　王华庆:《经济新闻采访与写作》,北京,中国广播电视出版社,2003。

②　胡文龙:《中国新闻评论发展研究》,北京,中国人民大学出版社,2002。

其内容进行一定的核实和思考,使人们在浩如烟海的经济信息中获取自己需要的东西,这正是财经评论发挥其作用的大好时机。①

第四节 财经新闻评论的发展趋势与思考

经济全球化、入世使中国老百姓从没有这样强烈地感受到经济信息与自己日常生活的密切联系,人们急于了解最新的经济信息。宣传心理学认为,任何信息的报道,某些事实的描述,如果不加专门的阐释和评论,对人们的思维定式是几乎不产生任何影响力的。难怪人们对于多样化的信息交流和媒介传播的过多的经济信息无所适从,因此人们希望媒体上有准确的、实用的财经新闻评论指点迷津,以便使自己做出正确的决策。

可是,目前媒体的财经新闻评论是否都能明理达意,为读者解疑释惑呢? 实际上,财经新闻评论的现状远非尽如人意。财经新闻评论存在的一些问题令许多学者和新闻专业人士担忧。

1. **虚假** 一些财经新闻评论的权威性、科学性以及公信力都让人疑窦丛生。目前,全世界各国的基金经理们都注重对公司的基本财务状况和经营状况的分析,来确定买不买这只股票。而国内某些传媒的证券节目所请的股评家都是以图线分析(技术分析派)为工具,以预测股价为内容的。图线分析,除了台湾,全世界各国的证券市场早已淘汰了这种分析工具,因为普遍的实证研究表明,历史股价不能预测未来股价,你也不能判定该用多少年的历史股价作基础。

2. **肤浅** 平铺直叙,干巴巴几个经济理论论点,再加上一二三四的经济现象罗列,浅尝辄止,过多地停留在热闹场面上,很少触及现象背后所隐含的深层次经济规律。例如对于"国有股减持",一些财经新闻评论只看到企业国有股减持的经济现象,而对于国有股减持是意味着国有股退出市场还是调整国有上市公司持股结构;国有股减持带来的是对市场的冲击还是有利于市场的长远发展等关键性问题却没有涉及。

3. **雷同** 没有具体的评论对象和目标,提不出新问题,谈不出新见解,为凑足版面,为评论而评论,千篇一律,这些"同质评论"对读者的眼球实在没有多大的吸引力。比如在相当长一段时期内,面对 WTO 的冲击,报纸上的一些财经新闻评论所强调的都是长期利好的一面,而没有说我们怎样做才能把短期冲击转变成为长期利好,这样的评论对现实生活是没有实际效用的。

同时,专业人士在传媒上预测股价更是违反职业道德和欺骗股民的,几乎所有国家的股市都不允许这种行为。难怪有学者感叹中国媒体上的股市"算命先生"应该下课了。

---

① 周纯:《财经新闻评论写作变化初探》(硕士论文)。

基于以上问题,怎样改变财经新闻评论的这种现状呢?

一、找准目标受众群,准确定位,增强受众意识

　　市场营销学的观点认为,成熟的市场不是笼统的市场,而是具体的市场。现在,"小众化"是传播的竞争方略。读者分层明确,才可以争取更多的读者,也就等于在一定空间内拥有了属于自己的"大众"。因此,媒体必须细分市场,找准各自的目标读者群,对路操作。作为报纸旗帜的评论也必须和本报的具体任务相适应,与本报目标读者群的希望和要求相吻合。财经新闻评论的作者在提笔之前就要先想到他的读者,让读者愿读、读懂、读得轻松愉快,有那种我买这份报纸就是要读这种财经新闻评论的感觉。如果把这篇财经新闻评论与整份报纸分离开,读者也能看出这是哪份报纸的评论,这才是成功的财经新闻评论。不能使一篇财经新闻评论放在党报上可以,放在晚报、都市报上也可以;放在全国性经济类报纸上可以,放在地方性经济类报纸上也可以。也就是说,不同类型报纸上的财经新闻评论应有针对性,代表的是本报目标读者群的需求、态度和呼声。信息渠道的多样性使狭义的独家新闻渐渐淡化,但是评论却可以成为真正的独家。新闻评论是"新闻传播工具中一种对最新发生的新闻提出一定看法和意见的文章"。[①] 对于现实生活中典型的经济新闻事件和群众普遍关心的重大经济问题,各种报纸应该仁者见仁,智者见智,成为本报目标读者群真正的顾问。如《浙江经济报》(2000.11)发表刘鹏的《戏说中国股市的娱乐性》,作者用和读者拉家常的口气,从"游戏本身的全民广泛参与性"、"游戏规则的'三公性'决定了娱乐的持久性和深入性"等五个方面说明中国股市的娱乐性,娓娓道来,语言诙谐幽默,戏说中不乏对中国股市的正确点评。而作为全国性报纸的《经济日报》(2001.8.6)发表的中国证监会党委的《认真实践"三个代表"进一步发展和规范证券市场》一文,气势磅礴,文章从"发挥证券市场在发展社会生产力中的巨大作用"、"解放思想,大胆吸收成熟证券市场经验"等方面论述,深刻理解并准确把握"三个代表"的重要思想,对于我们正确认识证券市场在国民经济发展中的地位和作用,正确认识证券监管工作面临的形势和肩负的重任,进一步做好证券监管的各项工作,具有深刻的指导意义。两报的目标读者群不同,他们与经济活动的关系是不同的,他们对经济信息的要求和获得经济信息的方式也都是不同的,那么面对他们不同的阅读行为、阅读习惯、阅读目的,财经新闻评论阐述的重点、角度和方法都是有区别的。财经新闻评论要有相对稳定的读者群,必须写出符合所在报纸个性的评论,这是一方面;另一方面,报纸毕竟肩负着争取更多读者的任务,因此财经新闻评论不要把目标读者群以外的读者忽略了。这就要求财经新闻评论提供的意见不仅要有指导性、权威性和实用性,而且要贴近读者,以读者喜闻

---

　　① 丁法章主编:《新闻评论学》(第二版),9 页,上海,复旦大学出版社,1997。

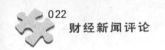

乐见的形式反映出来,这样不仅涉及切身利益的读者爱看,与此不相关的读者也要看。

要不断增强受众意识。不同媒体有着不同的定位,不同的定位导致面对不同的目标受众群。大众传播学认为,信息传播是一个"传与受"的过程,财经评论既需要"传",更需要"受"。财经评论写作从受众需求的角度为出发点,以尊重受众心理需求为写作思维的特点,所写出的财经评论就能为更多的受众所接受,传播效果就更好。

现在,"小众化"是传播的竞争方略。读者分层明确,才可以争取更多的读者,也就等于在一定空间内拥有了属于自己的"大众"。因此,必须细分市场,找准各自的目标读者群,对路操作。作为报纸旗帜的评论也必须和本报的具体任务相适应,与本报目标读者群的希望和要求相吻合。不同类型报纸上的财经新闻评论应有针对性,代表的是本报目标读者群的需求、态度和呼声。① 报纸要写什么样的财经评论需要考虑面对的是什么样的读者和这样的读者需要什么。

《经济日报》于 2006 年 12 月 13 日发表《扎实推进社会主义新农村建设》一文,文章语气坚定地指出,我们要进一步统一思想,深刻认识建设社会主义新农村是一项长期历史任务,坚持以发展农村经济为重点,继续扎实推进社会主义新农村建设。要把发展现代农业作为推进社会主义新农村建设的着力点;必须继续推进农村综合改革;必须全面提高农民素质,发挥好亿万农民在新农村建设中的主体作用;必须加强农村基础设施建设和加快农村社会事业发展;总之,我们要在各项工作中进一步解放和发展农村生产力,着力解决农民生产生活中最迫切的实际问题,切实让农民得到实惠。该文站得高,立意深,气势磅礴,对于全国上下贯彻中央精神具有深刻的指导意义。而《21 世纪经济报道》于 2007 年 4 月 13 日发表社评文章《顺差下降无碍外贸大势》,文章开篇即用事实否定由于贸易顺差下降带来的保守态度,紧接着指出目前很多对于 3 月份顺差数字的解释都是不靠谱的,随后指出,"3 月份的顺差直线下挫是因为外需市场放缓"的说法是不成立的,最后得出结论:3 月份的数据是健康和积极的,它不会给中国未来的顺差趋势(以及顺差对中国 GDP 的拉动力)造成任何阴霾。整篇文章既摆事实,又讲道理,逻辑性强,有理有据有力,凸显了专业财经报纸的专业性和理性。

二、提升评论数量和质量,适度加大评论分量

随着经济社会的不断发展,经济事件的复杂性逐渐增强,财经评论的作用将会得到更大的发挥,财经评论的重要性越发凸显。因此,媒体应适度加大财经评论的分量。尤其对于地方媒体而言,其发展财经评论的空间十分广阔。

事实上,读者在全国性报纸上看到的是国家大的方针政策,偏向于宏观层面,而更多

---

① 邰小丽:《把脉报纸经济评论》,载《新闻大学》,2002(夏)。

的微观信息是从本地媒体获知的。报纸的区域性是其他媒体无法代替的一个优势。每一个地区的受众最关心的问题就是和本区域有关的问题，而其他媒体提供的信息就没有本区域的报纸报道得详细和及时。[①] 区域性或地方性的经济事件，全国性的"大报"鲜有评论，此时，作为区域性或地方性的主流媒体，应该发出声音，解读事件，让读者看清事件本质。地方媒体财经评论空间广阔，既是为了满足读者的需求，也是媒体自身发展的必然选择。因此，地方性媒体可加强财经评论的分量、质量，这也是地方媒体未来发展的方向。所谓信息量就是"收信人知识变化的数量，即收信人收到信息后不定性减少的数量"[②]。对于财经新闻评论来说，其中的信息量应该是指意见信息量。财经新闻评论作者必须保证财经新闻评论中有一定的意见信息量，要使读者读过这篇财经评论后，认识上的不确定性减少，有收获。

增加财经新闻评论的意见信息量，不是说财经新闻评论中的意见信息越多越好，而是要增加财经新闻评论的有效信息量。"有效信息指信源所发出的信息被信宿（如收信人）收到后所起的效果和作用，即信息的实效、效用（或信息的价值）问题。"[③]财经新闻评论中的有效信息量也应该是指有效意见信息量。财经新闻评论要出精品，就必须增加评论中的有效意见信息量。这就要求财经新闻评论对于现实生活中典型的经济新闻事件和群众普遍关心的经济热点、难点，在进行价值判断、因果分析和理性抉择，要着重回答"为什么发生"、"怎样发生"、"怎么办"等深层次的问题，使读者读过评论后，把评论中的有效意见信息融入自己的知识体系后，可以解决思想中的疑惑，从而做出正确的决策。那么，怎样增加财经新闻评论的意见信息量，提升财经新闻评论的意见信息质量呢？

（一）加深深刻性

财经新闻评论提供的意见信息要有价值、深度和说服力，要使其提供"行动中的解决方案"，而不是"纸面上的解决方案"，就必须高屋建瓴，在社会背景下，用世界眼光写财经新闻评论。

一方面，在一个社会中，经济活动是一个系统化的整体，由变动的一系列相互关联的进程、状态和指标构成。也就是说，任何经济活动都不是单纯的经济因素构成的，它往往蕴涵着丰富的社会因素，并伴随复杂的社会现象。因此写财经新闻评论，要跳出经济写经济，不仅用经济学的眼光审视经济活动，还要用社会学、政治学的眼光审视经济活动，即要把经济现象、经济活动放到整个社会背景下进行透视，把经济的、非经济的所有因素融合在一起，既透过经济看社会，也透过社会看经济。因此财经新闻评论作者应像《中国上市公司退市法律制度的深层思考》（《中国信息报》，2001.4.30）的作者一样，在既把握

① 孙旭培：《当代中国新闻改革》，231页，北京，人民出版社，2004。
② 王雨田主编：《控制论信息论系统科学与哲学》，290页，北京，中国人民大学出版社，1988。
③ 王雨田主编：《控制论信息论系统科学与哲学》，309页，北京，中国人民大学出版社，1988。

经济因素,也把握那些影响经济的直接或间接非经济因素的基础上,发表意见,阐明主张,以推动社会经济活动与社会生活的良性运作。

另一方面,中国已经入世,要求财经新闻评论作者站在经济全球化的高度看问题,用世界眼光写经济评论。因此评论作者必须使自己的思维方式"从中国看世界"转变为"从世界看中国",实践显示,当人们能够虚拟地把全世界都拉到人们眼前,人们把握可能性,世界就增大了机遇,人类对于未来生存与发展的预测和前瞻的能力就得到了增强。贺京华的《少一点民族情绪多一些规则意识——谈入世背景下的反倾销》(《国际商报》,北京出版,2001.8.2)、陈峥嵘、黄义志的《融入国际经济大循环——十五规划对轻工行业的影响》(《证券日报》,北京出版,2001.8.15)等这些评论都把中国的经济现象、经济问题放在世界经济的大背景下立论,谈具体的解决办法,为中国经济掌握世界经济的游戏规则、走向世界鸣锣开道,摇旗呐喊。

(二)提高前瞻性

发挥前瞻性财经评论的指导作用。由于财经评论具有指导性的特质,就要求其对现实的经济生活、经济工作起到指明方向的作用。商场如战场,激烈的竞争使决策者必须迅速甚至提前做出决策,因此,媒体财经评论作者不仅要把刚刚发生的经济新闻事件作为评论的对象,第一时间发表经济评论,而且在对经济形势进行准确评估的基础上,要对经济运行与市场变化形势及时做出分析预测,以指导经济活动实践,也就是说,以今日的经济事态,核对昨日的经济背景,从而预测明日的经济趋势。只有这样,财经评论才能发挥"引导"作用,为读者提供有益的投资、消费忠告和参考。[1]

因此,财经评论要有一定的前瞻性,能够为读者的经济活动提供预测性的观点和建议,不能做"事后诸葛亮"。

与此同时,超前性的预测判断,一定要建立在科学可靠的分析研究的基础上,不能见风就是雨,必须把握好度。《21世纪经济报道》于2007年4月4日发表社评文章《积极应对美国对华的"反补贴工具"》,文章在分析美国对华使用反补贴法的背景及国际经济形势后,鲜明地指出:现在,中国方面将如何应对令人关注。直接的办法当然是有关企业赴美国起诉,但这种方法的弱点是游戏规则掌握在对方手里。因此,我们还要积极联合美国的自由贸易主张者和受益者们。又如,国务院发布《关于加快发展服务业的若干意见》后,《21世纪经济报道》随即于2007年4月2日发表的本报评论员文章《顺差下降无碍外贸大势》。文章在经过一系列的逻辑论证后,语气中肯地指出:在现阶段,服务业发展的当前重点是面向产业,特别是第二产业,促进其生产效率的提高,也就促进居民收入的增长,然后拉动消费结构升级,推动面向民生的服务业的发展。类似于这样的前瞻性、预测

---

[1] 邱小丽:《把脉报纸经济评论》,载《新闻大学》,2002(夏)。

性评论是非常受读者欢迎的。在前瞻性、指导性方面,专业财经报纸做的比综合性报纸要好。综合性报纸要想提高经济评论的传播效果,可从前瞻性、指导性上下工夫。财经新闻评论不能放"马后炮",做"事后诸葛亮",其论点要有前瞻性。商场如战场,激烈的竞争使决策者必须迅速甚至提前做出决策,因此,报纸财经评论作者不仅要把刚刚发生的经济新闻事件作为评论的对象,"第一时间"发表财经评论,而且在对经济形势进行准确评估的基础上,要对经济运行与市场变化形势及时做出分析预测,以指导经济活动实践,也就是说,以今日的经济事态,核对昨日的经济背景,从而预测明日的经济趋势。只有这样,财经新闻评论才能发挥"引导"作用,为读者提供有益的投资、消费忠告和参考。朱生球的《蓝筹股:2001年的投资目标》发表在2000年12月12日的《中国经营报》上,文章通过分析看好蓝筹股的七大原因后做出蓝筹股的后市走势分析的预测,同时,作者还提醒投资者对于蓝筹股必须认真分析其所处的历史发展阶段,切忌一窝蜂而上,表明了评论作者对中国经济的驾驭能力和热忱。又比如张维迎的《企业发展谨防"陷阱"》(《经济参考》,2001.5.23)这篇评论,作者认为企业在发展中要谨慎多重"陷阱",即要"谨防'青春期过度症'","慎重多元化经营","别总提'资本经营'","不要盲目上市","注重自己的声誉"。文章有理有据,真正为企业的发展担忧,为中国企业打预防针。

(三)注意准确性

"在特定时间内被媒介界定为经济上的重要事实,如果涉及公众的利益,那么记者关于要发生什么的感觉、他们在讨论中的评价(包括访问各类专家),一般情况下也会对公众产生强烈的影响。经济新闻对公众的影响实际上会超出'反映真实的经济状况'这一层次。在传播的积累中,大众媒介已经成为每个人或其家庭经济生活经验以外的'大经济'的认识来源。"①因此,财经新闻评论作者要慎用自己手中的笔,言出必信。财经新闻评论中提出的见解,绝不能没有相当把握,而应当比较科学和可靠、可信的,既要经得住实践检验,又要透出一股不容置疑的气势。

如果财经评论作者自己都拿不准,凭什么发表意见呢?财经新闻评论作者应成为社会良医,找准一个时期党委、政府十分关注而又迫切需要解决、许多企业共同探求、人民群众共同关心的问题,认真研究中央的决策信息、各部委的政策信息,并结合地方信息和基层动态,尊重经济工作的规律性,提供真正切实可行的解决方案。比如姚新民的《国债市场新的里程碑——析我国长期国债的发行》(《金融时报》,2001.8.7),文中说:"近日,总额240亿元的2001年记账式国债在交易所债券市场发行。本期国债期限20年,每半年付息一次,其利率水平经过竞争性投标后确定为4.26%。"对这一继6月6日财政部在银行间债券市场发行15年期国债后又一次发行长期国债,也是在交易所市场首次发行

---

① 陈力丹:《关于经济新闻的几个问题——读尼尔·加文主编(经济、媒体与公众知识)一书》,载《新闻大学》,2000(夏)。

的长期国债,评论从"完善国债品种结构"、"促进利率市场化改革"等几方面得出长期国债的发行无论是对国债市场的长期发展,还是对政府加强国债管理都具有十分积极的意义,同时建议投资者不要放过这样的投资机会,积极参与该期国债的投资。论点鲜明,论据充分,逻辑缜密,读后令人信服。类似的财经新闻评论还有中国养老保险基金测算与管理课题组的《养老保险基金如何避免投资风险》(《经济日报》,2001.6.9)、刘胜军的《股价操纵与反操纵监管》(《证券市场导报》,2001.7)、李永森的《独立董事能否摆脱"花瓶"形象》(《瞭望·新闻周刊》,2001.7.23),这些财经新闻评论就某一时期经济热点问题、人们思想中迫切需要回答的问题以及市场中的混乱现象,有感而发,对症下药。

(四)重视辩证性

中国的改革开放和社会主义市场经济的发展并不是一帆风顺的,有成功,也有失败。那么,财经新闻评论绝不能春风得意时便一哄而上,锦上添花;败走麦城时,便群起攻之,雪上加霜。我们媒体上的财经新闻评论应多些理性、客观分析,要辩证地看问题,成功时要指出其不足之处,对失败者也不能一棍子打死。如果企业不是有意为之,我们应给其喘息的机会,要保证财经新闻评论的论点具有全面性。如陈正中的《论证券市场奖励:"从郑百文重组"说起》(《证券市场导报》,深圳出版,2001.3)这篇评论,对于郑州百文股份有限公司重组"参与各方均可以获益、这些收益又从何而来呢?"作者认为,最主要的原因是重组后形成的大量看不见、摸不着,但可以感觉得到的证券市场奖励。对于此类特殊奖励,作者不是简单地说其好或是不好,而是认为,"偶一为之,可以让投资者在接受风险教育的同时,避免因为幼稚或盲动所造成的重大损失;经常为之,容易导致投资者形成不正确的风险意识"。像作者这样全面、辩证地看经济问题,是每一个想要推动中国经济良性运作的评论作者所必须具备的。

财经新闻评论作者要使评论中的每一个意见都流露出对国家、社会的关爱和"天下兴亡,匹夫有责"的使命感,就必须做到《羊城晚报·财富周刊》发刊词中所要求的,"保持对中国经济的人文关怀,对中国经济的热忱和激情,以一种负责的态度,赞扬或批判,坚持或舍弃。它不仅仅是不动声色的观察,它要融入中国经济的喜怒哀乐;它不仅仅是追随经济的起伏涨落,它要保持一种实验的无所畏惧。"只有这样,财经新闻评论才能实实在在地为中国经济的发展出点力。[①]

三、要深刻认识入世带来的影响

入世以来,我们能够感受到身边所发生的诸多变化。房价高了,私家车多了,交通更

---

① 邰小丽:《把脉报纸经济新闻评论》,载《新闻大学》,2002(夏)。

堵了，我国市场化改革速度在加快，企业间的竞争进一步加剧。随着我国入世五年保护期的结束，经济事件将更趋于复杂化，国际化。2007年美国意外的启动了对华贸易的强硬政策，截至目前，已经两次将中国告上WTO，并在3月30日宣布开始对中国出口美国的铜版纸产品征收临时反补贴税。国内涉及进出口业务的企业稍不留神就卷入了国际经济事件，皮鞋纠纷、服装贸易等已经给我们敲响了警钟。五年过渡期结束意味着中国的总体开放水平又上了一个新台阶。过渡期结束后，中国在世贸组织所处的地位将更加重要，中国在世界经济中所占的比重以及在国际贸易中所占的比重都会进一步增加。美欧等发达国家以及一些发展中国家会把中国的经济发展看作挑战与机遇，针对中国的贸易保护主义措施和争端案件可能会进一步增加。① 媒体财经评论作者应更深入地研究并认识入世给我国带来的影响，适时地发表评论文章，引导读者防范因缺乏WTO知识而带来的风险，指导读者进行合理的决策。②

【案例分析】

以《21世纪经济报道》为代表的专业财经报纸的评论现状

《21世纪经济报道》是南方报业集团下属中国最大的商业报纸媒体，创刊于2001年1月1日，尊崇"新闻创造价值"的理念，是国内最早的、面向市场的经济类周报，逢周一出版。《21世纪经济报道》的目标是做中国商业报纸的领导者，其核心目标读者是公司高管、合伙人、中层管理人、专业人士及政府高级官员。2003年起一周两期，逢周一、周四出版。2003年底，《21世纪经济报道》相继推出了《21世纪评论》、《21世纪政经》，成功打造了一周两期的产品形态。2004年下半年，该报将《时评版》内容从原来的第29版调整到第3版，利用显著的版面位置传达报纸的观点和声音，进一步彰显了该报的媒体责任。2006年起一周三期，逢周一、三、五出版。

该报在每期第3版刊发时论，时论通常由两部分组成：《时评》和《媒体观点》。《时评》是由本报评论员文章或本报特约评论员文章组成。《媒体观点》一般是集纳《纽约时报》、《商业周刊》、《金融时报》、《经济学人》、《卫报》等国际知名报刊上最新刊发的经济评论文章。社评有时刊发在头版，有时刊发在3版。《21世纪经济报道》的评论呈现出以下特点：

（1）重视评论，开设专版

《21世纪经济报道》秉承了南方报业集团重视评论的传统，该报几乎每期都发有社评文章，仅少数时候不刊发，并且固定第3版作为评论专版。坚持不懈地发表社评文章，充分表明了该报对于评论的重视。而评论专版的设立既很好地形成了集群效应，又有利于培养读者的阅读习惯。想知道对于重大经济事件、现象的解读和分析，读者拿到报纸

① 陈庆修：《中国入世5周年备忘》，载《中国报道》，2007(1)。
② 兰君：报纸经济评论刍议（硕士论文）。

后知道在哪找评论。

（2）本报评论与外报评论相结合

社评和本报评论员文章虽然在形式上和规格上不一样，但都是代表报纸发言的，而在《媒体观点》上刊发外报评论，则可以汇集世界各地主要报刊在经济领域发出的声音。既有本报发出的声音，也有国外其他报刊的经济评论，两者相结合，相得益彰。

（3）第一时间解读事件，时效性强

办报立言，南方报业集团旗下的报纸历来都重视新闻评论的旗帜与灵魂作用。每每国家重大经济政策的出台或遇到重大经济事件、经济现象，《21世纪经济报道》总会在第一时间发表社评文章或评论员文章，对其进行深层次的解读，为读者提供方向性的指导。

美国政府于2007年3月底4月初先后火速与秘鲁、哥伦比亚、巴拿马和韩国等国达成自由贸易协议，其中4月2日达成的美韩自由贸易协议还被认为是继《北美自由贸易协议》之后美国最重要的贸易协议。对于这一重大的国际性经济消息，《21世纪经济报道》在2007年4月6日出版的报纸头版刊发社评文章《美国贸易保护主义卷土重来》，文章鲜明地指出，美韩贸易协议并不是一件特别值得庆祝的事，它反映的是美国贸易保护主义已经卷土重来。该文章很好地分析了美国政府的一系列动作带来的影响，并立场鲜明地道出事件的本质，为读者指明了方向。第一时间深刻解读新闻事件达到了很好的传播效果。

2007年4月上旬，央行宣布从4月16起上调存款类金融机构人民币存款准备金率0.5个百分点，至10.5%。《21世纪经济报道》在2007年4月9日的报纸头版刊发社评《上调准备金率和加息应交替使用》，文章指出，这已经是央行今年以来第3次、去年以来第6次上调存款准备金率。这次上调被认为将会冻结1700亿元资金，部分缓解令人头疼的流动性泛滥。并且预见，央行还会继续提高存款准备金率。

（4）从选题看，既有经济领域，也有政治领域

《21世纪经济报道》上刊发的评论，从选题看，既有经济领域的，也有政治领域的。专业财经报纸关注重大国际政治问题，也从另一个侧面可以看出，政治是经济的集中体现，经济与政治在有些情况下互有交融。

2007年3月23日，有15名英国水兵在波斯湾被伊朗方面扣留。次日，伊朗外交部谴责英国军人"侵入"伊朗水域是"可疑行为"，此次事件被国际社会称之为"水兵扣留事件"。2007年4月4日在时论版刊发本报评论员文章《"水兵事件"考验欧盟》。

温家宝总理高调出访韩国和日本，出访日本被称之为"融冰之旅"。《21世纪经济报道》在2007年4月11日的报纸头版刊发社评《东亚迎来积极化解矛盾的和缓时期》。一方面是经济与政治的水乳交融，另一方面是《21世纪经济报道》对重大问题发出报纸声音的传统使然。

【资料来源：兰君：《报纸经济评论刍议》（硕士论文）】

第二章 财经新闻评论的功能作用及其分类

第一节 财经新闻评论的功能与作用

一、财经新闻评论的功能

在经济建设和人民经济生活中财经新闻评论起着重要的作用,其功能主要表现在解读经济政策、传递经济信息、指导经济生活、舆论监督功能、决策参考功能和深化报道主题等几个方面。

（一）解读经济政策

解读经济政策是财经新闻评论一个明显的社会功能。当前我国正处在社会主义经济建设的高速运转期间,新情况、新问题、新矛盾,困惑、疑虑、潜在的风险和危机相继涌现。相应的经济政策不断出台,消息、通讯、调查报道等文体对经济政策的解读已不能满足受众多样的"胃口。"为此,财经新闻评论解读经济政策的功能体现得更为明显。

经济政策是指党和政府关于经济工作的部署、政策和法令,它们是指导我国经济工作的指针。要把经济政策传达给广大受众,最快捷、最有效的方法是用财经新闻评论的形式在报纸、广播电视和因特网上发布解读。党和政府历来十分重视新闻传播在解读经济新闻的功能。毛泽东同志在对《绥远日报》编辑人员的谈话中指出:"报纸的作用和力量,就在它能使党的纲领路线、方针政策、工作任务和工作方法,最迅速最广泛地同群众见面。"[1]

财经新闻评论在解读党和政府的经济政策时,正是履行着这一功能。我国各级新闻媒介利用重要版面和黄金时间刊播财经新闻评论,解读党的路线、方针和政策。这些经济政策的内容丰富多样,有关于国家重大经济政策的（如国

---

[1] 毛泽东:《毛泽东新闻工作文选》,北京,新华出版社,1983。

务院进行振兴东北老工业区的决定），有针对某个经济领域的政策决定（如控制商品房信贷规模的决定），也有针对某一经济问题的政策性条例。财经新闻评论在解读经济政策时，具有以下几点优势：一是具有权威性。由于财经新闻评论多刊播于重要版面或黄金时间，且撰写者多为专家学者或资深记者，往往更具有权威性，更能令人信服。二是具有灵活性。新闻媒介往往能以最快的速度把经济政策传递出去，并能根据受众的反馈情况，有针对性地发表评论，其灵活性胜过消息、通讯和深度报道。三是具有广泛性。报纸、广播、电视等新闻媒介拥有数以亿计的受众。这些受众分布在全国各地，各行各业；他们又分别与周围的人群发生着联系、交流着信息。因此，财经新闻评论所解读的经济政策，往往能够得到广泛传播，快速深入到千家万户。

（二）传递经济信息

经济信息是指关于经济活动、经济生活领域能减少或消除人们认识上不确定性状态消息和知识。财经新闻评论通过对经济新闻事件、社会现象、社会问题的及时分析，帮助人们洞察其本质，明白其现实意义及影响，把握其发展规律和发展趋势，以至于从中引出规律性的认识。

财经新闻评论所解读的知识有广义和狭义之分。广义上，财经新闻所传播的新政策、新信息、新经验、新动向，均属于知识范畴，都是财经新闻评论所传播的知识。狭义上，财经新闻评论所传播的知识主要是以下两方面的知识：一是关于从事经济活动的业务知识，如工农业生产知识、商品知识、经济政策与经济管理知识等等。二是与经济活动相关的历史知识、法律知识，科技知识等，这些知识在财经新闻中随处可见。

（三）指导经济生活

财经新闻评论因事立论，乍看似乎"分歧杂错"，其实"未尝没有一贯的中心思想"，或在一个时期内提倡什么、反对什么的基本规划，因此可以给与社会舆论以程度不同的影响和引导，直接形成某种主导性舆论。财经新闻评论在指导经济生活方面的功能不可小视。改革开放以来，我国的经济建设能迅速发展，我国人民的消费观念能迅速变化，消费水平不断提高，与财经新闻评论的推动与促进有着密切的联系。财经新闻评论对经济生活的引导，主要表现在促进经济生产、商品流通和引导群众日常消费等方面。

程道才在《经济新闻写作概说》指出其具体内涵主要表现在以下几个方面：一是在思想观念上的引导。通过宣传党和政府制定的一系列搞活经济的路线、方针、政策，通过宣传改革开放的成果和兄弟单位的成功经验，帮助广大干部群众解放思想，大胆进行经济改革；二是在资源开发上的引导。不仅可以对工农业务生产和商品营销提供大量的生产与经营信息，而且能为它们提供丰富的人力资源信息和物质资源信息，为生产者和经营者提供多方面的信息服务；三是在经营方法和消费方式上的引导。以某个单位或个人的案例为平息对象，为广大受众提供生产或消费的模式。

（四）舆论监督功能

从某种意义上讲,财经新闻评论是一种对舆论进行筛选、加工、集中、概括后见诸文字或音像的一种表现形态。舆论常常是分散的、凌乱的,甚至是片面的、相互矛盾的,经过新闻评论作者的整理加工后,借助媒介迅速而广泛的传播,反过来影响和疏导舆论。

舆论监督是财经新闻评论的重要功能之一。舆论监督的对象可以是政府、企业、经济现象等有形的事物,也可以是观念、思潮等无形的东西。杨继绳将财经新闻评论的舆论监督归结为四个方面:一是对不法的经济活动进行揭露和批评,如基金黑幕、郑百文案、银广厦案的揭露,显示了媒体的社会责任;二是对不良经济倾向进行批评,如开发区热、重复建设、行政垄断等,体现了媒体的预见功力;三是对某些经济政策偏差进行评析,促进政策方及时校正,显示媒体的全局观念;四是对经济工作中的认识误区、盲区的校正和点拨,对有害经济思想的批评,体现了媒体的深度和水平。

（五）决策参考功能

决策参考功能是财经新闻评论的重要功能之一,预计随着经济生活的发展,这一功能将在财经新闻评论的诸多功能中日益强化.并且日益发挥重要作用。此处的"决策参考"包含三个层次:既包括政府官员制定经济政策时的参考,也包括企业管理者做出企业经营决策的参考,还包括普通百姓进行投资理财、消费时的决策参考。[①]

财经新闻评论对经济决策行为的所有环节都会发生影响。首先,财经新闻评论会影响问题的发现;其次,财经新闻评论会影响受众对问题的认知;最后,财经新闻评论中提及的问题解决之后,媒体也许还对解决的效果进行后续报道,相关的财经新闻评论也可能会跟进。这样就形成了一个"提出问题——媒体报道、评论——受众决策——解决结果——媒体报道、评论——解决问题"的循环,财经新闻评论在为受众提供参考的过程中,推动了经济的进展。

（六）深化报道主题

财经新闻评论还起着配合财经报道、深化财经报道的功能。这种功能主要指有的评论与新闻报道同时发表,表达财经报道中不便于表达的意见,或者点出财经报道的意义。财经新闻评论与消息、通讯、调查报道等联合起来形成对财经新闻的深度报道。

新闻媒体常常为一组财经报道或系列财经报道配发短评或者编者按语。这些报道的单个事实,往往不易显示重要的意义,如果把这些单个事实蕴涵的本质意义经挖掘以后,共同放在一定的新闻背景下,就能显示出它的意义,财经评论就能起到深化主题的作用。

① 可会明:《论经济新闻评论的决策参考功能》,中央民族大学学位论文,2006。

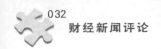
二、财经新闻评论的作用

财经新闻评论作为舆论工具直接发言的主要形式,其作用主要包括宣传党和政府的经济政策、方针。政策集中反映社会舆论、对经济行为作出是非评价、澄清事实,答疑解惑、深化新闻报道主题、揭示经济现象,预测未来等几个方面。

(一)传播党和政府的经济政策、方针

新闻评论是各种媒体的旗帜和灵魂,是整个宣传提纲,是报纸、通讯社、电台、电视台、网站的一种最具权威、最有影响、最为重要的宣传手段。在新闻的十八般武艺中,由于体裁的特性所决定,新闻评论又是宣传党的现行政策,同意干部群众认识和行动的最有效形式。这是因为,新闻评论在宣传党的经济方针政策时,不是直接地照搬红头文件,而是为了帮助读者明确各条战线当前的主要任务和奋斗目标,以及完成各项任务的途径方法,告诉他们应该做什么,不应该做什么。

同是一件事,不同的媒体对它会有不同的评论,这种评论就集中代表了这家媒体的立场和态度。大至国际间发生的大事,小至一件具体的生活事件,都是如此。比如面对2008年美国次贷危机,《人民日报》发表了评论《次贷危机,考验中国经济》、《次贷危机还要走多远》、《次贷危机警示中国房贷风险》等等,香港的大多数媒体发表了评论,世界上许多国家和地区的媒体也发表了评论,评论的调子就不一样,有的积极,有的消极,有的折中,这些评论就代表了这家媒体对美国次贷危机不同的政治立场和态度。

(二)引导社会舆论

在市场经济体制下,利益分化是必然趋势,也是一个不可回避的话题。建设和谐社会的根本途径就是诉求于各种利益的表达与整合。从现实来看,中国社会分化已十分明显,不同的社会阶层、利益集团业已形成。在这种情况下,财经新闻评论作为以说理为主要特征的新闻体裁,应该立足于对现实问题的理性思考,着眼于对人们思想认识的正确引导,把弘扬新风、树立正气、兴利除弊、激浊扬清作为自己的神圣职责,把坚持用正确的舆论"武装人、引导人、塑造人、鼓舞人",作为自己的追求目标。

我们强调财经新闻评论反映社会舆论,引导社会舆论的巨大作用,是建立在马克思主义的唯物论的反映论的基础上的。这就是说,财经新闻评论只是一定的社会舆论的文字表现形式,只是社会舆论的一种反映,它不是人为地制造出来的。当然,这种反映不是消极的、机械的反映,而是一种能动的反映,是将存在于社会之中的分散的、凌乱的、有时是互相矛盾的舆论加以集中地概括,去粗取精,去伪存真,形成一种正确的系统的意见,再传播到社会中去。所以财经新闻评论发挥作用的过程是一个从社会中来,到社会中去;从群众中来,到群众中去的过程。

（三）对经济行为作出思想判断、道德判断或价值判断

财经新闻报道主要是报道经济事实，财经评论则是在报道财经事实的基础上，从思想角度对它作出评价判断，指出它的正确与谬误；或从道德标准角度，判断它存在的价值；或从社会存在影响观念变化的角度作出评价。

譬如，《21世纪经济报道》的评论《提高通胀空间并非理想润滑剂》文中指出，"人们对中国存在外汇管制、强制结售汇的印象是不对的"，央行将保持人民币在合理均衡水平上基本稳定。并引用央行行长周小川的话，将金融危机以来的人民币"盯住美元"政策视作一项"特殊的政策"，"这样的政策迟早也有一个退出的问题。"

（四）澄清事实，答疑解惑

有些复杂的经济问题，单靠扩大报道面、增加信息量是无法回答的，而财经新闻评论就可以很好地发挥澄清事实，答疑解惑的作用。当前中国正处在社会转型的关键时期，深处其中的每一个成员，都无可避免地要成为这一历史的参与者甚至是推动者，也无可逃遁地要成为这一历史的被触动者。因此，在转型中，国家的经济发展方向、所获得的进展、所遭遇的困顿、所影响的命运，都是财经新闻评论者所要紧密关注、积极表达的话题，这种关注和表达在新闻实践中得到了一定的印证。

2009年世博会的报道层出不穷，但是它是否真的能对21世纪的经济发展起到一定的推动作用？不得而知。针对这种现象《解放日报》在2009年11月11日发表评论《21世纪的上海世博会意味着什么？》，作者用了十个关键词来解读"21世纪的上海世博会意味着什么？"

第一，对话，上海世博会共有242个国家和国际组织参展，基本上代表了当今世界所有可以被代表的团体，即使是联合国的论坛和会议，也只是一些政府机构和相关机构的参与，无法让绝大多数的公民和市民参与进去。第二，诠释，文中指出世博会举办的目的，是要打造一个更好的城市。为了提高我们的生活质量，以及在大城市中生活的品质，会引导一种全新的生活方式、理念以及环保绿色的城市保护意识，它可以被认为是一种催化剂，能进一步催生一种所谓"城市，让生活更美好"的理念，在城乡各处生根开花。第三，国家项目，世博会是一个强大的"国家项目"，它将展现某个国家的成就，以及能对其他国家和地区的经济、社会、文化发展起到什么样重大深远的影响。第四，合作共事，世博会使世界各国和各个文明之间能够和谐共处，同时也能够为我们的未来作出一个非常完美的规划。第五，文化平台，在世博会这个平台上，可以展现一个国家文化的多元性，展现学术成就、智力成就，展现不同国家和地区文化艺术形式，包括剧院、舞蹈、音乐、绘画等等这些艺术形式，使世界各国人民能够在不同的论坛和场合来欣赏和体会这些文化的成就。第六，身份互动，世博会是国家身份和地方身份的一种高度互动。每个地区的人民都能够为这个宏大的目标而被动员起来，它会对他们所生活的地区以及他们所归属的国家的未来发展产生重大的影响。第七，成功，一个世博会的成功更加意味着市民的成功、社会的成功，也意味着该地区的生活水平达到了一个新高度。第八，创新，很多科研人员要到世博会上才能体会到真正的灵感。也就是说，世博会可以有助于解决我们所遇到的这些问题。第九，可持续发展，在世博会上，可以了解到可持续发展的理念，了解到不同国家是如何通过不同路径来实现可持续发展的。第十，期待，这是历史上第一次在世博会上提供城市最佳实践区，通过这个展区我们要看一下，城市能够为我们解决日常问题提供什么样的好方案；我们也希望这届世博会能成为一个大的文化节日，6个月时间里有2万场演出；我们还希望上海世博会不仅能展示还能沟通，让大家充分地讨论、参与、制订行动计划，最终在世博会结束时推出《上海宣言》。

这篇评论深刻地说明了世博会举办的意义，包括对国际的影响，对中国的影响，对上海的影响以及对经济科技文化的影响，读者一目了然。

（五）深化财经新闻报道主题

不少言论，尤其是短评，是配合财经新闻报道而发。它能弥补新闻报道思想上的不足，可以进一步阐明财经新闻所报道的事实的意义，提高受众的认识，端正人们的态度，防止片面性等等。单个新闻报道往往不易显示重要的意义，而如果这些单个事实蕴涵的本质意义经挖掘以后，共同放在一定的新闻背景下，就能显示出它的意义，财经评论就能起到深化主题的作用。

例如，2009年10月河南安阳一人独中3.5亿元的事情社会上议论纷纷，很多人认为是彩票的发行缺乏监督机制，《新京报》与10日报道《河南省福彩中心：3.5亿元双色球巨奖没有疑点》，分别介绍了安阳彩民一人独得大奖，要交税7000余万元，并且采访了巨奖彩票投注站的店主陈彩霞，她介绍了巨奖获得者买彩票的经过，并且告诉告诉记者大奖投注站销量比平时翻了三番。并且刊登了网友的三个疑点：彩票44倍投注过于反常？福彩中心为派奖掏空奖池？开奖现场为何没有观众？相应地刊发了河南省福彩中心新闻发言人的回应。对于此报道，读者还会对彩票的监督机制提出质疑。对此，该报于15日发表了评论《彩票发行需要什么样的监督机制》与之前的报道相配合，指出在将近3.6亿元的巨额奖金面前，相当多的人仍然能够理性思考。在各大门户网站的网络调查中，关于隐私权和知情权的争论，人们的结论很明白：保护个人隐私很重要，彩票业的治本之方在于制度设计，而非简单地牺牲中奖者的隐私。这样的调查结果令人欣慰，公众对他人隐私权的高度尊重是公民意识成熟的表现。事实上，公众的知情权与中奖者的隐私权并不矛盾，满足公众的知情权，并不意味着必须把中奖者非自愿地拉到阳光下来示众。公众真正关注的不是中奖者姓甚名谁，而是大奖出自幸运女神的神工，还是暗箱操作的鬼斧？让人产生怀疑的不是中奖者的神秘，而是整个彩票制度的公信力。与之相比，福彩中心的表现有些令人失望。他们依然只是在强调要"依法保护中奖者的隐私权"，对相关问题的认识深度无意或有意地要远远落后于大众。最为遗憾的是，即便外界质疑强烈,我们至今未见任何监管机构出面回应。这不禁让人疑惑:难道彩票发行根本没有监管机构吗?显然,大多数人都是这样认为的,因此有超过六成的网友呼吁设立独立的彩票监管机构——"彩监会"。这样的建议,显然是从"中国证监会"、"中国银监会"、"中国保监会"等机构设置中获得的启发。

问题是,这些机构所监管的都是相对市场化的主体,而中国能够发行彩票的机构只有两家,而且都是隶属于国家部委的事业单位。如果依然政企不分,即使成立一个"彩监会",面对强大的部门利益能否做到铁面无私呢?想想一部《彩票管理条例》居然难产了10多年,就不难想见其中纠葛。当下我们最为需要的是有效监管,至于这个监管机构是叫"彩监会"还是"彩票处",倒显得比较次要。

根据刚刚施行的《彩票管理条例》,由国务院财政部门负责全国的彩票监督管理工作。但是,这个本应作为一个专门章节来规范的监管部分,却仅此一个条款,并无具体规定。事实上,仅靠财政部综合司下面的彩票处,来监管两大司级事业单位,可能是形式意义大于实质意义。至少到目前为止,从2002年江苏扬州的"彩世塔案",到2004年陕西西安的"宝马彩票案";从双色球伪造开奖直播画面,到深圳木马制造3 305万元福彩大奖,公众始终未见监管者有过明显的作为。现行彩票的监管,几乎是"自己监管自己",这还只是问题的一个方面。与此同时,以公益为宗旨的彩票发行根本没有建立起一个完整而及时的信息公开制度,公众根本不知道数目庞大的资金最后都流向了哪里,又如何体现出公益性;而且,整个彩票发行的所有方面皆由一个机构操作,彩票是它卖的,销售资金由它掌握,摇奖系统是它设计的,开奖画面是它制作的,资金使用是它说了算的。很多本应互相形成制衡的方面,却被高度集中于一体,这样的彩票发行体制当然拥有太多操作的空间和作假的可能。超级大奖考问彩票公信力,而彩票公信力只能源自完善的制度设计。有效的独立监管、严谨的信息披露、完备的发行制衡,三者都不可或缺。

(六)揭示经济现象,预测未来

财经新闻事实包括事件、事物、现象、形式等,财经评论的作用不在复述新闻事实,而在解释其间的本质属性,分析其发展的趋向,告诉受众将会怎样。

例如《上海证券报》的评论《哪个新兴市场明天会更好》就是适例,文中指出:

股市之难以预测,在于其实质是人际博弈。参与者以克服彼此为旨归,而博弈的动力源自本能和情感,它们规定了哪些目标才是值得竞取的。至于理性或逻辑分析,不过是达成已选定目标的工具,不能用来设定目标。

新兴市场将成为资金流入的目的地。若以经济实力和发展趋势来计算,中国、印度、巴西等国为首的新兴市场占全球的份额应从目前的6%跃升为13%。然而在方向上,是投向巴西还是投向中国,眼光和判断却大不相同。上期引述的投资大师格罗斯和格兰桑及其分别创立的PIMCO(管理着10 001亿元资产)

和 GMO(管理的总资产有 1 020 亿元),正好是两种不同判断的代表:PIMCO主张投往亚洲,而 GMO 则主张投往拉美。

GMO 一派判断的依据是,亚洲新兴市场的股价平均水平已高涨,市盈率过高(或收益率过低),相比之下,巴西等拉美国家的业绩要好许多(甚至被认为好出有三倍之多)。PIMCO 的判断,则是根据两地人民不同的投资意愿,亚洲新兴经济体在利用信贷来经营的意识,以及金融系统的配套和金融工具的支持相对要强许多,形成和创造出来的流动性是拉美民众所不能比拟的,即便市盈率(即 P/E 值)相对较高,投资回报的期望当然会更高。例如,依据大摩的新兴股市指数,去年中国股市 P/E 的平均值达到了 31,高出 S&P500 的 50%,而巴西的 P/E 平均值才 14。

笔者认同 PIMCO 的判断。作为中国人,我容易产生偏爱,或者更熟悉亚洲市场,或许都有影响,不过我还是认为,有更站得住脚的理由。

第二节　财经新闻评论的类型与体裁

一、财经新闻评论的类型

到目前为止,对于新闻评论的分类尚无定论,这是因为人们对新闻评论分类的目的和标准不同,而财经新闻评论的分类更趋复杂。对于我们来说,重要的是了解客观存在的常见的分类,掌握这种常见的分类的各种评论的基本特点。

西方资本主义国家通常将新闻评论分为五类:社论,包括社论、同一社论、代论;专论,包括专论、来论、星期论文;释论,包括大事分析、时事评论和述评;短评,包括分散在各个专业版里的短小的评论文章;杂志评论。

在我国新闻评论通常有以下几种分法:按内容性质不同新闻评论可分为立论性财经新闻评论,驳论性评论,阐述性评论,解释性评论,提示性评论。按评论规格不同新闻评论可分为社论,评论员文章,短评,编者按,记者述评和专栏短评。按媒体不同新闻评论可分为报纸评论,杂志评论,广播评论,电视评论,通讯社评论,网络评论等。加入 WTO后,新闻评论日益融入到世界经济发展的大背景下,同时也出现了一些新的评论类型,如专栏评论,随笔,漫画等等。

本节主要介绍依据评论内容性质不同财经新闻评论划分的五种类型:立论性评论,驳论性评论,阐述性评论,解释性评论,提示性评论,其中前两种是基本类型,后三种是前两种的派生类型。

（一）立论性财经新闻评论

所谓立论性财经新闻评论,指主要运用正面论述方式、方法,倡导符合时代、社会需要和历史发展必然趋势的新事物、新经验、新观念的评论类型。[①]

凡是以倡导为宗旨、以正面说理为主要手段的评论,不论它属于哪种媒介,哪个规格或作者署名与否,都可以称为立论性财经新闻评论。而以倡导为宗旨,以正面说理为主要手段,则是这类评论区别于其他评论的基本特点。

立论性财经新闻评论历来是财经新闻评论的主角,一切符合社会发展趋向、与时代潮流一致的经济事物,都可以成为这类评论的论述对象。王振业认为,立论性评论的写作要求有以下三点:一是在提炼新颖论点上下工夫,论点新颖与否,对于立论性评论具有举足轻重的意义;二是突出说理重点,围绕一个论题的几个方面,突出最重要的方面,在讲一层道理时,尽可能删枝刈蔓,把笔墨集中于核心部分的论述;三是适当运用驳论,立论性评论以正面说理为主,强调这一表现特征,并不等于否认驳论手段的作用。

（二）驳论性财经新闻评论

驳论性财经新闻评论是新闻评论的另一种类型,它同立论性财经新闻评论,就像一把双刃剑,经常以各自的方式,共同为经济社会的健康发展开辟道路。在社会变革时期,这两类评论相辅相成、相互为用的社会作用尤为显著。人们欢迎切中时弊的驳论性评论,丝毫不亚于欢迎深刻中肯的立论性评论。所谓驳论性财经新闻评论,是新闻的另一基本类型,它同立论性财经新闻评论,就像一把利剑的双刃,经常以各自的方式,共同为社会的健康发展开辟道路。[②] 在驳论性财经新闻评论的写作中要区分于批评性财经新闻评论与揭丑性财经新闻评论的区别。驳论性财经新闻评论在写作中应该注意以下四点:一是选准"靶子",瞄准"靶心",靶心就是驳论对象的要害,包括问题的实质,矛盾的症结及其危害等等;二是要实事求是,注意分寸;三是要有理有据,以理服人;四是要讲究方法,力求主动。

（三）其他性质的财经新闻评论

1. 阐述性财经新闻评论

阐述性财经新闻评论与立论性财经新闻评论,构成我国财经新闻评论的主流,处于主导地位。阐述性财经新闻评论是特殊的立论性财经新闻评论。阐述性财经新闻评论有自己的特定内容取向和论述范围。这类评论专门阐述党的纲领、路线,党和政府的决策、部署,以及方针政策、法律、政令等等;一般把论述重点放在解释、阐发有关精神上头,借以帮助广大干部和群众正确理解、领会其实质,提高贯彻执行的自觉性,并转化为具体

①　王振业、胡平:《新闻评论写作教程》,北京,中国广播电视出版社,1995。
②　王振业、胡平:《新闻评论写作教程》,北京,中国广播电视出版社,1995。

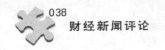
的社会实践。这是一种以指导社会实践、推动社会主义事业健康发展为宗旨的财经新闻评论类型。

2. 解释性财经新闻评论

解释性财经新闻评论与立论性财经新闻评论、驳论性财经新闻评论之间的区别,主要在于前者以客观分析、解释、说明为主要手段,而不在于它表达的究竟是关于事物的肯定还是否定的见解。

解释性财经新闻评论与阐述性财经新闻评论和提示性财经新闻评论的区别,除论说手段有所不同外,还在于后面两种有自己的特定内容取向或运用范围。而述评性消息、调查性报道之间不存在绝对的界限,有些作品实际上可以两属。

3. 提示性财经新闻评论

新闻评论一般把主要精力,用于分析问题,阐明相应看法,寻求妥善解决问题的途径和办法上来。但也有以提出问题、启发和引导思考为主的评论作品,这就是提示性财经新闻评论。随着社会的发展,社会生活日益纷繁复杂,这类评论越来越受人们的重视,应用范围也呈现日渐扩大的趋势。①

提示性财经新闻评论要"评而少论"、"述而不详"。"评"就是对于事物的判断或论断,即以相应的判断或论断点明事物的实质和意义,或指出有可能的趋向。"述而不详"指的是引用事实的特殊要求,这种评论类型一般都要依附于其他稿件,"由头"和论据多包涵在它所依附的稿件之中,一般只要提一提,人们就会把它的论点与有关事实联系起来,不必详细叙述。

二、财经新闻评论的体裁

财经新闻评论的体裁有如下几种:

(一)社论

1932 年,张友渔这样表述:社论为报纸上的评论,由报社中人所撰述,代表报社的意见。故曰:"社论者,电表报社的意见之评论也。"详言之:"社论者,代表报社之意见,对于时事,有所解释,批判及主张,以期指导读者之评论也。"他又说:"报纸之使命,在报告事实与发表意见,前者为新闻记者事,后者即所谓社论。社论在报纸所占之地位,有时较新闻事为重要。"②

社论是定期出版物中的最重要的论文,是指导性的论文;它指出方向,表示报纸的方针。社论是新闻媒体的旗帜,集中反映了政党、政府、社会团体的立场、观点和主张。社

---

①　王振业、胡平:《新闻评论写作教程》,北京,中国广播电视出版社,1995。

②　《新闻研究资料》(总第八期),52～59 页,北京,新华出版社,1981。

论一般针对重大事件、重大问题发言,具有鲜明的指导性和权威性,是媒体中规模最高的评论体裁。

社论一般是集体讨论,然后由一个人执笔写作。过去一般是由主笔或社论委员执笔写作之后,经总主笔或总编辑修改、润色。无论采用哪种方式,一般都应注意以下几点[①]:一是要体现本报特点。社论是编辑部的意见、观点的表述,是反映报社观点的文章,它不同于其他形式的评论,因此从选题、立论直至写作见报,都要反映本报的特点,要有本报的个性,也就是不要离开本报的办报方针。二是要以广大读者为对象,面向广大读者。社论总是面向各方面读者发言的,不同的读者关心的问题会有差异,都是他们毕竟有着共同的关心点。因此社论一般应该以最广大的读者为自己的对象,特别是党报的社论不宜仅仅局限于党的各级干部所关心和感兴趣的话题。三是要有思想深度。缺乏思想,老调不断地弹,人云亦云的社论是不会有生气的,即使用的语言华丽多彩,也不能吸引读者。读者阅读社论的目的,就是要从中获得一定的启示,如一个重大事件发生后,读者不仅从新闻报道中知晓事件,还需要了解这个事件发生的原因、未来的发展趋势,或会带来什么影响,等等。也就是说,这些问题才是社论需要回答的。四是有丰富的知识和信息。透辟的见解来自与广博的知识和有效的信息,缺乏知识和信息的社论,是不可能产生深刻的思想的,知识和思想缺乏的社论不仅无助于读者,反而贻误读者,久之将失去读者,以至于失去报纸的严肃性和权威性。五是要以充分的事实为依据。社论一般应以当天或昨天发生的新闻事实为一轮对象,这种事实材料应是读者所关心的重大新闻。六是社论是对事实的分析、评论,如果脱离实际,或事实依据不充分,牵强附会,空话连篇,就无法起到其应有的作用。含糊的事实、错误的事实、无依据的事实(即无中生有),多是社论写作中所忌讳的。

(二)评论员文章

评论员文章是一种介于社论和短评之间的中型评论,通常不去全面地论述某一重大问题或重大决策,而是就某一问题或选择一个重要的侧面发表意见,作更深层的分析。它与社论没有严格的界限,必要时可以升格为社论。

评论员文章可分为三种:评论员文章、特约评论员文章、观察家评论。评论员文章包括署名和不署名两种。不署名评论员文章既非个人署名的一般文章,又不代表整个编辑部;既有一定"官方色彩",又不完全代表"官方"。它具有较大的灵活性,选题角度可小一些,单刀直入,集中笔力。

特约评论员文章是评论员文章中的一种特殊形式,冠以"特约"二字,一是说明该文是社外人士所作,同时也起到提示作者身份的作用。特约评论员文章的作者一般是党政

领导部门或理论学术机构的负责人、有关专家,评论的问题响度重要或带有一定专业性,评论者的意见能够体现一定的权威性。如对重大思想问题、理论问题、政策问题,中央级的重要报刊都曾使用过特约评论员文章。特约评论员文章虽然数量不多,但论题重要,篇幅长,论证系统、严密,是评论员文章中的"重型武器",规格要高于本报评论员文章,作用不可小视。比如,《中央摸底内地热点地楼市》、《游走在全球化与商业民族主义之间》都是产生较大影响的特约评论员文章。

观察家评论是评论员文章中另一种特殊形式,使用数量较少,一般用于对重要时事问题的评论。观察家评论侧重于"观察",在"观察"中进行评析、论辩和预测,语言犀利,论述相对自由灵活,具有独特效用。如《资源约束倒逼循环经济》《国际经济旋涡中的中国功夫》。

评论员文章与社论的区别在于:(1)评论员文章一般由编辑部自行定稿。评论员文章虽然也要体现编辑部集体的观点和倾向,但不必像社论那样代表编辑部和统计党委发言并经同级党委审阅,一般由编辑部自行选择论题,自行定稿。(2)论题的重要性。通常,社论常常针对重大典型、重大事件或重大问题发言,论题严肃庄重。评论员文章则偏重于论述局部性重要事件或问题,选题范围比社论广泛而具体。(3)直接切入论题。论述上,评论员文章一般不必像社论那样全面去论述某一重大问题或重要决策,而是选择其中一个侧面,直接切入。(4)配合新闻事实发表。社论常常独立发表,评论员文章则常常配合或结合新闻事实或材料而发。(5)篇幅适中。评论员文章篇幅适中,介于社论和短评之间。[①]

(三)短评

短评是一种篇幅短小、内容单一、分析扼要、使用灵活的编辑部评论。它根据党的方针政策,常常配合新闻报道就现实生活和实际工作的某一个方面的问题,代表编辑部发言。与社论相比,短评属于"轻骑兵"。表现在题目、评论范围、篇幅、规格等方面,都更加轻便灵活。

短评,顾名思义就是短小的评论。过去的短评有长到 1 000 字的,近年来的短评一般在 500 字左右,不会超过 600 字。文章短小而要求把道理讲明白,意思说完整,因此,短评的内容要集中、单一,一篇短评只要一个观点、一个问题,在复杂事物诸多方面,只选择其中某一个问题,因此它的特点之一是"评其一点,不及其余"。由于短评的特点和篇幅,它无法承担重大题材的评论任务,即使一般性的题材,短评也不可能全面地去评论。而选择一点,还有继续展开的余地。这些特点是短评区别与社论的地方,也是短评比社论更加自由灵活的优势所在。

---

① 王兴华:《新闻评论学》,杭州,杭州大学出版社,1998。

短评一般配合新闻报道发表,对报道有一定的依附性。要尽量以报道为依托,以报道的客观事实作为立论的由头和论据,这一方面可以使新闻报道锦上添花,画龙点睛;同时也使评论本身有了现成的新鲜义典型的事实作为依托和依据,有助于就实论虚、说理分析,使评论的内容和主题集中深刻。评论的新闻性也更强一些,依托新闻报道,更有利于提出新颖独到的见解,有新的角度、新的表达方式。短评在分析说理的过程中,比社论更生动活泼、议论风生。力戒空话、套话,在表达方式和表达方面更加运用自如,异彩纷呈。

(四)编后和编者按

编后和编者按是最简短、最轻便的评论形式,通常一二百字,甚至更短。它是"一针见血"的评论,不容你说空话、套话、废话,打破了一切文章写法的框架,三言两语解决问题。编后是对新闻或通讯的一点联想和发挥。它也是编者按语的一种,引文按在文末,故称"编后"。中国报刊最早的编后,是上海《申报》搞起来的。它在 1878 年 3 月 30 日曾载文说明:"本馆胪列新闻,登之日报,不过据事直书,不敢饰无为有,亦不敢颠倒是非,间于篇末窃附己意,亦无失就事论事之议,以期准于情当乎理而已。"这是最早的对编后的说明。

编者按除了按在文末的称为"编后"外,还有按在文首,按在文中的,这就类似"眉批"了。按在文首的,通常是对新闻和通讯的一点说明或提示,借以引起读者的重视。

文中的编者按语,用途很广,可以批评,可以表扬,也可以是读行文中某一个提法或做法提出商榷或修正。一般来说,新闻通讯不尽妥当的言语,可以经过编者删改再加刊出,但也有牵涉到有关事实不便删改的,只有用加按语的方法弥补。

编者按是毛主席生前很喜欢用的评论形式。他的很多观点,都是通过编者按的形式发表的。现在这种形式用的比较少,其实还是值得提倡的。[①]

(五)专栏财经评论

中国的专栏评论的历史比较悠久,在 1978 年开始,从中央到各省、市的报纸上,各种类型的评论专栏普遍兴起。目前,几乎所有新闻媒体都开设一种至几种评论专栏。

评论专栏可分为群众性言论专栏和个人署名专栏两种。群众性言论专栏多数是公共专栏,对外开放,自由投稿,择优录取。像《人民日报》、《今日谈》的作者,有中央领导同志,也有基层一般干部;有学者名流,也有工人战士;有八旬老翁,也有莘莘学子,每天投稿近百篇,确实有广泛的群众性。这就是开放型专栏的一大特点。通常作者以自己亲历的一个生动事例为头,娓娓道来,不经意间阐明了国民经济调整中的一个大道理,真是小中见大,既有知识性,又有针对性、趣味性。

---

①　范荣康:《新闻评论学》,北京,人民日报出版社,1998。

　　个人署名专栏,从 20 世纪 50 年代初期始,赵超构就用林放的笔名在《新民晚报》上写杂文式专栏《未晚谈》,它与一般的杂文不同,有浓厚的新闻性,是杂文手法在新闻评论中的运用。署名专栏,由于署上了个人姓名,作者写作时有更大的自由度,能以个人的思想和观点来谋篇行文,能用富有个性特色的风格表达观点,从而丰富了文章的内涵,提高了传播效果;另外,个人署名专栏还可以缩短读者与作者的心理距离,增强亲切感。而且有些个人署名专栏文章,常用第一人称口吻叙事说理,读者有见文如见人的感觉,似朋友之间的对话和谈心,这样,读者愿意接受文章的观点;即使对文章有不同意见,也会认为这是作者个人观点,属平等的意见交流,不易产生抵触情绪。特别是读者一旦对专栏作者的人格和文章产生崇拜心理,那么,读者对专栏会有一定的忠诚度,并按专栏来寻找文章阅读。

　　而财经专栏评论是在报纸相对固定的版面位置开辟的财经评论栏目。财经专栏评论又可分为专栏财经评论和专栏财经论坛。

(六) 财经述评

　　财经新闻述评是财经新闻报道与财经新闻评论的结合体。一般地说,新闻报道是报道事件,并不作分析评说,分析评说总是和新闻报道明显地区分开来,即使像编者按那样依附于新闻的评论也是与新闻本身有明显区别的。最容易混淆的文中按语,要用括号括起来,必要时字体也要发生变化。但在述评中,却是既报道事实,又对新闻事实作出必要的分析和评价,有述有评,边述边评,评述结合。从篇幅上来看,述评往往是述多于评,但述的目的是为了评,重点在于评,述是为评服务的。述评同样属于新闻评论的范畴。

　　财经述评的最大特点就是融新闻和评论于一体,夹叙夹议,边述边评。财经述评既要对新闻事件进行叙述交代,使接受者了解有关事件本身的信息,又要对所叙述的事件加以议论、分析,表明作者对于新闻事件的看法。述评中对事实的叙述,有多种方法,有的是报道最新发生的事实,有的是对一段时间内的新闻事实的综述;有的事实写的具体,有的写得抽象概括。但不管事件如何叙述,述评属于评论范畴,不能像新闻作品叙事那样不动声色,不置可否,而要带有倾向性,表现出作者鲜明的态度。就是说,叙中要溶解评的因素,叙与评不能完全分开,必须使二者有机结合,使人们在接受新闻事实的同时,也能理解和接受作者的观点。

　　由于叙议结合,述评更具有灵活性。其他报道形式要受到许多限制,但述评却时叙时议,旁征博引,自由挥洒,不拘一格。

　　述评与"纯新闻"不同,与纯评论也有所不同,一般来说,新闻写作和新闻评论写作的一些基本要求对其有试用之处。李法宝在其《新闻评论:发现与表现》一书中指出述评的写作要求有以下几点:一是要深入采访调查研究,依据事实提炼主题。新闻述评既然是以叙述事实为基础,以评价事实为目的,首先要求作者要在深入采访调查研究的基础上,掌握大量的翔实的事实材料以利于理论。二是准确恰当地运用材料,提出中肯主张。所引用的事实材料是从大量的事实材料中精心提炼出来的,具有典型性的,对于说明某些情况或反映某一方面问题应是有代表性的,依据这样的事实,缘事而发议论,使道理讲得更加贴切自然,说服人,打动人。

例如 2001 年 7 月 19 日《中国经济时报》刊发的《"逆反"的中国股市》:

中国股市就像一个惯坏了的孩子,专门与人过不去。利空来了,它敢涨;利好来了,它敢跌。对亏损股、问题股爱如至宝;对绩优股、蓝筹股弃如敝屣。这样的事例,可以说不胜枚举。

就说这几天发生的事吧。7 月 13 日,北京获得 2008 年奥运会举办权。这对北京,乃至对全国的经济建设和社会发展都将产生巨大的推动作用。如此重大利好,对中国股市无论是短期还是中长期都是实质性的。然而,市场表现与全国上下闻知这一消息之后的狂欢达旦、彻夜无眠相反,7 月 16 日不仅奥运行情未能展开,反而在开盘拉高后庄家纷纷出货,又一次表现出所谓"利好兑现是利空"的顽固的"中国股市特色"。两市双双下挫,深成指收于 4 609.08 点,跌 25.42 点;沪指收报 2 146.24 点,跌 15.10 点。这股市所表现出来的逆反心理也真是到家了。

倒是大洋彼岸的美国股市,由于北京申奥成功,中国概念股出现逆势大涨的行情。7 月 13 日中华网上涨 34.68％,网易、新浪、搜狐也分别上涨 21.49％、10.47％和 10.43％,其股价分别收在 4.0 美元、1.47 美元、1.90 美元和 1.80 美元。两个市场截然相反的表现,说明中国股市在本质上是一个不以宏观基本面变化为依据的被人操纵的市场。这对以正常心态判断股市行情发展的大多数中小投资者的入市和持股信心又一次带来了严重打击。

再说今年上半年股市的运行情况。深沪两市依然延续牛市格局,沪市综指上半年由 2 073 点上升至 2 218 点,升幅 6.99％;深圳综指也由 635 点升至 658 点,升幅 3.62％,沪深两市平均升幅为 5.31％。在牛市背景下,长时间没有充分表现的绩优蓝筹股板块却备受冷落,不随大势上涨,反逆大势下跌。以《证券时报》18 只样本蓝筹股为例,13 只个股出现下跌,跌幅超过 10％的有 6 只,其中风华高科跌幅达 35％。它们的平均跌幅达 7.7％。如邯郸钢铁,2000 年每股收益 0.506 元,净资产收益率 12.82％,在实施配股股本扩张的情况下,仍保持了较好的收益及成长性,每股收益列沪市第 47 位,在《中国证券报》、清华大学企业研究中心联合推出的 2000 年中国上市公司盈利能力排序中列第 275 位。连续被上海证券交易所《上市公司》、《人民日报·华东版》评为上市公司 50 强。该股公布年报前股价长期在底部徘徊,4 月 18 日公布绩优年报当天开盘拉高后庄家大举出货,收出一根大阴线,收盘于 8.61 元,此后一路阴跌不止,7 月 17 日收于 7.85 元,下跌 8.83％,目前市盈率不到 16 倍,远低于超级航母中石化 20.10

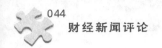

倍的新股发行市盈率,但迄今仍不知该股底在何方。

与此相反,ST 板块、PT 板块你方唱罢我登场,一个个红得发紫。近日,沪深股市连连收阴,庄股跳水之声此起彼伏,不绝于耳。而 ST 黄河科技犹如当年的亿安科技,雄风大振,逆大势连连收阳,连连刷新上市 8 年以来的历史新高。7 月 17 日收于 23.66 元,与 1998 年 12 月 21 日的 4.92 元相比,两年半时间涨幅达 480.89%;而与 2001 年 2 月 26 日的 9.18 元相比,4 个多月时间涨幅达 257.73%。但该股于 6 月 23 日发布 2001 年中期预亏公告称,"生产经营基本处于停顿状态"。ST 黄河科上市 8 年,至今连续 7 年中期出现亏损。而庄家对它炒起来底气十足,大盘连连下挫也好,其他庄股纷纷跳水也好,它却大振"亿安"雄风,高唱"红湖水,浪打浪"的丰收之歌。这不也是股市逆反心理的生动写照吗?

"子不教,父之过。"就像孩子逆反心理的出现是父母惯坏的,是教育失当的结果一样,股市逆反心理的出现,其根子在于监管措施不到位,监管方法不当,对操纵市场行为见事迟,行动慢,打击不力。如 2000 年深圳证券交易所通过实时监控,共发现异动股票 476 起,向监管部门提交亿安科技、中科创业、ST 海虹、ST 深华源等 17 只出现严重异常交易股票的专项调查报告 19 篇。但是,证券监管部门的处理滞后而又无力。其中最典型的是亿安科技股票操纵案,深圳证券交易所于 1998 年 12 月以来曾多次向监管部门反映亿安科技股价出现异常波动的问题,并于 2000 年提交了关于亿安科技出现严重异常股票交易的专项调查报告。但由于拖延时间没有及时查处,致使该股两年以来股价直冲云霄,从 5.5 元钱的低价股飞跃为所谓的"百元大股"。后来虽然形式上没收和罚款 8.89 亿元,但却无法找到事主执行,至今尚未处理终结。

《证券法》规定,上市公司丧失法定上市条件的应暂停或终止上市,但由于监管部门未及时出台相应的实施办法,加之抵不住有关地方政府的干预,使一批早就丧失上市条件的公司长期不能退市,长期被市场恶炒,致使一大批 ST 股票和 PT 股票的价格与价值严重背离,而监管部门却视而不见,听之任之。

总之,管理层所倡导的市场投资理念与目前中国证券市场的现状是相矛盾的,有法不依的现象相当普遍。而有法不依比无法可依对市场的危害更大,它使违法者更加有恃无恐,使守法者更加丧失信心,使股市的逆反心理更加严重。管理层如不正视目前中国证券市场被庄家肆意拉抬打压股价而操纵市场的现状;如不加大对违规行为的惩治力度并大大提高工作效率,股市的这种逆反心理就不可能得到根治,中国证券市场的规范发展就将沦为空谈。

(七)财经随笔(财经散文)

财经随笔如今是很时兴的文章,频频见于报端。因为受读者欢迎,报刊愿登,写来洒脱随意,加上稿费从优,于是有很多经济学家在研究、授课之余乐于写一些随笔。写作财经随笔,必须对经济有透彻的研究,并且对经济理论了然于胸,文字功底深厚、行文老到,有意也有暇去评点时局、启蒙大众。

　　财经随笔在写作样式上没有什么固定的限制,常见的有借事说理,夹叙夹议等形式。例如新华社记者牛海荣 2010 年 3 月 10 日的财经随笔《美股牛市一周年市场前景探析》:

　　　　随着 9 日闭市钟声的敲响,纽约证券交易所内的电子显示屏定格在了这样几个数字上:道琼斯指数收于 10 564.38 点,标准普尔指数收于 1 140.44 点,纳斯达克指数收于 2 340.68 点。在美股牛市一周年之际,三大股指当天均小幅上扬。

　　　　一年前的今天,由于投资者对世界经济前景的担忧加剧,纽约股市三大股指全线下跌,其中道琼斯指数收于 6 547.05 点的 12 年新低,比 2007 年 10 月创下的 14 164.53 点这一历史最高水平下跌了 54%。

　　　　经历过那一天的投资者至今仍清楚地记得当时市场中无处不在的恐慌情绪。纽交所资深交易员戴维·汉德森甚至不愿意再回忆那一天的情景。"那时候实在太恐怖了,每个人都在议论:跌到什么时候是个头?"他对记者说。

　　　　也许应了"否极泰来"这句古话,事情往往在所有人感觉看不到希望的时候发生转折。没人想到,股市下跌的第二天就是一轮大牛市的开端。随着各国政府救市措施逐渐发挥作用,世界经济显示出了令人欣喜的"绿芽",而作为宏观经济"晴雨表"的美国股市开始了长达一年的牛市。这一年来,道琼斯指数上涨了近 62%,而更能代表市场趋势的标准普尔指数上涨了 68%,纳斯达克指数的涨幅更是超过了 84%,为 20 世纪 30 年代中期以来涨势最猛的一年。

　　　　现在市场中争论最大的问题是,这一轮牛市还能走多久?

　　　　对股市持乐观态度的人认为,一年前,股市的率先反弹正确地预测了经济复苏,而现在市场所传递的信息仍是如此。

　　　　威尔斯资产管理公司首席投资策略分析师吉姆·鲍尔森说:"我们现在还处于经济复苏的初期,对于股市的复苏来说也是一样。"

　　　　戴维·汉德森也是牛市阵营的坚定一员。他说:"公司最近公布的业绩很好,企业并购和兼并开始显著增加,上市公司分红的情况也很好,这一切都预示着市场会越来越好。"

　　　　然而,也有很多人持谨慎态度,担心随着政府经济刺激计划逐渐退出,美国经济的持续复苏面临风险。

　　　　莱姆西-金证券公司首席市场策略师比尔·金认为市场面临巨大的回调风险,并已告诉客户不要再继续扩大投资。金说:"现在入市太晚了,因为市场已经涨了这么多,风险太大了。"

在美国市场的股票估值已经不再那么便宜,而经济前景还存在着诸多不确定性的情况下,更多的投资者宁愿选择谨慎行事。

许多在市场中打拼了多年的投资者建议,如果继续加大投资,财务状况较好的大公司应该成为首选目标。

市场研究机构耐德戴维斯研究公司高级分析师艾德·克里索尔德就是其中之一,他说:"我们并不是说牛市已经结束,但是我们已经建议客户将他们的投资重点从中小盘股转向大盘蓝筹股,同时继续关注海外新兴市场。"

戴维·汉德森也承认:"短期来看,现在股市的确到了关键时刻,市场似乎寻找不到方向,很多人对市场的前景产生了怀疑。在这种情况下,股市在等待两样东西,一个是就业,另一个是消费者的信心,而这二者又是不可分割的。"

投资者日趋谨慎的心理从今年以来股市的走势中可见一斑。尽管绝大多数公司的财报超出市场预期,但今年以来道琼斯指数的涨幅仅为 1.3%。

谈到过去一年市场留给投资者的启示和教训,戴维·汉德森在采访结束时意味深长地对记者说:"无论在任何时候,不要过于狂热,也不要过于悲观。事实是,只要不过于贪婪,熊市和牛市都有人在赚钱。"

财经随笔最大的特点就在"随"上——随便、随时、随手、随心等。随笔中涉及的往往是一些稍纵即逝的思想火花,所以要养成随手、随时写作的习惯。财经随笔选题必须紧跟经济发展形势,敏捷地反映作者对热点问题发展的思考,紧扣时代脉搏。经济学家写给报刊的随笔,篇幅不可能太长,文章虽小,却道理深刻。财经随笔的文字一般都通俗流畅,读来有兴趣、视角独特、观点新颖、并且能够启智娱人。其中,最主要的还是要基于经济学的理论和知识,察人所未见,言人所未言,以经济学的智慧启迪读者。其次,要注意文字的准确,语言的凝练、通俗,善于讲故事,用形象生动的语言解释深刻的道理。财经随笔让经济学真正走向了普通大众,"轻松、高雅、休闲"的散文风格让枯燥的经济学走出书斋,变得灵动,让普通读者体验到经济学并不遥远,就在我们身边。

(八)财经漫画

在视为"读图时代"的当代社会,图已经成为人们日常生活中不可或缺的内容。作为报纸,为顺应这一历史变革,不但大量地刊登新闻图片,而且也把新闻漫画纳入到了新闻报道和评论的重要部分,而财经漫画也正以其独特的魅力吸引着越来越多读者的注意力。[①]

所谓财经漫画,就是用夸张的手法,简明的笔调描绘出含有讽刺性和幽默性的财经图画。作者以自己对事物的理解为前提,以自己的世界观和价值观为基础,通过观察社会上存在的各种经济现象或经济事件,运用特殊的形态——漫画,用比拟、象征、夸大、变

---

① 符建湘:《新闻评论》,长沙,湖南大学出版社,2007。

形等艺术手法,简明扼要地表达自己的感受;以其辛辣、诙谐、隐喻,借画评论其人其事,以达到娱乐读者、警醒世人的目的。

财经评论漫画一般由四部分组成:一是形象,这是财经漫画的基本构成元素,通常形象以人物为主体,抓住事件的当事人作为思想的载体,通过夸大或艺术处理,使人物具有很强的感染力。二是背景,它的作用在于再现人物的活动空间,让人物置于一定的活动环境,而这种环境又是表现主题必不可少的元素。只有当人物在某种特殊的环境下才能实现创作者的意图。三是文字说明,文字说明又包括人物的语言和说明人物背景而出现的文字。大多数财经漫画中均有文字说明。财经漫画配文字的原则是精练,必须起到画龙点睛的作用,因此对于漫画中的文字说明必须反复斟酌,做到既形象、生动,又精练简洁。四是标题,标题是漫画的灵魂,它的功能与地位和文字评论相当。财经漫画的标题要求更严格,是直接对漫画本身的抽象与概括,也是创作之前就已确定好的,通常是作者有感于某种现象,产生了想法,在逐渐的思索中明确了要表达的观点,然后再通过形象而生动的财经漫画把它表现出来。(如图 2.1)[①]

图 2.1　2006 年 3 月 3 日,中新社发财经漫画

该财经漫画是针对有关"内外资企业所得税统一"的提案,财政部部长金人庆表示,财政部对此早有了比较成熟的思路,同时也一直在研究推动尽早统一,由此减少的财政收入将通过其他方面的增收来解决。

又比如,《上海证券报》2010 年 3 月 10 日刊发的漫画《七万家中国茶厂不抵一家立顿》。(如图 2.2)。

中国是茶叶之乡,但近日据报,7 万家中国茶厂,平均每家年产茶叶 20 万吨,在国际

---

① 符建湘:《新闻评论》,长沙,湖南大学出版社,2007。

图2.2　漫画《七万家中国茶厂不抵一家立顿》

市场上的总销售额却比不过一家英国立顿。人大代表、更香公司董事长俞学文认为,症结在茶企各自为政,缺乏强强联合,科研薄弱。

【例文】

将稳定劳动力供给提上议程

袁　东

东部沿海地区的"民工荒"持续相当一段时间了。而一年多前,2 500多万农民工失业返乡潮,是官方确认的数字。前前后后,"民工荒"或"用工荒"规模之大,时间之集中,值得深思。

出现"民工荒",意味着经济前景向好。没有订单量大增,就不会有劳动力需求量的大增。如果是出口企业,增加用工量,是出口明显上升的结果。在由金融危机所导致的,全球经济复苏非常脆弱的情况下,中国部分地区出现"用工荒",不仅对中国,对全球都是积极信号,能提振对未来的信心。

"民工荒",还是在高等院校本科生和研究生就业难的过程中出现的,这说明企业招不到的是知识和技术水平属中下等的一般劳动力,而那些高科技、垄断性制造业和服务业中的大型企业,并不存在"用工荒"。而那些加工制造型企业,尤其是接单生产厂家,几乎全是规模不大、竞争激烈的加工制造商,不属于官方眼中的"国民经济命脉企业"。一有风吹草动,像"新劳动法"、最低工资、金融危机等,他们首当其冲地被边缘化。而这些企业能大量吸纳普通劳动力(特别是农民工),最能体现中国的比较优势。所以,一旦市场有转机,他们会集中大量招收劳动力。如果某些条件不具备,就会爆出"民工荒"。

目前的中国并不缺劳动力。劳动力丰富,仍是中国的比较优势。在这种背景下出现的"民工荒"，用经济学来解释，只能是厂家出价不够高。而厂家出价之所以提不上去，是因为限于竞争激烈的产品市场以及应有厂商利润率所允许的劳动力价格。可见，如果厂家的劳动力购买价格约束得不到突破，除非能够利用机械代替部分劳动力而又保持总成本不变，或者转移到以当前价格能雇到工人的地区，否则，要么厂家微利甚至亏本生产，要么在"民工荒"的压力下转产或关门。无论是转产还是关门，都是一种在市场压力下的结构调整。如果调整的面能足够广，一定时间后，就会促成一波产业结构调整，至少是一个地区内的经济结构调整。

民工的劳动力成本，既包括本身再生产的直接成本，也包括供养其家人的成本，还取决于在家乡务农或创业的收入水平，亦即机会成本。在东部沿海务工的中西部农民工，很多是拖家带口、长途迁移而来。这不仅使这部分劳动力供给的直接成本上升，而且，能否在务工地稳定地工作和生活，也关系到劳动力供给成本。2008年下半年集中大规模失业，"搬家式"返乡；而事隔一年，又要让他们大规模"搬家式"回来，这其中的成本能不增加吗？

更值得注意的是，这短期内集中大规模失业返乡和返城的"折腾"，又造成了更多看不见的无形成本。对此，著名经济学家庇古（A. C. Pigou），1929年就在他那本《工业波动》中总结过："大量的短期失业可以损害一个人的技术能力，而且尤其重要的是损害他的一般性格。正规工作的习惯可能丧失，自尊心和自信心也可能受到摧残，以至于仅仅经过一度失业的人，在工作机会的确到来时却发现他已经不能工作了。"

这种成本损耗，使大量民工感受深切。事隔一年，还以原来的出价，让他们大量返回东部沿海地区的工厂，又怎么可能呢？更不用说，家乡的机会逐步增多，即使直接的物质收入相对较低，但那种与家人整天相聚、生活稳定安全可靠、彼此熟悉而相互尊重等的故乡特有收益，将极大弥补金钱收入的不足。

可见，劳动力的供给，更需要培育和维护。特别是在当前的中国，如何保障农民工供给的稳定性，值得各类企业，以及各级政府认真对待。

农民工供给的稳定性与连续性，在一定程度上取决于企业用工与定价的自主性和灵活性。这意味着，劳动力定价的市场化。如果在经济不景气时，厂家与民工能够自主商定下调工资，以维护工作机会，达到雇主与雇员相互体谅，共渡难关，那么，市场出现转机时，就不太容易出现雇不到人的"民工荒"。可惜，现有的法律环境，消除了厂家用工以及劳动力定价的自由化和市场化的可能，这不能不说是一年多前大量农民工失业返乡的重要原因，对此，不能将全部责任归于全球金融危机，更不能将接单生产的一般加工制造企业贬斥为"淘汰行业"。

总之，"民工荒"，并不是什么坏事，可以使中国最普通劳动者阶层有机会增加就业收入，可以使市场力量有机会促进产业转移和结构调整的进程，并促使中国有关各方认真思考和对待劳动力供给的稳定性问题，特别是如何防止再次出现短期内大规模农民工失业返乡和"民工荒"交替发生的现象。（《上海证券报》2010年4月2日）

第三章 财经新闻评论的选题

第一节 财经新闻评论的选题标准

一、财经新闻评论选题概说

财经新闻评论的选题是财经评论成败的关键。邓拓在《关于报纸的社论》中讲："社论的选题计划乃是所有选题计划中最重要的,它的完善与否将影响整个报纸的政治效果。"不仅社论的选题如此重要,一般的小评论的选题同样也非常重要。人们常说:"题好一半文","评论好写,选题难得",说的就是这个意思。

财经新闻评论的选题从哪里来?在经济工作和现实经济生活中,提出一个什么样的问题?这是财经新闻评论写作中首先要解决的问题,也就是财经新闻评论的选题问题。一位老评论工作者曾经这样说:一篇评论是不是质量高,主要看它是不是言之有物,有的放矢,是不是提出和解决了当前迫切需要解决的问题。在财经新闻评论的写作中,确定论题的过程,也就是选题的过程,这是写作全过程中的一个首要环节。能否正确地选择、选好论题直接关系到财经新闻评论的指导作用和影响到写作程序的进行。这是因为:一方面,写作财经评论的目的是为着解决经济工作中存在的各种认识问题,对读者思想和现实经济工作起积极的作用,所以对所确定的将要论述的基本思想,是否正确和切中时弊,直接关系到这篇经济评论的根本价值。另一方面,财经新闻评论写作的其他一些环节,诸如论题的分析论证、文章的布局谋篇,语言的恰当运用等,也只有在论题确定之后,只有在作者对财经新闻评论要提出什么问题、解决什么问题做到心中有数之后,才有所依据,这样才能有把握地写好文章。一篇评论的论题确定了,就有了正确的方向和明确的目标。以正面论述为主的立论,就亮出了鲜明的旗帜;以反面为主批判为主的驳论,就有了十分具体的目标。财经新闻评论的选题完成了,论题就确定了,执笔为文的突破口就解决了。①

　　财经评论是就新近发生的财经新闻事实所发表议论、阐述见解和观点的节目类型。它的主要任务不仅仅是报道某一事实,而是通过对具体事实的分析提示,提示新闻事实的本质,表达自己见解、态度,借以影响、引导社会舆论。财经评论是财经媒体作为新闻媒介的旗帜和灵魂。人们把财经评论分为前期构思与后期表达两个阶段。而前期构思是否充分、成熟,在很大程度上决定着评论的质量乃至成败。前期构思主要解决的是写什么的问题,涉及选题、立论和论点、论据等。其中选题和立论关系着一篇评论的整体,也是前期工作的两个重要环节。

　　好的选题也是财经评论类新闻节目成功的关键。人们常说:财经评论,选题选好了,评论也就成功了一半。财经评论除了具有新闻评论的共性要求外,即有新闻性、社会性、政治性和指导性,围绕社会和广大群众普遍关心的新闻事实,进行分析、探讨、研究,最后得出科学的、思辨的、为人们所普遍接受的结论和观点来。同时,在这个过程中,财经评论选题就变得尤其重要。

　　首先,要学会在众多的新闻事实中,选取出那些值得深入开掘的选题。选题本身要有一定的张力,有无限拓展的空间,要有评论深入的可能。同时作为财经评论,又要兼顾媒体表现的规律性,避免干干巴巴地说理,缺少生动、鲜活事实作为财经评论的必要载体。选题的确定要能根植于典型环境中的典型新闻事实,避免空谈,使其言之有物、言之有理,渗透性强。

　　其次,有些选题看似小题材,但却可以以小见大,在评论引申之下,扩大了外延,彰显了内涵,起到了令人思索、警示社会的作用。像《焦点访谈》节目《价格没谱质量没准》,紧紧抓住红红火火的服装市场中的价格与质量的问题,进行深入采访,得出了"开放搞活要以法制为依托,放开经营,更要管理做后盾"这个结论,起到很好的传播效果。小事件,也足可以做出大文章。

　　最后,要学会注意留意那些有苗头性的新闻事件,敏锐地观察其发展前景,适度评论,达到了前瞻性的指导作用。像《焦点访谈》1998年6月播出的节目《私售国库粮亏空挂国账》,这期节目的选题,因涉及经营与储运分开,制止低价抛售和清查挂账等问题,而这几个问题恰好是当时粮食流通体制改革中迫切需要解决的问题,因而具有相当的典型性和新闻价值。节目播出之后,更多的人把关注、支持的目光投到了全国粮食流通体制改革这一重大问题上。

二、财经新闻选题的标准

　　一个好的选题直接决定着评论的价值大小、质量的高低、文章的品级、文章的成败。

---

　　①　程道才、严三九:《经济新闻写作概说》,北京,中国广播电视出版社,2001。

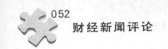

选题的好坏又取决于选题的标准,下面介绍一下财经新闻评论的选题标准:

(一)面向全局,紧扣经济脉搏

面向全局,紧扣经济脉搏要求抓住社会经济生活中带有根本性的、亟待解决的问题,抓住事物发展的主流。在进行财经新闻评论的选题时,评论作者重要的是要吃透"两头"。即对上级指示精神的透彻领会,把握其实质的、本质的意义。这样,才可能去发挥、阐释,才能正确地表述。然而,由于各部门、各地区的发展不平衡,以及其他方面存在的差异,在具体贯彻执行时,就必须结合本地区本部门的工作实际进行,这就有一个对"下"的工作状态的把握问题,了解民情、体察民意,掌握群众的思想动态,这是做到有的放矢、写好财经新闻评论的关键因素。例如,2009 年 3 月 17 日,《第一财经日报》发表社论《美国金融危机是怎么回事》,2007 年 7 月 2 日,《人民日报》发表社论《国际金融危机背景下我国经济形势》,2009 年 7 月 31 日,《经济日报》发表评论员文章《努力实现经济社会发展预期目标》等等。由于这些选题面向全局,紧扣经济脉搏,抓住了经济社会发展中带有普遍性的重大问题,这些文章发表后影响非常大,使人们深刻认识到了经济危机的影响,从而极大减低了经济危机带来的恐慌。

如第十九届中国新闻奖获奖作品:《全球金融危机急,中国未雨绸缪紧》,请看:

> 美国金融危机自 2007 年 8 月爆发整整一年后,世界经济尚未显出任何复苏的迹象,而华尔街的最新动荡更令投资者不寒而栗。
>
> 美国金融风暴的最新牺牲品是一家主要投资银行——雷曼兄弟,它于周日正式宣布申请破产。这无疑雪上加霜,将进一步打击投资者对世界经济增长本已孱弱的信心。
>
> 尽管到目前为止发展中国家受美国金融危机影响程度尚浅,但他们切不可掉以轻心,需对世界经济面临的巨大不确定性及早做好准备。
>
> 对于正努力控通胀、稳增长的中国决策者来说,未雨绸缪正当其时,必须赶紧采取相应措施,预防将来出现比预想坏得多的全球性衰退。
>
> 就在美国金融危机一路恶化的同时,我们国内政策讨论的重点却不幸被误导。美国政府频频出手拯救其金融机构,国内很多人关注的却是中国政府是否也应该像美国那样采取救市行动,推高股指。
>
> 不错,现在是一个难得的学习观察机会。让我们看看像美国这样发达市场监管者是如何应对金融灾难以避免严重经济衰退的。
>
> 但在美国政府还不能确切理解对金融系统进行干预的复杂性和后果之前,中国监管者如不顾大局一味盲从那将是极不明智的。
>
> 目前,中国政策制定者的当务之急是充分了解不断恶化的美国金融危机对世界经济和中国经济增长可能造成的全面冲击。

太平洋彼岸的这场金融海啸也许比一场真的海啸还要更快地扑向我们。中国决策者必须赶快行动,采取预防性措施,使我国在全球危机的背景下仍能保持稳定的经济增长。

由于主要发达国家房价下挫、金融机构倒闭和经济衰退,已经开始有人在谈论通货紧缩,令投资者愈发心情沉重。

而国内的信贷紧缩和外需减弱也使中国经济从去年下半年以来连续四个季度增长放缓。最新的统计数字显示我国的 8 月份的工业产出增速已降至六年内最低。

然而,只要决策者能充分利用我国不断增长的财政实力来加速经济结构改革,中国完全不必随全球经济一同陷入衰退。

美国金融危机进一步扩散后,美国经济和世界经济必将受损,而中国的出口商无论如何也将经历一段非常困难的时期。这意味着中国将不得不更多依靠内需——特别是国内消费——来保证未来的经济增长。

如果情况的确如此,那么我们当前最重要的准备工作就是迅速制定出相关政策,有效减轻公众对医疗、教育和其他社会福利所承担成本的担忧。

(二)贴近受众,触及经济生活

贴近受众,触及经济生活是财经新闻评论的生命力所在。这里所提的贴近受众指的是距离上的贴近以及文化、心理层面上的贴近。那么财经新闻评论贴近受众最好的方法就是做到本地化。说到财经新闻评论本地化,不能不说地方报纸评论化异化的倾向。它一般表现为两种情况:一是本地发生的问题或现象在中央级的新闻媒体上发表评论;二是本地出现的问题只在异地的媒体上进行评论。由于存在上述问题,有的地方报纸有了时评版,但是里面的评论文章多是"隔山打牛",外地的事评得精彩,本地的负面新闻、评论都是沉默。

地方报纸评论本地化是由地方报纸的使命所决定的。马克思说过:"报刊按其使命来说,是社会的捍卫者,是针对当权者的孜孜不倦的揭露者,是无处不在的耳目,是热情维护自己自由的人民的精神的千呼万应的喉舌。"作为报纸评论的撰稿人,必须去监督权力部门,也理所当然地应当拿起评论的武器,为它所在地的公共利益服务。只有评论本地化,才能让当地的公众最大限度地知晓与评说,从而促进社会的进步。可以说,地方媒体只有实现财经评论本地化,才能最大限度地展示财经评论的力量。特别是针对一些独家报道的财经评论,可以使财经报道和财经评论互动,使新闻更深入,更有价值。

(三)大中取小,小中见大

大中取小,小中见大就是要求财经新闻评论的选题要能够从小处着眼,从看似小的问题中发现大的症结和隐患,从看似普通的问题,找出其背后的实质所在,从而深入挖掘,表现出大的主题思想,起到正确的导向作用。对于作者来说,切入点小,易于评深评透,增加评论的生动性和说服力,容易驾驭。反之,则容易导致空洞无物,泛泛而论的毛病。财经新闻评论是否做到"大中取小,小中见大",衡量的标准是看能否见微知著,能否通过一滴水见太阳,一叶落而知秋。切忌短而不当,细小琐碎,给人以就事论事之感。财经新闻评论可以评论世界经济大事,但贴近市民生活的经济小事,更能小中见大,抒发新意。这样的财经评论让受众读后更会使人增加才识,得到启迪。

(四)适时适当,准而有力

财经新闻评论的选题讲究实效和时机。讲究时效,把握时机,这对财经新闻评论写作是至关重要的,强烈的时效性,决定了它一定要以现实生活中的新人物、新事物、新风尚、新问题、新动向作为主要评述对象,力求做到:有无限生命力的新事物正在萌芽的时候,就要满腔热情地为它的成长鸣锣开道;同样,当错误的思想、错误的倾向萌芽之初,就要主动进行劝导,扶正祛邪,以防患于未然。在此适时适当,准而有力的财经新闻评论,往往富有新意,给人以启迪。因此,财经新闻评论者要经常研究客观形势的变化,了解当前存在的经济问题,并分析经济发展走势,这样才能掌握财经新闻评论工作的主动权。准而有力,是要求评论者在确定一篇财经新闻评论的选题时,要有高度的政治责任心,不要"麻木不仁"也不要"闻风而动"。选题时,财经新闻评论者对越是具有"评论价值"的主题,越要注意,不但要注意抓住该抓的,还要舍弃该舍弃的。社会错综复杂,其中肯定有不准确、不真实的东西。有些事实看似值得评论,但会由于新闻报道失实而殃及评论。

第二节　财经新闻评论的素材来源

老一辈新闻工作者邓拓同志在一次讲话中提到社论的选题,有五方面的依据:"一是党中央和国务院的决定和指示;二是地方各级党委和政府提供的情况和意见;三是党和政府主管部门提供的情况和意见;四是记者提出的新闻报道题目和线索;五是读者来信反映的情况和问题。"它所提出的选题依据主要是中共中央机关报社论的选题依据,但这些根据对于其他报纸和所有新闻媒体的评论选题也有参考价值。

这五个方面的根据,概括起来就是:来自上头的精神,来自下头的情况,来自新闻报道。或者说,来自客观形势的需要,根据社会现实生活的需要。上头的精神是根据下头的实际情况来的,新闻报道也是来自于下头的实际情况,所以选题的依据,归根结底是来自实际的社会生活。具体来说,财经新闻评论的素材来源主要有以下几个途径:

一、党和政府重点抓的经济问题

我国的新闻事业是党和政府的喉舌，因此，财经新闻评论理所当然地要传达党的声音，要宣传党的路线、方针、政策。这就决定了财经新闻评论选题，离不开党和政府重点抓的经济问题。以《经济日报》为例，它的许多重要评论的选题都来源于党和政府重点抓的经济问题。比如针对两岸经济合作架构协议（ECFA）的签署，《经济日报》连续四天发表评论员文章《努力推动经济社会又好又快发展》、《有效抑制物价过快上涨——再论努力推动经济社会又好又快发展》、《切实转变经济发展方式——三论努力推动经济社会又好又快发展》、《继续推进改革开放——四论努力推动经济社会又好又快发展》、《精心做好保障民生工作——五论努力推动经济社会又好又快发展》（详见章后例文）。而地方新闻媒体要着重做好当地党委的喉舌，它的财经新闻评论选题不仅离不开上面的精神，而且要注意将上面的精神与本地区的实际紧密结合起来。以《湖北日报》为例，它的许多财经新闻评论就是党中央关于经济问题的指示与本地区实际结合典型的例子。如2005年12月13日的评论《努力实现科学发展和谐发展》就结合了湖北省的实际情况，分析了湖北省在完成"十一五"计划中面临的机遇和挑战。

如《切实转变经济发展方式——三论努力推动经济社会又好又快发展》：

中央领导同志最近就做好下半年经济工作强调指出，要切实转变发展方式，加快调整经济结构，提高经济增长质量和效益。我们一定要深刻认识转变经济发展方式的重大意义，进一步推进经济增长由粗放型向集约型转变、由片面追求经济增长向全面协调可持续发展转变，不断赢得发展新优势、开创发展新局面。

今年以来，我国经济在保持平稳较快发展的同时，工业结构继续优化，特别是占工业增加值约30%的6大高耗能行业同比增长14.5%，回落5.6个百分点；附加值较高的高技术产业和机械工业增幅分别达到17.6%和21.6%，均高于以上工业增长水平；工业产品结构进一步改善，前5个月钢材板带比重为46.2%，新型干法水泥比重为56%，同比分别提高2.3个和3个百分点；节能减排积极推进，单位GDP能耗、化学需氧量和二氧化硫排放量继续下降。但也要看到，当前国际经济环境复杂严峻，世界经济增长减缓，外部需求收缩，对我国一些企业产生了较大影响。

应对这些挑战，根本出路在于深化改革开放，推动科学发展。其工作重点，首先是加快转变经济发展方式，推动产业结构优化升级。目前，我国正处于改革发展的关键阶段，处于工业化、现代化的重要时期。要适应国际环境的新变化、适应我国发展的新要求，就要在转变经济发展方式上取得重大突破，因此，加快转变经济发展方式是关系国民经济全局紧迫而重大的战略任务,是提高我国经济国际竞争力和抗风险能力的根本举措。

切实转变经济发展方式,关键在于抓落实、见实效。各级党委和政府要在深入调查研究和科学分析的基础上,找准问题,明确方向,制定和完善切合实际的转变经济发展方式的总体规划和具体措施,坚持不懈地抓好落实。一是推动产业结构优化升级。要发展高新技术产业,大力振兴装备制造业,改造和提升传统产业,加快发展服务业特别是现代服务业。同时,要继续实施新型显示器、宽带通信与网络、生物医药等重大高技术产业化专项;围绕大型清洁高效发电装备、高档数控机床和基础制造装备等关键领域,推进重大装备、关键零部件及元器件自主研发和国产化。二是大力推进企业科技进步和创新。要加大中央财政科技投入,完善和落实支持自主创新的各项政策,充分发挥企业作为技术创新主体的作用,鼓励、引导企业增加研发投入。要推进产学研结合,培育创新型企业,健全和完善现代科研院所制度。还要充分发挥国家高新技术开发区的集聚、引领和辐射作用,加大政府采购对自主创新产品的支持力度,扩大创业风险投资试点范围。三是全力做好节能减排工作。要落实电力、钢铁、水泥、煤炭、造纸等行业淘汰落后产能计划,建立落后产能淘汰退出机制,完善和落实关闭企业的配套政策措施,加强这些行业先进生产能力建设。还要抓好重点企业节能,加快重点节能工程实施进度;完善和严格执行建筑标准,大力推进墙体材料革新和建筑节能;提高城镇污水处理能力,尽快在 36 个大城市率先实现污水全部收集和处理;加大科技支撑力度,开发和推广节约、替代、循环利用资源和治理污染的先进适用技术,实施节能减排重大技术和示范工程;开发风能、太阳能等清洁、可再生能源,大力发展节能服务产业和环保产业。

二、经济生产生活中迫切需要解决的问题

经济生产生活中不断出现新问题、新情况、新矛盾,以及来自群众、这基层的呼声和要求,这些同样是财经新闻评论选题取之不尽、用之不竭的源泉。

比如,2008 年 6 月 1 日北京市实行《北京市商业零售经营单位促销活动管理规定》(以下简称《管理规定》)叫停购物返券。事隔一年多,部分商场开始打起"擦边球",对顾客返还电子优惠券。针对此事,《新京报》发表社论《促销返券与保护消费者能否两全》针对一概封杀购物返券问题发表意见,认为该做法不利于商家的利益追求与消费者的权益保护,应当适当放宽,实行更科学的监管。购物返券问题就是基层涌现出来的新问题、新矛盾,迫切需要解决。

请看《新京报》2010 年 2 月 18 日刊登的评论:《促销返券与保护消费者能否两全》:

新春佳节，既是普通市民欢天喜地的日子，也是商业机构欢天喜地的时辰。尤其是在这外需尚未恢复、内需还需提振的日子里，能促销的手法纷纷得到应用。其中，早在2008年6月1日被《管理规定》明令禁止的返券活动，也悄然通过"电子礼金"等各种促销手法变相复活。

因此，北京市商务委在接到消费者的投诉时明确表示，关于商业返券促销的规定并无松动，现正着手对"打擦边球"的促销形式开展调查。根据记者的调查，这种"电子礼金"在京城各大商场都有出现，虽然载体并不相同，其实质与当年明令禁止的返券并无区别。

此规定源于《管理规定》第五条："商业零售经营单位举办促销活动，应当向消费者提供真实的信息，明示促销的期限、方式和规则、促销商品的范围等内容。商业零售经营单位不得举办购物返券的促销活动；不得以保留最终解释权为由，损害消费者合法权益。"

可以看出，这是因为在当年的返券促销活动中，商家利用信息不对等的优势，名为打折、实际上有可能利用价差或者经过精密计算的价格，损害消费者的利益。

而该《管理规定》第八条又规定："商业零售经营单位以国家法定年节、开张、开张纪念等名义举办的促销活动，或者举办连续营业时间超过16小时的促销活动，应当在促销活动开始7日前，将促销活动的期限、方式和规则、促销商品的范围等情况，按照下列规定书面报告：建筑面积在1万平方米以上的，向所在地的区(县)商务主管部门报告；连锁企业在全市或者部分区(县)范围内统一举办促销活动的，向市商务主管部门报告。"

也就是说，就目前披露的大型商业机构来说，这种促销形式也许已经上报到了主管部门，从这种事前的默许到发生后的表态可以看出，主管部门之前的三令五申并没有阻止这种促销行为，反而使其借助新的技术手段另作包装变相复活。主管部门看来也遵循了"民不举、官不究"的行为准则，在接到消费者的抱怨后，才开始调查取证，表现出了查处与潜行促销之间的矛盾与困惑。

商业活动总有其内在的逻辑性，一言以蔽之，就是利益最大化的要求。既然消费返券有增加利润的作用，那么，只要返券不造成消费者反感，商业机构就会坚持使用；对以商业管理为职责的政府机构而言，主要的管理责任也就是增加商业的繁荣度。两者相加的结果，就造成了目前这种普遍性违规，最终可能是管理机构的板子因投诉而高高举起、最终又轻轻落下的态势，中间唯一可能增加的是比之返券促销带来的利润被忽略不计的罚款。

其实，在这个管理体系中，这点成本也可以不必承担。该《管理规定》本身是要维护消费者利益不受损失，但无论怎样，明折明扣与返券消费都是折扣的一种。因此，在商家提前 7 天报告促销活动方案之时，相关部门不妨认真审核其促销模式，代替消费者细细算一下账，确保消费者的利益不被损害，这样促销返券与保护消费者就能够两全。

所以，比之一概封杀，在符合商家利益追求的情况下，真正能同时维护消费者权益的，是更加科学合理的监管。为此，对此制度不妨再评估，做出科学的决策。

三、公众普遍关心的经济问题

新闻媒介如何真正在总体上体现人本关怀，如何在版面安排上防止偏重于官员和精英，如何关注公众普遍关心的经济问题，反映公众的心声和体恤他们的要求，是新闻报道和评论在构建和谐社会中体现舆论氛围的关键所在。城市贫民、进城务工者居于城市的边缘地带，住房、学费、医疗等社会福利与他们无关，不解决好他们的问题，也谈不上现代化系统工程的完善实施。尤其是广大农村，农民在我们国家城乡两元经济中一直居于弱者地位，不提高农村人口的生活水平和综合素质，也就无法奢谈中国走向现代化这一宏伟目标。农业经济一直是国民经济的命脉，"粮食足则天下安"，在总体把握上，给予"三农"足够相称的地位，在总体关注中给予足够的分量。向农说话、为农服务，这是新闻媒介为农村走向现代化，促进城乡协作、共同富裕的重要任务。

再如《新京报》2010 年 2 月 7 日的评论：

出租车燃油税要不要停收

最近几天，笔者在乘出租车时，和一位驾驶员聊天，偶然问及 93 号汽油的价格，他说是 6.20 元/升。随后，笔者有意和多位出租车驾驶员聊油价，他们都说 93 号汽油价格是 6.20 元/升，个别说得略高一点，但也低于 6.50 元/升。

笔者之所以对 93 号汽油的价格感兴趣，是因这关系到乘出租车时，要不要在计价器显示金额外，加付 1 元燃油附加费。自从 2009 年 11 月 25 日零时起，北京出租车正式开收燃油附加费，2 个多月来，笔者每个月打车要多花不少钱。因此，在得知 93 号汽油最近的价格后，便马上想：出租车燃油附加费能不能停收？

去年 11 月下旬，北京市实施出租汽车租价与油价联动机制，当 93 号汽油价格超过 6.50 元/升时，即启动该联动机制——93 号汽油价格在 6.50（不含）～7.10（含）元/升区间时，在由政府和企业向出租车驾驶员发放临时燃油补贴的基础上，如果乘客乘坐出租汽车超过 3 公里（基价公里），每次要在计价器显示金额外加付 1 元燃油附加费。

现在,93号汽油价格已经实际降到了6.50元/升以下,不在6.50(不含)～7.10(含)元/升这个区间了,从出租汽车油价与租价联动机制的理论上说,当燃油价格持续上涨到一定程度时,由政府依次宣布启动企业向驾驶员发放燃油补助、向乘客收取燃油加价、适时调整租价等措施;反之,当燃油价格持续下调时,则按相反的程序采取相应措施。那么,这1元钱的出租车燃油附加费,什么时候才能不再收?

从1月下旬开始,随着国际油价持续下行,北京不同背景的加油站全部加入了降价队伍。1月28日,中石化草桥加油站甚至将油价下调了0.5元,原本应为6.66元/升的93号汽油一下降到了6.16元/升,自助加油更是仅为6.11元/升。(《北京晨报》2010年1月29日)据分析,国内油价2月份还要继续下降,中石油、中石化实际上已经赶在春节前打起了价格战,降价幅度每升在0.20～0.40元。(《北京青年报》2010年1月28日)

据报道,根据《石油价格管理办法(试行)》的有关规定,"当国际市场原油连续22个工作日移动平均价格变化超过4%时可相应调整国内成品油价格",原本2009年12月9日就是本轮调价的时间窗口,由于当时油价浮动没有超过4%,所以调整时间自动顺延。现在,在官方没有宣布统一降价的情况下,中石化、中石油不仅跟着市场降价,甚至比民营加油站的油价还低,是不是说明调整的时机已经成熟? 因为22天只是一个测算点,并不是一个"死时间",是不是联动,关键还是要看是否有趋势性的上升或下降。

而关于燃油价格持续上涨或下降中的"持续"该怎么理解,查遍和北京市相关通知有关的媒体报道,并没找到明确说法;同样实行出租汽车租价与油价联动机制的其他地方如江苏泰州,"持续"的定义是3个月,联动的周期也是3个月,即在这3个月内,无论油价如何变化,都按既定办法执行。

北京也是3个月吗? 或者,更长一些? 更短一些? 而无论是更长或更短,都应有明确说法,"持续"的计算时间,也应及时公之于众,不能模模糊糊,让市民如雾里看花。更不能故意模糊,在将经营成本转嫁给消费者后,就不再提取消的事了。国内成品油价格何时正式下调,北京的出租车燃油附加费还要收多久?

四、经济活动中的典型人物和典型事件

依靠典型开路,通过先进典型的引导,来推动全面的工作,这是我党长期以来形成的优良传统和行之有效的工作方法。在社会主义物质文明与精神文明建设的历史进程中,出现了不少先进的典型人物,产生了许许多多优秀的事迹。先进的典型,是财经新闻评

论选题中不可忽视的领域。我们正在从事一项前人从未有过的伟大事业,在改革开放深入发展的过程中,文明面临许多前无古人的情况。如何把工作做好?这就需要我们从众多的事物中,寻找代表时代精神的,表现当代人的精神风貌、道德人格特征的先进典型。

例如,2010年3月5日《北京青年报》的评论《"信义兄弟"为何感动中国?》文中指出"'信义兄弟'之所以感动中国,关键在于他们超越生命、义重如山的诚信精神。2010年2月10日,在北京当包工头的孙水林为赶在年前把工钱发到农民工手上,不顾风雪提前返乡,途中遭遇车祸一家五口身亡;在天津的弟弟孙东林为了完成哥哥的遗愿,来不及处理哥哥的身后事,赶在腊月二十九返乡,将33.6万元工钱一分不少地送到60余位农民工的手中。可以想象,在孙水林一家五口人遇难的情况下,相信那些没有拿到工资的农民工会通情达理,放弃索要工资的权利。作为死者弟弟的孙东林,本来没有义务必须替哥哥还债,但他却自己又添了七八万元钱,将工资足额发给农民工。他们这种诚实守信的举动,自然会让那些农民工感动,也会让更多的人感动。千人自发参加孙水林一家五口人的葬礼,就足以证明了这一点。"

财经新闻评论的社会价值,是新闻评论在社会中的反响,在社会生活中发挥的鼓舞、批评、引导、阐释作用。一篇财经评论,不论其题材怎样不同,但追求社会价值的目的是一样的。一般说来,财经新闻评论的题材越重要、重大,其社会价值就越大。因为,题材所以有重大、重要之说,一个重要原因,就是它本身反映的是社会生活中的经济大事,是社会公众普遍关心的经济问题。因此它一发表必然引人注目。财经新闻评论的题材与其社会价值的这一内在联系,是不言而喻的。

财经评论是社会经济生活的反映。财经评论只有从生活实际出发,有针对性地发言,评论才有价值。决定财经新闻评论的社会价值的重要因素那么多,财经新闻评论的社会价值的决定性因素究竟有哪些呢?应该说,除评论是否反映了重大问题外,它的决定因素还有:①

1. 对生活的独到发现

评论是舆论引导的旗帜,它不管属于什么题材,其目的都是为了提醒人们,应关注什么,应警惕什么,应赞扬什么,应批判什么。这就要求新闻评论所"评论"的东西是读者关心的,是言人所未言,示人所未示的。一言以蔽之,对生活有比较独特的见解。如果这样,新闻评论就会受到人们的欢迎,就会在社会中引起共鸣,就有反响。比如,全国省市好新闻评比中,一篇题为《研究"饱问题"》的评论所以受到好评,其根本原因就是因为它揭示了一个问题,社会经济发展后,出现了过去"穷"时没有的问题,出现了"富病",比如,大吃大喝问题,攀比消费问题,业余时间的消遣问题,文化娱乐问题,等等。由于这些现象是社会上存在的,同时又是人们已经感觉到但没有认真思考的,或存在种种不正确的

---

① 胡思勇:《新闻评论的题材与社会价值》,载《新闻采编》,1998(4)。

认识,这时评论发表出来,令人有豁然开朗之感,达到了评论指导读者的目的。

2. 有一定的思想深度

有很"刁"的认识"视角"。能否引导读者,达到新闻评论的"指导读者"的目的,关键是财经新闻评论是否比读者在认识上高人一等,为读者找一个新的认识视角,给人以启迪。比如,社会主义精神文明建设是新闻评论重要题材,但如果新闻评论泛泛而谈,那么,就不会有什么效果。

3. 因时而发,切合时宜

财经新闻评论是时事评论,贵在"合时"。所谓"合时",就是发表的时机很得当。社会生活是非常复杂的,我们的新闻评论要发言的对象也很多。但是,事物的发展是一个渐进的过程,人们对事物的认识也是由浅入深的。新闻评论引导人们认识事物的本质,也要随人们对客观事物的认识而行动。过早,人们对某一个问题,还没有足够的认识和思想准备,达不到把话说到人们心坎的目的。过迟,人们已经认识了,话则是多余的,再多,再正确,也没有意义。因此,选择人们对某个问题迫切需要了解、认识的时候及时发言,财经新闻评论就能够发挥思想引导的作用,把人们的思想认识引导到新闻评论所要引导的方向上来。

第三节　财经新闻评论的立意

一、关于立意

所谓立意,又称立论,是作者对所评述的事物或问题,提出自己的看法,表示自己的见解,换言之,就是确定评论的主要意思,以构成文章的中心思想。[①]

写作评论,难在立意,而立意贵在"站得高","言人所未言,发人所未发",力求新道理、新思想、新见解、新观念。有一位资深评论员对"站得高"做了形象化的解读:"站得高不是居高临下的训导,不是大而无当的空论,而是一种拨雾见天的透彻,一种准确清醒的判断,一种峰回路转的开悟,一种高屋建瓴的预言。"

对于财经新闻评论而言,一般选题在先,立意在后。选题是立意的基础,立意是选题的进一步深入。同时,我们还应注意到,选题与立意常常是相互交融,难以截然分开的,评论者往往在选题的同时就已经考虑到立意的问题。在现实生活中,某一问题、现象,或者某种言论可能会触动评论者,使评论者对此有所感,利用所拥有的材料,进行分析思考,将自己的体会与观点表达出来。

---

① 丁法章:《新闻评论教程》,133页,上海,复旦大学出版社,2005。

　　选题为立论提供基础,立论赋予选题以灵魂。两者都是构成评论写作的重要环节。在实际工作中要处理好以下三种关系。

　　要处理好形式与选题和立论的关系。如电视财经评论类新闻节目,它也要充分发挥电视的特色,融评论与深度报道于一体,是述评杂糅的新的品种。作为新闻类节目的新的品种,财经新闻评论类节目既区别于一般的新闻,又区别于一般的评论,它的特点是把新闻的客观性和评论的说理性有机地结合起来,具有鲜明的导向性;由于评说和谈话的话题又是群众普遍关心的问题,因而又具有广泛的群众性。这种新闻性、思想性、群众性的有机结合,决定了新闻评论节目具有倾向鲜明、导向直接、影响广泛的特点。作为电视财经评论类新闻节目,受电视外部表现形式的影响,如果运用得当,则能充分地彰显主题,扩大传播力。如果运用不好,电视的表现形式反倒成了"绊马索"制约了思想性的传播。电视财经评论类新闻节目形式永远受选题和立论的制约,有什么样的内容,决定所采取的形式。内容永远大于形式。电视财经评论类新闻节目形式多种多样,调查式、综述式、述评式等等,取决于内容的需要,取决于传播思想的需要。否则会形成表面花里胡哨,内容苍白无力的局面。

　　要处理好整体与局部的关系。对于电视来说,电视财经评论类新闻节目围绕选题与立论展开的篇幅,由多个有机的部分组成,形成一个统一的整体。电视财经评论类新闻节目要重视结构安排,要条理、层次清楚、切忌混乱。整个评论如层层剥笋般地提出问题、分析问题、解决问题。不仅要以所报道的财经新闻事实的力量来征服观众,更要依靠所述的道理的力量来说服观众,这就要求电视财经评论类新闻节目注重就事论理。在整体与局部的关系中,局部永远要服从、服务于整体,要学会舍弃与主体事实无关或关系不大的新闻事实,着力主题的展现,形成出击的重磅炸弹,而不被枝枝蔓蔓所牵绊。

　　处理好媒体专业知识与个人整体素养的关系。如电视财经评论类新闻节目作为引导舆论的重要手段,在评论新闻事实时,必须反映相应的原则和立场。对电视财经评论类新闻节目概括可以得出三大要求。即逻辑性、思想性和可视性。如果说逻辑性、思想性是新闻评论的一般要求的话,那么可视性则是对电视财经新闻评论的特殊要求。电视财经新闻评论节目就事论理,就是要针对具体的新闻事实、综合运用图像、声音、字幕等多种电视语言符号和叙述、说明、议论、抒情以及主持等多种表达方法,从中引出必要的、合乎逻辑的结论,并通过对新闻事实的直接评论,发挥舆论引导的重要作用。

　　在财经评论类新闻节目中,对记者的个人素养要求较高。对于电视来说,既要懂电视,又要能驾驭评论。在这个过程中,记者的整体素养对节目的走向起到关键的作用。在这里,电视专业的理论基础显然发挥应有的作用,但记者的综合素养,尤其是对选题的把握和深入新闻事实的全面理解与剖析能力起更重要的作用。[1]

---

①　夏万丽:《电视新闻评论的选题与立论》,载《记者摇篮》,2004(8)。

把握立论的主题和基调是财经评论不变的要求。任何一篇评论,不论论题大小,篇幅长短,都需要有自己明确的立论。如果动笔之前不形成明确的立论,就不可能有多侧面的论述。如果不是有一条鲜明的主线贯穿全篇,就不可能形成有力出击的重拳。如果没有明确的立论,就像没有穿线的珍珠,即使颗颗晶莹璀璨,也不过是一盘散珠。有些评论之所以给人东一榔头、西一棒子的感觉,很重要的原因就是没有形成明确立论,失去了处理内容的确定的指导思想。立论的两个侧面,承担着不同的任务,主题提示作为评论对象的本质,基调规定论述的思想高度和理论深度,它们从不同角度体现评论的预期目标,并为实现这个目标服务。新闻评论面向实际,它论述某件事情、某种现象、某个问题,都要既从评论对象的实际出发,也要考虑它对周围事物的影响,照顾多数受众、尤其是与所论述的事物有着密切关系的那部分受众的接受能力。它要揭示事物的本质,并提到一定的思想、理论高度上来分析和认识,但不是越深越好、越高越好,因此就有一个适当控制基调的问题。所谓"适当",就是力求符合两个实际,事物的实际和受众的实际。否则不能起到应有的传播效果。过犹不及,都是表明评论类新闻节目所要注意的倾向性问题。所以,在立论中把主题和基调分开,给予基调以必要的注意,有利于防止评论"调头"过高或过低,强加于人或流于浅薄的偏向。所谓选题,就是新闻评论要予以探讨、研究、解决的问题。从技术层面上讲,它是我们议论、评述的平台。它既可以是现实生活中某种客观事实,某种社会观点,也可以是历史与现实的交汇中碰撞出的思想火花。

选题作为立意的基础,一般而言,能够对立意产生重要影响,决定着立意的方向。但是,由于事物的复杂性,事物内部矛盾的不同方向及其他事物间的各种联系,有时立意会呈现出两种比较复杂的情况:

(一)选题趋同,立论角度各异

对同一新闻事实,不同的财经评论者在评论时会以不同的角度立意,从而提出各自的观点立场,这是财经评论中常常会有的情况。客观方面来说,其一是因为人们观察问题的角度各不相同;其二是因为一篇财经评论文章,篇幅有限,不允许评论者面面俱到,只能够选择某一角度来评论。从主观方面来说,财经评论者在立意时会极力避免与其他文章雷同,力求从其他角度挖掘出新闻事实的新内涵,提出自己的观点,谈自己的感受,以使自己的文章具有鲜明的个性,而不是人云亦云。毕竟,立意是文章的优劣、成功与否的一个重要判别标准。当然,这也是受众的需要,人们往往期望通过各种文章了解各个方面对同一问题所持的不同观点。这样,不同媒体针对同一新闻事实所发的财经评论,就不是整齐划一、口径一致的"千文一面",而是围绕同一问题,从各个角度各个侧面的全方位的探讨。这样,各篇文章之间就产生了相互映衬、相互补充的客观效果,其强大的舆论影响力是不言而喻的。

(二)选题趋同,立论不同

选题趋同这种情况是指不同财经评论者选取了共同的新闻事实、现象或同一言论等作为评论对象。在立意中,由于个人的世界观、人生观及每个人的知识水平、认识能力的差异,在立意上产生明显差别,对于同一问题提出不尽相同甚至相悖的观点,这在评论中属正常现象。这种情况大多出现在署名财经评论中,评论对象一般表现出一定的复杂性或多面性。针对同一事件,人们可以提出不同的看法和见解。

二、立意的要求

(一)立意要有的放矢,针对性强

有的放矢,就是财经新闻评论的针对性强。财经新闻评论的选题范围虽然局限在财经领域,但更要注意有的放矢,有针对性的选择评论对象,不能盲无目的。所谓有的放矢,就是要选择那些有评论价值、有指导意义,属于广大人们群众关心注目的焦点问题等发表评论。这样,评论文章才能产生较大的社会影响和社会效应,才能有较为明显的舆论指导作用。

在立意时要考虑文章是否能产生社会效应,能否产生较强的舆论指导作用,是否具有现实意义,这是立意有无针对性的总体衡量标准。具体来说包含着三层含义[①]:

第一,当党和国家新的方针政策和规定颁发以后,当新的问题产生以后,形式发展出现新的情况的时候,财经新闻评论的立意就要针对人们的主要疑虑给予正确的回答和指引。

第二,财经新闻评论的立意要针对社会生活中各种不利于社会前进的问题,抓住社会实际生活中各种迫切需要解决的问题,能够针砭时弊。

第三,财经评论的立意还应针对实际生活中的一些矛盾或实际的思想认识问题进行说理论述。一些务虚性的思想评论就属于此类。

(二)立意要站在时代高度,有预见性

写财经新闻评论,如不能从大局着眼,则难免就事论事,只见树木不见森林;如不能从一点着笔,则难免泛泛而谈。一篇评论能否站得住脚,是否恰当,在社会上能否产生积极影响,首先要看它所选取的论点。可以说,一篇评论成功与否,论点是关键。因此,在写财经评论之前,要把论点考虑好,想一想这个论点在当前政治经济生活中有什么意义,提倡什么,赞扬什么,批评什么反对什么,要达到什么样的舆论引导作用。论点选的准、选得好,选得有分量,财经评论文章就成功了一半。当然并不一定都是文章的论点,但是对财经新闻评论来说,在很多情况下就是指财经评论的论点。论点可以在财经评论的标题或文章的开头部分提出来,是写好财经评论的重要手段。评论的立意不仅要遵循一半文章提炼主题的要求,如真实、新颖外,还要做到对全局的宏观把握,反映时代精神。

---

① 王兴华:《新闻评论学》,59～62页,杭州,杭州大学出版社,1998。

财经新闻评论立意站在时代高度,反映时代精神的主题,要注意以下几点:一是分析人物、事件的深层和时代意义;二是要回答人民群众所关注的问题,要反映他们的愿望和呼声,为人民服务。这样的立意才具有时代的特点,为人民群众所欢迎。[①]

(三)立意要有新角度

　　刻意求新,首先是要有新思想、新观点、新见解。但是,实事求是地说,每天的报纸都有评论,而且是多篇评论,要做到篇篇新颖,是不可能的。如果真有这样的报纸,每天的评论都提出新见解、新观点,那么,新思想、新观点也就成灾了,读者反而适应不了。

　　这就给财经新闻评论者提出了一个难题,既要刻意求新,又不能天天新,或者说,要在明知不可能天天新的情况下,每天写出新意来。经常写的题目,或者是别的报纸刚写了的题目,要写出新意,是比较困难的。在这种情况下,要努力去寻找新的角度,找出新的突破口,另辟蹊径,打开通道,去阐发不同的主题。这样的评论,由于变换了角度,侧重点有所不同,同样能给读者新的启迪。

　　如《宁波日报》2004年12月15日刊登的《算一算GDP的代价》一文:

　　　　年终了,大家都在盘点一年的收成。工人农民在算一年的收入,工厂商店在算今年的利润,各级政府看重的,当然是GDP(国内生产总值)了,看看同比增长了多少,是一位数还是两位数,较其他同类地区是高了还是低了。

　　　　然而,浙江省政府今年的盘点,却不一般。前不久,省统计局出具了一份《浙江GDP增长过程中的代价分析》,把浙江经济高增长所带来的负效应,和盘托出,并通过新华社公诸于众。改革开放25年来,浙江GDP年均增长13.1%,人均从1978年的331元,增加到2003年的2 440美元,2004年全省实现GDP预计可达1万亿元,经济总量已居全国第四。与此同时,浙江的耕地面积也减少了726万亩,相当于去年末实有耕地的30.4%;能源消耗水平是世界平均值的1.6倍,高收入国家的2.5倍;2003年,废水、废气和固体废物的产生量,分别比1990年增长84.8%、3倍和1.3倍……

　　　　GDP一直是我国经济的第一指标,是政府官员的最高追求。衡量经济,用GDP;考核政绩,看GDP;与人比较,拿GDP;引进项目,为GDP。GDP高了,洋洋得意;GDP低了,唉声叹气。其实,被官员们如此看好的GDP,既不是上帝,也不是万能。它能反映经济增长的总量,却不能反映社会成本,不能反映效率效益,不能反映贫富差距,不能反映公正幸福……打一个比方,一个城市创造了1 000亿元产值,同时为治理污染花去了100亿元,为医治居民因污染而得的疾病,又花了10亿元,而在计算GDP时,则是将三者相加,为1 110亿元。因为治

---

①　李法宝:《新闻评论:发现与表现》,广州,中山大学出版社,2005。

污的费用是有关企业的产值，治病的费用是医院的产值，理所当然地都要纳入到"总产值"之中。有专家指出，GDP的代价大概占GDP总额的7%。如果此说成立，那么，全国以及各地公布的GDP，都得减去7%，这就所剩无几了。算一算GDP的代价，能使我们看到GDP的另一面，在高增长中保持清醒的头脑。

　　GDP增长的代价，主要反映在高消耗，低效率上。资源的惊人消耗，使可持续发展难以为继。浙江前25年耕地减少了近1/3，按照这个速度，再过五十几年，全省就没有可耕之地了。能源消耗近两年已经全面紧张。2003年，全省用电量比上年增长22%，大大超过GDP的增长速度，一半民营企业今年上半年平均月停电有11天多。浙江是个资源小省，中国其实也是个资源小国，再继续快速拉高GDP，电从哪里来？煤从哪里来？水从哪里来？油从哪里来？算一算GDP的代价，经济发展较快的地方，能增强危机感和紧迫感，加快经济增长方式的转变；经济发展相对滞后的地方，能避免重入先进地区的"误区"（浙江省领导语），使今后的发展科学合理。

　　GDP增长代价的另一主要表现，就是污染物的高额排放。高污染必定带来治污的高投入。统计局的"分析"说，2003年全省为治理环境污染所投入的资金为232亿元，占GDP的2.5%，比上年增长33%。污染物的高额排放，危害更大的是对生态的破坏，对居民身心健康的侵害。老百姓一直有个疑问：以前生活水平低，恶性疾病的发病率也低，现在生活水平高了，恶性疾病的发病率也高了，这是为什么？医学专家的答案是，生活方式不好，环境污染严重。生活方式比以前可能更不好，环境污染以前的确没有这样严重。如果我们的发展，要以牺牲环境质量为代价，以牺牲人的生命健康为代价，那是"要钱不要命"的发展，与我们的目标背道而驰。算一算GDP的代价，有利于贯彻以人为本的理念，坚持明智的、理性的、以人为中心的发展，从而"创造我们的幸福生活"（十六大报告结束语）。

　　尽管浙江省统计局对GDP代价的分析，还是初步的，由于技术上的原因，有些"代价"目前还无法核算，GDP的实际负面效应，比上述"分析"还会大些。但是，这丝毫不影响它的示范意义和导向作用。笔者相信，浙江省政府的做法，一定会得到各地各级政府的积极响应，从而推动科学发展观落到实处。

（四）立意要立足全部材料，进行全面、深入分析

　　我们所说的全部材料，不单指某一事件或某一新闻报道的全部材料，而且也包括与此相关的历史材料和现实的其他材料。财经评论的写作，从立意到主题的论证，都不能脱离开材料。对于财经评论者而言，材料的积累是无止境的。对于财经评论文章的写作而言，对材料的拥有是多多益善。如果材料不足，财经评论者又浑然不觉，就可能给立意

带来不良影响,在运用材料论证时更会感到捉襟见肘,势必影响到对论点的论证。反之,如果材料充足,评论者一则眼界开阔,二则运用起其材料来能够游刃有余,这样就为立意奠定了良好的基础,分析才可能全面,论点也才能站得住脚。获得材料进行分析,得出正确鲜明的论点。这是财经新闻评论写作过程中一个复杂的环节。所谓全面分析,就是要从事物的多个方面、各个角度去探求它,发掘它。若局限于某一个方面或者某一个角度,对事物的认识就有可能是片面的,肤浅的,不能深入其内里。对于评论者来说,要力求站在时代的高度去把握和认识事物,透过问题的表面去深入挖掘事物的本质。

如中国经济网刊登的《国际金融危机暴露美式经济弊端》一文(第十九届中国新闻奖获奖作品):

> 美国财政部14日宣布,2008财年联邦政府财政赤字达到惊人的4548.1亿美元,而上一财年赤字仅为今年的三分之一左右;更令人忧虑的是,由于2008财年的截止日是9月30日,"7000亿美元救市资金"并没有被计算在内,2009财年的财政赤字可能超过8000亿美元。适逢全球联手救市的关键时刻,相关数据引发人们对于美元贬值、美元资产缩水的担忧。(《新闻晨报》2008年10月16日)

> 去年上半年,美国次贷危机逐渐浮出水面。今年9月15日,美国雷曼兄弟公司宣布破产,国际金融危机开始爆发并很快波及欧洲各主要发达国家,全球金融市场一片惨淡。更让人揪心的是,即便在近一个月内美国和欧盟不断出台各种规模空前的补救措施,绝大部分人都不认为这场金融危机会很快过去,美欧等国的"救市"不过是在拖延金融危机向经济危机过渡的时间罢了。

> 如今我们可以很轻易地发现,一向被很多人奉若标准发展模式的美国经济体系内部原来还存有超乎想象的弊端。目前暴露比较充分的至少有三点:一是过分依赖消费刺激经济;二是虚拟经济泡沫化;三是政府监管不力。

> 用刺激消费的手段来加速经济发展的方法本来无可厚非,但不加限制的刺激必然会助长畸形消费理念的形成,导致本国资本市场缺乏必要的流动性,无论是政府还是人民都去大量借贷,金融风险焉能不越积越大?

> 各金融机构为了转嫁自身不断膨胀的金融风险,利用股票、期货、债券、保险等等形式的金融衍生品将大量风险打包贩卖出去,在规避了所谓风险的同时也将他人拉下水。风险层层传导,虚拟经济泡沫一再膨胀,终有被戳破的一天,到时谁都无法独善其身。

> 最大的问题出在美国政府,它在市场监管方面犯下严重错误。作为经济政策的制定者和金融市场的监管者,美国政府对金融危机爆发的隐患视而不见,放任金融泡沫自由泛滥,为了本国的利益而丢弃其本应负担的国际责任和义务,成为了危机的始作俑者。在金融危机爆发后,美联邦政府推出了总额达7000亿美元的"救市计划",被美国人指为用纳税人的钱救私人机构和银行。表

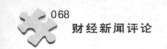

面上看,这是在挽救美国金融市场,其实是将危机导入更深的一层,不啻在为危机的扩散推波助澜。

具有讽刺意义的一幕是,始终宣扬自由市场经济的美国在自身遭遇危机后毫不犹豫地放弃了其主张,暴露了他们实用主义至上的利己本性。美国将受危机冲击的银行国有化与其一贯标榜的自由市场原则完全背道而驰,无非是自己死撑而不想让其他国家来抄底。近来流传着更加耸人听闻的消息,称美国可能会用滥发纸币的方法人为制造美元贬值,达到冲抵本国高额债务之目的。目前虽无明确迹象表明美国会真的付诸实施,但对此我们却不得不防。

有美国专家预测,美国至少需要两年左右的时间才能度过此次危机,实际耗时可能更长。即便如此,美国依然是全球第一大经济体,就算经济连续几年负增长,依然无法撼动其全球经济老大的地位。不过,此次金融危机已使美国式的经济发展神话彻底破灭。当下美国政府正在焦头烂额之中,恐怕也没有时间来反思。话说回来,仅凭损人利己的伎俩去扮演救市的主角是成不了救世主的,没有对发展方式本质问题的思考,不触及危机的症结,任凭你怎么救都于事无补。

三、财经新闻评论立意的方法

(一) 落笔切题,直截了当

重要的解释性和说明性的新闻评论,常常采用落笔切题、直截了当的方法。

财经新闻评论的开头,一般地要开门见山,也就是落笔切题,直截了当。文章一开头就直截了当地亮出观点,这种评论的主要观点或结论,安排在开头,吊人胃口,产生悬念,然后围绕论点展开议论。例如,《经济日报》2005 年 3 月 13 日的评论《提高自主创新能力推进经济结构调整》的开头"最近,党中央、国务院对于提高自主创新能力作出了一系列决策和部署,胡锦涛总书记经过深入的调查研究,日前在中国科学院考察工作时又进一步明确指出,要把提高科技自主创新能力作为推进经济结构调整和提高国家竞争力的中心环节"。这篇评论获得了第十六届中国新闻奖特别奖,评论的立意方法直截了当,开门见山地指出了评论的要点要把提高科技自主创新能力作为推进经济结构调整和提高国家竞争力的中心环节。

(二) 运用由头引出论点

这是新闻评论写作常用的基本方法。

在评论的开头亮出引人注目的新由头、新论据。财经新闻评论的由头多种多样,一般是一则新闻事实,包括现实生活中的人、事、现象等,也可以引出一段话、一句名言、一条俗语、一组数据、一个场面,不一而足。关键在于,不论使用怎样的由头,就由头本身而言,应该能给受众以新鲜感好。例如,2010 年 3 月 29 日东方财富网的评论《吉利并购沃尔沃的深层次解读》的开头:"浙江吉利控股集团有限公司 28 日晚宣布,已与福特汽车签署最终股权收购协议,获得沃尔沃轿车公司 100% 的股权以及相关资产。这意味着这家 1997 年才进入轿车领域中国民营汽车企业,将吃下 1927 年就已成立的豪华汽车生产商沃尔沃汽车公司。"作者利用浙江吉利控股集团有限公司 28 日晚对外宣布的事实作为评论的由头,给受众以新鲜感,并作出评价这意味着民营汽车企业将吃下汽车生产商沃尔沃汽车公司。

(三) 通过提问或设问的方式引出论题

采用反复提问和回答、自问自答的方式引出结论进行揭露。越问越深,越揭越透,直到把事实的真相完全暴露出来。用提问或设问的方式引出论断,这可以使立论的方法多样化,可以避免过于直露,而给人以深刻的印象。例如《房地产最多撑到 2014 年》的开头:"中国房地产崩溃到底存不存在时间表?答案是肯定的,但要精确地把这个时间表预测出来,恐怕只有上帝能做到。我的判断是,从明年开始,随时都可能崩溃。如果要加一个最终的年限,中国的高房价最多撑不过四年。"这是著名财经专栏作家叶楚华 2010 年 4 月 6 日的评论,开头提出问题,并采用自问自答的方式,引出论题。

(四) 通过辩论的方式得出结论

这种方式从揭露矛盾入手,摆出双方的观点,经过辩论得出结论。这有助于立论有的放矢,旗帜鲜明,在明辨是非中坚持分析说理,最后得出结论令人信服。例如《长江商报》的评论《96.1% 的房屋没有问题背后的问题》开头先摆出两个新闻:一个是,3 月 13 日央视《大家看法》报道,2009 年住建部组织全国的技术力量对 30 个省(区、市)的 90 个城市的 180 个工程项目进行了全面质量检查,住建部副部长郭允冲后称,检查的房屋 96.1% 没有问题,达到要求。另一个是,住建部副部长仇保兴在第六届国际绿色建筑与建筑节能大会上说我国每年 20 亿平方米新建面积,相当于消耗了全世界 40% 的水泥和钢材,而这只能持续 25~30 年。(4 月 6 日《中国日报》)这两则新闻耐人寻味之处在于,一个部门的两个副部长竟然相互"掐架"。矛盾显而易见,郭副部长说 96.1% 的房屋的质量没问题,仇副部长说中国建筑平均寿命仅 30 年(英国建筑的平均寿命达到 132 年,美国的也达到 74 年),言下之意莫不是中国建筑质量问题比较大。而中国建筑的主体是中国房子,中国建筑物平均寿命只有 30 年,中国房屋呢?住建部建筑节能与科技司司长陈宜明告诉记者,政府的盲目拆迁和国内房屋自身的建筑质量问题,一直是中国建筑业面临的一个难题。可见,现实很不乐观。经过摆观点,最后得出结论:"很明显,'96.1% 没有问题'的前提、来源和统计方式都很有问题。抽查范围遍及全国 30 个省份的 90 多个城市的 180 多个建筑工程,但时间却只有短短的一个月,平均一天抽查一个省,每个省要抽查 6 个在建工程,算起来检查一个工程将只耗时 4 个小时,这还不算检查组的休息和用餐时间。建设工程的质量检查应该是一个复杂和专业的事情,各项指标之庞杂不是一时半刻能判断准确的,如此短的时间真的能得出真实准确的结论? 其中有没有被开发商牵着鼻子走? 如此看来,'96.1%没有问题'不仅是中国房屋有无问题的范畴,还是有关部门的工作方式和工作作风的问题。"

【例文】

努力推动经济社会又好又快发展
《经济日报》评论员

今年以来,我国经济社会发展经受了严峻的挑战和考验,保持了良好的发展势头。当前,国际环境中不确定、不稳定因素增多,国内经济运行中的一些矛盾也比较突出,我们必须坚定信心,扎实工作,把思想和行动统一到中央对经济形势的分析判断和总体部署上来,不折不扣地把中央确定的各项方针政策落到实处,继续保持经济平稳较快增长、努力推动经济社会又好又快发展。

面对今年国际经济不利因素的严重影响和国内发生的严重自然灾害,在党中央、国务院坚强领导下,全党全国各族人民团结一心、共同奋斗,克服各种困难,保持了经济平稳较快发展。突出表现为:农业生产再获好收成,夏粮总产量达到 1 204 亿公斤,实现连续 5 年增产,单产和优质率再创新高;工业结构继续优化,上半年规模以上工业增加值增长 16.3%,其中高耗能行业同比增长幅度有所回落,附加值较高的高技术产业和机械工业增长幅度有所提升;国内需求特别是消费需求对经济增长的拉动作用有所增强,社会消费品零售总额增长 21.4%,提高 6 个百分点;经济增长的质量和效益进一步提高,上半年全国财政收入增长 30% 以上,1 月份至 5 月份规模以上工业企业利润同比增长 20.9%;人民生活水平继续提高,城镇居民人均可支配收入和农民人均现金收入分别增长 14.4% 和 19.8%。与此同时,改革开放迈出了新的步伐。总的看来,国民经济继续朝着宏观调控预期方向发展,成绩来之不易。保持经济平稳较快增长的实践充分证明,中央确定的各项方针政策和工作部署是完全正确的,宏观调控是卓有成效的。

在充分肯定成绩的同时,我们必须高度重视面临的困难和问题,增强风险意识和忧患意识,坚定做好各项工作的信心。按照中央提出的下半年经济工作目标,要继续保持经济平稳较快增长、努力推动经济社会又好又快发展,继续把抑制物价过快上涨摆在突出位置、努力把物价涨幅控制在合理的区间内。要着力扩大国内需求尤其是消费需求,同时保持对外贸易平稳增长,充分利用国际国内两个市场、两种资源推动经济发展。要努力增加煤电油供给,支持中小企业解决生产经营困难,引导资本市场、房地产市场健康发展,稳定对经济发展的预期。此外,还要处理好当前发展和中长期发展的关系,不仅要促进今年的发展,更要为明后年以至更长时间的平稳较快发展创造条件。

当前,我国仍处于重要战略机遇期,经济社会发展的基本面没有改变。现阶段,劳动力和资金供给总体充裕,储蓄率较高;国内市场广阔,发展潜力大,有较大的回旋余地;企业竞争力和活力不断提高,适应市场变化的能力逐步增强;宏观调控的能力也在实践中得到改善和提高,这些都是促进经济平稳较快增长的有利条件和可靠保证。我们相信,只要各地区、各部门和各行各业的干部群众坚定信心,振奋精神,扎实工作,就一定能够克服前进中的各种困难,巩固和发展当前的好形势。(《经济日报》2008年8月14日)

有效抑制物价过快上涨

——再论努力推动经济社会又好又快发展

《经济日报》评论员

国家统计局最新统计显示,7月份全国居民消费价格总水平同比上涨6.3%。至此,居民消费价格涨幅已连续3个月回落,同时创下去年10月以来的新低。物价涨幅出现较为明显的回落令人欣慰,但也不能过于乐观。在下半年经济工作中,我们必须坚决按照中央的要求和部署,继续把抑制物价过快上涨摆在突出位置,多管齐下,标本兼治,努力把物价涨幅控制在合理的区间内。

今年以来,为了防止价格结构性上涨演变为明显通货膨胀,中央采取有力措施,完善和落实宏观调控政策,加强粮食、食用植物油、肉类等基本生活必需品和其他紧缺商品的生产,完善储备体系,提高价格调控预见性,加强价格监测,加强市场监管,及时完善和落实因基本生活必需品价格上涨对低收入群众的补助办法,取得了积极效果。我国居民消费价格涨幅从5月份的7.7%到6月份的7.1%,再到7月份的6.3%,已开始呈现逐月走低的趋势。但我们必须注意到,目前价格总水平仍处于高位,抑制物价过快上涨的任务依然艰巨。

物价上涨的成因是多方面的,既有社会总供给与总需求不平衡、部分商品供求矛盾较大的因素,也有能源、原材料价格大幅攀升,生产成本增加的因素,还有流动性过剩的影响。特别是国际市场原油、成品油、铁矿石、大豆、食用植物油等价格上涨,造成的传导性影响尤为明显。目前,全球性通货膨胀的趋势还在发展,传导还在持续。面对这种情况,我们必须把保持经济平稳较快发展、控制物价过快上涨作为宏观调控的首要任务。

为了有效抑制物价过快上涨,必须继续综合运用经济、法律和必要的行政手段,着力在增加有效供给和抑制不合理需求上下工夫。要扩大市场供给,特别是努力增加粮油肉菜等基本生活必需品的生产。实现农业稳定增产,保障农产品有效供给,是抑制通货膨胀和保持经济稳定的基础。今年实现夏粮总产量连续5年增产,使农业保持了良好的发展势头,为稳定物价、实现宏观调控目标提供了条件。为了保障市场供给,我们要继续抓好农业生产,努力实现粮食总产稳定增长,并注意搞好品种结构平衡。要进一步落实和完善各项强农惠农政策,加大对农业的支持和补贴力度,千方百计降低农业生产成本,切实保护广大农民的种粮积极性。

与此同时,还要进一步强化市场监管。要抓好教育收费、医药价格、农资价格等方面的监督检查,依法打击串通涨价、囤积居奇、哄抬物价等违法违规行为;健全大宗农产品、初级产品供求和价格变动监测预警制度,做好市场供应和价格应急预案;下大力气遏制生产资料尤其是农资价格过快上涨。(《经济日报》2008 年 8 月 15 日)

切实转变经济发展方式
——三论努力推动经济社会又好又快发展
《经济日报》评论员

　　中央领导同志最近就做好下半年经济工作强调指出,要切实转变发展方式,加快调整经济结构,提高经济增长质量和效益。我们一定要深刻认识转变经济发展方式的重大意义,进一步推进经济增长由粗放型向集约型转变、由片面追求经济增长向全面协调可持续发展转变,不断赢得发展新优势、开创发展新局面。

　　今年以来,我国经济在保持平稳较快发展的同时,工业结构继续优化,特别是占工业增加值约 30% 的 6 大高耗能行业同比增长 14.5%,回落 5.6 个百分点;附加值较高的高技术产业和机械工业增幅分别达到 17.6% 和 21.6%,均高于规模以上工业增长水平;工业产品结构进一步改善,前 5 个月钢材板带比重为 46.2%,新型干法水泥比重为 56%,同比分别提高 2.3 个和 3 个百分点;节能减排积极推进,单位 GDP 能耗、化学需氧量和二氧化硫排放量继续下降。但也要看到,当前国际经济环境复杂严峻,世界经济增长减缓,外部需求收缩,对我国一些企业产生了较大影响。

　　应对这些挑战,根本出路在于深化改革开放,推动科学发展。其工作重点,首先是加快转变经济发展方式,推动产业结构优化升级。目前,我国正处于改革发展的关键阶段,处于工业化、现代化的重要时期。要适应国际环境的新变化、适应我国发展的新要求,就要在转变经济发展方式上取得重大突破,因此,加快转变经济发展方式是关系国民经济全局紧迫而重大的战略任务,是提高我国经济国际竞争力和抗风险能力的根本举措。

　　切实转变经济发展方式,关键在于抓落实、见实效。各级党委和政府要在深入调查研究和科学分析的基础上,找准问题,明确方向,制定和完善切合实际的转变经济发展方式的总体规划和具体措施,坚持不懈地抓好落实。一是推动产业结构优化升级。要发展高新技术产业,大力振兴装备制造业,改造和提升传统产业,加快发展服务业特别是现代服务业。同时,要继续实施新型显示器、宽带通信与网络、生物医药等重大高技术产业化专项;围绕大型清洁高效发电装备、高档数控机床和基础制造装备等关键领域,推进重大装备、关键零部件及元器件自主研发和国产化。二是大力推进企业科技进步和创新。要加大中央财政科技投入,完善和落实支持自主创新的各项政策,充分发挥企业作为技术创新主体的作用,鼓励、引导企业增加研发投入。要推进产学研结合,培育创新型企业,健全和完善现代科研院所制度。还要充分发挥国家高新技术开发区的集聚、引领和辐射作用,加大政府采购对自主创新产品的支持力度,扩大创业风险投资试点范围。三是全力做好节能减排工作。要落实电力、钢铁、水泥、煤炭、造纸等行业淘汰落后产能计划,建立落后产能淘汰退出机制,完善和落实关闭企业的配套政策措施,加强这些行业先进生产能力建设。还要抓好重点企业节能,加快重点节能工程实施进度;完善和严格执行建筑标准,大力推进墙体材料革新和建筑节能;提高城镇污水处理能力,尽快在 36 个大城市率先实现污水全部收集和处理;加大科技支撑力度,开发和推广节约、替代、循环利用资源和治理污染的先进适用技术,实施节能减排重大技术和示范工程;开发风能、太阳能等清洁、可再生能源,大力发展节能服务产业和环保产业。(《经济日报》2008 年 8 月 17 日)

继续推进改革开放
——四论努力推动经济社会又好又快发展
《经济日报》评论员

中央领导同志最近就做好下半年经济工作明确指出,要坚定不移地推进改革开放,特别是要根据条件抓紧在重要领域和关键环节上取得新进展。我们必须按照这一要求抓紧落实,坚持以改革促发展,用改革的办法解决体制性、结构性矛盾,为科学发展提供体制机制保障。

今年以来,我国改革开放迈出了新的步伐。国务院机构改革顺利推进,部门职能进一步理顺。集体林权制度改革全面推开。与此同时,电信等一些行业管理体制改革继续推进,综合配套改革试点进展顺利,金融改革进一步推进。但是,我们也要清醒地认识到,当前国际环境中的不确定、不稳定因素增多,国内经济运行中的一些矛盾也比较突出,必须根据国内外经济环境的变化,坚持用发展和改革的办法解决前进中的问题,继续推进改革开放。

第一,推进国有企业改革和深化财税体制改革。要深化国有企业公司制股份制改革,完善公司法人治理结构;深化垄断行业改革,引入竞争机制,加强政府监管和社会监督;推进集体企业改革,发展多种形式的集体经济、合作经济;改革预算制度,强化预算管理和监督,改革资源税费制度,完善资源有偿使用制度和生态环境补偿机制。

第二,推进金融体制改革,加快完善资本市场体系。要继续深化银行业改革,重点推进中国农业银行股份制改革和国家开发银行改革;加快农村金融改革,继续深化农村信用社改革,积极推进新型农村金融机构发展;优化资本市场结构,促进股票市场稳定健康发展,着力提高上市公司质量,维护公开、公平、公正的市场秩序。

第三,深化行政管理体制改革。要健全政府职责体系,全面正确履行政府职能,努力建设服务型政府;在加强和改善经济调节、市场监管的同时,更加注重社会管理和公共服务;围绕转变职能,合理配置宏观调控部门职能,调整和完善行业管理机构,理顺部门职责关系,健全部门间的协调配合机制;加强行政权力监督,规范行政许可行为;大力推行政务公开,健全政府信息发布制度,完善各类公开办事制度。(《经济日报》2008 年 8 月 18 日)

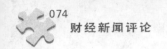

精心做好保障民生工作

——五论努力推动经济社会又好又快发展

《经济日报》评论员

中央领导同志最近就做好下半年经济工作提出了明确要求,其中十分重要的一条是精心做好保障民生工作。我们要按照这一要求,突出工作重点,狠抓措施落实,着力保障和改善民生,继续促进就业和社会保障事业。

今年以来,各地区各部门将保障和改善民生工作放在重要位置,全面实施就业促进法,全力推动创业带动就业,大力开发公益性就业岗位,帮助困难人员和零就业家庭就业。据统计,上半年全国累计新增城镇就业人员 640 万人、下岗失业人员再就业 282 万人、就业困难人员再就业 77 万人;进一步提高企业退休人员基本养老金标准和失业保险金标准;城镇居民基本医疗保险试点城市由去年的 88 个扩大到 317 个;稳步推进新型农村社会养老保险试点和被征地农民社会保障工作,纳入农村最低生活保障范围的人数同比增加 1 倍;及时发放临时价格补贴,使低收入群体基本生活得到保障;加快推进教育事业发展,从今年秋季学期开始,在全国范围内全部免除城市义务教育阶段学生学杂费。这些措施及成果,有力地促进了社会和谐与进步。

在充分肯定成绩的同时,我们也要清醒地看到,受国内外经济环境变化的影响,促进就业和社会保障事业的工作面临一些新情况新问题。因此,必须坚持以人为本,更加重视改善民生,积极实施扩大就业的发展战略,努力构建和谐劳动关系,加快建立覆盖全社会的保障体系,使人人享有社会保障,不断把就业和社会保障工作提高到新水平。

就业是民生之本,扩大就业是执政为民的重要体现。要坚持落实和完善积极的就业政策,一手抓扩大就业,一手抓失业调控,继续完善公共就业服务和就业援助制度,切实做好困难群众就业、高校毕业生就业工作,大力帮助受灾地区劳动力就业,加强职业培训,促进以创业带动就业,不断扩大就业规模,改善就业结构,提高就业质量,努力实现社会就业更加充分的战略目标。

建立、健全社会保障体系是构建社会主义和谐社会、实现国家长治久安的重要保证。要继续深化改革,加强制度建设,完善政策措施,增加资金投入,提高统筹水平,加快完善中国特色社会保障体系。当前,要重点推进基本养老保险制度改革,尽快建立覆盖所有城镇居民的基本养老保险制度,积极探索建立农民工养老保险和农村养老保险制度。要关注物价上涨对低收入群众生活水平的影响,加大财政对保障民生的支持力度,努力保证低收入群众生活水平不下降。

与此同时,还要重点加强对受灾群众、城乡特困户等困难群众的社会救助,妥善安排灾区孤儿、孤老、孤残的生活;切实做好抗震救灾和灾后恢复重建工作,完善对口支援机制,尤其要抓紧把受灾群众生产生活安排好,大力帮助受灾地区劳动力就业。(《经济日报》2008 年 8 月 19 日)

(以上是《经济日报》分别在 2008 年 8 月 14、15、17、18、19 日发表的系列评论员文章)

"千万存款不够养老"是否危言耸听

王石川

日前,北师大金融研究中心一教授发表文章,称一线大城市的居民,如果到 2027 年退休的话,预备 1 000 万元养老恐怕也不够。文章分析,如果中国的经济增长、居民货币收入增长及官方的发钞节奏都没有根本改变,在 2027 年退休的职工,则需要一笔约为 300 万~500 万元的积蓄,才能度过余生。文章还说,"这只是城镇人口的大致水准,类似京、沪、深这样的一线城市,预备 1 000 万元养老也未必够"。(《广州日报》2010 年 4 月 7 日)

言辞一出,板砖横飞,不少网友以愤怒与不屑加以回应。应该说,这种言论有其合理性,也有不妥之处。说其有合理性是因为,在当下,对不少人来说,100 万元乃至 1 000 万元的确是天文数字,但是,按照现在的经济增长速度以及国家的发钞速度,以 2027 年退休为计,一二十年之后,100 万元乃至 1 000 万元的确并不是什么惊人数字,不妨试举一例:

20 世纪 80 年代末,关于房地产价格,《人民日报》有这样一则新闻评论:"北京最近提供 2 万多平方米住房,每平方米 1 600 元至 1 900 元。若买两居室,少说也要 6 万多元。一名大学生从参加工作起就日日节衣缩食,每月存储 50 元,已是极限,100 年才能买上两居室。"(《人民日报》1989 年 2 月 20 日第 2 版)显然,在当时的北京,6 万多元对人们来说是天文数字,但如今,6 万元对大多数人来说都不足挂齿。当然,在当时的北京,6 万元能买到一套两居室,但如今最多只能买两三平方米。以此观之,20 年、30 年之后,100 万元、1 000 万元并非高不可攀,到那个时候,居住在类似京、沪、深这样的一线城市,要体面地养老,确实需要 100 万元甚至 1 000 万元。

其实,打量该教授的观点,最值得关注的不是抓人眼球的千万存款,而是当前触目惊心的养老金缺口。据该教授称,粗略估算,现在离退休的 5 000 万老年人,基本上是由目前正在交纳养老金的 1.5 亿青壮年人养活着。目前我国覆盖养老、失业、医疗、工伤、生育五项的社会保险基金累计结余,大约在 1.5 万亿元。这个余额目前仅能满足不足 500 万人存活 25 年的养老所需。或者说,目前养老金缺口大概在 90%,未来 20 年的养老金目前尚无着落。这种判断不是危言耸听,据报道,去年 12 月,全国社会保障基金理事会理事长戴相龙表示,2008 年全球养老金有 25 万亿美元,而中国地方和中央养老金不足 2 000 亿美元,不足全球的 0.8%,大大低于我国经济总量占全球经济总量 7.3% 的比例。(《21 世纪经济报道》2010 年 3 月 29 日)

经济发展再迅速,也不可能每个人都有百万存款、千万存款,"老有所养、老有所医、老有所教、老有所学、老有所为、老有所乐",应是每一个老人的归宿和依托,因此政府应该在社会保障上加大投入,对社保体系进行科学设计,以捍卫公平,让国人老有所安。(《中国青年报》2010 年 4 月 8 日)

第四章 财经新闻评论的论证

第一节 财经新闻评论论证的定义与类型

一、财经新闻评论论证的定义

论证是联结论点与论据的桥梁和纽带,它揭示了论点与论证之间的逻辑联系。论证逻辑性强不强、是否得当精彩是一篇财经评论能不能写好的关键。财经评论写作过程贯穿着逻辑的形式与方法。[①]

所谓论证就是指作者运用和组织论据说明和证实论点的过程与方法,即通常所说的摆事实讲道理;在逻辑学上,则被称为"用已知为真的判断去确定另一个判断的真实性或虚假性的思维过程"。[②] 从写作角度讲,论证时把材料和观点统一起来组成一个完整而严密的说理体系的过程;它既把材料背后的本质性的东西揭示给读者,使者得到启发,又按着正确的思路把观点给读者讲清楚,使读者受到教育。[③]

有人认为,财经新闻评论是传播媒体就现实经济世界发生的或正在发生的客观事实和在现实环境中产生各种想法的民众的主观世界发表的具有一定倾向性的意见和看法,是对于经济行为和经济活动的动态过程的评论。[④] 从财经新闻评论的定义中,我们可以归纳出几个关键点,"客观事实"、"民众"和"倾向性意见和看法"。

"倾向性意见和看法",似乎让我们觉得和新闻的定义有所冲突。其实不然,此处的"意见和看法"并非一般民众的"意见和看法",也不是新闻工作者个人"意见和看法"的随意表达。它需要有一个说服的过程,我们暂称之为"论

[①] 殷俊等:《媒介新闻评论学》,成都,四川大学出版社,2005。
[②] 苏天附:《普通逻辑》,上海,上海人民出版社,1983。
[③] 邵华泽:《同研究生谈新闻评论》,北京,人民日报出版社,1999。
[④] 闻学:《经济新闻评论:理论与写作》,30~32 页,武汉,武汉大学出版社,2007。

理"。即新闻工作者要针对某一经济新闻发表自己的建立在一定理由基础上的看法,帮助受众做出有益的分析。

说到财经新闻评论的作用,可以有宏观和微观之分。宏观的作用是"解读经济政策、监督经济行为、传播经济知识、指导经济生活"。我所要重点分析的是它的微观作用,也是具体的作用。从财经新闻评论的特点和作用上可以看出,它是一种活跃性很强的新闻体裁。因而社会各界对其要求也是纷繁且复杂的,财经新闻评论应当有理有据。我们所发表的所有意见都应当是有所依据而不是凭空臆想的;我们所提出的建议都应当是建立在一定的分析总结的基础之上而不是随意断定的;我们所做出的推论都应当是建立在正确的理论之上而不是以错误的理论为指导。财经新闻评论的论证应当考虑到受众的受教育程度和接受信息的能力。

二、财经新闻评论论证的类型

财经新闻评论论证通常也可分为立论和驳论两种基本类型。

(一)立论

所谓立论,就是从正面直接阐述客观事物的真理,以证明作者提出的看法、主张。财经新闻评论的立论采取从正面提出看法和主张,并加以证明,是最常见的论证类型。

如评论《公务员分房之害远甚于土地财政》:

自 2009 年 12 月 14 日国务院常务会议提出旨在遏制房价过快上涨、抑制投机性购房的"国四条"以来,尽管政策组合拳频出,力度之大,频率之高,可谓空前,但就效果而言,我们很遗憾地看到,房价快速上涨的势头不仅没有得到有效遏制,反而出现了加速上涨,甚至民众恐慌性购买的局面,一些一线城市的房屋均价相对于调控政策出台前至少又上涨了 30%。

中国的房价究竟有没有泡沫? 有人认为就中国城市化进程而言,房价很合理,因此面临着"未来二十年上涨的压力";有人认为,中国房价是真实需求,因此没有泡沫。笔者关注到,在目前,依然对中国房价的未来表现出十足的信心的基本有三类人:

一是开发商,理由无须多述。二是一些学者,而学者历来都是最复杂的一个类别,即使观点相同,其背后的理由也五花八门。有些学者是真的认为房价合理,有些是公然为开发商背书。三是公务员,特别是一些拥有一定职位和权力者,这些人唱多房价。坊间最多的解释是,这些人是基于土地财政的考虑,为了地方利益。其实未必如此。考虑到当下房价与官员的实际收入,官员所在的公务员群体肯定属于"80%以上买不起房的人",这无须质疑,而且这两年,坦陈自己"两个月工资都买不起一平方米房子"的厅局级以上官员大有人在。

以北京为例,北京市的公务员在实行阳光工资之后,形成了"八五三"的基本工资结构(即局级、处级、主任科员分别对应的基本工资为8 000元、5 000元、3 000元,现在的工资标准应高于此),其工资水平高于在京的各大部委。但和北京的房价比较,公务员能买得起房的也没有几个,按照最新统计,现在北京四环的房子均价快要上四万元,局级干部四个月才能买一平方米,处级需要八个月,主任科员则不吃不喝也需要一年,更低级别的公务员就更不用说了。然而,在北京,不仅没房的公务员比较少,而且,笔者发现,不管买得起买不起房的公务员,很多都认为房价合理,而且认为房价依然会上涨。

原因何在?原来,同地段商品房的价格高达近四万元,而一些公务员却可以以4 500元每平方米的低价买到房子。这是最近一个名为《公务员买房内部价惊人》的帖子透露的信息(参见经济观察网4月10日的报道:《以福利的名义:公务员的便宜房》)。帖子还涉及一些中央部委及下属行政事业单位、大型央企和北京市地方政府系统的内部集资房、团购房、团购经济适用房等生动案例。北京华远集团总裁任志强也表示,北京有很多低价的定向住房,没有向社会公开销售,而这些房子去了哪里,不得而知。

以这样的价格买到房子,当然不合理。从1998年开始,国务院已明文取消了福利分房制度,公务员的住房也纳入了货币化体系。在公务员取消福利分房之后,除了低收入阶层外,所有的人都被赶进了住房市场化的大潮。然而,事实上,福利分房这个属于公务员队伍、诸多事业单位员工、大学教职员等群体的特权,并没有真正走进历史。特别是2003年之后,房价进入快速上涨通道,福利分房这个已经被剔除出主流住房制度的事物,焕发出生命的第二春。各个国有单位以各种名义出现的福利分房比过去有过之而无不及。比如,有些单位通过审批建经济适用房,有些单位集资建房,有些单位通过各种方式享受两限房,挤占穷人的利益。一些部委和地方打着保障性住房的名义,以各种形式为公务员建实物型住房。通过这么一个游离于商品房之外、几乎等同于成本价的住房供应体系,公务员的住房问题,自然而然地解决了。

如果把这个事实放大到全国大大小小的单位的大大小小的公务员群体,高房价背后的权力逻辑就基本清楚了。之前我们探讨房价畸高的种种缘由,不外乎归于土地财政。这的确是一个原因,但显然只是一个"公共原因"。我们须知,官员要维护地方财政收入,其前提是这些人的住房问题与高房价无关。事实上,很多官员、精英之所以罔顾房价与居民收入严重背离的事实,极力鼓吹高房价的合理性,根子并非在"公",而在一个"私"字上面——如果这些官员自己也必须通过购买商品房解决住房问题,我们看到的肯定是另一种风景。

公务员福利分房对中央房地产调控政策公信力的危害,远远大于所谓的土地财政。土地财政不管如何,名义上是为了公共利益、地方利益,而不是个人利益。要让房地产调控政策真正有效,必须解决"平等待遇"问题。面对高房价,公务员没有任何理由享受超国民的待遇。房地产市场最大的民愤就在于此,只有彻底废除了官员高人一等的待遇,住房调控政策才会见效,民愤才能稍微平息,房价合理回归才可期待。(《东方早报》2010 年 4 月 12 日)

(二) 驳论

所谓驳论,是反驳别人的某种错误观点为主,在反驳错误观点的过程中宣传真理。在财经新闻评论中,存在反驳和批评两种情况,二者关系紧密,不可分割,但又各有侧重,处在不同的层次上。反驳主要针对某种思想观念而言,批评主要针对某种行为、现象而言。批评某种行为或现象是为了遏制它,同时也是为了肯定和提倡另一种行为或做法。反驳是为了论证对方论点的错误,驳倒对方的错误观点,同时也是为了树立自己的正确观点。

如评论《奢侈品消费没有原罪》:

"这里有两根金条,请问哪根是龌龊的,哪根是高尚的?"说这话的人叫谢若林,就是《潜伏》里那个党通局的投机商。我觉得,他的话里也包含一定的生活哲学与市场意识。

想到这句台词,是受到一则最新消息触发——中国超过美国成为世界第二大奢侈品消费国。许多人对这个排名感觉不高兴。那些消费奢侈品的人,不仅被指责为缺乏财富文化与财富伦理的人,甚至还会被贴上"腐败"的身份标签。

对此,我有不同看法。我觉得,奢侈品就像谢若林所说的金条一样,本身没有龌龊与高尚之分,而消费奢侈品的行为也绝没有原罪。总是患上奢侈品消费敏感症,实际上是生活理念与市场观念落后的表征。

很多人对于奢侈品的认知,目光视角短浅,价值判断单一。其实,奢侈品从来没有一个绝对的标准,它需要人们以发展的眼光去看待。比如,很多年前,人们把彩电当作奢侈品,现在不过就是一种很普通的家电罢了。社会是分层的,文化是多元的,人们对消费品的层次需求,也就有所不同。很多奢侈品都包容着特定的社会文化,工艺精湛,成为一种生活品位的象征。比如中国苏绣、法国香水、瑞士钟表、意大利霓裳,甚至不同层级的豪华汽车。看不到这些所谓奢侈品的文化性与社会性,自然不会理解奢侈品消费可能带来的生活品质提升。

在今天,奢侈品包含的文化品位与市场价值,是应该得到充分尊重与理解的。很多时候,为别人的奢侈品消费行为瞎操心,其实还是对文化与市场缺乏应有的价值判断。不要再把奢侈品仅仅当成一件华丽而优雅的外衣,也不要把所有消费奢侈品的人都视为缺乏文化灵魂的暴发户。在发达国家,奢侈品消费早就成为一种生活文化与艺术美学。中国要到全球化经济中试水,向着世界经济强国转身,那么,在消费文化理念上,就须逐步进行转变。

中国的节俭思想,从古至今已成体系,绝大多数人有着强烈的节俭意识,这是好事情。在这种传统心理背景下,面对金融海啸寒流强烈侵袭,连欧美国家对奢华品牌的需求也普遍萎缩,中国人却反其道而行之,对奢侈品愈发热衷,这当然会令很多人觉得不是滋味,甚至产生"朱门酒肉臭,路有冻死骨"的情境联想。

对于今天的中国,尊重全球化文化理念与市场规则,以制度正义践行社会公平,比空洞的说教更有意义。其实,奢侈品消费背后可能存在"腐败",与奢侈品文化和市场完全不是一回事,二者根本就不应该捆绑在一起接受炮轰。现在,奢侈品已成为极具投资价值的商品,在满足特定消费文化与社会交往方面,也有着重大的时代价值。更何况,"富人的奢侈消费给穷人制造了工作的机会",经济学家曼德维尔这种观点,也说明需求对拉动经济是多么重要。可以说,极具投资价值与文化品位的奢侈品,已经客观成为推动社会经济文化发展的载体了。也只有让社会不断进步发展,人们才能拥有更多看得见的"仁爱"与"正义"。

作为一介平民,我当然消费不起奢侈品。但我真的觉得,没有哪一种奢侈品是绝对龌龊的,也没有哪一种奢侈品就是绝对高尚的,奢侈品消费本身并非天然具有原罪,还是不要"滥杀无辜"为好。(《华商报》2009 年 9 月 21 日)

第二节 财经新闻评论论证的方法

我们知道,议论文的写作有三要素:论点、论据、论证。且对这三个要素的要求分别是:论点的基本要求为观点正确,认真概括,有实际意义,恰当地综合运用各种表达方式;论据基本要求为真实可靠,充分典型;论证的基本要求为推理必须符合逻辑。笔者认为,虽然论证新闻评论不能等同于议论文,但是在这三个要素方面却是共通的。

在财经新闻评论中,论题就是我们要阐述或者要驳斥的论点,论据则是据以阐明观点的事实,论证方法则是我们分析问题,解决问题的方式。论证的前提有以下三个方面[①]:第一,论点本身必须正确,而又阐述得十分明确。财经新闻评论的论点,就是作者对当前现实经济生产、生活中的重要事实的看法。它是一种观念,一种思想,但不是自然

---

① 程世寿:《新闻评论写作教程》,武汉,华中理工大学出版社,1996。

形态的观念和思想,而是经过提炼和凝缩了的。它是财经新闻评论的灵魂,如同记述性新闻作品中的主题。第二,论据必须真实可靠。论据包括理论性论据和材料性论据两大部类。理论性论据必须是经过实践检验,其正确性被证实了的。材料性论据必须是真实可靠的,它们本身能够代表事物的本质。第三,在这两大部类中,财经新闻评论比起其他评论更重视理论性论据。财经新闻评论是有理论性的,但不能过多地讲理论,更不能过多地用原有理论证明现有理论。因此,在挑选材料作论据时必须注意:材料必须典型、新鲜和充足;正确处理材料与观点之间的关系。一方面要注意用观点来统率材料,否则材料就是乌合之众。另一方面材料又不是被动地为观点服务,不能削足适履,篡改材料,也不能专挑对观点有利的材料;新的材料可以改变旧的观点,形成新的观点。

一、财经新闻评论的论点

论点是一篇议论文的灵魂,是作者在写作的过程中需要紧扣的主题。同理可知,财经新闻评论的论点就是这篇述评性新闻的精华,是作者针对一个财经新闻事件所提出的具有针对性且思想鲜明、正确的观点或看法。因此,如何准确的表达作者的论点是写好财经新闻评论的重中之重。一般而言,依所评论的内容和对象的不同,主要有以下几种提出论点的方法:

(一)开宗明义、开门见山①

即在文章的开头就提出论点。这样的好处在于一开始就表达出自己的态度,再加上论点在文笔方面的修饰,很容易就吸引了读者的眼球。题目即论点是财经新闻评论中比较普遍的提出论点的方法。有一位旅美工程师网友发表过一篇财经新闻评论的博客,题目即为"中国未操纵汇率"。② 如下:

中国未操纵汇率

【新华社华盛顿 4 月 15 日专电】 美国财政部 15 日发表报告说,没有发现包括中国在内的主要贸易伙伴操纵汇率以获取不公平贸易优势。

这份提交给国会的报告认为,去年下半年以来人民币升值迅速,中国正采取措施加大汇率的灵活性。去年下半年以来,随着国际金融危机加深,大多数新兴经济体货币对美元比价急剧下跌,而人民币对美元比价还有所上升。但报告声称,人民币仍被低估。

---

① 资料来源:http://baike.baidu.com/view/18288.htm。
② 资料来源:http://blog.163.com/ly_shq/blog/static/109751195200932071659230/。

美国财政部长盖特纳当天发表声明说，当前的危机正促使世界主要经济体的领导人和决策者加强合作。他强调，各国应避免实行货币贬值的竞争性货币政策，并促进国际货币体系平稳运行。按有关规定，美国财政部必须每6个月向国会提交一份关于国际经济和汇率政策情况报告。在报告中被认定为操纵货币汇率的国家和经济体最终可能受到美国的贸易制裁。

全球最会操作汇率的就是美国了，美国人最善于做的事情就是制造话题，始终把对方置于被指责的位置，以虚换实，制造借口，然后进行讨价还价，获取自己最大利益。和美国打交道就意味着和一个永恒的敌人在打交道。无论它们的科技文化有多少值得学习的地方，但作为一个国家来说，它们的目的就是以各种手段进行掠夺，而文化科技的先进是它们的手段和优势。

以虚换实，主要用来对付第三世界国家的。也可以应对一下国内产业工人的压力。以美元套取资源是美国的长期战略目标，自己得了便宜还要指责他人。无论何时我们都要记住，这一切都是在美元作为全球结算货币地位下做的，这是最关键的。

这就是一篇明显的开篇点题的提出论点的方法，围绕国际上大呼中国操纵汇率的现象，发表自己的看法。

（二）文中提出，承前启后

就是以财经新闻事件为由头和铺垫，在文章的中途提出论点，引出作者所要论证的内容。这样会让论点出现的比较和谐，有一定的过渡性，让读者读起来之后觉得论点提出得顺理成章，一点也不牵强和做作。

（三）文末点题，表达态度

即在文章末尾提出自己的论点，让读者觉得这个论点的提出时建立在前面大量的事实和分析的基础之上，因为可信性很强，容易接受。这在财经新闻评论的写作中也是比较普遍的。

二、财经新闻评论的论据

顾名思义，即是你的理论、观点来源的依据。关于论据的要求，总结下来应该有这么几个特征，即真实、正确、准确。而它也包含很多形式，譬如说，已经为人所接受的理论、定理，正确总结、记录下的数据、事实，以及相关权威部门或权威、专业人士的话语。这些特征最明显的共通点即为可信，因而就非常的有说服力。我们认为，在财经新闻评论中所用到的论据，数据和权威信息是出现频率最频繁的。因为，财经总是要和数字打交道

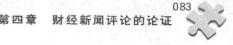

的,而既然是新闻又与权威性和信息可靠性联系密切。以下是两则分别运用数字论据和权威信息论据的财经新闻评论。

国资委对央企金融衍生业务划定"红线"禁投机交易

(新闻背景)【新华网 2009 年 3 月 24 日】国务院国有资产监督管理委员会 24 日发出通知,对中央企业从事金融衍生业务作出严格规定,要求中央企业有效管控风险,不得从事任何形式的投机交易。国资委要求中央企业必须审慎运用金融衍生工具,严格坚持套期保值原则,与现货的品种、规模、方向、期限相匹配,禁止任何形式的投机交易。

通知要求,中央企业开展金融衍生业务,应当报企业董事会或类似决策机构批准同意,指定专门机构对从事的金融衍生业务进行集中统一管理,并向国资委报备。

评论:自去年下半年以来,随着国际金融危机的蔓延,中国远洋、东方航空、中国国航等中央企业的金融衍生品业务相继爆出巨额亏损。以航空业为例,截至今年 1 月初,中国国航、东方航空及上海航空三家国有航企金融衍生品的账面亏损总额已经达到 131.7 亿元。按照通知的要求,从事金融衍生业务的中央企业,其持仓规模应当与现货及资金实力相适应,持仓规模不得超过同期保值范围现货的 90%;以前年度金融衍生业务出现过严重亏损或新开展的企业,两年内持仓规模不得超过同期保值范围现货的 50%。

这项措施的推出对防范央企额外的经营风险有实质作用,起码国家不会蒙受更多的不明损失。

周小川:政府降储蓄率意图明确 措施仍需研究

3 月 24 日,央行网站刊发中国人民银行行长周小川署名文章《关于储蓄率问题的思考》,文章分析了造成东亚和产油国较高储蓄率及美国低储蓄率的原因,介绍了中国储蓄率变动情况及调整思路,并提出调整储蓄率的可能选择。中国政府降低储蓄率的意图是明确的,2005 年以来中国将扩大内需、刺激消费作为基本国策,其综合效果必然是降低储蓄率,但对影响储蓄率的因素及其弹性、具体调整措施等仍需深入研究。此外,公共部门、国有企业等领域的改革仍不彻底,影响了储蓄率的调整。尽管目前民营、私营企业已实现市场化和成本真实化,但政府机构体系没有纳入社会化管理,国有企业和国有控股企业的改革虽取得较大进展,但由于成本因素不确定,货币化程度不够。当前应当加快政府部门改革和职能转化。

评论:中国过高的储蓄率一直被视为笼中虎,需要把它释放出来,但次贷危机的出现明显延缓了这一脚步,在 G20 峰会举行之际周行长连发文章的意图十分明显,作为一种政治谈判的筹码的效应更大,如何降低储蓄率在中国还有很长的路要走,投资者不宜对此寄予过高期望。

该文开头即引用权威人士周小川的话语做标题,既揭示了主题也加强了该文的吸引力和可靠性。

三、财经新闻评论论证的方法

论证是一个过程,是依靠论据得出论点的过程,也是财经新闻评论中最为重要的环节。能否得出正确的推论,从而能否为群众服务,能否发挥积极的导向作用,都在于论证是否正确。我们在一篇财经新闻评论中往往会看到很多的论证方式结合使用,这样在很大的程度上加强了文章的说理性和生动性,所以在写作中加强多种论证方式的配合使用是非常有必要的。下面就系统地介绍一下论证方法。

(一)举例论证

举例论证就是列举确凿、充分,有代表性的事例证明论点。事例既可以是历史的,也可以是现实的;既可以是具体的人或事,也可以是概括的某种情况或现象,或是数据、图表等等。举例论证是财经新闻评论最常用的方法之一。用事实来证明论点历来被人们所重视。但在运用时必须把握好以下几个方面[①]:第一,事实要典型。典型的事例是真实的,但真实的事例却不一定典型,是指既有代表性又能反映事物本质的事例,它是共性与个性的统一,同时又是真实的。如果我们忽略了其中的某一方面,而随意选取,就可能犯片面性的错误。第二,事例要充足。事例充足指的是在证明结论、列举事实时要有一定的量,材料不能过于单薄。有时尽管事例很典型,但有时比较单一,就容易给人留下"势单力薄"的印象,而一旦事实充分,给人的感觉就是"无可辩驳"的。第三,揭示事例与论点间的联系。使用例证法,并不是列举事例就大功告成,为了进一步揭示事实与论点之间的内在联系,将论题向纵深开掘,在列举事例后往往还需要给予必要的分析和议论。

(二)比较论证

有比较才能鉴别,比较是认识也是说明事物的基本方法之一。按事物间的关系,比较可以分为类比和对比。类比指同类事物间的比较,侧重于求同。而对比是在截然相反的事物之间,或同类事物在不同条件下的比较,侧重于求异,请看下面的例文中关于中国房地产业现状与迪拜的比较。

---

① 姜淮超:《新闻评论教程》,北京,中国政法大学出版社,2003。

迪拜给中国最醒目的警示

中国房地产业与金融的捆绑,比迪拜更严重。根据央行发布的报告,截至今年 6 月末,商业性房地产贷款余额为 6.21 万亿元,如果算上房地产业的社会集资,数额更大。而庞大刺激经济计划所耗用的资金更为惊人。国内学者研究认为,2010 年,我国地方债务的总额将超过 10 万亿,而国内的研究机构则认为可能超过 13 万亿——这仅仅是地方政府的债务,还没有计算中央的债务。

对照历史,这是一个令人毛骨悚然的数字。

回首上个世纪 90 年代,密集的基本建设投资后,留给了银行超过 3 万亿的坏账,大型国有银行处于破产边缘——而那个时候的基建规模比现在要小得多的多。中国为了解决这 3 万亿坏账,付出了巨大代价。先后通过发行特别国债补充资本金、成立四大资产管理公司剥离商业银行不良资产、外汇储备注资等方式,最终使这些大银行摆脱危机,并包装上市。令人痛心的是,贱卖资产,低价引入的海外战略投资者最终成为投机者——他们在赚取巨额利润之后溜之大吉,而中国不得不重新面对未来的危险。

4 万亿救市计划,及地方政府高达 18 万亿的庞大基建计划,使得中国成为世界历史上迄今为止,基本建设投资最疯狂和密集的国家,而这个计划之后,必然是超过上世纪 90 年代的更可怕的坏账!(时寒冰,《上海证券报》2009 年 11 月 30 日)

(三)引用论证

引用论证是"道理论证"的一种,引用名家名言等作为论据,引经据典地分析问题、说明道理的论证方法。引用的方法有两种:一种是明引,交代所引的话是谁说的,或交代其出处;一种是暗引,即不交代所引的话是谁说的或出处。其特点是用已被证明的、公认的道理、原理或理论,来证明未被证明的、个别的、具体的论点和道理,也可以说是用大道理来论证小道理。它是由一般到个别的论证方法,我们平时引用理论性论据,来论证某一论点、行为的正确与错误即属于这种论证方法。如下文:

传闻扰市几时休?

最近一个时期,股市为利空传闻所笼罩。在"恢复印花税双边征收"、"一月剩余时间禁发贷款"、"1 月 22 日央行将宣布加息"等市场传闻的袭击下,股市出现连续大跌的走势。

这已不是利空传闻第一次袭击股市了。通过利空或利好传闻来干扰股市,仿佛已成为中国股市的一大特色。有细心的业内人士发现,去年 9 月份以来的五个底部,即 9 月 1 日 2639 点、9 月 29 日 2712 点、11 月 2 日 2923 点、11 月 27

日3 080点、12月22日3 039点,每一个底部都是靠制造利空传言引发暴跌而实现的。可见,传闻扰市已成了中国股市的一大特色。

近期利空传闻扰市频频,如1月13日上证指数暴跌101点,1月20日股指暴跌95点,1月22日盘中暴跌96点,都是利空传闻的杰作。这种由利空传闻引发的股指暴跌,大大地损害了广大投资者的利益,它甚至成为某些机构投资者造市的一种手段。

这其实是一种严重的违法犯罪行为。因为根据《证券法》第七十八条明确规定,禁止国家工作人员、传播媒介从业人员和有关人员编造、传播虚假信息,扰乱证券市场。同时规定,各种传播媒介传播证券市场信息必须真实、客观,禁止误导。此外,《证券法》第二百零六条还规定,对于违反上述规定,扰乱证券市场的,由证券监督管理机构责令改正,没收违法所得,并处以违法所得一倍以上五倍以下的罚款;没有违法所得或者违法所得不足三万元的,处以三万元以上二十万元以下的罚款。因此,对于股市上这种利用利空传闻来频频扰市的行为,绝对不能听之任之,任凭其一次又一次地扰乱股市,损害广大投资者的利益。

应该说,在传闻扰市问题上,监管部门的态度旗帜鲜明。早在2008年6月22日,证监会主席尚福林针对当时市场上出现的"少数别有用心的人大肆散布各种虚假不实信息,扰乱市场正常秩序,加大了市场不稳定性"的问题,就曾明确表示,要采取切实有效的措施,加大对涉及资本市场谣言传播等违法违规活动的责任追究,严厉打击、坚决惩治恶意造谣惑众的行为。但遗憾的是,在打击传闻扰市问题上监管部门一直没有后续的措施,这也正是造成各种传闻一次又一次地出现的原因所在。这也同时表明,对传闻扰市必须采取有效措施,予以严厉打击,否则,传闻扰市问题就不可能得到有效制止。

当然,有些传闻可能不是谣言而是"事出有因",但这同样涉嫌违法违规,涉及信息的泄露问题,甚至是内幕交易,破坏了证券市场的"三公"原则。这个问题同样也不能等闲视之。(皮海洲,《新闻晨报》2010年1月27日)

(四)比喻论证

用人们熟知的事物作比喻来证明论点。此外,在驳论中,往往还采用"以尔之矛,攻尔之盾"的批驳方法和"归谬法"。在多数议论文中往往是综合运用的。有的问题道理比较抽象,直接说明不容易理解的、深奥的事物或道理,那么,"喻巧而理至",就能生动地把道理讲得深入浅出,给人以鲜明的印象。但是,比喻论证虽然是一种帮助说理的好办法,但由于任何比喻都是有缺陷的,特别是有的比喻和被论证的问题缺乏本质上的联系,所以,不宜作为论证的主要方法。要透彻有力地论证问题,主要还是靠对论题本身进行周

密、辩证的方法研究。并且运用比喻论证还要注意不能失之片面,搞绝对化。① 请看下文:

姑且把上调准备金当作你妈叫你回家吃饭

孟子云:人恒过,然后能改,困于心,衡于虑,而后作;征于色,发于声,而后喻。入则无法家拂士,出则无敌国外患者,国恒亡。然后知生于忧患,而死于安乐也。

一般的人往往只记住最后一句结论,而为什么却很少有人去琢磨。其实,如果政治上没有对立面,市场上如果没有对手盘,结果就是自己葬送自己,用股市的语言就是多杀多,因此,多一些折腾并不见得就是坏事。

股指期货终于获得国务院批准了,这对中国资本市场来说是一个历史性的事件,我们且不说这对改变中国股市单边市场的意义,也不说这作为中国股市第一个衍生品的意义,更不说这对蓝筹指标股行情的意义,单说中金所那帮兄弟整整三年的苦心等待,单说《华夏时报》两年前就举办过的期货论坛的用心,那都令人相当的感慨;股市高开低走虽然场面不好看,但毕竟以红盘报收,更何况第二天就以一根大阳线收复了前天的失地。因此,央行提高存款准备金率的消息的确过于突然,不但令国内投资者措手不及,即便国际上主要资本市场亦闻之色变。

为什么会这样呢?

有人认为这跟新年伊始的天量放贷有关系,坊间未经证实的消息称第一周信贷将近6000亿元,照此推算,1月份的量就突破2万亿元,而去年第一个月的量是1.6万亿,适度宽松的货币政策又面临着流动性过剩泛滥的危险;有人认为这和股指期货的推出有关,正因为股指期货对包括金融股在内的指标股构成利好,因此提高准备金率的利空才有可能和其对冲,周行长的仗是越打越精了;有人认为这和中央加强对房地产投资和投机的打击有关,并非巧合的是提高准备金率的当天,国家六部委联合举行新闻发布会,铁腕之志不言而喻。

不管是什么原因,在水皮看来结果都是一样,既标志着中国经济进入新一轮加息周期,又意味着货币政策实际上进入新一轮的从紧周期,更表明中国其实是在全球第一个开始经济刺激计划的"退出"安排,区别在于我们必须弄清楚,这究竟是我们央行习惯性从紧思维的结果,还是宏观经济形势使然。

大家知道,早在2009年第二季度的货币执行报告中国央行就已经提出动态微调的概念,而存款准备金率更是从2007年1月的9%连续15次提到了

---

① 丁法章:《新闻评论教程》,上海,复旦大学出版社,2005。

2008 年 6 月的 17.5%，金融危机的爆发也只让央行在 2008 年 9 月 25 日至 2008 年 12 月 25 日降过四次准备金率，最低也仅为 15.5%，目前的 16% 相当于执行从紧货币政策时的 2008 年 4 月的水平，因此，市场对此产生困惑是难免的，也是正常的，这就是矛盾。

但是，进入加息周期的前提又是什么呢？前提是经济进入新一轮景气周期并且开始出现过热的可能，中国的房地产市场和汽车市场的火爆以及年底外贸出口高达 17% 的同比增长似乎都在暗示，国内经济和国外经济或许都已经越过了复苏的底线，公司业绩的上升正在变成一种新的趋势，这意味着股市的长期上涨出现了基本面的保障。只有进入从紧周期的后期才会改变这种业绩的上升周期，而反过来，如果没有出现经济持续的强劲增长，那么从紧政策亦不可持续，积极宽松的扩张性政策又会卷土重来。

需要过度担心吗？需要过敏反应吗？

大可不必。

同样进入加息周期，政策工具运用的不同对宏观经济的影响近似，但是对资本市场却大相径庭。如果选择加息，实际上释放的从紧信号更强劲，但是由于对银行构成利好，所以股市可能不会下跌反而会上涨；如果选择提高准备金率，虽然释放的信号没有加息厉害，但是由于对银行的放贷收益产生了影响，所以股市可能会出现对银行业绩下滑的预期，道理就在于中国股市是个金融%2B能源市，银行股占的权重过大。提高准备金率的当天，上证指数下跌 101 点，跌幅不过 3%，但是银行股跌幅最小的中行也在 4.10%，跌幅最大的北京银行（601169）一度盘中跌停，这说明实际当天大多数股票不但没有遭到抛售，反而在被有心人低位吃进，否则大盘还不跌个稀里哗啦？中国股市历史上跌破重要整数关口都跟货币政策工具的运用不当有关。2008 年 6 月 7 日，准备金率提高 1 个百分点，指数暴跌 7.73%，跌破 3 000 点，而这距全国省区市和中央主要部门负责同志会议的召开仅一周不到。2008 年 9 月 15 日，央行差别降息，存款降得少，贷款降得多，缩小银行的利差收入，导致银行股整体三个跌停，指数跌破 2 000 点，想救市但给错了药方，反而成了砸盘，三天后国务院不得不动用汇金对三大行增持稳定市场。

央行的政策不会直接针对股市，但是股市却不得不对央行的政策作出回应，这并不是自作多情而是利益攸关。那么，姑且就把央行的作为当作你妈叫你回家吃饭吧。（水皮，《华夏时报》2010 年 1 月 16 日）

（五）归纳论证
归纳论证也就叫"事实论证"，是以归纳推理作为论证方法的论证，它的特点是从特殊推理着眼，从个别推及全面。归纳论证的论点与论据之间的关系不一定是必然联系。由于有这一层道理，财经新闻评论在运用归纳论证时，所列举的事例必须有代表性，并尽可能全面。否则，就会犯以偏概全的毛病。同样的，以银行存款为例，我们在考虑收益的同时必须归纳出影响收益的各个因素，譬如说利率、不同存款性质的利率、不同存款时间的利率、利息税的扣除等。当我们列举出这些影响因子后，我们才能归纳出收益的准确性。

（六）演绎论证

演绎论证也叫"理论论证"，它是根据一般原理或结论来论证个别事例的方法。即用普遍性的论据来证明特殊性的论点。它从已经公认或已经证明的论断出发，经过一定的推理过程，证明和说明尚未形成共识的论点。这是一种从已知推导未知，从旧知推演出新知，从一般前提引申出对于特定事物的看法，即从一般到特殊的论证方法。马克思主义原理，党的纲领、路线和方针政策，经过实践检验了的理论观点，都可以成为这种论证的前提和出发点，成为证明和说明新论点的可靠论据。[1] 譬如说，银行存款除去利息税不考虑的收益公式应该是：收益＝本金＋本金×利率×N（存款时间）。我们根据这样的公式即可推论出若干年后的收益。而这推论出的收益即可服务于我们的评论。

（七）因果论证

因果论证时通过分析事理，揭示论点和论据之间的因果关系来证明论点。因果论证可以用因证果，或以果证因，还可以因果互证。这种方法依据客观事物之间存在着的因果联系进行推理的一种论证方法。任何一种现象都有产生它的原因，而任何一种原因，也总有它的结果。客观世界时一个有机联系的整体，任何一种现象都在这种联系的整体之中。因果联系时这个有机联系整体是一种非常重要的联系。在财经新闻评论中，从目前的结局，追溯到这个结局形成的根源，或者从已知的原因出发，推导出它的结果。这两种论证方法都叫因果论证。[2] 如下文：

人民币升值的障碍何在

讨论人民币该升值还是不该升值的问题，文献汗牛充栋，可是至今还是说不明白。因为升值有升值的好处，而不升值也有它的好处。好和不好都有，想判断哪个好处大，就非常困难，实际上是不可能。所以争论至今不断。要想得出科学的结论，必需另觅蹊径。

一种商品在出售时总是售价越高越好，在购进时总是越低越好。外汇是一种既要出售又要购进的商品，所以肯定不是越高越好，也不是越低越好。那么

① 王振业、胡平：《新闻评论写作教程》，北京，中国广播电视出版社，1995。
② 程世寿、胡思勇：《当代新闻评论写作》，武汉，华中理工大学出版社，1999。

什么是不高不低呢？那就是外汇既不太多，也不太缺。如果太多，就该让外汇落价（即人民币涨价）减少过多的外汇；如果不够用，就该让外汇涨价（即人民币贬值）以增加外汇的收入。所以最优汇率是外汇储备不太多也不太少。换言之，最优汇率应该使外汇的收支平衡。

最妙的是，这样的汇率不但对我方是最优，同时对对方也是最优。因为我方收支平衡时，对方也是收支平衡的。因此我们得到的结论是：最优汇率是双方同时达到的。偏离最优汇率不但不利于我方，同样不利于对方。

这个结论告诉我们，不存在损人利己的汇率，也不存在损己利人的汇率。汇率只有两种，即利人利己的汇率和损人损己的汇率。这个道理不但适用于我方，也同样适用于对方。

认为对方迫使我们调整汇率是出于对方的利益考虑，这种想法是错误的，因为如果不利于对方必定同样不利于我方。我们也不可能制定一个使对方受损自己得益的汇率。（茅于轼，经济观察网 2010 年 3 月 4 日）

（八）分析论证

这种方法就是通过分析问题、解析事理，来揭示事物发展的因与果、整体与局部等关系的一种方法。其中因果分析法运用比较广泛。所谓因果分析法就是利用事物间的因果联系进行论证，它可以由原因推导出结果，也可以由结果追溯原因。无论什么现象，总是由另一种或另一些现象引起，并且总是会引起另一种或另一些现象。这在财经新闻评论中运用也是较为广泛的。[①] 如下文：

经济刺激政策该悄悄地退还是慢慢地转？

在经济刺激政策的"退出"问题上，经济学家似乎比政府着急，不少学者讲起经济复苏来忧大于喜，而讲起"退出"来却比谁都更迫不及待。在他们看来，目前国内可以看到的经济复苏，是扩张性财政政策和扩张性货币政策的结果。如果这样的货币政策再持续下去，三五年之后中国银行体系将出现大量坏账。换言之，人们所喜闻乐见的经济复苏，在那些经济学者看来，是通货膨胀或资产价格泡沫。有经济学家更是危言耸听，说如果不能未雨绸缪，尽早退出，势将重蹈日本经济泡沫破裂之覆辙。

只要稍稍找出此类预言的逻辑混乱之处，就不难明白，这些杞人忧天的预言，根本就不足采信。

首先，如果没有财政政策和货币政策的积极有为，不要说美国，就是中国也

---

① 殷俊等：《媒介新闻评论学》，成都，四川大学出版社，2005。

不可能出现好于全世界经济复苏水平的 GDP 增长趋势。尽管此次金融危机的一些深层次潜在危机也许还尚未充分表现出来,但是,如果没有积极的救市措施,岌岌可危的美国金融和经济局势将是不可想象的。这一点,谁也不能否定。同样的道理,如果没有 4 万亿元投资,没有差不多 8 万亿元的信贷扩张,中国经济也不可能在出口受阻的情况下依然保持 8% 以上的增长率。把原本就已存在的结构性产业过剩说成是实施积极财政政策和宽松货币政策的结果,并以此而否定积极的财政政策和宽松的货币政策,太不实事求是。把经济复苏的初步实现说得比走不出金融危机的阴影还可怕,那就更是不可思议的荒谬之论了。

其次,理论上的通胀预期和现实的通胀是两回事。尽管不能不看到,大量的货币发行必然会带来通胀的压力,即使目前在消费品方面还没有发生严重的通货膨胀,也并不意味着未来就没有压力,更不意味着我国没有资产价格上涨的压力,但至少在眼下,通缩而不是通胀,才是真正需要引起高度重视的中国特殊国情。在我国的国民消费水平还不高的情况下,从科学发展角度来说,要转变过度依赖出口和投资的增长模式,就必须使得消费成为国民经济增长最重要的拉动力,千方百计拓展新的经济增长空间。在这方面,政策应成为积极引导消费,走出现实通缩的向导,而不能一味地充当影子通胀的尾巴。(黄湘源,《上海证券报》2009 年 11 月 18 日)

四、财经新闻评论反驳的方法

反驳是为了驳斥某种谬论或观点,澄清与此有关的事实真相,或澄清某种认识。反驳论证通常有三种方法即驳论题、驳论据和驳论证。

(一)驳论题

驳论题就是证明对方论题的虚假性。反驳论题的方法可分为直接反驳和间接反驳两种。如果对方观点有悖公理,则可以用经济学原理、经济常识和公共伦理道德等对它进行驳斥。反驳错误的论题需要我们直击要害,直接证明他的论点、论题的错误性,或者我们也可以证明与错误命题相反的一个命题的正确性,从而使错误命题不攻自破。例如,对于"美国经济发展达到成熟阶段"这个错误的论题,我们很明显的可以用"2008 年的金融风暴"这个论据予以击破。我们只要找出不能支持错误命题存在的论据,错误的命题就很难站住脚。

(二)驳论据

揭示对方论据虚假或不足,这是驳倒对方论点赖以支撑的论据,论据倒了,论点也就不攻自破了。驳论据需要先要找出错误论题依赖的论据具有错误性或不可获知性,因而不能拿来证明命题的正确与否。很简单的例子,我们经常听到美国、日本等国的媒体、政要宣扬"中国威胁论"。他们得出"中国威胁论"这个论题的依据在于,中国高速增长的 GDP 和中国军事力量的强大等。我们应该如何进行反驳呢?众所周知,中国是世界上人口最多的国家,在这里引用一句名言"再小的数字乘以 13 亿都是一个大数字,再大的数字除以 13 亿都是一个小数字"。中国的 GDP 增长的确很快,但是人均 GDP 却要低于美国和日本很多,中国的军队数量的确很大,但是按照人口比例和国土面积算呢?那些主张"中国威胁论"的人或组织,都是以自己国家的利益为出发点而肆意滥用所谓的"威胁性"数据。

(三)驳论证

这种方法就是直接分析对方论证方法不合逻辑,进而否定其论点。错误命题的得出也会有一个论证的过程,之所以得出了错误的命题,关键就在于论证过程出了错。类似于前面所举的例子,你不能因为中国的 GDP 增长数字和幅度高于一些国家就得出中国的经济水平和人民生活水平高于了那些国家这样的结论。因为你在这个推论的过程中漏掉了太多的因素,你所得出的结论应当考虑到多方面的因素,而不仅仅是一种表面性和迷惑性很强的因素。

【例文】

以税制调房价无助于解决泡沫

日前,恒大地产集团董事局主席许家印提出了开征遗产税、赠与税和提高奢侈品税率,引导富有企业家投资社会公益和慈善事业。该提案一经提出,部分学者就迅速加以评论,并赋予遗产税与赠与税新的职能——调控高房价。

毋庸置疑,当前开征物业税、遗产税与赠与税等确实对房价有明显且不同的影响。就物业税而言,它是对不动产等在保有环节征收的财产税,且该税种属于对当前房地产市场开发周期间的各种税费的整合取舍后的一种新税种。当然,在此需要特别指出的是,目前市场上对物业税存在误解,认为物业税包含了土地出让金,实际并非如此。物业税的严格定义是税,而土地出让金是土地的级差租金,是地价。开征物业税并不意味着土地出让金的消失,更不意味着土地市场的终极。若把土地出让金纳入物业税要么土地市场不再存在;要么土地市场和地价都存在,但纳入了现有土地出让金的物业税对房市而言意味着新的税负。

同样,遗产税与赠与税也客观上对房价有一定的影响,但这种影响相对更为间接。遗产税与赠与税是一种调节代际公平的财产税,其具有明显的调节收入分配差距的作用。遗产税与赠与税对房价的影响,一方面反映在该税种产生的财富再分配效应对房产投机炒作的减震上。由于当前中国贫富差距较大,财富的过度集中客观上导致了富裕阶层闲置资金过大,而其单位财富边际效用低,从而其投机炒作偏好突出。与此同时,当前贫富差距所派生的房产消费格局和购买力格局变化,导致了目前房产供给结构更多地向这些具有购买力的投机、投资消费需求倾斜。遗产税与赠与税所带来的调节居民的贫富差距、避免代际不公平等效应,在缓解市场对房价的过度炒作需求的同时,又推动了房产供需的深层次变革——投资、投机需求下降,逐渐促使房产供给转向服务大众需求的普通住房体系。

另一方面,遗产税与赠与税需要个人财产申报制度和个人征信制度等的配套,这有助于缓解灰色收入、腐败收入等非法收入问题。房地产是一个非法收入洗钱的重要通道,是投机炒作房价的重要力量。从这个角度来看,开征遗产税客观上会起到一定的降低炒作的作用,对房价具有间接的影响。

但是,并无可信理据显示,可以把物业税、遗产税作为房价调控工具。这不符合税制本身的中性原则,即任何的税都是政府与私人部门之间的收益调节,它本身不具有调节特定市场价格的功能。用税来调控房价不仅无助于矫正房价泡沫,而且客观上增加了房地产市场的交易成本。

要矫正当前的房价泡沫,关键是要促进房地产市场的真正市场化——改变当前土地市场各级地方政府既是运动员又是裁判员的身份错位问题,政府应该回归到探索降低房地产市场交易成本的制度规则制定,以及维护市场公平竞争环境的日常监管工作中。

(《21世纪经济报道》2010年3月15日)

第五章 财经新闻评论的布局

第一节 财经新闻评论的结构要求

财经新闻评论的布局,简单地讲就是列出评论的提纲,是将我们的思想成果见诸书面的阶段。在这一步必须考虑:根据事物的内在规律和人们的认识规律,为充分调动逻辑的力量,整篇评论打算分几层来分析,先谈什么,后谈什么,再说什么;哪里该详,哪里该略;每一层意思又将怎样阐明,提出一些什么论点,运用一些什么材料;各层、各段、各点之间如何呼应,才能相互联系成为一个有机的说理体系。[①]

财经新闻评论的结构是指通过布局揭示主题、展开论证的内容组合,主要包括财经评论的标题、开头、主体和结尾等。财经新闻评论结构的好坏直接关系到文章的中心论点是否得到突出,能否为读者所接受。财经新闻评论的结构从本质上讲是评论者思维逻辑的最直接的体现,用其优劣关系来评论文章的成败。一般来讲,财经新闻评论的结构有一定模式和规律可依。但是,结构形式不是固定的、一成不变的"范式",在进行财经新闻评论文章的创作时不能生搬硬套,而应取法自然;不能墨守成规,而应敢于创新,灵活变通。穷则变,变则通,通则达。

一、一般新闻评论的结构要求

首先,新闻评论的结构要真实地反映客观事物或矛盾内部的本质联系,对内容的组织安排要具有内在逻辑性。"论如析薪,贵能破理"(刘勰,《文心雕龙·论说》),就是说论说文最重要的作用是举纲张目、条分缕析、顺"理"成"章"地依据事物内在的规律和联系,去"破"开事物内部互相联系的"文理"。

---

① 丁法章:《新闻评论教程》,182页,上海,复旦大学出版社,2008。

文章是对客观事物一定程度上真实性的反映。因此，文章内容的结构安排要以客观事物的内部联系为基础，其结构形式必须反映客观事物内在联系的规律性。评论文章的主要内容是运用论据证明论点，所以必须根据论点与论据之间的内在逻辑联系来确定结构的方式。一篇评论如何开头来提出问题，接下来提出什么观点，运用什么材料去论证，中间如何过渡承接，段落层次如何安排，最后如何结尾，各个部分之间都要有一种内在的逻辑关系。新闻评论要以理服人，就要加强评论的逻辑力量，以客观、公正的视角反映真实存在的信息，提出正确的思想和观点；通过恰当地说理论述的方法和合乎逻辑的结构方式，把正确的思想和观点传达给广大受众。

　　其次，评论结构的安排必须服从于、服务于表达主题思想的需要。

　　评论文章的论点是全文的中心。有时候一篇文章只有一个中心论点，那么材料运用和结构安排都应全力为中心论点服务。有时候评论文章有好几个分论点，但这些分论点都应该是服从于一个中心论点的。文章的结构安排都必须突出和集中地为论述中心论点服务。刘勰在《文心雕龙·附会》中说："凡大体文章，类多枝派，整派者依源，理枝者循干，是以附辞会义，务总纲领，驱万途于同归，负百虑于一致，使众理虽繁，而无倒置之乖，群言虽多，而无梦丝之乱。"尽管材料丰富，内容繁多，但"整派者依源，理枝者循干"，务必抓住中心思想并且紧密围绕中心线索确定文章内容的主次评略、先后次序及其相互联系，从而做到纲举目张，条理井然。从新闻评论的特点考虑，为了更好地表达和突出文章的中心论点，结构安排时除了要反映出所要论述的问题内在的逻辑联系外，还要从受众的实际情况出发，适应其认知水平和思维能力。

　　最后，评论结构还要做到：完整、严谨、匀称、有独特风格。

　　古人云："文无定法。"评论文章的结构布局，不可能是千篇一律的格式。但是就一般新闻评论的布局结构而言，还有一定规律可循的。在结构形式上的完整、严谨、匀称，是一篇评论文章基本的要求。

　　完整，是指文章的中心线索的连贯性和文章结构的整体性，有过渡有照应，有头有尾，不要顾此失彼、残缺不全。它不但要求文章不能有主干不全、结构残缺的毛病，使文章是一个完整的有机体，而且要求文章首尾呼应，有一股文气横贯全文，使文章脉络相承，神意相通。

　　所谓严谨，指的是文章结构的精细严密，无懈可击。文章的层次、段落的划分和安排要有内在的逻辑性，各个部分之间、各个环节联系紧凑，顺理成章，自然和谐，既不颠三倒四、前后脱节，也不顾此失彼、漏洞百出。

　　匀称，是指文章的段落、层次的大小不能过分悬殊，要主次详略得当，各个部分之间的搭配比较得体。既要长短适度，又要开合有致。该长则长，该短则短。长短相间，错落有致，使文章的整体布局匀称，优美。

　　毛泽东曾说："写文章要讲逻辑。就是要注意整篇文章、整篇说话的结构，开头、中

间、尾巴要有一种关系,要有一种内部的联系,不要互相冲突。"①这些都昭示了文章结构的作用及要求。

二、财经新闻评论的特殊结构要求

随着新媒介的兴起,财经新闻评论的结构模式也在不断发展变化中。财经新闻评论结构的一般程序是提出经济社会生活中的相关问题,然后进行深入浅出的分析问题,最后得出解决问题的办法或措施。总结起来,财经新闻评论的结构要求有以下几点:

(一)要正确反映国民经济发展的固有规律和内在联系,揭示经济现象背后的深层次问题、意义

当前,中国正处于从计划经济向市场经济、从卖方市场向买方市场、从引进模仿到自主创新、从单纯引进外资到主动"走出去"参与国际竞争的快速转变中新的经济现象和经济问题层出不穷,如企业改制重组、房价持续走高、教育乱收费、药价和医疗收费过高、缺乏自主知识产权、国际贸易纠纷不断等,其背后的规律和可能产生的影响牵涉到千家万户和国家的利益,而媒体为大众恰恰搭建了学习经济学、参与经济生活的平台,为民众普及经济学常识,揭示经济现象,回答现实中存在的经济问题。作为财经新闻中最富有指导意义的评论则在无形地影响和左右着人们的经济决策和行为。因此,能够正确把握国民经济走势,准确分析当前经济热点,探索经济发展规律,帮助人们更好地解决问题的财经新闻评论成为受众迫切的需求。

(二)要服从和服务于表达思想、主题的需要,着重分析、解决实际生活中的经济现象与问题,要围绕中心论点组织材料,安排文章的内容层次

财经新闻评论围绕各种经济事实和经济现象来表达作者的观点、立场和看法,需要作者把握评论的主旨,做到主题清晰,层次分明,在纷繁杂乱的经济现象之后,抽丝剥茧,为受众提供一条清晰的线索,帮助其解决实际问题。

2006年4月4日,《东方早报》曾发表了一篇题为《中国经济发展不能对廉价劳动力"上瘾"》的财经新闻评论。通篇文章以形象通俗的语言,分析说明了中国经济对于廉价劳动力的依赖到了何种程度。在论述"中国廉价劳动力将成为经济发展的瓶颈"这一中心论点时,作者分三层理由来论证这一主题。作者认为:第一,中国人低人力成本是造成贫富差距问题的主要原因;第二,由于长期"享受"低成本的人力资源,中国企业缺乏创新精神,也难有向高附加值行业发展的动力;第三,中国人力资本的廉价削弱民众的购买能力。文章围绕劳动力廉价这一经济现象,最后落脚到中国要加大政治体制和经济体制的

① 《毛泽东选集》第5卷,21页,北京,人民出版社,1997。

改革力度,关注经济运行中的症结问题。全文层次分明,由主要到次要,思路清晰,能够给受众良好的启发作用。

(三) 要求完整、严谨、统一且富于变化,要不断创新以适应不同类型的媒介

一篇好的财经新闻评论,应该具有自己独特的风格特色,所以结构也要求自然且富于变化,要防止一直以来都比较流行的程式化评论结构。开头说一下当前的形势,然后举出正面的例子,接着批评一些反面的例子,于是指出所以好和所以坏的主观客观原因,提出几点经验教训,最后写一段表示在党的领导下一定能完成某任务的话作结尾。具体而言,报纸、广播、电视、网络等等媒介,由于其使用语言各不相同,其财经新闻评论特色各异,结构不一。在这里,以电视和网络的财经新闻评论在结构上的特殊性为例。

电视财经新闻评论是财经新闻评论与电视媒介结合的产物。由于电视主要使用的是视觉符号语言,进行形象再现。除了大量的配发评论,如点评、编前按、编后语等外,类型化、固定化的电视财经新闻评论可以分为调查和谈话两大类。前者注重让事实说话,在记者深入报道经济事件的过程中穿插评论或者让是非自现;后者注重观点的直接表达和意见的交锋,目前,此类节目占的比例较大。凤凰卫视推出的《财经点对点》、《金石财经》,中央电视台推出的《财富人生》、《今日观察》等等,就是深受观众喜爱的财经评论谈话类节目。其中,《今日观察》以总—分—总的形式,开始提出问题,然后回放新闻事件,主持人和嘉宾在节目中间和节目最后对事件进行分析、点评、总结,结构严谨,各种观点形成交锋,能够很好地吸引观众眼球。

网络财经新闻评论实质上就是利用网络来采写和传播的财经新闻评论。严格意义上的网络财经新闻评论,包括文字、声音、视频、图片或几者相结合的多媒体形式,目前,以文字评论形式居多。与传统的报纸评论相比,网络财经新闻评论点评更及时,评论的阅读和写作具有交互性和递延性,而且往往容易形成声势浩大的舆论效果。

网络财经新闻评论由于时效性更强而且多数反映一般大众的意见,所以在结构上不拘一格,写作随意性大,具有杂文的风格,常常在夹叙夹议的文字中既抒发情感又表达看法。

在进行财经新闻评论的创作时,既要考虑到事物的内在联系,又要考虑到人们认识事物的习惯。要依据事物的内在联系来安排评论结构。事物之间相互联系的因果、条件、主从、并列、递进等关系,是事物间的一种逻辑关系,不能满足于"引论——正论——结论"这个评论四部曲的固定模式。纯逻辑推理的结构方式,读者和听众往往不容易接受,也不乐于接受。一个高明的评论员在布局谋篇时,要把逻辑思维和形象思维结合起来,把按事物内在联系安排结构与按人们认识事物的心理、习惯安排结构巧妙结合起来,从而提升财经评论的可读性,最终起到为受众的经济生活提供参考、指引发展或投资方向的作用。

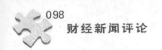

第二节 财经新闻评论的结构形式

一、财经新闻评论结构的组成部分[①]

财经新闻评论结构的一般程序是提出经济社会生活中的相关问题、分析问题、解决问题,这使得财经新闻评论的一般结构由标题、引论、正论、结论四部分构成,这种结构形式,有人把它归纳为"总—分—总",即开头是引论或序论,先提出一个重要问题,明确全文论述中心;本论对问题进行具体分析,揭示客观事物的本质特点;结论在以上分析综合的基础上,加以归纳,得出结论,使中心论点鲜明突出。

当然,"文无定法",具体结构形式是灵活多样的,有的评论开头部分不一定就是引论,有的评论的结尾不一定是它的结论。"总—分—总"是一种完整的基本结构形式。此外,还有"总—分"和"分—总"两种形式。有些小言论、编者按语和编后的话,在写作上一气呵成,也无法用一般的结构形式去要求它们。但不管哪种形式,都要求紧紧围绕中心论点,严密地组织论证,使论点得到充分的阐述。

(一)标题

财经新闻评论的标题犹如人的眼睛,是正文的有机组成部分,是财经评论内容的高度概括,是文章主题的集中体现。财经新闻评论的标题很重要。俗话说,题好一半文。一个好的标题就等于文章的一半。这里所说的准,有几层意思:一是要求标题能最好地归纳财经新闻评论的精神,使人一看就明白财经新闻评论的主题是什么样;二是要求标题形象生动,具有吸引力,能够抓住人的眼睛。因此,制作出一个好的标题是财经新闻评论作者一项重要任务。一般认为一个好的财经新闻评论标题至少要具备以下几个特点。

一是要鲜明。财经新闻评论赞成什么,反对什么,在标题上旗帜鲜明地亮出来。如中国经济网 2010 年 4 月 15 日刊登的评论文章《开发商填洱海造别墅,岂止是煞风景》,一眼就看出评论的立场观点,即反对填海造房以满足畸形消费市场的需要;2010 年 2 月 9 日刊登的评论文章《骗购经适房的本质还是权力腐败》,标题很鲜明地表达出了评论者的立场——反对在经济适用房交易中以权谋私腐败现象。

二是要形象。形象的标题往往一下能抓住读者的心,赢得受众的广泛注意力。因而,一些作者善于运用俗语作标题,有效地增强了标题的生动性。如《新快报》的评论文章《美国富人忙着纳税 中国富人呢》、《上海证券报》的评论文章《"金融支持"不止"弄钱"

那么单纯》等,这些标题诙谐风趣,形象生动,很富有感染力。

三是要生动。财经新闻评论标题切忌平淡无味,要有召唤力。如《上海证券报》2010年4月的评论文章《当前是挤压房地产泡沫最佳时机》,既简洁明快,又很形象生动。这样的标题势必会受到读者的欢迎。

财经新闻评论标题或能体现中心论点、表明作者的意见和态度,能吸引人阅读,发人深思。财经新闻评论标题有如下的几种常见格式。

1. 直接揭示主题式标题

事实上,新闻评论的现实性、战斗性决定了评论题目的"直接性"如《警惕财政收入过快增长》、《谨防境内外资金通过外围市场套利带来风险》等属于此类。

2. 号召式标题

财经新闻评论是为政治、经济服务的,肯定什么,否定什么,赞扬什么,批判什么,倾向性是明显的。正因为此,它往往表达出了财经新闻评论中的某种期盼和号召。《理财客户经理应步入 2.0 时代》就是号召式标题。

3. 引语式标题

直接把要歌颂或批判的对象或现象的典型语言作为财经新闻评论的标题,能产生理想的效果,如《分类所得税有悖"退休皆免税"理念》评论把"退休皆免税"这个深入人心的理念作为标题,批判了当前分类个人所得税制的不足之处。

4. 并列相对式标题

把有相关意义的词、词组甚至句子并列组合成标题,以评论主题为红线,按思想推进的先后顺序,把核心内容加以并列。如《警惕"哑铃型"社会成"杠铃型"》、《中国油企业海外收购"失之东隅 收之桑榆"》便是这类标题。

5. 探询式标题

评论的意图其实非常明确,但为了吸引读者注意,故意卖个"关子"。如《破产——日本将步希腊后尘?》、《内忧外患的经适房挡得住"虎狼"攻击吗?》。

6. 夸张式标题

把本来很微小的评论对象或显滑稽的内容与庄重严肃的财经新闻评论格式组合达到一种很启发人的艺术效果。如《税收和信贷差别化 能把房价拉下马?》、《"蜗居"进入"胶囊"时代 住房保障体系应尽快完善》即属此类标题。

7. 叙述式标题。

把财经新闻评论的对象陈述出来,这个对象一般为读者所熟悉。但陈述句中具体事物比较新奇,能吸引人。如《上海世博开启中国时间 助推从大国到强国跨越》。

(二) 引论

引论是财经新闻评论的开头,是整篇文章提纲挈领的部分,主要担负着提出问题或表明观点的作用,是全文的统率。引论给读者鲜明的第一印象,直接影响到读者的阅读

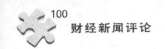

兴趣,关系到文章的宣传效果①。财经新闻评论的开头通常有以下几种方法。

1. 开宗明义,点明题旨,提出作者的看法和主张

其特点是朴实自然,上题很快。单刀直入,点明题旨。如《新闻晨报》的评论文章《专家怒批:哥本哈根气候大会就是场闹剧》,开头便简明扼要地提出作者的观点"这是一场计划之中的'闹剧'。戏的主题叫做哥本哈根气候大会,一次被称为'拯救人类的最后机会'的重要会议",吸引受众继续阅读的兴趣。

2. 以新闻事件为缘由,在开头先将新闻事件的经过或特点概括叙述,为下文的分析论证做铺垫

在网络财经新闻评论中,由于新闻跟评论在时空上的分离,所以要简单地交代评论的背景,以叙述新闻作为引论是最常见的。中国网的评论文章《"胶水粘桥"是公权在"捣糨糊"》即采用了这样的方法:

> 近日,南京耗资5 000万元新建一年的汉中门大桥,被市民发现有30多根栏杆裂开了口子。而在接到投诉后,施工单位竟连夜用胶水将裂口糊上了。欲盖弥彰的"伤疤",让人们惊叹"豆腐渣"工程登峰造极。(《南方日报》2009年12月13日)

3. 欲擒故纵,摆出驳论的对象,将反面的事物或观点放在前面,甚至故意将它渲染一番,使文章一开始就掀起了论战的高潮

在《另一种"无可奉告"》这篇经济时评文章里,作者首先便将种种不良现象进行详尽描述,以期引起有关部门对于"解答群众疑惑、促进信息透明度"这个问题的高度重视。其引论部分内容如下:②

> 日前,南昌市上调管道煤气价格,有关部门为此召开新闻发布会。但是整个发布会仅仅持续了160秒,即宣布结束,连记者提问的环节都没有,一些摄影、摄像记者甚至还没有来得及开机,发布会就结束了。笔者搞过多年的新闻工作,大大小小的新闻发布会参加过不少,如此超短的新闻发布会还确是闻所未闻。而据说时下以"秒"来计的新闻发布会还不少,如去年6月22日,武汉市就经济适用房6连号问题召开的新闻发布会,用时只有55秒,连1分钟都不到。此外,前不久温州有关部门就"金赌城"购房关系户名单曝光事件的新闻发布会,也只花时300秒;而震惊世人的福建南平实验小学凶杀惨剧发生后,有关部门举行的新闻发布会,只用了7分钟。

① 殷俊等:《媒介新闻评论学》,220页,成都,四川大学出版社,2005。

② 资料来源:http://www.smg.cn/Index_News/newsDetail.aspx? newsID=124078&serialno=004&sid=569。

4. 用设问句直接点名论题,引人深思

这些论题往往是国计民生中的重大问题或人民群众日常经济生活中普遍关注的问题。房价居高不下,到底会给国民经济造成怎样的影响?是否会像 2007 年的中国股市泡沫一样逐渐呈现?为了解答这个问题,《中国青年报》发表的评论文章《高房价成经济杀手　房产泡沫破裂只待时日》便这样开头,发人深省。

> 当前我国许多一线城市房价按现汇率折算,已经可以与发达国家的房价比肩甚至更高,而"当地"居民的平均收入却不及发达国家的 1/10,房地产泡沫明显。尽管如此,憧憬于房价还会不断上涨,投机投资购房者众多;惧怕于房价还会不断上涨,也引来一些穷尽三代人购房的房奴;如此看来房价还会上涨。中国房地产泡沫真的不会破吗?

5. 托喻引语,使文章显得生动活泼,激发受众的阅读兴趣

托喻式开头就是在引论中打个比喻,或者举出一个有喻义的事实,然后以此发论;引语式开头就是文章起笔时引用一段话,这段话或出自于权威性文件之中,或出自于权威性人士之口,或是警语格言。

在《第一财经日报》的评论文章《警惕财政收入过快增长》中,开头便引用了财政部公布的数据:"据财政部公布的 3 月份全国财政收支数据来看,3 月份全国财政收入 6 023.44 亿元,比去年同月增加 1 621.23 亿元,增长 36.8%. 一季度累计,全国财政收入 19 627.07 亿元,比去年同期增加 4 985.02 亿元,增长 34%。"这引起受众对于国家财政收入增长过快的质疑和担忧。

(三)正论

财经新闻评论的布局首要和大量的问题,是要解决正论部分的问题。正论是财经新闻评论的展开论证说理部分,要对引论部分提出的问题进行具体分析和严密的论证。正论部分的布局,关键在于要体现层次与层次、段落与段落之间的逻辑联系,即各个分论点与总论点之间存在的内在的必然联系,也就是"起承转合",结构切忌平淡,要力求波澜起伏,变化有致。为了体现这种联系和要求,正论部分在布局时常常会使用以下几种基本的论证结构。

1. 归纳论证结构

围绕所要论述的中心问题,在逐步讨论分论点的基础上,归纳出总论点。这种由个别到一般的论证方式符合人们认识客观事物的活动规律。

2. 证明论证结构

先提出论点,然后运用论据直接证明。

3. 排列(并列)论证结构

先提出总论点,然后排列出几个并列的分论点,从几个方面对总论点加以阐发。该

方法条分缕析,严密周详,便于把道理说清楚。各层次之间呈现并列平行的关系。层次和层次之间,一般没有特别明显的主次、轻重的区别。它围绕着中心论点,分别从几个侧面、几个角度去分析论证。当然各个层次的内容之间仍然有内在的逻辑联系。

4. 递进论证结构

提出总论点后,要求逐层分析,或由小到大,由表及里,由浅入深,由现象到本质等,把道理阐述得比较完整深刻。文章层次之间的关系是逐层深入的关系,各层环环相扣,层层递进,由浅入深,由表及里,或由果溯因,或由因到果,像竹笋剥壳、蚕茧抽丝一样,使问题的论述逐步趋向深入。

5. 比较论证结构

提出论点后,通过对事物本身各个发展阶段的纵向对比或另一事物的横向对比,深入阐发道理。有比较才有鉴别,事物的特点或矛盾可以在比较中阐述清楚。

6. 正反论证结构

提出论点,先反后正,或先正后反,进行论述。从正反两面说理,形成强烈对比,使是非曲直,昭然若揭。

采用何种结构形式,主要的依据是事物内在的逻辑关系,都应讲求结构严密又富有变化同时也同作者如何认识和分析事物矛盾的方式方法有关。请看下文:

温和通胀或将一去不返

国内成品油价格,在历经了5个月的沉睡之后,终于在14日迎来2010年内第一次调整——汽、柴油价格每吨提高320元,相当于汽、柴油价格每升分别提高0.24元和0.27元。此番上调后,国内各地汽、柴油零售价格均创下历史最高位。有评论指出,中国已迈入高油价时代。

近期受全球经济复苏等因素的影响,石油需求上升,国际原油价格持续上涨,尤其是3月份以后,基本维持在每桶80美元以上,有望突破90美元。2009年开始,国内成品油尝试采用"22+4"的定价机制,伴随着国际油价的上涨,可以认为,各方面对成品油调价早有预期。

自从去年11月以来,国内成品油市场已经出现多次调价预期但均未能实现。其中一个重要的原因,就是目前任何主要商品价格,尤其是原材料和资源品的价格上涨都将增加政府抑制通胀的难度。根据去年6次成品油调价的经验,其中有5次都与CPI环比变化吻合,也就是说,发改委会在CPI预期下降的时候适时调高油价,而在CPI环比预期上升的时候调低油价。尽管2月份CPI同比增幅达到2.7%,但研究者已基本达成共识,3月份CPI将出现小幅回落,使通胀预期短期内得以缓解,这刚好为成品油价格升调提供了契机,有助于尽量减小油价走高对物价的助推作用。

尽管相关部门的匡算指出,本次成品油价格调整直接影响当月 CPI 环比上升约 0.07 个百分点,直接影响并不大——远远小于食品价格变动引起的 CPI 的变化。但作为重要生产资料,成品油的涨价将直接带动全社会生产、运输、物流成本的提高,从而推动主要商品价格,形成更强大的通胀压力和预期。

事实上,如果别除数据异常的 2008 年,今年 1、2 月份 CPI 的环比增速已然处于历史中的偏强位置。而通胀预期已经在历史高位企稳,在流动性仍极其充裕的情况下,任何一点偶然触发因素都可能如同"干柴碰上烈火"成燎原之势。无论是西南的百年大旱,还是成品油价格的调整,还是煤炭、铁矿石也面临价格上涨,无一不在挑战政府管理通胀预期的难度,而这些问题都有可能成为压倒通胀的"最后一根稻草"。当前 2% 左右的温和通胀局面,将很快成为历史:4 月份 CPI 可能接近政府设下的 3% 警戒线,而在 5 月,CPI 将突破 3%,而随着翘尾因素达到全年的顶点及出口加速回暖"闭合"产出缺口、货币政策的滞后期在二季度末汇合,预计 CPI 在 6、7 月很可能超过 4% 而成为全年的最高点。而在二季度末,随着 CPI 中期走势的逐渐缓和,通胀预期可能进入一个短暂的缓和期,但由于解决通胀本质性问题的迟缓,通胀的风险并未彻底摆脱。高善文日前曾提出,中国在 2011—2013 年会出现严重通胀;无独有偶,发改委宏观经济研究院副院长陈东琪日前也认为,今年 CPI 可以稳定在可控范围内,但明后年风险较大。

尽管日前全球三大央行行长不约而同地表达了对通胀的"缓和"看法,如英国央行行长坚信,2 月份英国通胀的高企是暂时的,中期而言物价更有可能达不到 2% 的目标升幅。欧洲央行行长特里谢也持类似观点。但是对于中国来说,全球经济走势的结构性分化,将会使中国央行更可能遵循大部分新兴市场的步伐(不少新兴市场国家通胀形势已经趋于严峻),过多关注发达经济体的通胀形势或许会造成对通胀形势的误判。

毫无疑问,二季度已经成为非常敏感的时期,无论是对渐渐升温的经济过热的担忧(有预测称,一季度 GDP 增速可能逼近 12%),还是对于通货膨胀。一旦中国经济二次探底的忧虑被逐渐消除,决策层将有机会和足够的动力去摆脱在过去很长一段时期里面临的两难局面——经济不稳及包括资产价格在内的通胀的协调。那么,伴随着通货膨胀的超预期表现,CPI 超过 3% 的政策目标将使"管理通胀预期"的任务更加艰巨,货币紧缩政策宜早不宜迟。5～6 月份理应成为紧缩政策密集表演的舞台——除了信贷控制力度不减弱,准备金继续调整之外,加息这个"重型武器"也应早早浮出水面。(《新京报》2010 年 4 月 15 日)

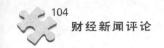

（四）结论

结论是新闻评论的结尾部分，是全文论证部分的必然结尾，也是文章思想内容发展的必然结果。结尾一定要在总括全文的基础上有所提高和发挥，既要总括全文，又要高于全文，应富有启发性和号召性。财经新闻评论的结尾可以有如下不同的写法。

1. 精辟概括式结尾

起总括全文高于全文的作用。在《第一财经日报》的社论《关键在于厘清落后产能淘汰标准》一文中，结论部分便是这样的：

> 另外，还应该注意到的是，在过去的实践中，一些行业中的强势企业，往往对产能过剩观点的宣讲不遗余力。而这其中，不能排除某些国有垄断企业（包括部分行业老大）借淘汰落后产能与治理产能过剩为由，阻挠行业内的中小企业发展，以维护既得利益。由于这些企业往往拥有较大的行业话语权和影响决策的能力，一旦行政部门过于倚重"唯装置规模论"，则很有可能将一些弱小的、但具有发展潜力的企业扼杀。这无疑将是效率的损失，也是公平竞争机会的损失。

这个结尾提纲挈领，生动有力，更加突出了中心。

2. 高昂激越式结尾

需高屋建瓴，或展望前景，或揭示哲理，由衷抒怀。一财网的评论文章《从严征收土地增值税遏制楼市疯狂》，结尾部分这样写道：

> 时至今日，"好了伤疤忘了疼"的房地产开发商尤其是国字头开发商们再度狂妄乃至于利令智昏起来。如此，重新祭出土地增值税清算政策可谓正当其时！

作者慷慨陈词，表达了对于土地增值税清算政策的强烈支持。

3. 余音绕梁式结尾，隽永含蓄，耐人回味，给读者以较多想象的空间和思考的余地

在《第一财经日报》的评论《高房价与供求关系》一文中是这样结尾的"我更担心的是这样一种情况：货币供应总量很大，抬高了所有商品的价格；但其分配又严重不均，少数富人获取了大多数财富。这样一来，房价就算超出居民购买力水平，也不会下跌——你买不起，有人买得起，哪怕只是少数人，也可以买下很多房"。作者言有尽而意无穷，没有满足于评论的口舌之快，反而给受众留下了深刻的思虑空间。

写好财经评论的结尾要注意以下几点条：一是结尾与标题和开头一样都是全文有机的组成部分，都是为主题服务的，要照应全文，要首尾呼应；二是必须用心写作，不落俗套，避免空话套话，尽可能写得生动一些；三是因文而异，有些评论言尽意止，就不必硬加个尾巴，有的评论开头提出了问题，结尾应有所交代，有的评论是驳论，结尾就不宜用号

召式,应采用贬斥式等。简明扼要,宁短勿滥,止于当止,余音不断,唤起联想,推波逐浪。"草草收场"与"画蛇添足"是结尾的大忌。"编筐编篓,重在收口;描龙画凤,重在点睛。"头易起,尾难收。一个结尾,达到"言有尽而意无穷"的效果,就是成功的。

结论是全文有机的组成部分,不是硬加上的尾。这些年来的新闻评论,在短评和专栏文章中,生动的别出心裁的结尾并不少。而当前的不少评论尤其是社论、评论员文章,大多喜欢用鼓励型、号召型的结尾,有些是需要的,有些则完全可以改用一些别的方式。生动的别出心裁的结尾不等于不能鼓励、不能号召。这需要评论作者反复思考、精心制作才能做到[①]。请看下文:

"人民币升值可控通胀论"没有道理

笔者对当下最流行的所谓升值可以控制 CPI、控制通胀的说法不敢苟同。由于这里有甜头——控制通胀,因此对决策者最具迷惑性,对民众也最具迷惑性。

所谓升值可以控制 CPI、控制通胀的逻辑是这样的:国际大宗商品涨价会降低人民币在国际市场上的购买力,会增加中国原材料成本,最终传导至消费市场使得 CPI 高企,引起通胀。那么,让人民币升值就可以增加人民币的购买力,如此就能降低成本从而控制 CPI。可事实上,这种逻辑的可笑性在于,拿这个逻辑思考的人压根就忘了西方某些经济学家留有后手,关于这个逻辑成立的条件。

这里最大的逻辑漏洞在于,忽略了大宗商品即生产资料价格是由什么决定的。如果说大宗商品的价格是固定不变的,那么上面的论断显然是成立的。但问题是大宗商品的价格是波动的,是被人为操控的,那么能不能控制 CPI、控制通胀并不单单取决于币值,而是取决于币值和大宗商品的价格两个根本因素。

如果单纯提高货币购买力,那么只要大宗商品继续涨价,升值就不可能控制 CPI,也就无法压制通胀。因此,升值能够控制通胀逻辑成立前提有两个:1.大宗商品价格静止不动,这个前提显然不成立;2.能够控制大宗商品价格,即拥有大宗商品和币值的双重控制权。美国有这个控制权,而中国没有。因此,上面逻辑对美国经济体成立,对中国不成立。

那么,现在的现实是什么呢?

大宗商品被华尔街的大佬所控制,华尔街大佬同时在白宫拥有巨大的影响力。美国希望人民币升值,无非就是为了解决自己经济体内的问题。只要人民币升值,美国马上可以利用会计准则和资本市场将这些资产套现,然后拿这部

---

① 参考《新闻编辑评论学》,浙江大学本科教学多媒体网络课程。

分作为资本金再以十倍以上的扩张继续推高大宗商品价格,如此人民币就不得不继续升值以应对输入型通胀压力。而实际上,人民币升值不但无益于控制通胀和 CPI,升值给美国资本带去的大量投机资本以及中国突然增加的购买力,会轮番推高大宗商品市场的价格,人民币升值的速度恐怕远赶不上国际投机资本推高国际大宗商品价格的速度。

对于这一点,2005 年至 2007 年,历史已经演绎过一遍。看看人民币升值后国际大宗商品的走势、看看我们的通胀,人民币自 8.27 人民币/美元升值至当时的 6.27 人民币/美元币值升了三成,结果 CPI 不但没有得到控制、反而失控,就是最好的证明。(《第一财经日报》2010 年 4 月 9 日)

二、财经新闻评论的基本结构形式

由标题、引论(开头)、正论(正文)、结论(结尾)构成了新闻评论的一般结构形式,有人把这种结构成为"三段式结构"。这种"三段式结构"最基本的特征是"总—分—总"。这也是财经新闻评论一般所采用的结构形式。评论的开头为引论,先提出重要的经济问题,明确全文论述的中心;本论对该经济问题进行具体分析,揭示其所蕴涵的本质特点;结论在以上综合的基础上,加以归纳,得出结论,使中心论点鲜明突出。

如 2005 年 6 月 2 日,《中国青年报》上发布的一篇题为《改善医疗收费结构是大势所趋》的财经新闻评论。这是一篇典型的三段式评论。在首段作者提出观点,针对多数人认为医改收费是"明升暗降"这一经济事实提出反对意见,接下来摆出反对这一观点的原因,末段是总结自己的看法,认为医改收费结构调整是大势所趋,得出结论,突出中心论点。

"总—分—总"是一种完整的基本结构形式,此外,还有"总—分"和"分—总"两种演变形式。总分式结构,一般是开头先总论或总说,提出全文主旨或中心论点;接着是分说,将主旨或中心论点分为若干分论点或不同侧面,渐次展开论述或说明;最后,在此基础上归纳全文或作出结论。第一层和下面几层的关系是总分关系。这种结构形式常为经济问题较重大、内容较复杂的财经新闻评论所用。《2006 年房地产蓝皮书》中收入一篇题为《五大原因促使全国房价将持续高烧》的财经新闻评论,文章先摆出我国房地产价格长期走势上升这一中心论点,在此基础上,分五个层面解答其原因,最后归纳全文,并将解决方案做简要叙述。这是一篇典型的分总式财经新闻评论,反映了中国目前经济建设中的严峻问题。

分总式结构,同总分式结构正好相反,前几层先分开说,最后一个层次再总起来说,前几层同最后一层的关系是分总关系。采用分总式结构,前面的几个层次应从不同的角度、侧面进行充分地论述,最后的层次则要有高度的概括性,做到水到渠成、顺理成章。

三、财经新闻评论的基本结构形式

（一）归纳式

归纳是逻辑论证的一种重要方法,是从个别事例中推论出一般规律的事实论证。通过一些具体事例,归纳它们的共同属性,综合它们的共同本质,得出一个带有普遍性的论点,谓之归纳。归纳式评论说服力强,但由于穷尽一类事物的全部情况的可能性不大,因此所用的事实必须是真实典型的。运用归纳式结构要避免轻率概括或者以偏概全的逻辑错误。归纳有很多类型,有完全归纳推理、简单枚举归纳推理、科学归纳推理等。下面是一个采用简单枚举归纳推理的例子。

> 有必要统计一下当今中国的"垄断率"。例如一个家庭,需要该买的家用电器、粮油蛋菜、被褥服装等商品一般已处于充分市场竞争和交易公平的状态,而水、电、气、交通、通信、金融服务等产品则处于垄断和不公平交易状态;医疗、教育、住房是当今最大的家庭开支,其价格之所以居高不下乃至成为压在人们头上的"三座大山",根源当然是垄断。(刘以宾,《能否算一算垄断率》,《中国商报》"观察/聚焦"栏目 2006 年 6 月 13 日)

这个例子从水、电、气、交通、通信、金融服务等产品,再到医疗、教育、住房,其价格之所以居高不下的典型论据出发,归纳推理出"垄断"这一结论,符合人们对事物的逻辑认知顺序,能够被人接受。

从多个或者一系列的事实的背后,可以看到一种共同的、潜藏的、有价值的观点或理论,并将它提炼出来,给人一定的启发,这种结构在写作中极为重要。

（二）演绎式

演绎法是与归纳法互为补充的人类对客观世界的认识方法,写作财经新闻评论时它们往往是交错使用、互相配合的、演绎是从一般规律推论到个别事物的事理论证,是一种从观点到材料,先结论后分析的结构形式。这种结构形式与人们日常的说理习惯相适应,对于强调评论的主旨、突出评论的中心思想作用很大。演绎式结构证明力强,只要论据准确,推理形式正确,结论就是可靠的,具有必然性。

陕西电视台在 2002 年 3 月曾播出电视新闻《糖酒会后的思考》,以热闹红火的画面表现了古城西安在全国糖酒会期间,街头大红大绿的广告铺天盖地的场面,西安人自以为大捞了一把,但外地客商却觉得西安人见钱不要、不会挣钱、挣了点小钱就沾沾自喜,缺乏市场意识、大经济意识等等。评论提出的思考已由糖酒会演绎到对一个地区思想解放程度的深刻反思,使得评论高远而切中肯綮。①

---

① 陕西电视台:《糖酒会后的思考》,2002-03。

（三）递进式

这是一种对论题进行逐层分析,使议论由此及彼、由表及里、由浅入深的结构形式。财经新闻评论的层次之间存在着明显的顺承和递进关系,每一层分析建立在上一层分析的基础上,通过一步一步深入分析的展开,从而带领受众对一个经济问题或现象有深入的认识。由于这样分析有些类似一层层剥开竹笋或洋葱,所以有人把这种结构成为剥笋式结构。

递进式文章一般有三种格式:一是将中心论点进行分解,分成几个分论点,这些分论点之间的关系是由浅入深、由简单到复杂,通常运用"摆现象、析危害、挖根源、指办法"的格式。

如2004年12月15日,《宁波日报》上刊登了一篇题为《算一算GDP的代价》的财经新闻评论。全文分为三个分论点:一是算一算GDP的代价,能使我们看到GDP的另一面,在高增长中保持清醒的头脑,从而指出GDP告诉增长的危害;二是算一算GDP的代价,经济发展较快的地方,能增强危机感和紧迫感,加快经济增长方式的转变;经济发展相对滞后的地方,能避免重入先进地区的"误区"(浙江省领导语),使今后在发展科学合理;三是算一算GDP的代价,有利于贯彻以人为本的理念,坚持明智的、理性的、以个人为中心的发展,从而"创造我们的幸福生活"(党的十六大报告结束语),最后指出GDP不应是唯一指标,应该坚持明智理性的,以人为本的发展观。文章采用的是第一种格式,将中心论点分为几个分论点,且各个分论点之间依次递进,能够达到振聋发聩的效果。

（四）并列式

这是一种将总论点分解为两个以上并列的分论点,然后分别进行论证的结构方式。这种结构类似花开并蒂,分别展开,通过对某一经济事件或一类经济现象的同一层面各种角度或各种原因的剖析,达到论证的目的。一般来说,对内涵较丰富、说理较复杂的问题,采用这种结构形式,有助于评论的全面和深入。

如果说递进式结构是纵向的,那么,并列式结构则是横向的,它体现的是一种横向思维在评论中的作用。在财经新闻评论的写作中,横向思维法的思维过程,是由一种经济现象或事件,联想到特点与这一现象或事件在空间或事件上与之相似相关的其他现象或其他事件,经过比较和联想,产生新的思路,进行新的创造。比如《经济日报》原总编辑范敬宜写的《刹车辩》,就是一篇横向思维的佳作。

评论的立意是:"中央提出决定治理经济环境,整顿经济秩序"是必要而又正确之举。既要根据实际情况调整经济发展速度。如何将这个本身十分抽象的论题写得生动活泼呢?作者巧妙地联想到了"刹车"——车辆在前进的过程中,必须包括加速、减速、后退、刹车等一系列动作,这一切都要视道路的情况而随机应变……比起行车,进行经济建设和经济改革当然要复杂得多,但道理是相通的。我们目前进行的经济体制改革,是前无古人的伟大事业,在这过程中,我们会遇到各种各样难以想象、难以预测的艰难险阻和复杂问题。这就要求改革列车的驾驶者,根据面临的不同情况,灵活机动而又果断地采取措施,或加速、或减速、或后退、或刹车,以保证"列车"安全、顺利地前进。

如此写来,既形象又贴切,耐人寻味,富有很强的说服力。可见,并列式结构具有化整为零的作用。一来把较大的论题"拆开"来做,使得每一个分论点都能议论透彻;二来通过联想,展开,文章仿佛一把打开的折扇,不再限于一点而是扩大成面,在条分缕析的基础上形成"合力",使总论点更具有说服力。

(五)比较式

这是一种通过分析、比较来证明观点和说明问题的结构方式。通常将它分为两类:一类是类比法;另一类是对比法,重要的是在表面上差异极大的对象中识"同",或在表面上相同或相似的对象中辨"异"。

1. 类比论证

类比论证是根据两个对象在某些属性上相同或相似,推论两者在其他属性上也相同或相似。类比论证属于或然性推理,是一种从特殊到特殊、从个别到个别的推理方式,其结论不一定为真,只有一定程度上的可靠性。在某些情况下,有时无法获得更确切的论据。运用类比论证,有时是有效的。

2. 对比论证

对比论证是一种求异的思维方式,它侧重于从事物的相同或者相异的属性比较中来揭示需要论证的论点的本质。对比论证方式的运用范围很广,因为可以进行比较的事物很多,中与外、古与今、大与小、强与弱等,都适合于比较,在比较中分析和阐明了两者之间的差异,对立后,是非昭然,自然就能够确立论点了。如下文:

行政方式淘汰落后产能赢面不大

编者按:4月20日,国务院总理温家宝主持召开国务院常务会议,研究部署加强淘汰落后产能工作。会议对电力、煤炭、焦炭、铁合金、电石、钢铁、有色金属、建材、轻工、纺织等重点行业近期淘汰落后产能提出了具体目标任务。关于产能是否过剩,以及如何调整结构的争论,再次以行政命令的方式给出答案。但是,问题在于界定产能是否过剩的标准究竟是行政意志,还是市场供求关系。

中国炼焦工业协会会长黄金干对本报记者说了一句类似绕口令的话,"政府批了就不过剩,政府不批就过剩,你说到底是过剩还是不过剩?"类似的话,中国钢铁工业协会的一位高层也曾经说过,"钢价往上走是过剩,钢价往下走也是过剩,到底怎样才是不过剩?"这的确是个问题。

自2005年国务院开始第一次专门部署抑制产能过剩以来。这一话题再也没有远离过相关部门宏观调控的案头。至今,"十一五"将过,经过长达五年的治理,中国产能过剩的问题不仅没有得到解决,反而更加严重。

根据去年8月份,全国人大财经委的一份调研报告,中国目前存在产能过剩问题和风险的行业一共有19个,与2005年相比,存在产能过剩问题的行业几乎翻了一番,就连多晶硅和风电设备这些刚起步的行业也被贴上了产能过剩的标签。

2005年底,国家发改委称全国钢铁行业产能过剩8 000万吨。此后,淘汰小钢厂的政策文件层出不穷。但是,在2005年到2007年间,中国粗钢产量每年分别增加了6 991万吨、7 009万吨、7 100万吨。到了2008年底,在国家发改委看来,中国钢铁产能过剩规模已经达到了1.6亿吨。在政策作用下,产能没减少,反而增加了一倍。

其他行业也是如此,焦炭、水泥、平板玻璃、造纸、有色等行业的产能,在淘汰声中都在大幅提高。

数位相关行业协会人士均表示说,产能淘汰的政策标准实际上已经成为产能扩张助推器,每一次淘汰标准的提高,都是企业新一轮产能增加的开始。

以钢铁为例,2006年,国家发改委发文规定淘汰全部200立方米以下的小高炉,2007年淘汰标准提高到300立方米。这一次,这个标准已经是400立方米。

政府部门对钢铁落后产能的界定标准基本是一年上一个台阶,而中国所有的大小钢厂都通过对设备的规模升级,和淘汰底线赛跑。这种产能淘汰的后果是,政策成了擀面杖,钢铁产能这张大饼越擀越大。

今年"两会"期间,全国人大代表、福建省冶金(控股)有限责任公司董事长欧阳元和公开质问,400立方米的高炉是不是不能生产高质量的产品?而这个答案是否定的。目前中国大约有一半的钢材流向基建、建筑等领域,这些领域需要的主要是螺纹钢等简单产品。业内人士认为,300立方米至400立方米的高炉用来生产螺纹钢等线材是最经济的装置。

但在近五年来的淘汰落后产能过程中,政府一直采用"唯装置规模论"的一刀切做法。迄今为止,没有任何政府部门出面解释过"产能过剩"的具体定义,以及界定一个行业属于"产能过剩"的相关标准和依据。

相关部门在提到产能过剩的问题时,拿出对比的数据是行业生产能力和市场实际消费数量。比如钢铁行业,2008年我国粗钢产能6.6亿吨,需求仅5亿吨左右。那么,那多出的1.6亿吨就成为政府口中的落后产能。

行业内人士对这样的对比并不认同。中国冶金工业经济信息中心的陈凌说,如果以生产能力和实际的市场消费相比来界定产能过剩的话,几乎所有的行业都是产能过剩的。因为没有任何一个行业能够实现产销完全相抵。

另一个问题是,政府部门出台的关于淘汰落后产能的相关政策,能否真正砍掉那些被列入过剩之列的产能。实际上,早在上月初,工信部就已经开始研究将 2010 年淘汰目标分解到各个地方,但是至今一个多月过去了,仍未见任何结果。

地方政府出于对财政、税收、就业等问题的考虑,对关停落后产能企业的积极性并不高。许多小企业尽管在国务院相关部委看来属于早该淘汰之列,但却有可能是地方一个县市的支柱企业。关掉越多的企业,对于地方政府来说,损失就越大。

不止一位行业人士表示,产能过剩与否最终还要由市场决定,而不能由政府统计得来。

中国炼焦协会会长黄金干说,那些小钢厂、小焦炉之所以能够生存下来,就说明有市场需求,如果产能真的过剩很厉害,价格下滑,小厂子自己都不行了。"淘汰落后产能,政府只需要把好环保和土地关就可以了,不要按照规模搞一刀切,这个工作还是交给市场好"。(张向东,《经济观察报》2010 年 4 月 2 日)

第三节　财经新闻评论的逻辑性

财经新闻评论重在议论和说理。古人云,"言有物"、"言有序"。即无论说话还是写文章,既要有内容,还要条理清晰。评论的写作过程,大体可分为两个阶段:一是思维的形成、发展、调整及认识的不断构建阶段,可称为前写作阶段;二是"凝固"认识,并凭借语词使其"形化"阶段,即写作阶段。无论是前写作阶段还是后写作阶段,都离不开逻辑的指导[①]。财经新闻评论的前、后写作阶段均讲究逻辑性,运用逻辑推理的方法,从一般的经济现象引申到其本质规律,从其原因到结果预测,从数据材料推断结论,一步一步都需要推理证明,每一个环节都必须保持内在的联系,只有这样,才能保持整篇文章的严密和正确。

思维的逻辑性是指思考问题时,条理清楚,推理准确,有因有果,严格遵循逻辑规律。在感性认识的基础上,运用概念、判断、推理等形式对客观世界进行间接的、概括的反映。财经评论员在进行写作思考时,主要借助于思维逻辑的力量,理清事物间内在联系的脉络,把一些似乎毫不相干的事物或者道理巧妙地联系和组合起来,使灵感突如其来地、戏

---

① 殷俊等:《媒介新闻评论学》,253 页,成都,四川大学出版社,2005。

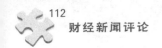

剧性地出现,给人以新的启示。在此基础上,确定文章的主题思想,以精妙的结构来表现这一主题思想,从而实现评论整体在立意、布局上的突破。

范荣康认为,很难设想,一篇逻辑混乱的文章,矛盾百出,能有什么说服力。毛泽东生前也曾批评我们有些同志写文章,"不大懂得形式逻辑"。所以写新闻评论的,要学点形式逻辑,要懂得概念、判断、推理,懂得同一律、矛盾律、排中律。新闻评论的论证,是离不开形式逻辑的。"如果怎样"、"假如怎么样"之类的假言判断,"要么这样,要么那样"、"或者这样,或者那样"之类的选言判断,是新闻评论中的常用句式。演绎证明、归纳证明、直接证明、类比证明、间接证明、反证法、选言证法,更是新闻评论中常用的论证方法。如果我们不懂得形式逻辑,不但不可能进行充分有力的论证,而且会陷于自相矛盾,难以自圆其说的窘境。[1]

一、财经新闻评论的几种常见逻辑推理形式

逻辑推理是人们在长时间的社会实践中,对客观事物的内在联系和相互关系所作出的抽象概括的反映。它既是认识方法,又是逻辑论证手段。新闻评论中常用的逻辑推理形式有四种:直接推理、演绎推理、归纳推理和类比推理。[2]

(一)直接推理

是由一个直言判断前提推导出另一个直言判断结论的推理。这种推理是"一步到位法",直截了当地说理。

(二)演绎推理

又称三段论推理,是借助一个共同概念把两个直言判断联系起来,从而推出一个新判断的三段论证推理。

(三)归纳推理

是由个别或特殊性知识的前提,推导出一般性知识结论的一种推理。

(四)类比推理

是由两个事物的某些属性相同,推导出它们的另一属性也可能相同的一种间接推理。

保证逻辑推理真实可靠,必须保证两个基本条件:一是推理的前提必须真实;二是推理的形式必须正确。要遵循形式逻辑的一些基本规律,如同一律、矛盾律、排中律等。

---

① 范荣康:《新闻评论学》,北京,人民日报出版社,1988。
② 丁法章:《新闻评论教程》,171页,上海,复旦大学出版社,2008。

二、财经新闻评论中的论证逻辑

论证是连接论点和论据的纽带,揭示了两者之间的逻辑关系。所谓论证就是评论者运用和组织论据说明、解释或证明论点的过程和方法。在逻辑学上,是用已知为判断去确认另一个判断的真实性或虚假性的思维过程[①]。财经新闻评论的论证是否严密,是否具有较强的逻辑性,有以下三个衡量指标。其一,评论使人信服,使受众能够得出不得不接受的结论;其二,论述要有条不紊,层次分明;其三,思想、议论严格周密,思想的过渡首尾连贯,明白确切。

为实现论证严密的逻辑性,要讲求文章中思想相互联系的有机性,使通篇文字的先后顺序,段落之间的衔接,每一部分的逻辑推理,都根据客观事物本身的内在规律,按照事物发展的内部联系来组织,从而做到环环相扣,层层深入,形成一个严密的有机的整体。因此论证的过程实际上就是一个逻辑推理的过程。

论证中运用的各种推理形式的总和叫做论证方式。论证方式一般分为立论和驳论。立论就是从正面直接阐明客观事物的真理,以证明作者提出的看法、主张。驳论是以反驳别人(或敌论)的某种错误观点(或反动观点)为主,在反驳错误观点的过程中宣传真理。

(一) 立论的具体方法

包括例证法、引证法、比较法、喻证法等直接阐明观点的论证方法。

1. 例证法(事实论证)

又是运用归纳推理进行论证的一种方法,是由个别到一般的方法。它通过列举典型的具体事例,证明自己论点的正确性,在新闻评论中用得比较普遍,具有较强的说服力。

2. 引证法(事理论证)

是运用演绎推理形式论证问题的一种方法,其特点是用已被证明的、公认的道理、原则或理论,来论证未被证明的、个别的、具体的论点和道理,是由一般到个别的论证方法。运用引证法论证问题时需注意:第一引证的原理必须正确,不要断章取义;第二,不要引证过多,以别人的观点代替自己的论述;第三,要注意具体分析,不可简单推理。

3. 比较法(比较论证)

是把具有相同特征的事物,或同一事物在不同的时间、地点、条件下的不同表现,进行比较,以有力地证实某个论点的正确或错误常用的一种方法。具体分为类比和对比两种情况。类比就是将不同时间、不同地点的一类事物的某些相同方面进行比较。对比就

---

① 苏天附等:《普通逻辑》,上海,上海人民出版社,1983。

是将两种性质截然相反或者有差异的事物进行比较,可分为纵比和横比,纵比是将同一事物在不同的时间、地点的不同情况进行比较,即现在和过去比;横比将发生在同一时期、同一区域性质截然相反或者有差异的事物进行比较,即好与坏的比较。

4. 喻证法(比喻论证)

用比喻来阐明事理的方法。

财经新闻评论的驳论包括揭露、批驳、剖析、辩论等方面,是在政治、思想、理论和学术上驳斥谬论、澄清是非,扶正祛邪的一种重要方法。驳论的原则要求是:坚持摆事实,讲道理,以理服人;严格区分两类不同性质的矛盾,实事求是区别对待。

5. 反证法

是一种间接地论证方法。即通过证明与自己论点相反的论点的错误来证明自己观点的正确性。这种论证方式从正反两面展开,形成强烈对比,具有很强的逻辑力量。如下文:

转变发展方式出路何在

中国是一个大国,但走的却是小国经济的发展路线。大国的优势在于国内市场大,以国内消费拉动整个国民经济,而中国这些年主要是出口导向型的小国经济。这种模式曾在七八十年代的"东亚四国"有过出色表现,于中国而言,随着改革开放和全球化进程的深化,要素价格的比较优势正在被逐渐拉平,这一模式将难以为继。从小国经济模式转向大国经济模式,是中国经济转型的题中应有之意。

为什么会陷入靠出口驱动的小国经济模式?原因在于国进民退。可以做一个简单的分析推理:由于民营企业不发达,导致就业不充分;就业不充分,农村人口就转移不出去,城市化程度就低;而城市化水平低,必然会导致第三产业不发达;第三产业不发达,又影响到老百姓收入;老百姓收入上不去,国内的市场需求不振,消费就启动不了,所以只有依赖出口;依赖出口,顺差过大,人民币升值,美元贬值,自己手里的美元越来越不值钱,这就是中国经济的低水平循环。我们从上世纪90年代起就讲启动消费,为什么这些年启而不动?原因就在于民营经济不发达。

所以,要进入良性循环,要把中国经济真正变成大国经济,必须发展民营经济。民营经济发展,就业充分,城市化程度高,第三产业随之发达,老百姓收入渠道增多,国内市场需求旺盛。如此一来,真正发挥了大国人口多、市场大的优势。讲到转变经济发展方式,从偏重于出口驱动的外向经济模式转变为依靠国内消费市场拉动的内向经济模式,这也是一个非常重要的转变。

中国经济还有另外一个奇怪的现象:国民储蓄盈余过大与国内居民消费比

率偏低同时并存。什么原因？仔细分析可以看到，中国居民可支配收入并没有提高，甚至比重有所下降，储蓄盈余的扩大主要是企业和政府的可支配收入及其储蓄的增长。当然，这是改革开放以来企业效益提高导致的结果，但这些现象的背后是资源等要素价格的严重扭曲和偏低。尤其在目前体制下，居于上游产业和基础产业的国有企业，其利润既不上缴公共财政，也不向全民分红，结果是进一步导致储蓄上升，消费下降。

由于资源开采权几乎免费，资源收益不缴税，政府就开始干预资源价格。这样，资源系统的价格信号失真，供求关系也不再对资源配置起作用。价格不能对稀缺资源的配置起基础性作用，资源效率低下，环境污染严重，也就成了"顺理成章"的事；而资源的免费开采，又决定了只能把它们交给国有企业开采，使民营企业不能自由进入。民营企业无法自由进入，资源开采业的市场竞争难以展开，从而进一步妨碍了资源利用效率的整体提高。董辅礽、吴敬琏等多数经济学家认为，国有企业所承担的使命不是赢得市场竞争优势，而是以某种方式弥补市场失灵，实现政策性非效率目标。国有企业往往受到政府多方保护，从而很难适应日趋激烈的市场竞争。而民营企业资金预算硬约束，精打细算、精细作业，乃是本性使然。处于政府控制和保护下的国有企业，做大容易，做强很难；高速扩张容易，高效率发展很难。如果说，在中国经济发展的初期阶段，国有企业制度还有某些可取之处的话，那么在中国已经面临转变经济发展模式、走集约化发展之路的今天，继续由政府控制和发展大量国有企业将与贯彻科学发展观的要求背道而驰。

因此，转变经济发展方式，关键在于重新回到十五大以来党中央所一再强调的"对国有企业布局进行战略性调整"，有进有退；同时，加快要素价格市场化改革，改变能源、劳动力、资金、土地、（环境等要素价格被全面压低的现状）。（新望，《经济观察报》）

（二）驳论

新闻评论包括论点、论据、论证三大要素，驳论只要驳倒对方的论点、论据、论证的三方面之一，就达到了驳倒对方的目的。驳论的具体方法有以下几种。

1. 驳论点

即证明对方论点的虚假性。反驳论点有两种方法，直接驳斥和间接反驳。直接反驳论点有两种方法：事实反驳和归谬法。前者是直接摆出与对方论点相反的事实来证明对方论点的虚假性。[1]归谬法即欲擒故纵的方法，先假定对方的论点是对的，然后以其作为

---

[1]　苏越：《文章写作中的逻辑技巧》，42页，北京，北京师范大学出版社，1990。

前提,引出一个显然是荒谬的结论,从而以此证明对方的论点的错误。

2. 驳论据

即证明对方论据虚假或论据不足。驳斥对方论据时,可以用既有个性特点又有普遍意义的典型事实,也可从分析危害性着手批驳其错误的说法。

3. 驳论证

就是证明对方的论题与论据之间没有正确、必然的逻辑关系,由论据的真实性无法推论出其论题的真实性。

财经新闻评论通常针对国民经济运行过程中的新闻事实及现象或发表意见,或进行分析论证。现实是评论的起点、由头,说理是评论的目的、终点,要在现实与说理之间搭建一座桥梁,进行既合情合理又言之凿凿的论说。这既需要有合理的结构,也需要有严密的逻辑,这样写出来的文章才能像房屋一样稳固牢靠、流畅清晰,才能在纷繁复杂的经济世界中,揭示经济发展的趋势和走向,影响和指导人们的经济行为和经济思维。

【例文】

着眼于经济复苏的质量

全国人大、全国政协"两会"召开在即。一年一度的"两会"之春总能给人带来无限憧憬,或因此,兼其他,我们近来听到许多关于经济形势的乐观声调。例如,有人士断言,自"4万亿"刺激计划启动,中国经济最危急的阶段已经过去,今年重拾升势不成问题;还有一种观点颇为流行:中国的地方、企业和民间充满了发展冲力,只要宏观政策宽松,上升之势不可挡。迅猛增加的信贷,看上去热闹的股市,一时回升的钢价,似乎也都在支持这种昂扬之气。

然而,我们对此乐观判断难以赞同,对经济形势仍深存忧患之心。

应当承认,相比其他深陷危机的经济体,中国庞大的外汇储备、强大的政府财政实力、相对健康的金融体系和较为充沛的流动性,以及较低的发展水平和进一步改革可能释放新的经济增长动能等,都可称为保持稳定增长、渡过危机的有利因素。但是,这些优势仍然只是相对的,中国毕竟已经深深卷入了这场全球性危机,而且正因身处危机冲击波的外圈,目前才越来越深刻地承受这场危机的冲击,进而越来越充分地暴露出自身独有的诸多转型期制度性缺陷。

"祸兮福所倚,福兮祸所伏。"在这场内外交织的经济困局中,中国遭遇的挑战和压力以总量而言,绝不比其他经济体更少,如果不是更多。

就眼前而言,最大的忧虑在于经济仍在继续下滑。今年2月10日官方公布的1月宏观经济数据,不少媒体是以"经济小幅回暖"来诠释的,认为"见底反弹"已成现实。这种说法其实很值得怀疑。首先,因为春节恰在1月,当月工作日只有17天,所公布的1月宏观数据并不全,缺少工业增加值等基本数据。而同期新加坡的工业生产同比下降了

29.1%,台湾下跌43.1%,以此大势观之,中国大陆的情况亦不可能乐观。其次,纵是已经公布的CPI和货币供应量等数据,也基本延续了前几个月的走低趋势,只是CPI的环比数据略显稳定,对贷款高增长如何解读,仍大有争议。

更重要的是,世界范围的经济危机也其实仍在深化,不仅金融困境仍未转缓,制造业危机也已呈行业性蔓延。国际货币基金组织(IMF)在四个月的时间里,罕见地两次下调2009年全球经济增长预测,从2008年10月的3%,调低至11月的2.2%,再到今年1月的0.5%。如果应验,这将是自第二次世界大战以来全球经济增长最慢的一年。甚至有机构预测,今年全球经济可能出现负增长,经济下滑的幅度直追上世纪30年代美国经济大萧条时的水平。鉴于世界经济面临结构调整的艰巨挑战,其进一步恶化的可能依然存在。

外部经济对中国及其他发展中经济体的影响,其实在去年11月以后才开始明确。如果说,1月银行贷款增长对经济增长的刺激具有正面的滞后效应,那么,这种外部冲击的负面滞后效应只会更深重,更难以逆料。

现在,严肃的宏观经济学者对近期中国经济形势有不同的预测。不过,争议主要集中于中国经济究竟会出现W形走势,还是U形走势,而且普遍认为前者更令人担忧。坚称V形走势且认为已经走出底部的说法,则缺乏充分支持。当然,学者的看法尽可见仁见智,但在倾听这些声音时,避免以一相情愿代替冷静判断,也至关重要。

其实,除了期望和寻求经济复苏,还应关注经济复苏的质量。严格地说,复苏的质量与避免W形经济走势直接相关。由此,必须在反周期政策中融入"反失衡"的结构性调整思路。以美国经济总量之大,美国一日不稳定,全球经济难言见底。只有缓解中国面临的结构性失衡,方有助于中美经济在可能范围内"脱钩",这正是中国实现可持续复苏的关键。

不久前召开的中共中央政治局会议,提出了"扩内需、保增长,调结构、上水平,抓改革、增活力,重民生、促和谐"的方针,原则相当明晰,但各界还在期待力度较大的政策措施出台。如果说,已有的政策措施系以投资保增长,斥4万亿元巨资刺激经济发展,那么,当前,则可考虑以消费带复苏,通过"振兴消费"类计划逐步提高消费在GDP中的比例,增加诸如开放服务业、提高社会保障水准、加快户籍制度改革等相关制度性投入,带动有质量的经济复苏。较之巨资投入,制度性投入需要更强的危机意识和大智大勇。

即将召开的"两会"众望殷殷。只要代表、委员们直面严峻现实,就此类重大问题充分表达民意、参政议政,决策层制定政策更具预见性、灵活性和针对性,我们相信,中国经济虽仍在严冬之中,春风拂面的日子并不会太遥远。(胡舒立,《财经》杂志2009年第5期,2009年3月2日)

第六章 财经新闻评论的语言

第一节 财经新闻评论语言的一般特征

在美国《华尔街日报》任职的一位编辑曾说过这样一句格言："对任何读者而言，世界上最容易的事情就是停止阅读。"因此，不管是学术界还是新闻业界，都在积极探索提高财经新闻可读性和易读性的路径。如何有效提升中国传媒财经评论水准，为受众提供既专业又贴近的财经评论已经成为传媒业内人士共同关注的话题。作为对财经报道的深度解析的财经新闻评论，其要求与意义也不难得知。

中国正处于一个转型的社会时期，这种转型其实就是社会结构的转移。依据经济力和对财富的占有对社会人群进行重新划分。由于社会财富的生产还不能极大地满足社会人群的财富需要，导致了社会财富的分配不尽合理。根据经济基础决定上层建筑的原理，财经新闻评论作为一种现代经济社会评判和规范的舆论监督手段，将在社会转型的过程中对整个社会起到润滑、疏解和缓冲的作用，促使市场经济规则步入健全完善、成熟的轨道。

以报刊为例，我国经济、财经类报刊的发展以 1992 年为界，一批经济、财经类的报纸有了一些与以往不同的特点。第一个变化是由过去以行业为本，转变到以人为本。过去比较多的是来自哪个行业就说哪个行业的事，而 1992 年之后更多的是关注企业家、经营者、高职业经理人等。第二个变化是由过去的大众化定位和取向，转向现在小众化的定位和取向。过去的经济类报纸，都是以数量最大化作为对市场的诉求。而现在，有很多报纸或者刊物在创办的时候，并不追求数量最大化，而是讲究在局部领域、局部人群当中，实现一定程度的规模覆盖。第三个变化就是由过去的以资讯作为第一卖点，开始转向以意见作为第一卖点，比如《财经》杂志、《中国经营报》、《21 世纪经济报道》等等，都是提供资讯，但主要是提供资讯的专业化整合和评点，随之而来的变化就是报刊的专业水准大大提升。

一、财经新闻评论语言的一般特点

财经新闻评论在涉入精神生产和精神交往的大众传播范畴时,必须与一定历史阶段形成的物质生产和物质交往的规模和界面相适应,否则将是无源之水、无本之木。基于这样的新闻理念和这样的新闻价值观,财经新闻评论不仅要具备新闻评论的一般特性,更应该具备其平民化、人性化、专业化的具体特征。具体说来,当今,财经新闻评论在写作语言上的特点主要表现在以下方面:

(一)语言专业化:解读经济政策体现专业水准

与都市报不完全一样,财经媒体主要卖的"观点"。如果说财经评论、专家专栏文章可以组织名家名作打造版面,那么,深度报道则是各大财经媒体不遗余力地精耕细作的"自有产品"。在国内,把单纯的财经信息整合为对读者经济生活、经济行为有一定指导作用的观点性财经新闻,已经成为新兴纸质财经媒体努力的方向。它们从自身特点出发,发挥独特优势,有针对性地、专业化地整合所占有的经济信息,使之成为具有明显特征的观点性财经新闻,从而被读者有目的、有意识地自觉选择。

甚至有人认为,判断一份财经媒体是不是主流财经媒体,一个重要的标准就是看其能否在及时、准确、客观、公正地报道经济事件、经济现象的基础上,运用自己独立的话语,传递一种全新的财经观点,从而成为读者所倚重的思想来源。正是通过大量鲜明、理性而又具有指导性的观点性财经新闻作品,《经济观察报》、《21 世纪经济报道》、《财经》杂志等新兴财经报刊一经问世即占据市场高端,并取代传统经济类报纸,登上主流财经媒体的"宝座"。

财经新闻评论要体现每一个"经济人"的立场和利益。财经新闻评论要有对市场经济全面而准确的把握,更要有对财经资讯的精到而独特的诠释和分析。例如,深度、透彻的金融财经专业报道是《金融时报》的拿手好戏。该报财经分析深刻而专业,对全球经济的权威性报道和独特评论不愧于其宣传口号"没有《金融时报》,就没有发言权",而由该报创立的伦敦股票市场的金融指数更是闻名遐迩。《金融时报》每天都用数十个版面集中、深入地报道经济、财经和金融领域,详尽刊登国际国内各种图表、报表。《金融时报》数据图表的权威性和完整性是得到国际公认的。该报每天详尽刊登亚洲股票市场。特别是中国沪、深股市行情,这是其他国际经济类报纸很少能做到的,凸显出该报的国际性和专业性。

(二)语言平民化:话语权从精英到大众,说服方式由指导到引导

过去翻开主流的财经报刊,打开主流的财经网站,随处可见的财经新闻评论往往出自一些精英之手。这些精英,具有一定的社会"权力"、经济地位和文化优势,掌控着一定

的话语权。在我国媒体中,精英言说长期处于主导和优势地位。许多经典的经济思想、重要的宏观政策、投资指导等等,都是由他们发布的。可是由于精英们处于社会的中上层,生活感受不同,经济利益决定他们的思考方式和角度,他们的言说很多时候只能代表他们的阶层利益,与大众利益相去甚远,甚至隔靴搔痒。

随着网络的出现和普及,大众的社会参与意识强烈,普通人成为写作的最主要、最民间的力量。财经新闻评论也不再仅仅是对老百姓的宣传和教育,从写给国家干部、政策制定者、高级知识分子等,转向主要写给投资者、消费者、企业的管理者;写作者和服务对象主要是与经济建设相关的一线人员以及需要了解经济动态的广大消费者;体现了传播意识从政治学阶层上理解的"人",开始转为经济学意义上的"人",回归了财经新闻评论的本位,即利益诉求、民情表达。

财经新闻评论也从过去的经济形势大好的宣传,单纯介绍成绩,传达宏观经济政策的评论,转变为主要以发现、预测经济问题以及为受众释疑解惑为主。评论内容与国家经济的宏观调控政策相关,为经济改革的深入发展鼓与呼;与投资者和消费者的切身利益直接相连,预测并分析我国宏观经济的趋势、纵观产业及行业走势面,微观产业的运作面(证券公司、上市公司等),各个阶层的消费者的日常生活面等等。比如,人们如何正确对待国企改革中的职工下岗,大学并轨后大学生的学费上涨,老百姓的日常消费观,国民的福利改革,黄金周的利弊等我国经济中出现的一系列问题的讨论和评点。

(三) 语言人性化:多种观点的博弈,百家争鸣

财经类媒体的读者群具有相对的稳定性。具体情况如下:第一是读者对财经类报纸经常接触,而且认为对自己的生活、工作和发展比较重要的,只占自然人群中的 4.2%。第二是比重要级读者对财经资讯的依赖程度稍逊,但也经常接触的人占 21%;一般性的看一看。可有可无的读者比例是 19.4%。加起来就是 44.6%,也就是说 55.4% 的人,基本上不看财经类报纸。(喻国明《中国经营报》2001 年 9 月 11 日)财经类报纸读者群的特殊性也在影响着媒介立场的变化。自 20 世纪 90 年代以来。随着市场化的推进,媒介与受众的关系悄然发生转变,市场经济带来的不确定性促使固有思维方式不再具有效力,传统的俯视叙述悄然瓦解。财经新闻评论也在进行渐进式的视角转换。新闻视角是叙述者与被叙述的事实之间的关系,即记者如何看待和评价事实,媒体如何看待和评价事实的问题。

在 20 世纪 90 年代的报纸中,首先是社论数量的减少,编者按和编后逐渐淡出了报纸版面。时评却成为许多报纸的竞技场,它一般采用投稿制,文章篇幅较短,纯属个人观点,不代表媒体立场。从俯视到平视的视角转换过程实际上是一种新闻从"说话"向"事实"的回归。"说话"是要将未来中所可能发生的事件纳入到自身话语体系中的一种尝试。尽管"说话者"总是希望能够将所有的事实纳入到自身的话语体系中来,但事实却往往出乎意料。放弃了全知全能式的视角,"说话"的目的和功能也随之发生了改变。说话

者的角度不同、阶层各异,得出的事实结论自然也就不一样。

"一种观点"是仅向说服的对象提示自己一方的观点或于己有利的判断材料。"多种观点"是在提示己方观点或证据的同时,也提示对方(多方)也可能有不同的视角。一种观点会使说服对象产生心理抵抗,给人以强词夺理之感。"多种观点"给人一种"平衡"感,但理解难度增加,容易造成民众选择的困难,这也是今后我们媒体要培育读者素养的一项工作。长期以来,我国的新闻评论都是以"一种观点"为主。在同一份报纸上。很难看到正反两种观点的对峙。但随着互联网技术的不断发展,公众发表言论的渠道日益畅通。网络言论具有自由性、广泛性、随意性、参与性等优势,这给财经新闻评论提出了极大的挑战。经济的发展也带来了社会阶层的变化,各个利益群体代表不同的经济地位。往往同一件新闻事实在不同的利益群体看来具有不同的意义。于是,各大报纸纷纷开设评论专栏、专版,财经新闻评论也开始从"一种观点"发展到"多种观点"。

同样一件事实,在不同阶层的人眼中具有不同的意义。媒体必须让大众畅所欲言,积极疏导公共意见,才有可能消泯社会不公带来的负面影响并建立和谐社会。我国财经新闻评论从"一种观点"走向"多种观点",媒体成为意见的交流场所,让公众获取更多信息,了解不同的观点,这是财经新闻评论发展的必然。

二、财经新闻评论语言特点的具体表现

虽然,我国财经类媒体离世界级财经媒体尚有很大一段距离。但我国在财经、经济类资讯的传播当中,已经由过去的资讯短缺,过渡到现在的资讯相对过剩,因而竞争也就更为激烈。也就是说,受众可以从各个渠道获得很多财经资讯,因此这类媒体的存活点,将由过去单纯提供资讯为主,转变为不但提供资讯,还要提供资讯的整合和评论。在写作语言上的具体表现有:

(一)通俗化处理专业术语

财经新闻评论属于一种专业性较强的新闻报道方式,因此,其语言运用的特征之一就是专业术语颇多,而且许多常用词往往被赋予特殊的含义,它们的意义一般只有在专业词典中才能找到。

例如,harden 的常用词义是 make or become hard(变硬),而在财经评论(尤其是股市消息)中它的意思却是 increase in price(市价上涨)。又如,close 常用词义是 shut(关闭),而在财经新闻评论中的意思多为 come to an end(收盘)。类似的例子不胜枚举:bear market(熊市),bull market(牛市),blue chip(蓝筹股),call(看涨),put(看跌),long(多头),short(空头),pyramid selling(传销)。如果不了解这些术语在财经评论中的特殊含义,就可能无法真正彻底理解有关报道和信息。例证:The monoploid method of breeding wheat,which is something like enabling males to give birth...(South China

Morning Post,Oct. 20,1990) 本例中提到了小麦的单倍体培育法(monoploid method of breeding wheat)这一抽象的专业术语,不好理解,于是记者紧接着就采用了比喻的手法进行了一番生动的通俗化处理:"好比是让男性具备生儿育女的能力。"(like enabling males to give birth)可见对专业术语的通俗化处理既可以使财经评论通俗易懂,又可以增加评论的感染力,吸引读者。

(二)灵活运用拟人手法

拟人是把没有生命的东西或生物当作人来看待,赋予各种"物"以人的言行或思想感情,从而给读者留下深刻的印象。财经新闻评论为了加强新闻语言的形象表达,提高消息的生动性和趣味性,经常采用这一手法,使读者感到原本可能艰涩费解的财经新闻中的内容也颇有亲切感,从而激发他们的阅读兴趣。例如:

Wall Street takes a nose dive...The Japanese yen managed to stand up against the dollar's depredations. (The Asian Wall Street Journal,May 8,1998)

上例中的华尔街、日元和美元原本为无生命的东西,都被比拟成有生命的对象,当读者看到"华尔街股票高台跳水……只有日元设法勇敢抵抗美元的冲击"这样的句子,情感上会自然而然地产生一种亲切感,给干巴巴的财经评论增添了人情味。试想"B 股跳高,A 股跳伞"贴切生动的语言魅力是"B 股红红火火 A 股冷冷清清"之类的句子所无法达到的。

(三)大量使用对比性动词

财经新闻评论时常采用对比的手法来描述经济发展的势头,是呈增长还是下降趋势,记者往往不掺杂任何意见。在措词方面,偏爱选用简短有力、生动形象的词语,避免重复使用诸如 increase,decrease 等表示升、降之意的词,使枯燥的经济信息增添可读性、趣味性。常用来灵活表示上升的动词或词组有:rise,go up,advance,gain,grow 等,表示直线上升的有:jump,lift,peak,notch up,spurt,soar,skyrocket,leap,surge 等。而常用来表示下降的词或词组有:fall,drop,go down,reach a low point,fall off,decline,cut,reduce,level off 等,此外,表示急剧下降的词有:collapse,plummet,plunge,slump,tumble 等;而表示缓慢下降的有:dip,dive,lop,recede,retreat,sink,slow,slow down 等。一篇精彩的财经新闻评论并非在华丽的辞藻上绞尽脑汁,而是在上述两类传神达意、简短有力的词语上巧下工夫,给人以具体、形象、生动、真实的感觉。

(四)适当选用惯用语

新闻报道的对象是大众,在语言上应力争跳出专业术语或习语的范围。因此财经新闻评论中会掺用不少惯用语,增添生动性和通俗性。例如:The debate on trade policy is being waged with catchwords and strawdogs that bear little relevance to the crisis. (The Australian,Aug. 27,1990)

（五）数据处理灵活化

财经新闻评论中，数字的运用是必不可少的。在某种意义上，财经数据是经济活动的忠实记载和集中反映。通过对数据的科学分析，人们可以准确地了解经济活动的进程和最终结果，把握经济领域中的动向和问题。对于某些财经新闻评论来说，数据本身就是报道的内容，比如，一个国家的 GDP、GNP、某一天股市的交易量、外币兑本币的汇率等等。因此，经济数据运用得当可以精练地表现事物的本质，以及达到其他新闻事实难以起到的效果。

但数字毕竟是一种抽象化了的概念，读者对数字的接受能力又受到不同行业背景的限制。为此，作者并不是把数据简单地一一罗列出来，而是对有关数据进行灵活的"解释"，从而使干巴巴的数字变成看得见、摸得着、通俗易懂的形象。常见的方法有。

1. 化大为小

一般来说，单位量越大，数字也越大；单位量越小，数字也越小。从读者对数字的接受能力来看，越小的数字越容易被理解，越容易被记住。这就要求把大的数字化整为零，例如在"肯德基'吃'了中国多少鸡"这篇报道中，为了形象地说明肯德基在中国销售了 6 万多吨、1.56 亿只鸡，作者是这样描述的："若将这些鸡首尾相连排列起来，可从中国最北端的漠河到最南端的曾母暗沙，打 9 个来回。"这样的处理使得原本一连串无感情的原始数据变得既准确幽默，又生动巧妙，不仅好读好记，而且能够创造了轻松的阅读气氛。

2. 酌情采用比较手法

比较是人们认识事物的一个好方法，有比较才有鉴别，数据也只有在比较中才能说明问题。比较可以分为纵向比较（verticalcomparison）和横向比较（horizontal comparison）两种。所谓纵向比较，即与自身的历史相比；所谓横向比较，即与外界的同类相比。例证：According to statistics, the punctuality rate of buses is decreasing. Compared with its 90 percent in 1985, the rate in 1989 was 60 percent, and it once touched 40 percent. (China Daily, March 31, 1990)

3. 通俗解释或形象比喻

由于财经新闻评论的是经济领域里的新鲜事物，必然要涉及相关的数据信息，造成过于集中使用数字，导致文章枯燥费解、过于"专业"。如能适度引入文学语言加以诠释、折算，能起到化腐朽为神奇，极大增强报道的表现力和可读性。

4. 灵活使用约估性词语

如在新闻英语强调遵循所谓 ABC 原则，即 Accuracy（准确），Brevity（简洁），Clarit（清晰），其中 accuracy 更是至关重要，是新闻真实、客观、可信的保证与前提。然而，财经新闻评论由于评的内容涉及许多经济信息、统计数字，如果一律保持原始数据的详尽无比，难免会使文章索然无味。因此，约估性字眼（round figures）经常出现。

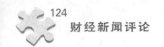

5. 语言多样化

语法手段多样化。传播经济信息的文字常较枯燥、单一,为此财经新闻评论经常借助多种语法手段对发展趋势进行比较,从而把枯燥的统计数字和实质信息糅合在一起。数据本身是不会说话的,唯有作者在评论中巧妙地加以处理之后,才有可能使之清晰可辨,具有说服力。其中财经新闻评论惯用的处理手法之一就是灵活使用形容词的比较级和最高级形式。当然,一味机械地使用形容词的比较级和最高级,久而久之,会令人生厌,所以善于巧妙运用一些表示程度的形容词或副词(词组),就成为了另一个选择。

如在英语写作中,当发展趋势较大或较快时,一般可选用 fairly,rather,a great deal,much, dramatically, drastically, considerably, remarkably, markedly, sharply, significantly,apparently,tremendously,greatly 等词语;相反,若发展趋势较小或较慢时,则多用 gradually,gently,slightly,slowly 等。

财经新闻评论在写作上既有媒体的一般特点,又有其独特之处。写出视角新颖、深入浅出的财经新闻评论是一门高超的技巧,其新闻语言能为广大受众所接受和喜爱,是成功财经新闻评论的标志。为了调动读者的阅读兴趣,财经新闻评论在语言运用方面自然表现出自己独有的特征。[①]

第二节 财经新闻评论的语言文采

一直以来,新闻评论总以理性的形象出现在广大读者面前,如电视新闻播音员一般,总是不苟言笑、板着面孔说话。受众真的喜欢这种模式吗?

美国《哥伦比亚新闻学评论》组织了一次调查,将来自美国 18 家报社的 76 位 30 岁以下的年轻记者分成几个小组,讨论了“年轻人想读什么样的报纸以及为什么读报纸”的话题,并且描述了他们心目中的理想报纸。每日新闻网站的财经记者米特拉说:“叙述性新闻学把读者带入到故事中去。我们应该把关于中东的报道写得身临其境,就像小说一样,让你读起来欲罢不能。”《城市之页》报的编辑玛丽莎说:“我们小组最喜欢的文章都详尽地描述一个地方或场景。作者与一个乐队、一位政治家、一名警察混得越熟,他对他们的描写就越真切。”

作家余秋雨曾提出一个观点,“用形象来提升新闻”。他说,有人说的时候很好,但一要他写下来,就很枯燥了。为什么?因为说的时候是用世俗的平常语言,听世俗的平常语言具有形象感,特别接近文化。而当他一提炼,他就会产生艺术的误会,概括以后的抽象的概念,他以为是最重要的,其实那恰恰是不重要的。来自美国的这项调查告诉我们,

① 曹润宇、于波、王俊英:《英文财经报道的语言特点分析》,载《商场现代化》,2007(22)。

读者的阅读口味正在发生很大的变化。

美国哥伦比亚大学新闻学教授 James W. Carey 给新闻下了这样一个定义："新闻学是一门经过严格训练的叙事艺术"，要求"描写！描写！再描写！"描写，是新闻故事在写作中的基本要求，它要求语言具体形象、生动、活泼、可感。描写的对立面是叙述、概括。叙述、概括通常用抽象的语言，空话、套话较多。目前，大多数工作报道爱用叙述、概括的语言，即使内容真实，但这样的写作套路，本身就让人觉得虚假，很难引起读者的注意，更不用说共鸣了。相反，如果一篇评论有一两个有质感的细节，则会给读者留下深刻印象。

从形式上说，质感可以定义为细节取胜；而从内容上看，质感，其实就是贴近感。媒体市场的竞争说到底是争夺读者"眼球"的竞争，接受率高低是报纸拥有读者多少的"晴雨表"。要赢得读者，最重要的就是贴近受众，贴近他们的需求，贴近他们的生活，贴近他们的表达方式。有生活有内容的稿件，才是有"质感"的稿件，也是群众喜闻乐见的。① 古人写文章，追求"文质彬彬"。文是文采，质是内容。质当然是第一位的，但如果没有文采，质就得不到充分表达，起不了应有的作用。有"质感"的新闻，应该是"文质彬彬"的。

《华尔街日报》一位资深报人有一句名言："不把银行的故事说给银行家听，而是说给银行的客户听。"这家报社的一位总编辑也说过，二流的经济记者能把事情向专家说清楚，一流的经济记者则能把同样的事情向一个小学生讲明白。这个观点对财经新闻评论来说同样重要。财经新闻评论的语言与新闻报道的语言不同，财经新闻评论运用的是论文语言，重点在于说服受众接受自己的观点，因此对语言文采提出了更高的要求。

一、严肃与生动的统一

真理是科学的结晶，阐述真理必须严肃，用语必须质朴、庄重，这是毫无疑问的。但质朴并不排斥优美，庄重也并不拒绝活泼。古人说："言之无文，行而不远""辞达而理举"。为了传播真理使人"敬而爱之"、"信而悦之"，评论也要讲究"语言美"，要求文风飘逸，通俗形象，从谋篇、立论、设喻、遣词、造句，都要反复斟酌，精心写作。倘若将评论的严肃性和生动性对立起来，言论往往会干巴巴，索然无味。

经验告诉我们：形象化是语言艺术中的重要因素。评论文章的语言要生动、活泼，吸引人，很重要的就是要求说理形象化，或叫作"寓理于形"，努力把言论写得绘声绘色，幽默犀利。把抽象的概括同形象化的具体描述结合起来，把所要议论的事物加以描写和渲染，使其栩栩如生。这样做，使评论能够与具体形象的东西相结合，可以给读者以感性认识，引发感悟、想象、回忆，从而加深对事理的认识。

如英国《经济学人》(The Economist)杂志创办于 1843 年，在国际上享有较高的知名

---

① 《如何让新闻充满"质感"》，http://blog.sina.com.cn/beijingwanbao。

度。该杂志以新闻、评论和分析见长。它对世界微观和宏观经济的报道及分析,特别是越来越多的有关中国政治经济的新闻评论文章,常是各国政要和工商界高级人士的必读内容。在叙述方式上,《经济学人》杂志的社论有一个基本模式:作者首先对某个有关气候变化的热点问题或是观点措施进行充分的阐释和说明(或是提醒,或是批驳),把与之相关的各种观点呈现出来,然后提出自己的观点和建议。另外,就建议类话语的呈现方式来看,社论采用了多样化的表达方式,概括起来可以分成三类:一是直接提出,坦率而明确地表达自己的观点。例如,社论在呼吁人们对二氧化碳征税时直接提出:"第三种方法是可行的";二是起敦促作用多以"应该"、"能够"、"必须"等用语体现,例如,"布什的接班人'应该'抓好这件事(减排问题)。"此类用语隐含了一种期待。由于各个国家之间不存在相互之间的隶属关系,是平等的国与国之间的关系,《经济学人》没有权利以行政命令的方式要求每个国家都采取二氧化碳有偿排放措施,它能做的只是一种建议和呼吁,也就是一种期待,而不是要求其他国家"必须"去做。建议表达的第三种方式则是一种假设的违反。作者通常用"如果不采取什么样的措施,就会出现什么样的结果"这一类话语来说明采取措施的急迫性。从社论建议类话语的分析来看,《经济学人》不仅讲求建议的可行性,而且措辞严谨,从某种程度上体现了作者的责任意识,让我们看到了该杂志谨慎负责的形象。

深入浅出就是要把深刻的思想内容和平易通俗的论述结合起来。道理要讲得正确而深刻,使人们从中得到启发教育;同时又要把道理讲得浅近易懂、明白畅晓,使人们容易理解和接受。做到深入浅出,一要以平等的态度对待受众。如果要把自己看作高高在上的教育者,评论作者就容易发号施令。如果把自己和受众的关系看作是平等的,就能用讨论的方式,心平气和地讲道理。二要了解受众的特点和要求。要考虑受众的认识规律和接受能力,把所讲的道理同他们所熟悉的事物和切身经验联系起来,也可以用他们所熟悉和喜欢的表述方式来进行说理,这样才能被受众理解,从而对他们有所启迪。三要运用群众的语言。平易通俗的语言是把评论写得深入浅出的重要环节,它可以把财经评论的内容很好地传达给受众,增强财经评论的效果,要反对矫揉造作、空话、套话。

二、力求要言不烦

道理要讲得实在,就是要有实事求是的态度,说真话、讲真理,要尊重事实,既不夸大,也不缩小。真理是朴素的,只有朴素自然的论述,才能把作者的观点和思想感情准确地表达出来。实实在在地讲道理是一种朴素的文风。当然,朴素并不等于内容空洞、语言粗糙;更不能故作斯文、哗众取宠。财经评论要有感而发,但不能以感情代替政策。即使是批评性的言论,也要尊重事实,不能感情用事,而要考虑社会效果。空话、套话是朴素实在地讲道理的大忌。据《深圳特区报》的一篇文章说,有的香港朋友看不懂内地报纸,为什么呢?就是看不懂"要按照'强调一个意识,完善两种机制,实现三个转变'的工作思路,牢牢把握'一个中心、两个职责、三个原则、四个要求和一个提高'"这类空话、套话,恐怕连内地的人也只能是似懂非懂的。

财经新闻评论平易朴实的内容,一般都会用简练的篇幅和语言来表述。所以朴实的文风和简洁的语言是相辅相成的。财经评论的内容要正确,语言又要很简洁,不说空话,不舞文弄墨,哗众取宠。当然,简练并不能简单地理解为短,更不能认为财经评论越短越好,而要同它的内容结合起来考虑。财经评论的内容要根据内容量体裁衣,该长则长,能短则短。在一般情况下,还是要尽量用短小的篇幅表达丰富的内容,把评论写得短些、精粹些。把财经评论写得简洁精粹、长短适度,财经评论作者首先要思想明确,这篇评论是为什么而写,是解决什么问题的,从而做到论题集中,行文语气集中,文不走题,不蔓不枝。其次,要了解受众,弄清楚他们的思想症结,这样才能有针对性,不讲空话和那些尽人皆知的废话。

三、准确、简明、富有哲理

论文语言是用抽象的方法,概括出事物的内在属性和规律,它运用抽象的概念进行判断与推理,得出科学的结论。论文语言运用抽象思维,必须排斥事物的外在形象,才能科学地表述事物的内部属性。相比之下,新闻语言是带有新闻特性、适合新闻信息传递的实用语言,它"用事实说话",即通过传播新近发生的有意义的事实(信息)来表达宣传意图。

财经新闻评论是抽象思维(不排斥适当的形象思维)的表现形式。它在就"事"论"理"时,尽管也需要引述事实,描写形象,但无论是"事"的复述,还是形象的穿插,都是为了从中析"理"。因此,叙述就要力求简练,不是为叙述而叙述,而是为了议论而叙述。如果不注意这一点,应当概括不概括,大量使用记叙、描写的语言,评论文章就将变成记叙文了。

经济生活、经济活动、经济工作中的各种经济现象复杂多变,异彩纷呈,财经信息瞬息万变,作为财经新闻评论,也不能只是反映一些表面现象而忽视对问题实质和客观经济规律的揭示。应当将新闻中得来的五光十色、各式各样的经济现象,进行一番"去粗取精,去伪存真,由表及里,由此及彼"的分析,以弄清现象和本质、局部和整体、正确和错误等方面的关系,特别在一些热点、难点问题上,要注意引导新闻受众进行思考和辨析,以分清是非,辨别真伪,用全面的、深刻的、辩证的方法看待新闻事物,并启发、引导他们自觉地掌握唯物辩证法,因势利导地搞好经济工作。

《华尔街日报》在全球政治、经济、安全、外交、军事、传播、环保等方面广泛而深入的涉猎获得了广大读者的交口赞誉,一致评价它"言之有物、文字简洁、观念清晰、一针见血",在多项民意测验中,《华尔街日报》的公信力总是位居各大报之首。《华尔街日报》的整个版式,虽然伴随着时代的变异偶有微调,但是凭借着鞭辟入里的评论和言简意赅的报告一直保持着一种特立独行的严肃和坦诚,比如保持白纸黑字、很少使用图片,这些编辑风格甚至和新闻学的传统理念背道而驰,但正是这种坚持,使它在财经类报刊中脱颖而出,也造就了它今天的成功。《华尔街日报》现在的掌舵人、道琼斯公司总裁豪斯把他们的一贯作风总结为,"我们不用煽情的语言和照片,只有努力思考让文章与读者产生关联,吸引读者看报"。

四、揭示规律性

分析经济现象,揭示经济规律,指导经济生活和经济工作,促进社会主义市场经济体制的不断巩固和完善,这是当前财经新闻评论的一项神圣使命,也是具有理性色彩财经新闻的一个显著特点。客观经济规律作为一种观念形态,既看不见,又摸不着,因为它蕴藏在新闻现象的背后、新闻事实的深处,需要我们用脑去探寻,用心去感悟,也就是要站在党的路线、方针、政策的高度、站在事关经济发展和社会进步的高度,用唯物辩证法去看待各类新闻现象和新闻事实,透视新闻事物的本质,从一个个孤立的经济现象中去概括和分析出那些带有普遍规律性的东西,并用受众所喜闻乐见的形式,将其尽可能完美地表现出来。

例如,一度时期,江苏全省的蔬菜价格老是在低价位上运行。有人因此认为江苏的蔬菜生产已经过热,必须压缩种植面积,才能减少损失。这种看法对不对是不是符合客观经济规律,为此《新华日报》发表了本报"观察家"文章《蔬菜生产过热了吗》。文章指出,从生产总量上看,江苏的蔬菜确实存在饱和与过剩的状况,但是如果从品种、质量、上市时间和反季节蔬菜的需要量等方面看,发展蔬菜生产还有很大的空间,再从诸如加工蔬菜汁、蔬菜泥、蔬菜粉、蔬菜酱等蔬菜深度加工业的发展看,更需要大量的蔬菜。外加全国蔬菜大流通的格局已经形成,《中美农业合作协议》已经签署,所以江苏蔬菜参与国内、国际蔬菜市场的竞争前景非常广阔,蔬菜产业在江苏完全可以培育成农村经济的主导产业之一,并在农民增收过程中唱主角。但文章并没有到此打住,而是更进一步,更深一层,明确揭示了蔬菜生产在市场经济中应当掌握的规律性的东西,谁能及时把握消费趋势,占领蔬菜品种和质量的制高点,谁就能在激烈的竞争中处于主动的有利的地位,并取得更多的市场份额。读者阅读这种理性色彩浓郁的经济新闻,不仅会受到深深的启迪,而且能举一反三,学到如何运用宏观的、全局的、发展的观点及"高看一眼,深看一层"的具体方法。

五、体现前瞻性

富有理性色彩的财经新闻评论,之所以能指导经济生活和经济工作,不仅在于它们正确地揭示某一客观经济规律,引导人们去按规律办事,而且还在于它们对经济活动发展的方向、经济运行的客观趋势有一个相当准确的把握,它们可以预先告知人们应该怎么样,不应该怎么样,以趋利避害,取得良好的经济效益。这就是我们所说的有些财经新闻应当体现的前瞻性。前瞻性,就是科学的预见性,它来源于财经新闻采编人员高度的马列主义理论水平,来源于他们对党的路线、方针、政策的深刻领会和理解,来源于他们运用动态的、发展变化的观点,对纷繁复杂的新闻事物进行深层次的分析和思考,来源于他们对客观经济规律的准确把握和灵活运用。在《经济日报》刊登的大量经济新闻中,有相当数量的稿件体现了前瞻性,对实际工作很有指导意义。如《棉价放开了棉花怎么种》、《糖精企业关停刻不容缓》、《人才资源管理再造国有企业当务之急》、《新中国纸业路在何方》等稿件。它们分别告知各有关方面的读者,今后应当采取什么样的措施和行动,才能符合客观事物的发展规律,才能适应潮流,使自身立于不败之地。

六、一定的抒情性

提到抒情性,大家首先想到的是散文,是诗歌,恐怕没有人会想到财经评论。的确,财经新闻评论作为一种传达意见性信息的问题,重在说理,强调逻辑性和理性,似乎与抒情性不沾边。财经评论要具有思想已经不是什么问题,评论要有感情,似乎并不被认可。评论界历来提倡"零度评论",即客观的不带任何感情色彩的冷静分析式的评论。但事实上并非如此,一篇好的财经新闻评论,光具备理性是不够的,适当的运用抒情性因素,可以达到"以理服人,以情感人"的传播效果。这种抒情性可体现在立意上、标题中、遣词造句上、篇章结构上等方面。

抒情性因素在财经新闻评论中大量存在的现象,自有其合理性。评论者如果完全从诉诸理性出发,一味空洞地说教,就无法从情感上打动读者。"笔锋常带感情",说理与抒情相结合,力求以情动人能很好地达到评论的效果。

需要注意的是,讲财经新闻评论的抒情性,不是说在财经新闻评论的写作中就可以随意张扬情感,抒情还要适度,不要把整个评论当成一个感情宣泄的地方,要么通篇抒情赞美,要么完全是激烈的"大批判",这就不成其为财经新闻评论了。抒情适度,应注意两点:一是要把握好抒情的语言。抒情性的语言,在整篇文章中,要尽量少而精、精而当,在注重文采时,切忌华而不实。二是要把握好抒情的分寸,不能渲染。赞扬不能过度,批评

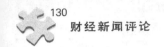

也要让人看到希望。①

　　财经评论，重在"评"和"论"，这就意味着财经评论主要是说理，要以理服人。但要写好一篇评论，光具备说理性还不够，还要将说理与抒情相结合，在创作过程中注重情感渲染，力求以情感人、以情动人，达到深化、强化财经评论主题目的或效果。如果没有抒情性，在写作时笔锋不带感情，只是拉开架势讲大道理，板着面孔机械地说教，就收不到评论教育人民、指导工作的应有效果。财经评论《小心全民招商成了全民受伤》就以 2008 年 3 月 3 日，湖北省宜城市召开市政府全（扩大）会议，首次以文件形式下达今年的招商任务的事件为题由，其中文中满怀愤地写道：会"受伤"的就是当地的经济秩序、生态环境和居民的日常生产生在如此招商重压之下，一些单位和个人必然会为了招商而不惜一切代价；为了商成功而"不择手段"。比如面对一些高污染和高能耗企业，为了招商成功，也有降低标准，放宽要求，睁一只眼闭一只眼；比如在急功近利的思想下，难免招来"骗子公司"来虚假投资或者是"骗别人来投资"，最后的结果自然是两败俱伤。招来了高污染和高能耗企业，污染的是当地的生态环境；招来"骗子公司"或者是"骗别人来投资"，破坏的是当地的经济秩序和投资环境，而所有的这一切最终都会给当地企业和百姓的日常生产和生活带来负面影响，这就是"全面受伤"的含意所在。字里行间，无不渗透着作者对经济领域中政府部门不顾一切招商资，给当地经济、社会以及环境方面带来的负面影响，"全民招商"把正常的招引资工作引入了歧途。它道出了普通百姓的心声，使读者情不自禁地融入到这一事件的深入思考和探询之中，增强了文章的感染力。②"再如 2002 年 4 月 29 日《经济观察报》D4 版刊登的《家族企业：不同的禅让之路》一文，虽然讲是一个'经济味'很浓的问题，但文章一开头就用了充满'人情味'的对话切并多次通过这样的对话，深入浅出地阐明了一个比较复杂的经济学原理。这种松而富有亲和力的操作方式非常容易被读者所接受"。③ 总之，要想使经济评论拥有更多的读者，就要尽可能地采用以上技法，追求通俗化，制造可读性。这样，才易于使抽象的理论形象化，深奥的道理简单化最终体现出经济评论的实用性和服务性。④

七、力求形象说理

　　形象说理是说理论述的一种重要方式。具体形象的东西总是比抽象的道理更容易为人们所理解。新闻中的形象可以是具体而典型的，也可以是比较概括的；可以是完整

---

①　何秋红：《试抒情性因素在新闻评论中的体现》，http://media.people.com.cn/GB/22114/52789/67849/4577449.html。
②　（美）安雅·谢芙琳、埃默·贝塞特：《全球化视界：财经传播报道》，上海，复旦大学出版社，2004。
③　苑广阔：《小心全民招商成了全民受伤》，中国网 http://www.china.org.cn/。
④　周纯：《财经新闻评论写作变化初探》（硕士论文）。

的形象,也可以是某一形象的局部;可以用形象化的笔法描绘客观事物,也可以塑造某种类型的形象用来说理。要做到形象说理,应善于运用比喻。通过形象的比喻,可以使人们由近及远,由实见虚,由感性到理性,通过鲜明而熟悉的事物理解评论的思想内容。这种说理方法可以使抽象的道理形象化,把深刻的道理讲得通俗易懂,增强评论的生动性和说服力。为了使说理形象生动,还可以运用"画像"的方法,直接描绘客观事物的形象。这种形象化的笔法的运用,要求作者深入观察生活,发现客观事物的特点,从而选择恰当的形象,同时在描述过程中,就自然包括了作者或褒或贬的态度。在这个基础上,道理就讲得生动而具体。巧妙而恰当地运用成语典故、寓言故事以及古代诗文,也是形象说理的一种有效方法。评论可以从一个故事引发议论,可以依托一个人物形象以古喻今,也可以借用一句诗文或成语作为标题或用于文中说明自己的观点,这既有助于说理,也为群众所喜闻乐见。但要注意的是,我们运用古代的词语和诗文典故,主要是为了有助于评论的形象性和说服力,而不是徒然增添文章的华丽,更不是为了炫耀,所以关键是要用得恰当,特别是要弄清原意,不能随意改动或滥用。[①]

第三节　"强论证"时代:财经新闻评论中数据、图片的运用

　　2008年12月9日《新京报》"时事评论"版上,有一篇社会学者郑也夫的评论《油贵吗? 看和谁比》,文章下配一个表格,显示比、法、德、意、荷、英、美七国从2004年到2008年的汽车燃油价格。这是我国当代评论和评论版上不多见的现象。它可能向我们显示两方面信息:其一,当代财经新闻评论由于在公共政策问题上观点多元和评论写作说服性动机上升,媒体言论已进入一个注重论证强度和论据的时期。其二,媒体言论开始突破简单文本框架,尝试多样化表达形式。随着改革开放的深入,数据、图表越来越多地出现在我们的经济生活中,也越来越多地出现在我们的财经评论中,成为大部分财经评论的重要元素,财经评论者更是免不了要与数据、图表打交道,因此一个好的财经评论者应该对数据、图表有一种敏锐的目光,必须有用好数据、图表的能力。

一、"强论证"趋势中的数据图表

　　有人说,当代中国财经评论已走向"强论证"。当代财经评论的发展变化,从写作主体上看,是更多的社会角色进入评论写作队伍,其中学者专栏写作和普通百姓网络写作

---

　　①　周纯:《财经新闻评论写作变化初探》(硕士论文)。

都非常突出。从议题方面看,范围也更开阔。从论证角度看,由于在社会公共议题上论争频频,使人们更为重视论证的强度。在前述三种发展变化之外,有一种尚不明显,但可以期待的变化是:财经评论表达形式的丰富,即突破传统的文本束缚,借助大众传播在文字之外的其他形式手段,促进财经评论更有效率地传播。

中国当代财经评论正从20世纪90年代末的观念启蒙和一般意义上的情感、意见表达,进入到一个注重论证有效性和论证强度的阶段。评论者对逻辑的运用越来越自觉。注重论证有效性和论证强度,是财经评论作为一种人们交流意见手段的自然发展。

当代中国财经评论开始走向"强论证"的社会原因是什么呢?其一,市场经济社会,利益多元、价值多元,涉及公共决策的财经评论议题,实际上是不同社会群体陈述自己的价值、利益,说服他人的机会。因此,说服必须论证。其二,逐渐开放的公共信息和逐渐宽松的言论环境,使一些争议性的议题释放出来,成为财经评论议题。因此,有争议必有论证。

与一般的价值判断和情感表达不同,事实判断和强烈的说服动机,都要求具体的论据材料。这是对财经评论文本的一个影响,就是加重了文本对论据的承载负担。《北京晚报》"北京论语"版主编苏文洋几十年来以轻灵、幽默的文风(当然也时有尖锐的讽刺)为人们所喜爱。然而,他发表在2009年5月13日《北京晚报》"今日快评"栏目的《从投资参考看高速路如何赚钱》,其中罗列已经上市的高速路的证券简20个,另外罗列收费的高速路名和桥名6个,此外还罗列了27个包括小数点和百分比的数字(还有既是百分数又带小数点)。如此繁密的论据在增强了评论论证力度的同时,也极大地影响了作者文章风格,加重了读者阅读负担。对财经评论中的数字,传统处理手段是"数宜简",即把庞大数字消除零数,往整数上靠。但这对于市场经济条件下议题具体价格问题,特别是股价收益数字的评论来说,势所不能,因为一个小数点以后数字的更易,就会"失之毫厘,谬以千里"。设想,这篇文章如果像郑也夫那篇评论那样,将具体数字设计成图表,而不是堆积在文本之中,一方面,可能减轻文本对罗列名称、数字的承载负担;另一方面,在图表中体现的数字关系,也可能得到更清晰、一目了然的理解。

实际上,直观化的图表制作意识,近年已经在我国一些新锐报纸的新闻报道中显现出优势。而这种图表化意识延伸到评论版面上,也是很自然的事。

其实,为评论配上图表,在我国近代新闻评论中是有传统的。梁启超当代评论中就往往附有表格。如1902年5月的《新民丛报》第八期"国闻短评"栏目的《粤学端倪》附有广东广雅书院的课程表和学校经费表。梁启超在《论俄罗斯虚无党》中,把从1845年到1881年俄罗斯虚无党发展历程简要年表列于评论,并附注:"以上所列干燥无味之年表,或令读者生厌,然非略知其事迹,不能审其发达变迁之顺序。故不辞拖沓为铨次之。若语其详,又非数十纸不能尽也。"显然,他认为,在这里,表格比文字更有效率。

当代西方报纸中,在版面形式上突出直观性,多有创新的《今日美国》报,也在评论的图表方面有精彩表现。

《今日美国》言论版在 2005 年 12 月 30 日发表社论（"Our Opinion"）题为 *College football fumbles minority hiring*（副标题为：《平等的机会？对于那些黑人教练来说，这些词语是空洞的》）。值得注意的是：在这篇文章正文左侧，从上至下列出了五张黑人教练的照片——有名有姓，并在顶端注明：5/119；而在正文的右侧从上至下列出两道用来对比的长长的"色谱表"，上面注明：在 NFL（National football League 全国足球联盟）中的黑人教练占 20%——在世界上 2 支球队中已有 6 名黑人教练；与此相较，在 119 个大学体育部里，只雇用了 5 名黑人教练——占 4%。色谱表中的黑色块即代表黑人教练。两道色谱表的对比鲜明而一目了然。这些配置都增强了论据——使论据更有直观冲击力。

此外，《华尔街日报》的评论也经常插入图表（更经常的是经济曲线图），既当论据，也有装饰效果。如 2008 年 4 月 28 日的《华尔街日报》的 A2 版评论栏"THE OUT LOOK" *Has the financial industry's Heyday Come and Gone?* 一文中插入股市和就业机会的图表。在这一期的观点版（OPINION）上的第一篇言论（相当于社论）《The Fed's Bender》，中间也插入一个题为 money and oil 的图表。

当然，不是所有评论中的数字都可以制作图表，也不是所有的评论作者和编辑都有能力制作图表。这需要财经新闻评论的作者和编辑适应当代议题，增加新的论据意识和论据表现能力。比如，在认识事物的过程中，就要寻找和思考那些更加有利于"形象地表现"的论据。

用生动形象的图表来报道事件、阐释新闻，是报纸应对网络媒体挑战不可缺少的一种方法。用图表对新闻事件进行报道，最大特点就是直观、形象、生动、准确。一幅图表新闻往往包括数字、线条、图案、色彩等多种视觉信息元素，运用得好，可以弥补照片无法反映而文字又表述不准的缺憾。这一优势，在财经类新闻评论中尤为明显。2007 年 2 月 27 日，震惊全球的重大财经新闻——"2·27"全球股灾，使国际报纸可遇不可求地集中展示了自己的图表新闻评论。

用好数字，也可让财经新闻评论出彩。数字是枯燥的，数字多了显得沉闷，令人生厌。但是开动脑筋把数字用好了，就能把财经新闻评论做得好看、好听。以 2005 年 1 月 24 日《解放日报》的头版头条为例。这篇评论报道的大标题是："从 4.22 到 1.02 说明了什么"，小标题则分别是："7 与 1 之比"、"再降几个百分点"、"从 0.5 度做起"。通篇从大标题到小标题全部由数字构成，记者用几个看来简简单单的数字，说明上海已经做的和将要做的降低万元生产总值综合能耗，转变经济增长方式的这篇"大文章"。因为用数字做标题，就一下子吸引了受众的眼球，让人们有进一步了解这些数字意味着什么的愿望；因为精选了这一连串的数字，就变得层次分明，只要寥寥数语就能把自己想要说明的问题讲得清清楚楚，并具有很强的说服力。可以想见，记者当时手中肯定有一大堆的数字，他没有用这些数字来堆砌文章,而是从这一大堆数字中,挑出有用的数字来为我所用,让这些数字使本来可能冗长、枯燥的报道变得简洁、生动,具有很强的可读性,这也正是财经新闻评论的功力所在。

写财经新闻评论时,把相关的数字用得恰到好处,常常会关系到一篇文章的成败,因此该用哪些数字,怎么用到位,是值得我们在动笔前,在谋篇布局时认真选择、反复斟酌的。面对各种数字,记者一定要有冷静的头脑、清晰的思维,学会用好数字,写出观点正确、分析独到的好新闻,让财经报道出彩。[①]

数据是财经活动的忠实记录和集中反映,它与以评论财经活动、财经现象和财经生活为内容的财经新闻评论密不可分。科学运用数据可以从量化的角度准确地评论新闻事实,更好地把握和发现财经活动中的成就和问题,反映评论主题。艾丰同志曾经说过:"我们的新闻报道,不仅应该注意用好数字,而且我认为,许多经济报道中的难题,似乎可以运用数字来解决。"财经新闻评论作为仅仅新闻的衍生品,自然也不例外。很多经济记者对数据可说是"爱恨交织"。很多情况下,数据用好了可以给文章添彩增色,不用数据可能说明不了问题,用多了或用得不合适则会给读者带来阅读困难,影响传播效果。英国著名科学家霍金在写《时间简史》时曾说"多一个公式,少一千个读者",虽然科学公式与财经新闻报道中的数据不能相提并论,但这句话对在财经新闻评论中科学、巧妙地运用数据还是有借鉴意义的,减少读者阅读的障碍、最大程度地帮助读者理解财经信息,应该是运用经济数据的最高追求。

作为一份相当辉煌的老字号报纸,《华尔街日报》从版面设计的井然有序到文字语言的简洁明了都是值得称道的,这虽是创刊三大元老之一的巴荣及历任发行人对手下记者和编辑长期严格要求和谆谆教导所致,但是财经类媒体的灵魂毕竟是数字,这才是《华尔街日报》的秘密武器和看家绝招。据粗略估计,《华尔街日报》固定刊出的各类统计数据有多种,有大量的数据、表格与图形,还有大量的专业术语,这些数字虽学术色彩较浓、略显枯燥,但是正是这些无所不包的统计数据,扮演着美国经济中枢神经的角色,刺激并调整着美国企业与财经业的正常运转,是反映美国经济方方面面的生理解剖图。这样,《华尔街日报》的读者往往可以通过它刊登的几个简单数据,就可以迅速准确地把握美国经济的起起落落,比如住房按揭率的下调就和住房增长率的提升有着负相关关系,消费者依此就可以做出决断的投资策略。

应当看到,在目前财经新闻评论中,经济数据的运用越来越多,运用手法也很丰富,值得称道的范例也比比皆是。但仍然存在一些需要改进的有普遍性的问题,大致表现在以下三个方面:

---

① 萧美瑾:《用好数字是财经记者的基本功》,http://news.xinhuanet.com/newmedia/2007-10/31/content_6976608.htm。

一是在数据的运用上缺乏科学态度,仅仅依据部分不具代表性的数据就轻率地得出结论。这种现象常出现在一些调查性的媒体报道中。如前一段时间有报道称,调查发现,山西人在北京大量购房,北京销售的楼盘中,有10%被山西人买走。可事实上,国内还没有哪一家机构对全北京的楼盘销售进行过相关的调查和统计。这一结论只是对部分楼盘的销售点的了解,充其量只能说部分楼盘山西人购房相对较多。而把这一结论就随便推广到全北京的住房销售市场,显然是不科学的,结论也就难以令人信服。而随后不久就有另外媒体对这一结论提出质疑,列举出一些楼盘的销售情况,认为有关山西人在北京大量购房的报道夸大事实。

　　二是对数据的解读浅尝辄止,充其量也就是就数据说数据,对数据中包含的内容挖掘不够。往往是孤立地、静止地看数据,不能把相关的数据联系起来进行综合分析,从中发现问题、找出规律。如有报道宣传某企业取得获利几千万元的佳绩,这样的报道只孤立地反映了一个事件,新闻价值并不高。如果再深入挖掘一下,看企业往年的效益如何,该企业靠什么取得如此佳绩,则报道的"含金量"就大大增加。

　　三是大量数据简单堆砌、罗列,或者直接引用一些专业性较强的经济分析报告的内容,使人越发感到数据枯燥、繁琐。早在20世纪初,列宁就曾批评一些人直接引用"一大堆零乱的统计数字:那些报纸上常见的、可以'不曾消化过的',偶然的,没有加工过的,一点分析的影子也没有,完全没有比较的(跟过去或其他企业)的统计数字"。至今我们仍经常看到有些经济报道直接引用大段调查报告的内容。如有报道称:"山东省涨势一直迅猛的农资价格在春耕备播之际出现了涨势回落的良好势头。2月份,全省农资价格上涨8.0%,涨幅较上月回落1.3个百分点。化肥、饲料、农药、种子价格涨幅均不同程度回落。本月化肥价格涨14.1%,较上月涨幅回落3.9个百分点,为农资价格中涨幅回落最大,其中'三大肥'价格涨幅都有回落,氮肥涨12.6%、涨幅回落2.5个百分点,磷肥涨17.2%、回落3.8个百分点,钾肥涨15.5%、回落3.8个百分点;由于粮价稳中趋降,抑制了饲料价格的继续上扬,使其涨幅由上月7.8%落至6.4%。"这实际是引用的统计部门的调查报告,很难想象普通读者面对这一连串的数字能有耐心读下去。出现这一现象的原因可能是作者本身以为手头的资料已很专业、很准确,没有改动的必要。这样做实际上是忽略了读者的需求,在经济信息向经济新闻转化这道关键工序上作了省略。当然,有一类特殊的经济报道另当别论,就是关于国家和地方经济信息的发布的消息。其中必须罗列GDP增长率、固定资本投资、社会消费品零售总额等一系列数据。

二、如何运用好数据

　　能从一长串、一长串的数字里发掘出闪光的新闻;他应该知道一个数字往往比报道里凭空说一百句话更有效力。当然数字也有一定的局限性,用错了数字,那么整篇评论的观点也会发生根本的错误;数字是枯燥的,用多了受众也会厌烦。因此重视数字,用好数字是财经报道好看、好听的重要因素之一,也是财经评论者必不可少的基本功。

(一) 要掌握充分的数据

平时就要在收集、储备数据上下工夫。日本的主流大报《日本经济新闻》早在20世纪70年代初就十分强调对经济信息的收集,指出:"要自始至终地以收集信息为己任。"经济信息的相当一部分实际上就是经济数据。事实上,做到这一点并不难,关键在一个"勤"字。我国已加入世贸组织,随着GDDS的推行,我国政府和一些发达国家政府部门、国际上一些知名机构和组织公布经济数据的时间都有一定的规律。作为财经评论者,就必须对所关注的领域内的经济数据发布的时间、方式相当熟悉。这样一方面可以尽可能在第一时间获得;另一方面,便于提前策划、准备经济报道。所以,有必要自建小型数据库以方便调用。

(二) 对经济理论要有一定深度的了解,对经济政策的演变、相关经济活动的发展历程要有较全面准确的把握

做到了这一点,才能真正读懂经济数据,才能根据数据多角度分析探究问题,挖掘数据背后隐含的问题,甚至可以根据数据判断和预测一些经济活动的趋势和走向。这样经济报道就会更加全面和深刻。如《中国信息报》2002年9月16日的报道:"中国历年累计积压的库存(包括生产和流通领域)已高达4万亿元,相当于GDP的41%,大大超过了国际公认的5%的比例。在反映全社会劳动效益的指标——社会劳动生产率方面,中国在1978—2002年24年间的平均年增长率为6.6%,慢于GDP在同期9.4%的增长;反映工业企业投入产出的综合指标总资产贡献率,由1978年的24%降为2001年的8.9%,23年间下降63%。由于生产效益低下,中国的国民经济并未进入良性循环,城镇实际失业率居高不下,农民人均纯收入1995—2002年年均仅增长4.7%,消费率(消费品零售额占GDP比例)也由1978年的43%降为2002年的40%。"显然,作者只有真正读懂数据,才能用数据来如此深刻的说明问题。

(三) 哲学思想为指导,数字更有说服力

数字会说话,但数字的表象有时会让人产生错觉,这就需要作者学点哲学,不要孤立地、片面地看问题,而应全面地综合地来看待数字。仍以上述《景气指数回升,上海楼市该出手时就出手》的报道为例,当时与这一数据先后公布的还有:"上海楼市价格小幅下跌"、"银行业房贷坏账率上升了8倍"(由0.1%上升到0.86%)、"上海二手房租金下滑"、"只有17%的公积金缴纳者使用公积金买房"(说明当前的房价还是大部分人买不起房的),仅一个景气指数并不能说明当时上海楼市肯定已经能让广大老百姓放心地去买房了。如果作者能够较为全面地看问题,拿到一个数据,再看一看与此相关的一些数据,把这些数据放在宏观的大环境中,综合起来考量,就不会得出"上海市民可以出手买房"的

结论。

同一事物的数据在发展中是会不断发生变化的,作为财经评论者要通过不断积累、不断观察来发现数字的变化,从中发掘出重大的财经评论主题来。比如十年前,我国的银行业都是根据行政区划分而治之的,即使同一家银行,上海的资金只能投放在上海,而外地银行筹集的资金用不完也不能贷放到上海,同时银行业的资金实力也有限,因此当时银行的单一一笔贷款超过亿元的很少。1996 年上半年,上海人民广播电台的一位记者多次参加了上海银行业的贷款签约仪式,发现接连好几个贷款项目都是数亿元的,这些巨额的资金哪里来的?对几个新闻发布会的新闻稿进行综合分析,发现原来是各大银行的总行纷纷把资金投放到了上海的大项目里。一家银行、或者一次偶尔为之的行为也许不值得重视,但是多家银行的总行多次把巨额的贷款投放在上海,就说明银行业的贷款管理有了质的变化,说明银行业开始转换观念,想办法打破原来按行政区划管理资金的方式,把资金投向效益好的地区。于是这位记者就撰写了新闻综述《大银行的大资金开始进入上海》,在上海人民广播电台"990 早新闻"的头条播出后,引起了很大的反响。其实类似的事例还很多,关键是作者要注意积累,不要会开过,稿子发好,就把相关的材料一股脑儿都给扔了。不少有用的数字要留在脑子里、存在电脑里,及时发现事物在发展过程中由量变而发展成为质变的飞跃。

(四)胸有大局,练就读懂数字的基本功

数字是"沉默"的,但是在能懂得数字意义的记者眼里,有些数字是会说话的,具有特别的意义。要读懂数字,明白数字背后的意义,需要记者不断学习,掌握党和政府的方针政策,掌握国内外经济发展的趋势;不断积累,掌握各种财经知识,做到胸有大局,这样才能正确运用数字,写出与众不同的好新闻来。

1990 年年初,上海证券交易所已在筹备建立之中。春节前夕,中国人民银行上海市分行金管处邀请解放日报和上海人民广播电台经济台的两位记者一起参加与证券营业部负责人的一次联谊会,会上主办者介绍了上一年上海国债和股票交易的一些数据。同样是几个数字,经济台的记者就事论事发了个消息,而解放日报的记者却做了一篇大文章。这位党报记者有大局观,她看到的不仅仅是几个数字,而是从这些数字看到了上海证券交易所成立在即,国家发展证券市场的决心;看到这些数字表明,上海证券交易市场已发展到了一个新阶段,为证券交易所在上海成立打下了良好的基础。因此获悉同样的数字,她就看出了这些数字不同一般的意义,看出了数字中所蕴涵的重大新闻。

现在许多单位发布新闻时往往会给记者一个新闻统发稿,发布这些数字的单位往往不会意识到这些数字的新闻意义,于是不少数字被"藏"在了长长的新闻统发稿里,常常会被记者所忽略。比如每年新年钟声敲响的前后,上海市财政局会给新闻媒体送来上一年上海财政收入情况的新闻稿,因为是半夜里发的传真稿,可能各大媒体都是由编辑直接编发,而且每年此时都有这样一份传真,似乎成为例行公事了,新闻编辑也就"按惯例"

编发稿子,报一报上一年上海的财政收入情况。但是 1999 年新年上班第一天,上海人民广播电台的记者按习惯浏览一遍市财政局传真过来的新闻统发稿时,发现长长的新闻稿中有这样一句话:"上海第三产业纳税额已经连续三年超过百分之五十",这位记者意识到这个数字中包含着一个有价值的重要新闻——上海市财政收入的主要贡献者已由第二产业转移到了第三产业,这意味着上海已从一个工业为主的城市(第二产业)发展到了以服务业(第三产业)为主业的城市了。于是这位记者找到财政局的通讯员,拿到一系列相关数据,写了一篇新闻综述:《第三产业已经稳稳地占据了上海税收的半壁江山》,通过第三产业迅猛发展的一系列数字,展示上海金融业迅速发展给上海城市带来的变化、服务业快速发展给上海老百姓的生活带来的极大便利。1 月 18 日,这篇评论报道在上海电台"990 早新闻"头条播出,引起了很大反响。可见,每天与数字打交道的专业人士,会"身在宝山不识宝",因为他们思考问题的角度往往与记者是不一样的。而记者就应该有意识地把数字放到更高的层面上来解读,这样往往就能从数字中发现新闻。反之,作为记者如果没有大局意识,不能站在宏观的高度来看待微观的数字,那么这只不过是一串静态的阿拉伯数字而已。

数字有神奇的效应,但也有一定的局限性,如果作者没有大局观,对数字没有理解透彻,"捡到篮里就是菜",就会写出观点错误的报道。

如 2006 年 11 月,有关部门发布了我国房地产市场景气指数有所回升的信息后,某财经媒体的记者就据此做了《景气指数回升,上海楼市该出手时就出手》的报道,当时正值政府有关部门加大调控力度、下大力气要让房价降下来之时,但在当时房价仍处高位,工薪阶层中有多少人有能力出手买房?媒体说"该出手时就出手",老百姓听来是什么感受?中央三令五申要稳定房价,接二连三出台抑制房价的新政策,不仅是要经济降温,更重要的是要平息老百姓对高房价的不满。在这种情况下,公然鼓励老百姓出手买房,显然不合适。记者在做报道时不考量当前的宏观背景,不领会党和政府的政策意图,不顾及老百姓的心态,仅仅根据一个片面的数据就鼓励人们去买房,不是太轻率了吗?

有没有大局观,其实不仅是记者的业务能力问题,更是记者的责任感问题。所以面对各种数字,不仅要从新闻的角度去考虑,而且要从党和政府的政策、宏观经济的大局等方面去思量,这个评论要不要写,应该选取哪一个角度来写。

(五)讲究对数据的展示和表现手法

在做好前两点的基础上,财经评论能否靠运用数据出彩,关键就看这一点。在这方面的确大有文章可做,也不乏成功的范例。

1. 化繁为简

必须认识到,财经评论虽然离不开数据,但不是数据越多越好,绝不能简单罗列、堆砌一大堆数据。一般来说,财经评论中,如果数据太多太杂,会影响报道的可读性,故在财经评论的正文中尽量只引用那些直接为主题服务,最能说明问题的数据。如果觉得必须使用大量数据才能把问题讲清楚，可将数据另列到文章附属的背景资料中，或用更为直观的图表来展示数据。

2. 运用对比

对比分纵向比较和横向比较。横向比较可以发现差别，找出问题。例如："中国的人均资源占有量很低，人均水资源为世界人均水平的 1/4，石油探明储量为世界平均水平的 12％，天然气人均水平为世界的 4％。但为了 GDP 增长，中国成为世界上单位 GDP 创造能耗最高的国家之一。在中国，重点钢铁企业吨钢能耗比国际水平高 40％，电力行业火电煤耗比国际水平高 30％，万元 GDP 耗水量比国际水平高 5 倍，万元 GDP 总能耗是世界平均水平的 3 倍。经济长期处于高投入、高消耗、低效益的外延粗放型增长，哪个国家都受不了。"如此运用数据进行横向比较就很有说服力。对事物进行前后纵向比较可以发现规律和趋势。如"我国 GDP 从 1978 年的 3 624 亿元增加到 2002 年的 102 398 亿元，按可比价格计算，年均增长 9.4％。按 2000 年价格计算，预计到 2020 年，GDP 将超过 5 万亿元，年均增长 7.2％。"通过数据的纵向比较，寥寥几笔就勾勒出我国经济发展的强劲态势。

3. 有科学态度

在使用相关媒体或民间调查机构的调查数据时，尤其要注意这一点。不能简单地使用"调查数据显示"，必须指出调查数据的来源，要了解公布这些数据的目的和背景，要尽可能对数据产生的方法进行简要介绍。因为调查方法不同，产生的数据往往差距较大，其经济上的意义可能就大不一样。如在一般情况下，普通移动电话用户只有一个电话卡，人们也一般通过电话卡的销量来判断移动电话市场的规模。这样，2003 年，中国移动电话用户数量可预计为 2.57 亿。但瑞士银行的分析师发现，在火车上，不少乘客更换手机移动电话卡来接入当地服务，以节省漫游费用。瑞士银行历时几个月调查发现，更准确地说，2003 年中国移动电话用户数量应为 1.74 亿。这一数字的变化对移动电话制造商来说意义非同小可。这说明，中国移动电话普及程度低于原先的预计，新的移动电话销售的潜力增大。[①]

在数据的展示和表现手法方面，2002 年 10 月《北京晚报》的"速读国家数字"系列评论报道堪称成功的例子。总体上说，该文就是通过解读国家统计局发布的权威数据的内涵，通过数字的比较展示发展成就。由于切入点得当，加上贴近读者、视野开阔、编排突出，使得一系列的数字故事富有激情，鼓舞人心，催人奋进，取得了好的社会反响。近日从国家发展和改革委员会了解到，下半年国家将继续保持宏观调控政策的连续性和稳定性，同时适时适度进行微调。当前，支撑中国经济保持平稳较快增长的主要因素没有发

---

① 萧美瑾：《用好数字是财经记者的基本功》，http://news.xinhuanet.com/newmedia/2007-10/31/content_6976608.htm。

生改变。投资增长的惯性依然存在,外贸对经济增长的拉动作用明显扩大。二季度以来,工业生产增速有所加快。对上游产品的需求仍然比较旺盛。但值得注意的是,企业经济效益发生变化。上半年工业企业实现利润同比增长 19.1%,增幅比去年同期回落 22.5 个百分点。亏损企业亏损额上升 59.3%,升幅比去年同期提高 57.8 个百分点,创 1999 年以来最高水平。发展改革委经济运行局副局长朱宏任指出,上半年工业利润在上年较高基数上适度回落,基本上属于合理回归。但也应该看到,亏损企业亏损额大幅上升,行业效益明显分化,部分行业企业生产经营持续困难,如果任其长期存在并逐步扩大,最终将影响国民经济的持续平稳发展,需要引起各方面高度关注。

美联社一篇题为《通货膨胀使语言和美元一起贬了值》篇幅不长的评论报道,完全靠呈现数据来说明问题。由于作者处处以受众理解为上,通过比较将数据巧妙运用,加上语言幽默,全文数据就像金子一样,闪着吸引人的光芒,让人在轻松中读完后,感受到无处不在的通货膨胀之沉重。确实,一个数据如果单独看,它只是某个事物量的具体反映,处于原始状态,很难看出它所蕴涵的丰富内容;只有当一个数据与其他一个或数个数据相比较,它才有意义,它的丰富的内容才会显示出来。

数据的运用并不仅仅是写作表达技巧的问题,数据的运用反映的是记者的报道理念、报道思想和报道能力。只有善于识别数据、解读数据、表达数据,才能使数据为经济新闻报道增色添彩。[1]

三、图片的运用

顾名思义,图片应用就是运用图片的形式对所发生的财经新闻事件进行评论。它可以不依附于一定的文字而存在,也不仅仅是文字评论的一种补充、解释,而可以是一种独立存在的评论形式,可以独立地陈述新闻事实。图片的最大特点就是"用事实说话",一幅好的图片可以用数字、图案等多种视觉信息来表达新闻事实,更加客观地反映事实,起到文字所达不到的效果。

(一)图片概说

1. 图片配发的种类

在财经新闻评论中,配发图片的类型通常有三种:照片、图画和图表。

首先,照片,是财经新闻评论中最常见的配发图片,主要包括新闻照片和一般生活照片(艺术照片),其中新闻照片是最为常用的。这些照片通常都是紧紧围绕着主题、聚焦财经问题的焦点,抑或是评论的核心人物、事件发生的建筑物,抑或是使人联想的标志性

---

[1] 萧美瑾:《用好数字是财经记者的基本功》,http://news.xinhuanet.com/newmedia/2007-10/31/content_6976608.htm。

事物,以及事发当时、当地、当事人或局外人的反应等等。这些照片虽然没有"九·一一"事件的新闻照片那样具有爆炸性,可却帮助财经读者在瞬间提纲挈领地抓住财经新闻评论的主题。

中国业内首屈一指的《财经》期刊就经常善于用照片来切中要害、夺人耳目。例如,2004 年 8 月 5 日出版的《财经》总第 113 期的封面文章是《高盛进入中国》,着重分析中国引入外资市场化处置证券公司风险的创举。文章开篇就以一整页篇幅刊登了由下向上仰拍的美国投资银行高盛公司在美国总部的大楼,既吸引了读者的注意力,又直接引带出高盛公司的诸多背景因素。再如,《财经》2004 年 5 月 20 日出版的总第 108 期中《铁本之乱》一文记述了 2004 年钢铁第一案——常州铁本钢铁膨胀和爆裂的轨迹,杂志再次在文章开头用照片充满了整页。这幅特写照片上照的不是任何责任人,而是在一个看似倾斜的、占据了半个画面的、铁本项目未完工的主体工程高炉下,一个小男孩茫然的望着远方。旁边一行小字提示:他和他的父亲住在工棚一年,因工程欠款无法回湖北老家。有意味的还有,这个小男孩身着的红色外套胸前是 2008 北京奥运图案。这一图片忧国忧民、发人深思,角度之独特,视觉之冲击,都可算一个不错的作品。

第二,图画,是新闻报道配发图片中包含品种最多的,如插画、漫画、速写、连环画、国画、油画、水粉画、版画、剪纸、雕塑等等。其中,以头两种最为多见。

插画,又叫插图,是插在文字稿中的图画。它形象地说明文章中的某个或某些重要内容,以增强感染力,加深读者对文字稿的理解。由于常常根据文字稿的内容进行"再创作",因此插画有时还可以具有独立的艺术价值。再以 2004 年 8 月 5 日《财经》的《高盛进入中国》为例。在其正文大标题旁,就是一个非常独特的插画。一张面值 20 元的绿色美钞插上了一对由面值 100 元的人民币制作而成的翅膀,而这两种钱币组成的形状恰巧是只俯冲向下的鹰的模样,鹰头正对着标题中"高盛"二字。这幅插图很有动感,而且构思巧妙,将"外资"、"中国"和"金融证券"等关键词都一并囊括其中,颇有寓意。

漫画,作为图画的一种,是具有讽刺性或幽默性的绘画作品。它从现实斗争和生活中取材,通过夸张、比喻、象征、寓意等手法,表现主题事件或人物。作为世界顶尖级财经类期刊的代表之一,英国的《经济学家》杂志在业界长盛不衰、独树一帜,其中它的漫画就非常闻名,颇有可借鉴之处。例如:2004 年 3 月 6—12 日的《经济学家》刊登了《外面世界的美妙歌声》(*The Siren Song of the Outsider*)一文,着力报道面临敌意收购和经营损失的美国沃特·迪斯尼公司在主要股东的要求下进行高层经理人重整,总裁麦克·埃斯纳尔(Michael Eisner)不再兼任公司董事会主席的事件。文章开头配发的漫画很有创意:海上驶来一小舟,上面正襟危坐的六位董事会成员摇桨前行;前方一大礁石上婀娜端坐一位大腹便便的西装男士,却头披至腰金色卷发,轻摇金色天使翅膀,手拨金色六弦乐琴,微笑地唱着美妙歌曲;而小船与礁石之间却是处处布满暗礁。这幅漫画生动有趣,巧妙地运用了古希腊神话中女妖赛壬用歌声引诱海员上岸被害的传说,暗示公司欲另觅他主实为不易,与文章题目相得益彰,而且明确表露出分析家对整个事件所持的怀疑和否定的观点及预测。

第三,图表,在财经新闻评论中极为常见。财经新闻的专业特点使得报道中必须运用大量的数据进行展示和论证。而图表通过不同的样态,往往可以将抽象的规划具体化,将枯燥的数字形象化,将分散的内容整体化,将平面的文字立体化。如《财经》2004年5月20日总第108期封面文章《哈啤争夺战》就通过对完整的哈碑上市以来的股市走势图进行分析,使读者一目了然。更为常见的图表还有线图、饼图、柱图、架构图等等。^①

2. 图表应用的过去和现在

应当说,图表新闻评论在中国的出现并不是近几年的事,图表主要经历了三个阶段的发展:

第一,统计图表占据主导地位,图表依附于文字,用来填空

一开始,图表主要是依附于一定的文字,配合文字进行新闻报道,多带有资料性、说明性的特点。最早的时候是文字编辑和版面编辑在录入文字之后,如果发现有空白的版位,则让美编根据文字内容来设计一个图表,用来填填空。这个时候的图表还不能称得上真正意义上的图表,因为它有表而无图,只是把数据简单的用表格的方式罗列出来,而且应用范围比较狭窄,主要集中在财经类报道,以证券投资类为主,另外在体育分数统计中也比较常见,这些图表大多都是简单的统计图表。这种统计图表现在也在媒体中出现,主要传达一些简明的信息。(如图6.1)

第二,图表新闻从配角逐渐壮大成为财经新闻评论的主角之一

图表逐渐走向台前,独立担当起了财经新闻评论的任务,成为新闻的主体,有赖于两个前提,一个是文章开始提到的报刊视觉化运动;另外一个则是精确新闻这个概念的提出。所谓精确新闻是指用民意调查等社会科学研究方法和结果来报道新闻,更强调用精准的数学语言对新闻进行解释性报道。在这个背景下产生的图表,出现了这样一些特点,首先,简单的统计性图表退居次席,分析性图表开始成为主角,这说明图表已经摆脱了单纯的验证文字,填补空白的作用,而成为独立的传递信息的新闻手段;其次,从图表的外在形式上看,图表已经成为真正意义上的图表,有图有表,"图""表"呼应,更能生动的反映主题;此外,随着计算机技术的发展,图表的制作更加精致和复杂,更重视图表的视觉效果。

在图表的制作与发布上,除了媒体的美术部门承担制图的工作,一些专业机构也因为市场的需要应运而生。1999年新华社将图表作为一种新的报道形式,成立了专门的图表编辑室,利用计算机绘画手段,以图形、表格的方式解释新闻现象,截至2000年4月底

---

① 曹钥:《谈图片配发在报刊财经报道中的作用》,http://www.people.com.cn/GB/14677/21963/22063/2980553.html.

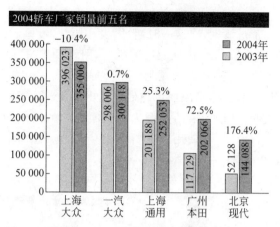

图 6.1 这是一个简单的统计图表,传达信息一目了然,
但是视觉效果一般(来源:《环球企业家》)

累计发稿 1 300 篇,采用率高达 80%~90%。此外,最近几年也出现了一些专业的图表公司,他们紧跟时事,制作出的图表生动活泼。而媒体采用图表的态度也非常积极,一家新创刊的报纸甚至不惜拿出整个版面来刊登图表。(如图 6.2)

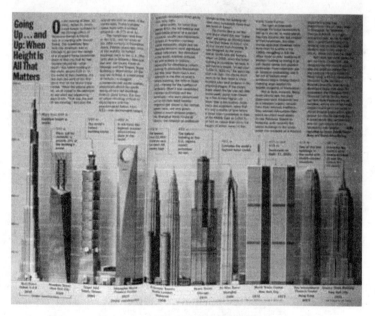

图 6.2 这个介绍世界各地摩天大楼状况的图表,几乎
占了杂志的一个对开页(来源:《时代周刊》)

　　第三,图表作为一种独立的编辑评论手段出现,分析图表渐露头角

　　这是图表发展的一个过渡期,在这一时期,图表和照片、漫画、插图、地图等其他编辑手段一起成为文字的辅助,在这些视觉表达手段中,图表开始得到重视。比如早在1986年11月8日的《文汇报》头版就刊登了题为"上海的明天——上海市城市总体规划方案概要的大型图表",用13幅漫画,形象而风趣地表达出了13个方面的远景规划。此时的图表已经不仅仅是填空的作用,图表的类型除了上面提到的简单的统计图表外,还出现了把数据和图形、照片结合在一起使用的分析图表。但是从总体上看,图表的制作与使用仍然比较简单。(如图6.3)

图6.3　这个分析性图表把照片和文字结合起来,对人物
进行综合评价(来源:《环球企业家》)

　　3. 图表在报纸与杂志上的不同形态

　　同是纸质媒体,如果把报纸比作一份大杂烩式的阅读快餐的话,那么杂志就更像一道特色点心,所以"图表"这剂调料在两种媒体中呈现的味道就不太一样了。

　　由于纸张、印刷技术上的原因,报纸上的图表从色彩、清晰度等方面自然不如杂志上的精美。作为版面语言的组成元素,报纸中的图表多为文字的辅助,一般不会占据很大的空间;杂志中图表的位置通常很醒目,能够形成一个版面的视觉中心,特别是在科普类杂志中,一张制作精致的图表简直可以说是一个版面的灵魂,相关的文字反倒成了解释图表的辅助元素。

　　报纸的功能是在短时间内为读者提供尽可能多的信息,特别是时下堪称"海量"的综合类都市报刊,涵盖时政、财经、文娱、科学等各个方面,适应不同的内容需要,相应的图表类型也是五花八门,有财经数据图表、体育娱乐信息制图、描述突发新闻事件发生过程

的现场还原图、形象化各类数字资料的数据统计图,以及基于事件主题而创作的新闻艺术插图等。"俯瞰"一份报纸中的图表,很像一个个散落的视觉亮点,类型多样、内容相互独立。比如《21世纪经济报道》的一期报纸中,就包含了股市走势图、上市公司股权结构图、GDP增长示意图等,一篇文章通常只有一个图表。相比之下,以深度报道为优势的杂志中,图表更倾向于成套使用,风格比较统一,相互之间关联性强,共同组成了解释一篇报道的图表系统。如《财经》杂志,2005年第1期的封面文章《金融腐败求解》,一共用了50多个大大小小的统计图表。(如图6.4)

但是值得注意的是,随着报纸杂志化的趋势,报纸开始更为充分、更为全面地运用它的版面元素,无论是在图画、图表、线条、色彩、空白的使用上,还是在版面的风格化、个性化的体现上,都可以强烈地感受到信息的传递正越来越重视图像。所以,报刊上也出现了大量制作精良、创意巧妙的图表,与杂志相比毫不逊色,甚至比杂志运用得更好。比如《新京报》,图表的使用频率很高,风格多样。(如图6.5)

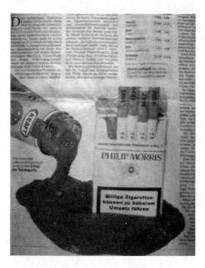

图6.4 视觉符号鲜明,吸引眼球是报纸上图表的一大特点。
(来源:《金融时报》)

图6.5 将新闻事件图表化,一目了然,已经成为一些都市报纸的特色。
(来源:《新京报》)

对比报纸中图表的繁荣,杂志除了财经类、科学类杂志之外,许多综合类杂志中尽管照片的使用很多,但是图表运用得却比较少,一般认为更具优势的杂志,图表的使用为什么却不尽如人意呢?

从一个角度来看,图表作为一种直观简洁的传播方式,一定程度上是与报纸快速传递信息的要求相契合的。一幅好的图表可以用数字、图案等手段把复杂的新闻事实简单化、图像化,可以说是一种快餐式的传播方式,这是图表得以在报纸流行的原因;但是换一个角度看图表的定量思维方式,在阐述事件流程、解释复杂原理的时候,可以增加报道的科学性和客观性和直观性,这对于以深度报道见长的杂志,其实是再合适不过的。遗憾的是,国内杂志在对图表的运用,更多见于科普类和财经类杂志中,综合性杂志仍然较少采用图表。这说明国内杂志的图表制作观念比较僵化,没有很好地挖掘出图表更深的表达空间。相比之下,报纸在进行深度报道运用图表方面,有不少成功的例子,例如杂志化报纸《南方周末》,值得杂志借鉴。(如图 6.6)

图 6.6 《时代》这个关于美国总统家族史的图表,占了一个对页。(来源:《时代周刊》)

4. 国内与国外在运用图表方面的差异

在过去的半个世纪里,西方报纸视觉语言发生的一个最显著的变化,就是大量增加了图表的数目。图表是具体反映数字变化的直观信息。西方报纸大量增加图表的做法,反映了两个趋势:一是西方报纸在定性分析与定性报道的同时,在努力提高定量分析与定量报道的成分;二是西方报纸正尽量走向视觉化,充分利用一切视觉语言。

中国报刊在近代化的过程中不断向外国报刊取经,图表自然是其中重要的一个方面。中国的图表编辑们经过几十年的学习摸索,形成了以新华社为代表的独特风格。

外国报刊用图表表现的题材千差万别,从科学新发现到政治选举的报道,总是能够在其中找到各种各样图表的身影。相比之下,中国报刊应用辅助图表的题材往往集中于下面几类:建设成就、商品价格、新闻地图和有明确时间点的事件报道。下面就是一个典型的外国图表与中国图表的对比。(如图 6.7)

新华社的图表是一种简单的分析图表,由数据加一些简单的示意图构成,这种方式源自英国《金融时报》的经济评论。但是,国外这种图表制作方式只是诸多方式中的一

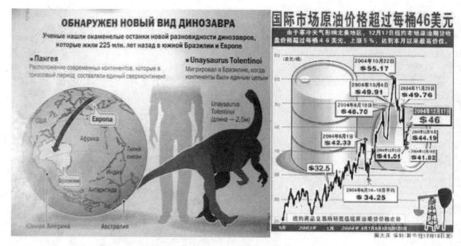

图 6.7　左：俄罗斯《世界旅行》杂志；右：新华社图表

种。比如左边的图表，将地图、人类背景与报道的内容——恐龙分开放置，并且很好地区分了前景背景，显得比右边的方式简洁清晰。而我们观察中国的图表，很多还是类似于上面这种比较简单的图表的类型。

　　从图表反映的内容上看，中国的报刊编辑部似乎把图表的作用放到了一个很高的位置。一幅单独的图表就好似一篇报道，图表内部的文字非常详尽，几乎可以交待所有的新闻要素，不需要再配其他文字来画蛇添足了。相形之下，国外的编辑一般不会这么大胆，虽然有些时候他们会把图片和文字做很高程度的整合，但是图表最终还是要和文字结合，图表只是为了突出报道中的重点部分。（如图 6.8）

　　谈到图表的视觉效果，闭上眼睛，我们大致可以在头脑中描绘出一般国内图表的视觉形象：新闻照片、写实风格的漫画、不同的色块构成的边框底纹再加上大片的文字内容。是的，这就是国内图表的典型构成。多数时候，国外的图表也是这个样子，但是他们在图表上创新的几率要大一些。他们可以把 3D 的元素加入图表，使得虚拟的科学世界直观地跃然纸上；或者，他们用图表贯串整个版面，成为构建版面的钥匙和框架。（如图 6.9）

　　世界上跟中国媒体图表运用最相似的是日本媒体，它们也强调色块和图表文字内容的运用。也许这体现了东方文化之间的共同之处。

（二）如何用好图片

1. 图片配发的作用

　　在 21 世纪新媒体迅猛发展的今天，如何更好地发挥平面媒体的魅力，在激烈竞争中立于不败之地，如何抓住更多受众的"眼球"，将"注意力经济"进行到底，是财经新闻工作

图6.8 左为新华社图表，一个图表就是一篇消息；右为德国 *Der Spiegal*（《明镜周刊》）图表，强调深度报道中的突出部分。

图6.9 左图为德国 *Der Spiegal*（《明镜周刊》），把 **3D** 元素加入图表；右图为法国 *Le Nouvel Observoeur*（《新观察家报》），一系列图表成为版面的核心元素。

者面临的一大挑战。毋庸置疑,财经新闻评论必须遵循新闻报道的普遍规则,将及时、准确、客观视为财经报道的生命。然而,另一个不可忽视的因素也日益成为财经新闻评论中越来越重要的角色,那就是图片的配发。

图片的配发在财经新闻评论中常常被认为是文字稿的附庸、精彩内容的配角,其实不然。在媒介飞速发展的今天,人们常称已经进入了"读图时代"。图文并茂的报道往往会成就引人入胜的版面。没有图片的版面,即使文字稿写得十分精彩,也常常略显缺憾。这一点在平面媒体的财经新闻评论中体现得尤为突出。

比如财经新闻评论由于其概念的独特限定,使得其常常是内容含量丰富,却容易缺乏灵活多变的形式和吸引更广泛读者的亮点,而直观、生动、准确的图片配发往往能恰到好处地弥补财经新闻评论的这一缺点,而且还可以与财经新闻评论的文字稿相得益彰,将其特色发挥到极致。图表新闻之所以如此快速地崛起,必有其独到之处。与其他的纸质媒体报道方式和传统的图表资料相比,图表财经新闻评论具有的优势和不足。

直观。图表,把文字转化为图表,将新闻事件以及相关背景直接呈现给了受众。人们一看图,不仅能一眼得知新闻的各个要素,而且还能通过上下起伏的曲线感受到新闻事件的发展趋势。

简洁。图表财经新闻评论在简洁方面是文字所不能比拟的,一张图表只反映一个主题,让读者一目了然,而文字评论则总要考虑遣词造句、文句通畅、过渡自然等问题。

详实。图表财经新闻评论在详实上又是摄影报道所达不到的。受空间和技术的限制,一张照片所包含的信息量十分有限。而图表评论则不同,它用一张图表不仅能反映出精彩的瞬间,还可以使用丰富的背景信息帮助受众分析新闻。

准确。图表财经新闻评论往往使用大量的数据和图案,这样一来就增加了评论的准确性。《伊拉克战争已造成至少11名新闻工作者丧生》(新华社2003年4月9日发)的图表不仅将遇难者的国籍、姓名、单位、出事地点等情况详细刊登,还将他们的照片公之于众,增加了新闻报道的真实性,提高了评论的说服力。

当然我们也要认识到图表新闻目前还存在的一些不足。一方面是对受众的理解能力要求较高,需要受众具备一定的知识水平。另一方面是图表的制作还缺乏一定的规范,这也从一定程度上限制了图表财经新闻评论的发展空间。因此,怎样才能制作出通俗易懂的图表并且对其进行科学合理的规范,将是媒体今后需要认真研究和解决的问题。[①] 那么,具体说来,财经新闻评论配发的图片到底起到了什么作用呢? 达·芬奇说:"画面展示的,比钻石更可贵。"的确,成功的图片配发不但可以为财经新闻评论增姿添彩,而且还常常能取得事半功倍的传播效果。

---

① 马飞、夏莹、沈闯州:《精确的视觉——对比之图表的运用》,http://blog.sina.com.cn/s/blog_4b62ecdf01008oyn.html。

首先,恰当的图片可以形成强大的视觉冲击力,增加财经新闻评论的力度,并吸引、扩大读者群。"一图胜千言"能够使版面在各类繁多的财经报道中脱颖而出。随着报业、期刊业改革的不断深入,业内人士在用稿观念上逐步由"重文轻图"向"图文并重"转变。大胆地配发图片,将图片由"配菜"推到"主菜"地位,尤其在一版上注重了图片新闻的编排,增强了形象新闻的意识和版面的视觉冲击力,吸引了大量的读者,也给读者以美的享受。以财经报纸的两位"枭雄"《经济观察报》和《21世纪经济报道》为例,从2001年4月16日至2003年4月16日,《经济观察报》有70%的头条新闻配发了图片评论,其中按图片类型分,照片占58%,图画占30%,图表占12%。同一期间,《21世纪经济报道》有62%的头条新闻配发了图片评论,其中照片占80%,图画占4%,图表占16%。这两家报纸是运作较为成功的平面财经媒体新生代代表。通过分析它们配发了图片评论的头条新闻占所有头条新闻的比例以及配发图片类型占所有图片比例的统计数据,配发图片在财经报道中的重要地位可窥豹一斑。

其次,图片有实证作用,从侧面印证财经新闻评论的可信度。图片证明了历史和远方的事物的确凿性。语言文字往往在很多时候其实证作用不如图片。在此项功用上,照片的作用最为明显。例如在金融界出现大的波动时,财经新闻评论常常配以实地照片,生动传神地揭示某股票交易市场内各色人物纷繁复杂的情状。又如,2004年5月3日出版的美国《商业周刊》亚洲版封面文章为《中国是否面临危机?》(*China Headed for a Crisis?*),文中配发了六张实地照片,分别是北京、上海、宁波的各类购物中心、银行、超市、工厂及正在建设中的建筑物等。此外还配发了五张中国金融界顶级人物的照片。这些照片起到了"百闻不如一见"的作用,为文章提供了丰富的背景材料和客观影像,具有很生动的实证作用。

再次,图片可以有效地突出财经新闻评论的独特魅力,强调专业性,尤以图表为最强。图表往往为财经新闻评论带来"化腐朽为神奇"的力量,将财经新闻评论魅力发挥到极致。数字是经济报道最直观、最富说服力和生命力的事实。事实如果通过数字表现出来,能减少偏见和错误,并且引发、刺激受众的兴趣。几乎所有财经报刊都在尊重事实、注重理性分析的基础上,广泛地运用规范化的统计数字和图表来增加文章的说服力和权威性。2004年7月24—30日英国《经济学家》上有一篇题为《令人惶恐的平静》(*An Eerie Calm*)的文章,评论的是近期金融市场波动缓慢,建议投资者谨慎出手、静观其变。文中配有一图表,显示从1996—2004年金融市场波动指数的曲线发展,不仅为文章佐证,而且引发读者思考,极具专业参考价值。

此外,图片配发还可以增加趣味性,增强财经新闻的整体可读性,使财经报刊走下"神坛","飞入"更多的"寻常百姓家"。英国《经济学家》从创刊多年来就坚持使用精彩动人的漫画和插图,以其艺术表现形式,不仅常常成为照片的替代品,而且具有独到的、发人深省的作用和魅力。近年来,国内财经报道也越来越多注意配发图画,使版面越发生动有趣,充满活力,更具亲和力。例如 2004 年 8 月 23 日出版的 21 世纪经济报道上《"铲车贷办法"难获银行青睐》一文就配有一幅漫画,画面中诸多轿车在壁垒森严的银行门前遭遇重重铁丝网的阻拦,表现车贷问题面临种种困难,直指文章主题,大大增强了吸引力。

2. 图片配发的应用原则

财经新闻评论中图片的配发可以起到很强的功效,为财经新闻评论增姿添色。然而在实际应用过程中,我们必须遵循一定原则,保持图片的真实性、思想性、艺术性和实用性,以求将最真实、最直观的主题呈现在受众面前,为文章推波助澜,为主题画龙点睛。要遵循以下原则:

首先,图片必须具有真实性原则。在编辑过程中必须识别并摒弃拼凑甚至伪造的图片。这一点是支持财经报道真实性的前提,只有这样才能坚持新闻真实性这条生命线。而且图片的使用必须恰当,要防止一切可能的"议程设置",避免误导受众。

其次,图片要有思想性原则。要审核图片是否能突出文章的重点所在,而且图文要丝丝入扣,不可脱节,不能在枝节地方配以枝节的图片,使得重心偏离。为财经新闻评论配发图片更要如此,只有做到宁缺毋滥,才能避免画蛇添足地破坏财经报道的专业性,有效提高其可读性。

再次,图片要有艺术性原则。成功的图片配发绝不仅仅是图解文字或者把文字翻译成图片,而应该是在财经新闻评论文章内容的条件下进行艺术再创作。财经新闻评论的文字稿规定了图片内容,却不妨碍图片在构图、角度、形象、层次等诸多方面的艺术创作。而且好的图片,尤其是简洁明了的图表和诙谐幽默的配图,往往还能进一步引发人联想和深思,和文章彼此呼应、相得益彰。

最后,图片还要有实用性原则。这主要是指在满足以上原则的基础上,从编辑的角度讲,图片的选择还应该便于制版,印制出来能获得清晰美观的效果。这一点从报刊的整体美观上讲也是极为重要的。[①]

另外还注意以下问题:

首先插画:富有创意

插画是插在文字稿中的图画,形象地说明文字财经新闻评论中的重要内容以增强感染力,加深读者对文字稿的理解。由于常常根据文字稿的内容进行"再创作",因此插画除了图示新闻内容以外,有时还具有独立的艺术价值。

巴西 28 日的金融日报《经济价值报》就用了相对独立的一幅插画:在蓝色背景上,是交错的两个有立体感的地球,分别展示东西两半球,不同国家所在的位置上,用红色图表

---

① 曹钥:《谈图片配发在报刊财经报道中的作用》,http://www.people.com.cn/GB/14677/21963/22063/2980553.html.

标注该地当天股指下跌的数值,色彩对比明显,成为版面的视觉中心。俄罗斯《商业日报》的插图,运用矛盾空间的手法,设计了一幅类似拼接积木一样的立体图画,大大小小、粗粗细细的箭头都在向下,有一种强烈的"整体下落"的感觉。箭头上,黑白对立地标出各个股市下跌的百分点数。箭头末端标出不同货币的符号。对新闻阐释得清楚明白,并且很有动感。美国的《共和党人先驱报》则是把多底合成的一幅现代宣传画与股市走势图相结合,很有现代感。

其次走势图表:简洁通俗

2007年2月27日,全球股市在上海股指暴跌8.84%的带动下,跌成一片。由于时差关系,我国股市暴跌之后才进入27日的美国,道·琼斯指数开市便一路向下,最多跌546点,是"9·11"以来最大单日跌幅,3时左右更是上演跳水奇观,短短一分钟内,股指狂泻243点。第二天,一条怪异的大盘分时走势图便上了美国众多报纸的头版。《芝加哥论坛报》在头版头条通栏报道评论这次股灾,并且在文章标题旁以分时走势图外加特别注释的方式形象又突出地报道了这惊心动魄的一分钟:这分钟的走势如一根垂直线条,悬崖峭壁般立在那里。

而《伯明翰新闻》报,在文章标题左侧做了一个醒目的图表,编辑专门将这段垂直走势的线条做成红色(其余部分为蓝色)加以突出,并作详细注释。

图表财经评论直观的优势在这里得到充分体现。读者不但能从图表中得知新闻内容,而且能从上下起伏的曲线感受到新闻事件的发展与变化。

《纽约时报》头版对股灾作了典型的图表新闻报道,没有用新闻照片、也没有文章,在"Jitters Spread Around the World"(神经过敏在全世界蔓延)标题下,作了一个综合图表,把亚洲(主要是中国和日本)、欧洲、美洲(主要是美国)各主要股市27日的走势图放在一起,并用世界地图标出各股市走势图所属国,信息传播简洁明了、清晰准确,即引发读者思考,又极具专业参考价值。

图表财经评论在版面中独立成篇独立地陈述新闻事实、传递新闻信息的,不仅《纽约时报》一家,新墨西哥州最大的报纸《阿尔伯克基时报》也是这样做的。该报头版图表不但加了边框,而且加了底色,还十分抢眼地用了黄色。黄底色上是蓝色大盘走势图。从摄影角度讲,黄蓝是一对矛盾色,反差极大,放在一起可以互相突出,十分醒目。整个图表就这样从版面中一下"跳跃"出来。这一图表评论的标题做得干净利落,甚至有些美国式幽默:"FREE FALL"(自由落体),只有接触地面才能反弹。

有相同编辑思路的还有《萨拉门托蜜蜂报》。该报编辑在图表制作上更加细心,不但有走势图,还有柱状图、表格,而配合图表使用的照片也恰到好处,一个冷静观察大盘走势的中年男子,略显无奈的表情,对新闻内容有更深层解读。注意,在这里照片在图表新闻中只是配角。《西雅图时报》则是将线条、示意图、照片合并使用。版面上,巨大的红色向下箭头以及箭头内密密麻麻的数字形成整个版式的视觉中心,从那些数据可以清楚地看到,美国股市这一天最大跌幅曾经到 7.18%。在一个成熟的、下跌两三个百分点都要惊慌的股市,下跌七个百分点的杀伤力可想而知。美国《实话报》,六栏宽的报纸,编辑拿出四个栏居中上下通版图文并茂地报道这次股灾。图表虽然放在下半版,但是,由于图表作得细致,并且加底色,依然突出。尤其是两条红色走势线条,很吸引读者视线。需要详细了解这一天股市变化的读者,可以从编辑们精心制作的图表中得到全部信息。

图表可以做得复杂,也可以做得简洁。在这次有关股灾的报道中,图表最为简洁的要数《弗吉尼亚导报》,只在报头上作了一个自左至右通版斜着向下的箭头,箭头颜色由左至右由浅灰渐变为浅红,有金属在快速运动中与空气摩擦变红的感觉,夸张地强调了下跌的速度。而箭头两端分别是下跌前的股指点位和下跌后的收盘点位数字,中间是简短的标题文字"The Dow's big plunge"(道氏指数暴跌)。新闻内容一目了然。

图表新闻简洁的优势在这个版面的图表中得到充分体现,这是文字评论望尘莫及的。

上述这些图表新闻一个共同的特点:既通俗易懂,又科学准确。上述版面"图""表"呼应,更能生动地报道新闻。

再次漫画:寓意深刻

漫画作为图画的一种,通过夸张、比喻、象征、寓意等手法,表现新闻事件或表达对新闻事件的看法和观点。

财经类图表常易做得枯燥呆板,变成只是数字和文字简单的排列组合,但美国《The Ledger》报对"2·27"股灾的报道进行了一定突破,通过富有含义的漫画和图表的组合,产生强烈视觉吸引力。编辑把分时走势图做成富有想象力的崇山峻岭似图形,黑色一分钟走势则如这峻岭中的万丈深渊,看上去阴森恐怖。而一只伸过两只前掌的漫画熊更让人感到危险将要降临,形象也表明了对这一重大财经新闻的看法:担心熊市就此到来。熊,是股市上最忌讳的形象。这个时候用这一形象也是对股民的善意警示。

恰当而又精彩的漫画可以在财经新闻评论中形成强大视觉冲击力,增加新闻传播力度,吸引并扩大读者群,甚至起到"一图胜千言"的作用,使报纸在众多同类财经新闻评论中脱颖而出。将新闻事件图表化,已经成为国际主流报纸财经新闻评论的一种趋势。财经类新闻本身有很强的专业性,而证券类新闻专业性更强,作为大众传播工具的报纸,面对的是社会各阶层的不同受众,图表新闻往往可以引发读者的阅读兴趣,为财经新闻评论带来深入浅出的传播效果。

总之,成功的图片配发可以使财经新闻评论更加深刻、鲜明、生动、朴实,同时还可以帮读者用自己的眼睛去亲自感知财经世界。在美国报界,有人戏称,一个人要是在报业有所发展,"你要么能得普利策奖,要么懂一点图形设计"。在电视和互联网的夹击中,平面纸质媒体能够采取的应对措施,一方面,在新闻报道上发挥自己特有的优势,在报道无法抢到第一时间的情况下,加强深度报道和分析报道;另一方面,则在编辑上倡导"视觉革命",在眼球争夺战中运用生动的图形来介绍、阐释新闻。在这种情况下,一种新的编辑报道模式悄然出现,这就是信息图表,它成为除了照片和文字之外,另一个阐释新闻的重要手段。图表的作用是照片所无法做到而文字描述又显繁琐。图表财经评论作为一种新的报道形式日益活跃在财经新闻报道当中。

第四节　深入浅出:财经新闻评论语言修辞运用

运用修辞手法提升语言感染力。孔子曾说:"言之无文,行而不远。"这句话的意思是文章要讲究文采,强调文采对于文章的重要性,没有文采的文章就难以流传。唯我独有、浸染着自我灵感的"情愫"的语言,新颖独特、沁人心脾、富含韵味、饱含哲理的智慧的语言,会使作文色彩亮丽、流光溢彩。善于使用各种修辞手法锤炼语言,就能使财经新闻评论的语言精彩纷呈、文采飞扬。"转轴拨弦三两声,未成曲调先有情",一篇文章好的开头是媒体和读者间建立感情的一座桥梁,因此用修辞手法为文章描眉化妆很重要。或开门见山,比喻点穿。人家看你的文章就如同你初看一个陌生人,大体的、最初的印象非常重要,要让你的文章展现在人家眼前,就像观赏到一个令人流连忘返、过目难忘的风景点。比喻,是构建这一道亮丽"风景线"的浓墨重彩的一笔。或化用名句,韵味十足。把自己识记中积淀的名句巧妙改用到评论中,能使评论搭上提升文化品位的"直通车"。当然,活用名句要把准内涵、切合语境,不能为用而用、生吞活剥。或排比点题,铺排文气。排比句可以给人以结构匀称、语脉贯通、气势恢弘的语言美感。① 有专家指出:"凡优秀作文,皆在通篇'明白'、'通顺'、'完整'的前提下,平添几处精彩之笔,这就是我们常说的'亮点'。'亮点'者,使老师为之一亮也。"要想使评论脱颖而出,就必须避免平庸和平淡,巧用修辞手法在文中设置"亮点"。要学会巧用比喻,活用拟人。别林斯基认为,文章内容再好,如果没有文采,"有如一个面貌丑陋而心灵却伟大的女人,可以对她敬仰,但要喜欢她是不可能的"。读一篇精美的财经新闻评论,如同观赏一片湛蓝的天空、一眼潺潺的清泉、一池清澈的湖水,让人心驰神往。②

对于专业的财经新闻评论而言,要把道理讲得浅显易懂、明白畅晓,使人们容易理解和接受。做到深入浅出,其语言修辞的作用功不可没。具体来说,就是要达到以下要求:

一、语言要直观形象,生动感人

形象化的语言不仅能用来描摹事物,还能用以论述道理。它可以直接作用于受众的

---

① 康建宁:《运用修辞手法提升语言感染力》,载《经济信息时报》,2010-01-08。
② 康建宁:《运用修辞手法提升语言感染力》,载《经济信息时报》,2010-01-08。

视觉、听觉和触觉；它可以取代颜色、声音、形状和气味而作用人的头脑。从而对受众记忆表象进行加工和改造，形成新的印象，增加语言的表现力、感染力和说服力。例如评论作品《向"推土机政治"说不》，针对当时普遍存在的"野蛮拆迁"，作者写道：推土机进村了，以地方要发展的名义，它正在淘汰农民手里的镰刀。或许，它只是近年来在一些地方大行其道的"推土机政治"（或曰"拆迁政治"）的一个缩影。在文中，作者先用形象化的语言解说，推土机当前象征农民土地的镰刀是如何惨遭淘汰的，随后得出这就是"推土机政治"的形象结论，给人以直观形象的生动感。评论要反映亿万群众的思想和情绪，必须在语言上注意群众化，使深刻的思想在通俗化的口语中表达出来，这就能深入浅出，亦庄亦谐，为读者所喜闻乐见。例如，说开后门好办事是"十八颗图章抵不过一个老乡"；说胸无大志，追求实惠是"理想理想，有利就想；前途前途，有钱就图"，等等。

　　当然，评论文章语言的生动，主要着重于说明事理的生动，应以不影响科学性为前提。要防止片面追求生动，发生做作、庸俗甚至油滑的毛病，影响财经新闻评论的严肃性。

二、语句要浅显平易，平中见奇

　　语句浅显平易，就是把深刻的思想内容，用群众易懂、读者易接受的词句深入浅出地论述出来，不能高高在上地对读者故弄玄虚。一篇评论内容即使再好，如果文字艰深晦涩，甚至故作高深地搬用作者自己都未必懂的语言词汇，读者就会感到莫名其妙，评论作用的发挥也就无从谈起。对于评论界普遍存在的这一弊病，有人辛辣地指出：如今的文章评论喜欢用"高深的语言解释浅显的道理"。以刊登在光明网上的这篇题为《乞丐职业化，异化的社会公正诉求》的评论为例，表述假乞丐职业化的危害时作者写道：乞讨一旦成为一种职业，当乞讨职业化、专业化、甚至机构化时，乞讨便不再是原来意义上的乞讨了。其中，"乞讨一旦成为一种职业"，就足以说明"乞讨便不再是原来意义上的乞讨了"，然而作者却在中间插入了"当乞讨职业化、专业化、甚至机构化时"这一语句。此"三化"有什么用处？且不论该语句有画蛇添足之嫌，单是作者有意将行文"深奥化"，就令读者感到语言呆板，没有生气。因此，要尽力避免这些词汇和语句，尽量独辟蹊径，用读者能读明白的语言来表达观点。

三、引文要经典新颖，论证有力

　　毛泽东曾经提出"学习古人语言中有生命的东西"。他说："由于我们没有努力学习语言，古人的语言中的许多还有生气的东西我们就没有充分地合理地利用。当然我们坚决反对去用已经死了的词汇和典故，这是确定了的，但是好的仍然有用的东西还是应该继承。"在财经新闻评论中恰到好处地引用前人的经典话语,无疑也是一种语言创新的能力。比如,刊登在 2007 年 5 月 15《齐鲁晚报》上的一篇题为《"炫富广告"给人失衡和断裂感》的新闻评论。作者石子砚在指出"见证奢华"、"坐拥豪宅"等地产炫富广告已经成为一种普遍现象后,引用了 20 世纪 90 年代法国社会学家图海纳说过的一句话:当时的法国就像在跑一场马拉松,每跑一段,都会有人掉队,会有人被甩到社会结构之外。一方面,对于大多数不熟悉图海纳思想,没读过这句话的中国读者来讲,为他们带去了新知识,陡然增添了文章的新鲜感;另一方面,还支撑了文章的中心论点,使议论更具说服力。

著名经济评论人司马一民说,经济评论要使专业化与通俗化相结合、指导与可读性相结合、理论的光辉与实践的魅力相结合,其所讲的道理、表达的观点要有相当的深度,总要说一些别人没有想到、没有说过的话;而用来表述这些理(观点)的文字要尽可能直白,能够明白如话则更好,尽可能让最广大的读看得懂。因为只有这样,经济评论的影响面才有可能更广、影响力才有可能更大。[1]

四、行文要幽默诙谐,委婉轻松

列宁曾经说过:幽默是一种健康的品格。对于新闻评论而言,幽默则是一种巧妙机智的论述方式,一种智慧和自由心灵独辟蹊径的表现。用幽默诙谐的笔触写评论,往往能起到"文半功倍"、出其不意的效果。如《人民日报》于 1990 年儿童节那天刊登了一篇评论,题目是《罗汉陪观音》。文章是这样写的:客人只一位,陪吃倒有十八。然而知道底细的人,却说罗汉陪观音是十分"必要"的。不陪,罗汉喝什么? 肉账如何开销? 酒柜如何充实? 寥寥数语,就对基层官员陪领导吃喝现象,进行了委婉而含蓄的讽刺。尤其是其中的"罗汉陪观音",更幽默诙谐地直指这种不正之风,读来令人眼前一亮,思之令人回味悠长。

寓庄重于诙谐,通过比喻和拟人化等修辞手法,用人们容易理解的浅显的事物或道理来说明不容易理解的深奥的事物或道理,可以生动地把道理讲得深入浅出,给人以鲜明的印象。例如,毛泽东同志在评论中用"开动机器"来形容动脑筋的必要;用"洗脸"、"扫地"来说明开展批评和自我批评的重要;用"下山摘桃子"比喻蒋介石想独占抗战胜利果实的狂妄野心等等,既形象生动,又鲜明深刻。有些业余作者写的评论文章中,常常冒出一些诙谐的语言,既生动,又很有表现力。比如用"见了兔子打枪,见了老虎烧香"来说明批下不批上,姑息养奸;用"头痛用棒敲,眼痛抹辣椒"来说明措施不当,治理无方;用"讲成绩不尽长江滚滚来,讲缺点犹抱琵琶半遮面"来说明报喜不报忧等等,这都比用抽象的一般化的说理词句要生动得多。有时对一些事物,有意"旁征博引",大加发挥,造成一种幽默感,同样可以增强语言的形象性。

---

[1] 杜忠锋:《经济评论的专业深度与通俗表达》,载《今传媒》,2006(07)。

财经评论价值不仅体现在它的专业深度,也体现在其可读性上。只有增加可读性,才能让受众产生亲切感和认同感,收到好的传播效果。这里所说的可读主要是指财经新闻评论的表现形式和表现方法,以及语言文字的运用问题,也就是文章修养的问题。它主要体现在语言的通俗生动、句式的富有变化、笔法的幽默、论述的情理交融、例证的平民视角等方面。这样,才易于使抽象的理论形象化、深奥的道理通俗化,才能体现出经济评论的实用性和服务性。

(一)论述语言尽量通俗易懂

"美国学者谢芙琳等将财经新闻的专业领域切分成四块:资本市场、银行和宏观经济、公司贸易以及商品。每一块里面都牵涉大量的专业术语以及复杂理论和制度体系。"[1]而作为读者,往往喜欢阅读容易理解、接受的财经论。如果将其写得生硬、高深、晦涩,读者就会敬而远之或读后不能领悟。因要使经济评论拥有更多的读者,就应尽量使用通俗易懂、大众化的语言,把深奥的经济问题、经济现象亲切自然地表述出来,做到"硬主题,软表达"。如济评论《驳一驳钉子户助长房价论》一文:笔者认为穆麒茹的"钉子户助长房是乱踢'皮球'"。原因有三,首先,穆麒茹极端地放大了"钉子户"的作用。固"钉子户"与开发商博弈有一个过程,在一定程度上推迟了楼盘开发进度进而响供应量,也增加了动迁成本,但是,"钉子户"毕竟是极少数,尤其对整个走势而言,"钉子户"的作用可以忽略不计。其次,"钉子户"当了房价的"替罪羊"。开发商因为摆脱不了对地方政府的依赖,就把罪责转嫁给未婚女青年、"钉子户"。可以说,"钉子户"的存在,实质上是土地出让制度的问题。一旦全部干净地出让土地,相信开发商就难以乱泼脏水。再次,有"钉子户"是因为有"钉子开发商"。这有两个解读的角度,一方面,从个体而言,一个"钉子户"之所不搬迁,是因为开发商不仅没有开出合理的交易筹码,甚至动用强迫手段。另一方面,之前开发商都是涨价的"钉子开发商",拆迁人的所得在房价高涨的情况既要考虑买房,也要考虑谋生,不得不选择对抗。作者用口语化的表达方式从一个平民的视角来论述经济现象,从三个方面十分通俗易懂驳斥了"钉子户"导致了房价上涨的荒唐论断,犀利地指出此论断是开发商既想减少拆迁成本,又想卖高价房,甚至一些开发商故意和"钉子户"打"持久战",给囤地找理由。[2]

(二)制作富有感染力的标题

俗话说:"题好一半文。"一个构思奇妙、新颖别致、含意深刻的题目,如龙之睛,熠熠生辉,令读者过目不忘,能像磁铁一样吸引读者,使人一口气读完。

引用流行歌曲有生气。流行歌曲与时代脉搏共振,有着很强的生活气息,是学生的

① (美)安雅·谢芙琳、埃默·贝塞特:《全球化视界:财经传播报道》,上海,复旦大学出版社,2004。
② 冯海宁:《驳一驳钉子户助长房价论》,载《长江商报》,2008-03-06。

最爱。标题中如能巧妙引用,定能为文章增添几分亮色。如《不经历风雨怎么见彩虹》标题流淌着新时期的新鲜血液,丰富多彩、摇曳多姿、别开生面,让人耳目一新。巧用设问设悬念。以设问句为题,就是故意发问引起读者的思考,从而达到醒目、引人注意、令人深思的目的,能有效地增强作品的吸引力。妙用比喻诗意浓。"比喻是天才的标识",善于运用比喻能使事物生动、具体,给人以鲜明深刻的印象。

文因题显,题以辞新。标题是文章的眼睛,是文章内容"对外开放"的窗口。恰当的修辞手法会让"眼睛"起到"眉目传情"的作用。但切忌刻意求新搞怪,否则会变得矫揉造作,"题"不对"文",让人乏味、生厌。

文因靓语出彩。老舍曾说:"从生活中找语言,语言就有了根。"生动准确的语言才能更好地反映生活,语言的表达丰而不余一言、略而不失一词,需借"修辞"这缕"好风"把你的文章"扶上青云"。"新闻标题是用以揭示、评价新闻内容的一段最简短的文字,用大于正文字号刊于正文之前。它通常被用来指代整篇新闻。"[1]可以说财经新闻评论标题是整篇文章的眼睛,是财经评论极为重要的组成要素,因此认真揣摩整章的内核,为其取一个恰当的、能引起读者充分注意的标题是关键所在。由于同读者所处地位不同、所站角度不同、信息需要不同、思维方式不同,因而对一个财经事件可能会有不同的判断和理解,会得出不同的结论。作为凝聚全文核心的标题,就承担着帮助和引导读者理解新闻核心内容的功能。这就要求记者编辑在制作标题时,一定要对事实和信息进行评判,阐明观点和倾向,善于揭示经济事件的本质和核心意义,给读者以明确的指示和引导。

例如,"《纽约时报》1996年度登载的斯图亚特·艾略特的《形象就是一切的视旺季年》、艾伦·R.桑德逊的《拯救公园,又赚了钱》、唐姆斯·道的《最后个大垄断者的结束》、约翰·Y.坎贝尔和罗伯特·J.谢勒尔的《长期通货膨胀对抗者》"[2]等标题,既揭示文章内容,又言之有物,具体准确,极具生活情趣,让人产生很强的阅读欲望。

同时,在制作财经新闻评论的标题时,还要善于调动形象思维,运用各种修辞法,使标题生动活泼、富有灵气、耐人寻味。由于经济评论的特殊性,如果就论事,就容易把标题做得刻板、干瘪,这样无形中就会失去许多读者。相反,如果为其制作一个生动形象、新颖别致的标题,就会令读者"眼前一亮",进而产阅读的兴趣。请看这样几个标题:《航空公司为何会"越补越亏"》(《中国经济时报》2006-07-02);《减薪的"起跳能压住利益'水花'"吗》(《潇湘晨报》2006-08-01),[3]就分别用比喻、拟人反问等修辞手法,既生动地凸显了新闻事实,又通过所设悬念有效激发了读者阅读热情,同时也巧妙地亮明了作者的态度。

① 郑兴东、陈仁风、蔡雯:《报纸编辑学教程》,北京,中国人民大学出版社,2001。
② 宛立新:《现代经济新闻教程》,北京,中国广播电视出版社,2001。
③ 彭朝丞:《新闻标题制作》,北京,中国广播电视出版社,2007。

（三）营造形象生动的文风

实事求是地讲，财经评论由于其涉及问题的专业性、理论性和深刻性，在写作时是很容易陷入格式化、公文化的模式，呈现出严肃、呆滞的文风的。随着市场经济的日趋活跃，随着人们阅读目光的日益挑剔，如果再板着面孔就事论事的话，肯定会缺乏阅读的市场。因此，作为财经评论的作者，不妨用一种生动的文风表达自己的观点，那样就会使读者在一种轻松活泼的情境下自然而然地接受某种理念。

例如，财经评论《垄断企业高福利与山头经济学》，整个文章就十分形象生动。标题本身就凭借一个比喻吸引读者的关注，文中用"山头经"形象生动地描述了垄断企业的经营现状：垄断企业在缺乏竞争的行业内划分势力范围，保证各自利益，巩固垄断实力后，再通过这种手段谋求内部人获利这一经济学现象。此文通篇都十分精彩。在此只援引一两段：具体到网通高福利这上，网通正是在山头经济掩护下的履行着不对等的市场责任。一方面，网通占北方山头，处于一种无竞争的垄断地位，可以通过随意涨价，转嫁经营损失，旱涝保收，使得福利收益由企业内部人独享。另一方面，网通又属于国有企业，市场竞争中风险、责任归全民承担，而不是由企业内部人承担；这就造成了一市场困境：权利获利范围的私有化与责任承担的公有化。在这种困境下，如果缺乏相关制度制约，肯定会造成公共资产以福利的形式流失。由此可见，网通职工的高福利怪象，首先是一种山头经济逻辑，划分自己利益范围，巩固垄断地。其次则是山头逻辑掩护下的垄断逻辑，搞不对称经营，保证内部人福利的"垄断腐败"。可以说，在建设和谐社会的今天，这种显失公平的行为，正是社会所不能容忍的，也是有关部门亟须解决的。此文无须更多的理论阐释，一个精妙的譬如，一段掷地有声的精彩表述，就把这些垄断企业的经营本质和危害展露无遗，真达到了揭露以及批评的效果。① 再如，《经济日报》登载的《从煮饺子说到规模经济》一文。"什么是'规模经济'？作者在文章一开始就拿煮饺子作比喻：'朋友，如果我向您提一个小小要求：请您帮我煮一个饺子……您一定会说，别开玩笑了，要吃，咱就好好煮一锅，只煮一个，谁那么傻？"②经过生动的比喻，文章由煮饺子这个日常行为自然地切入规模经济的正题，读者就很容易理解了。

【例文】

"旧模式"警钟敲响
罗　奇

中国从资本密集型模式中获得巨大利益，但这一模式正将中国带入一个危险区域，并引起了人们对于其可持续性的严重担忧。

出口主导型增长模式有两个重要基础：出口竞争力和外需水平。对于中国而言，第

① 赵岩：《垄断企业高福利与山头经济学》，红网 http://www.rednet.cn/2007-07-31。

② 赵清华：《寻找经济报道的形象视角》，载《新闻战线》，2002(5)。

一个不是问题。出口主导类制造业工资上涨的影响因生产力的大规模增长而得到抵消，总体而言，人工成本仍极具竞争力。基础设施以及中国相对较新的生产平台的现代化技术禀赋都是一流的。这强化了日益以中国为中心的泛亚洲供应链的物流。中国向亚洲贸易伙伴采购各种零部件和组件，在内地完成组装之后再出口到海外市场。

2008—2009 年的金融危机给外需和出口主导的中国经济增长以持续冲击

旧模式遇到新问题：危机之后，外部需求可能持续衰弱。在长达 12 年的过度消费之后，已经透支的美国消费者终于支撑不住了。依赖泡沫的美国家庭在创纪录的高负债和低储蓄率下已经不堪重负，目前的储蓄率之低已不足以维持 7 700 万正在老龄化的"婴儿潮"一代人的退休生活。他们接二连三地遭受了一系列沉重的打击：房地产和信用泡沫的破灭、失业率的激升以及整整一代人的庞大劳动收入缺口。因此，未来 3～5 年内，美国的真实消费开支增长的平均水平可能维持在 1.5%～2% 之间，不到 2007 年次贷泡沫破灭之前的 12 年间 3.6% 的平均水平的一半。

目前，还没有任何其他国家能够填补美国消费者经过多年的过度消费后留下的空白。亚洲消费者尤其不必考虑，他们的当量尚不足以推动危机后全球消费的增长。例如，虽然中国和印度人口合计占世界人口的近 40%，这两个国家的消费总额仅为 2.5 万亿美元。相比而言，美国人口仅占全球人口的 4.5%，但其年消费总额却高达 10 万亿美元。即使算上中印两国消费者需求快速增长的可能性，其当量差异使之在数学的意义上无法抵消美国的收缩对危机后消费增长的影响。唯一有足够当量来弥补美国消费的持续疲软的正是最不可能这么做的人——欧洲消费者（如图 6.10）。

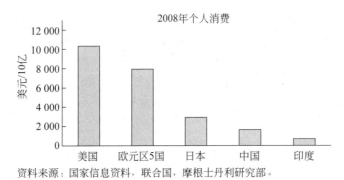

图 6.10　全球消费者

所有这一切勾勒出一幅画面：未来 3～5 年内全球消费增长会慢得多，对于中国等以出口为主导的经济体而言，这意味着危机后其外需基础将持续疲软。因此，虽然中国的出口增长在 2008 年和 2009 年初的暴跌之后出现了反弹，但这个好转很可能是暂时的——其主要动力是存货的调整以及上年在危机的影响下的"比较基数效应"。鉴于全球最大的消费国可能在相当长的一段时间内不堪重负，未来几年内中国出口机器的外需基础可能会受到削弱。这可能成为制约中国出口部门发展的强大阻力——自本世纪初以来，这一部门一直是中国经济增长的主要动力。

当然，中国可以采取措施提升其出口竞争力来应对外需的不足。在这方面可能采取的措施包括货币贬值和其他商业行为以争夺其竞争对手的市场份额。但这些措施很可能暴露出口主导型增长模式的阴暗面：潜在的贸易摩擦和保护主义。这方面已经开始出现令人担忧的苗头。如果中国选择了这条路，并以咄咄逼人的贸易政策推动出口增长，则将面对显而易见的风险：这一方法可能走火而伤及自身——最容易与之发生摩擦的是那些苦于高失业率、面临不断增强的国内政治压力的发展中国家贸易伙伴。

中国若想维持目前的增长模式还有另外一种选择，增加固定资产投资。事实上，这正是本次危机最严重时所采用的积极财政刺激措施的核心部分。表面上看来，这对于中国经济在遭受极其严重的外需冲击之后保持其"增长奇迹"起到了很大的作用。在创纪录的 9.5 万亿美元银行贷款的刺激下，2009 年资本形成总额飙升了 17％，足以支持全年 8.7％的实际 GDP 增长中的 70％。不幸的是，这一投资主导的增长动力进一步加剧了中国业已令人担忧的失衡，使已经处于历史最高水平的投资占 GDP 比重进一步上升至 47％的预期水平。这不仅是中国的历史最高纪录，而且也很可能是现代历史上任何一个主要经济体的最高纪录。简而言之，在目前已经过高的投资主导型增长上进一步加大赌注将会导致产能过剩和银行贷款质量下降的双重风险。无须赘言，这一方法在未来几年里是无法持续的。

投资占 GDP 比重的上限已达到 47％，这种配置的优势其实有限

因此，我们完全有理由相信，本次严重危机将成为中国历史上的一记警钟。这导致了持续的外需冲击，从而为转变长期成功沿用的增长模式提供了足够的动力。这一转变对于缓解中国面临的其他外部风险，即前文所提到的贸易紧张关系将起到决定性的作用。通过提高消费占 GDP 的比重，中国可以压缩过度储蓄，进而减少经常账户盈余和贸易顺差。简而言之，消费型增长模式将成为解决中国所有"四不"的一剂良药，使这个国家拥有更大的灵活空间去解决其巨大的储蓄、投资和其他结构性失衡问题。

模式转变分水岭：十二五规划？

每隔五年，中国都会重新审视其经济战略。将于年内颁布的"十二五规划"很可能成为中国发展道路上的一个分水岭。这一规划的出台恰逢其时——过去三十年里为中国创造了巨大辉煌的旧增长模式遇到了前所未有的挑战。指导 2011—2016 年经济运行的"十二五规划"的起草早已开始，目前正在做最后的收尾工作。上述危机后的警钟为中国领导人提供了强大的动力来在"十二五规划"中选择新的发展道路，即批准有关政策，促进从外需支撑的出口型模式向内需支撑的消费型模式的转变。

这一促进消费的新规划应当突出三个重要方面的举措（如图 6.11）：第一，需要拓宽收入基础，这对于增强家庭购买力十分必要。在这方面，关键是中国庞大的农村人口。

根据最新的估计,中国农村人口在 7.5~9.5 亿之间,占全国人口的 57%~73%。平均而言,农村人均收入仅为富裕的城市地区人均收入的 30% 左右,凸显了当前巨大而且仍在不断扩大的收入差距,与北京所谓的"和谐社会"的努力显得格格不入。

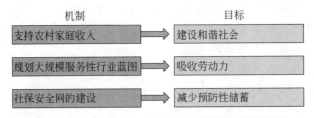

图 6.11 第十二个"五年计划"中国的鼓励消费措施

"十二五规划"需要采取积极措施,释放中国农村地区的代际收入潜力。目前有多种方案可供选择:税收政策(包括向农村家庭退税)和农村土地改革应是其中的重点。利用 IT 技术实现农村社区和更富裕的城市中心的互联互通对于促进农村生产力十分重要。此外,还应采取鼓励农村人口向城市流动,以增加平均收入。最近在农民工身份证上所采用的改进措施是朝着这一方向的令人鼓舞的一步。

第二,规划大规模服务性行业蓝图。如上所述,目前服务业占中国经济总量的 40% 比重不仅与更成熟的发达国家相比,甚至与印度等其他主要发展中经济体相比都低得可怜。发达国家的服务业通常占 GDP 的 65% 以上,而印度等主要发展中经济体目前的水平都在 55% 以上(如图 6.12)。应当重点发展批发、零售经销、国内交通和物流、数据处理、医疗、金融等传统服务业。此外,还需要发展更为先进的 IT 服务集群,这些集群通常都建在中国高速发展的高校周边。发展 IT 服务集群还可以使中国参与角逐软件设计、医疗技术等高端服务以及法律、会计、咨询等专业服务市场。

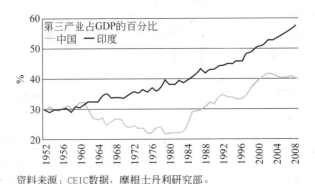

资料来源:CEIC数据,摩根士丹利研究部。

图 6.12 中国和印度两国的服务行业比较

中国向服务业的转型可谓是"一石二鸟"。如下所述,服务主导型增长模式有助于中国解决过剩劳动力这一顽疾。对于这个长期以来一直将就业作为维护社会稳定的重中之重的国家而言，这实在是一个极为重要的考虑。外贸和投资主导型增长的核心动力是资本密集型制造模式。与之相反，劳动密集型服务业可以使新增产值增长摆脱自然资源的过度消耗、环境恶化、污染等负外部性。

第三，"十二五规划"尤其应当加强中国的社会保障体系的建设。只有这样，缺乏安全感的中国家庭才会有足够的信心减少过度的"防御性"储蓄。康奈尔大学的艾斯瓦·普拉萨德（Eswar Prasad）估计，中国家庭的储蓄（按资金流估计）已从2000年的27.5%激增至2008年的37.5%。我们有充分的理由相信，这反映了"防御性"或"恐慌性"储蓄的增加。毕竟，6 500多万人的下岗与过去十年间国有企业的改革有关，这导致了对收入和工作的不安全感。而"铁饭碗"的打破则使这一问题更加复杂。以前，国有企业为中国家庭提供终身福利，包括劳动和退休收入、医疗保健、住宅、教育补助等。

这了消除这些忧虑，新规划应重点支持扩大现代社会保障体系，尤其是社会保险、个人养老、医疗保险以及失业保险等。令人不解的是，近年来中国在这些方面几乎毫无建树。例如，全国社保基金目前管理的资产规模仅为1 150亿美元，平均下来，每个工人的终身社保福利仅为1 300美元。与之相似，一年前建立的8 500亿元人民币全国医疗保险计划只够在未来三年内为每人支付30美元。无论其初衷是多么高尚，这些措施的力度都不足以对根深蒂固的不安全感产生实质性的影响，正是由于这种不安全感使家庭收入发生了重"防御性储蓄"、轻消费的畸形配置。

当然，没有任何一种方案可以一劳永逸地解决消费社会的问题。在许多方面，中国其实是其自身成功的牺牲品。中国消费文化的发展举步维艰，对此出口型增长模式的巨大成就要负很大的责任。但消费主义是任何一个繁荣的国家（尤其是中国和印度这样的人口大国）的最终归宿。我不赞成中国人有着根深蒂固的反对消费的说法。这不是遗传基因的问题。中国人偏好储蓄是在缺乏一个稳定、安全的社会保障体系下的一个理性的选择。此外，消费不足的另一个原因是中国广大的农村人口收入水平低，同时也缺乏新的高收入就业资源。如果"十二五规划"能够有效解决这些缺陷，我相信中国消费者的跟进速度会快得令人大跌眼镜。

消费型模式优势：劳动密集型增长

消费型增长模式的优点完全符合中国下一阶段的发展愿望。这一途径可以克服不断加剧的失衡问题的许多内部及外部陷阱。同时，它还为中长期发展的可持续性的重要问题提供了新的解决办法，可持续性问题是温总理有关中国经济"不稳定、不平衡、不协调"论断的核心。

消费型模式最大的好处可能是它以劳动密集型增长机制为基础，从而使中国有望降低维护社会稳定所需的GDP门槛。对于任何以制造业为主导的经济体而言，这是一个非常艰巨的任务。制造业生产力的持续提高通常会导致以资本对劳动力的替换；越来越先进的资本设备的使用将导致工人数量越来越少,从而抑制了就业机会的创造。这似乎正是中国目前的情况。自 2000 年以来,尽管中国 GDP 的平均增长达到 10%,在亚洲所有发展中经济体中位居第一,但同期的平均就业增长仅为 0.9%,是该地区中最低的(如图 6.13)。旧的制造业主导的资本密集型增长模式下就业增长是如此虚弱,无怪乎中国需要 10% 的 GDP 增长才能达到维护社会稳定所需的就业要求。

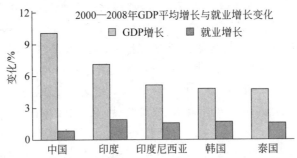

图 6.13 中国的就业问题

向服务型经济的转变可以改变这一现象。对于任何一个现代经济体而言,服务业都是创造就业机会的引擎。从定义上来看,劳动密集型经济活动与资本密集型制造活动形成了鲜明的对照。它们提供了在价值链的两端吸收劳动力、增加就业的机会。虽然低附加值的经销、销售、金融服务等交易性任务需要采用越来越强大的处理技术,但在中国这样人口众多的国家,要达到如此庞大的运营规模,就必须增加雇佣人数。此外,知识型工作者(即专业人员和管理人员)所实施的高附加值任务在很大程度上体现在受过良好教育的人员队伍的人力资本上。简而言之,劳动密集型服务业对于中国创造下一轮的就业机会大有可为。

中国需从资本和资源密集型增长转变为劳动密集型和资源集约型增长。

服务业创造就业机会的好处可以通过中美两国就业结构的对比来加以说明。(如图 6.14)显示了中美两国城镇劳动力队伍的就业结构的差异——中国的情况与更为现代化的经济体的就业结构之间存在着更高的可比性。虽然中美两国基本上处于两个相反的发展阶段,但通过这一对比可以看出,美国典型的以服务业为主导的增长模式显示了中国目前尚处于发展初期的服务业在扩大就业方面具有多么大的潜力。从这个角度来看,中国批发和零售、医疗保健、专业和商业服务、休闲和酒店业的雇用人数明显偏低。美国单是这 4 个行业雇佣的人数就比中国多 4 700 万,这凸显了两国服务业的规模差异。为了使消费型增长模式满足创造就业机会的要求,中国的"十二五规划"有必要特别重视这些关键的劳动密集型服务行业的发展。

	中国 (城市劳动人口)	美国
就业总人数(百万)	120.2	131.6
第一产业	8.0%	2.1%
第二产业	37.6%	13.0%
第三产业	54.4%	84.9%
政府部门	10.7%	17.1%
私营部门	43.7%	67.8%
批发零售	4.2	15.1
交通运输	5.2	3.1
公共事业	2.5	0.4
信息服务	1.2	2.1
金融服务(包括房地产)	4.6	5.8
教育	12.6	2.3
卫生保健	4.5	12.4
专业商务服务	4.1	12.6
娱乐休闲及酒店行业	2.6	9.8
其他私营服务	2.2	4.2

注：中国就业数据为2007年；美国数据为2010年1月更新。
数据来源：中国国家统计局以及美国劳动统计署。

图 6.14 就业结构：中国 vs. 美国

对于中国这样劳动力过剩的经济体而言,向服务型经济的转型无疑可以带来最重要的好处:劳动密集型服务业在推动整体经济创造更多的就业机会方面的效率远高于资本密集型制造业。在更加服务密集型宏观框架下,不难想象,中国的 GDP 增长可以降低至 7%～8%,而年均就业增长速度则可以提升至亚洲其他发展中经济体的 1.5% 的正常水平。而中国所需要做的仅仅是将其"第三产业"(即服务业)雇佣人数占全国就业人数的比重每年平均提高 0.4 个百分点。这足以使该国提高单位 GDP 的新增就业人数的增长速度——这是中国在适度放慢 GDP 增长的同时确保社会稳定的唯一方法。

这样的产出和就业结构转变将使中国获得新的机会来解决日益严峻的可持续性制约问题。服务主导型增长不仅可以使中国以劳动力换资本,而且基于知识的产出对于自然资源的消耗也要远低于制造业的物质产出的消耗。这对于中国解决资源消耗和环境恶化的双重问题至关重要。正如前文所强调的,出口主导型增长模式及其固定资产投资在很大程度上就是制造业和工业生产的事。这使庞大而快速增长的中国经济越发难以降低它给这个世界造成的负担。

而中国工业部门使用煤炭、石油、基础金属和其他自然资源的效率低下又使得这一问题进一步复杂化。自 2000 年以来中国在全球基础材料消耗中所占比重高得不成比例。我们估计,2008 年中国消耗的铝、钢材、铁矿石、煤炭和水泥合计占全球消耗总量的近 50%(如图 6.15)。与此同时,中国单位 GDP 的石油消耗仍然高达世界其他国家的两倍以上。不幸的是,中国的环境恶化也格外令人瞩目。据世界银行报告称,在全球十大污染最严重的城市中,中国占了七个。此外,中国在有机水污染物排放方面也位居世界之冠。

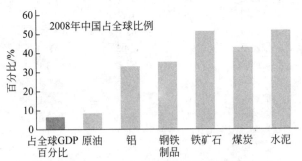

数据来源:IMF,WBMS,BP,CRU,摩根士丹利研究部。

图 6.15　资源密集型中国增长

与资源密集型制造业不同的是,劳动密集型服务业很显然可以降低中国 GDP 增长对新增物料的需求。因而这也可以缓解全球商品市场供应方的压力以及中国和其他商品消费国和输入型价格和成本压力。与此同时,从资源密集型工业活动向劳动密集型服务活动的转变将减轻 GDP 增长导致的环境恶化和污染。与旧模式无节制地索取全球资源不同的是,新的消费和服务主导型增长模式使中国看到了更轻型、更洁净、更绿色 GDP 的希望。

30 年来,资本密集型增长模式推动了出口和以出口为导向的固定资产投资增长,中国从这一模式中获得了巨大的利益。但是现在这一模式的负外部性正在将中国经济带入一个危险区域,并引起了人们对于其可持续性的严重担忧。最终,向日益以服务业为主导的、劳动密集型增长模式的转变是中国唯一的出路。"十二五规划"应在这方面迈出重要的一步。(史蒂芬·罗奇为摩根士丹利亚洲主席)

(资料来源:http://www.caijing.com.cn/2010-03-30/110406220_2.html(《财经》))

二三线城市的房价如此汹涌,青春终将无处安放

2010 年 04 月 05 日 08:32　来源:红网　邓为

竞价 241 次,溢价 5.19 亿元,溢价率 287%,4 月 2 日,在长春市国土资源局举行的国有土地出让仪式上,国企背景的永辉房地产公司与民企龙创地产上演了一场争地大战。龙创最终以 7 亿元摘下长春市净月樱花地块,成为今年长春新"地王"。(2010 年 4 月

4 日《广州日报》)

据新闻报道，这样疯狂的争地大战，让拍卖师都沉不住气，多次提醒竞拍的双方，"这样举牌是非理性的"。不管是非理性还是赌气，溢价率 287% 的地王就此产生，正如一位业内人士坦言的那样，"没想到国企民企的争地大战，这么快就蔓延到了长春这样的二线城市"。

国土资源部部长徐绍史曾表示，未来土地审批将偏向二三线城市。在这样的现实语境下，更多的投资商和房地产开发商涌向二三线城市，国企与民企争地，其实只是二三线城市房价飙升的一个表象而已。据《华夏时报》的统计，2009 年下半年一线城市房价出现较为明显上涨的同时，部分二三线城市涨价幅度甚至超过一线城市，后劲十足。兰州房价相比 5 年前上涨约两倍。武汉、合肥、长沙、西安、济南等城市，近期纷纷达到或创造历史最高房价。

数月之前，媒体还报道，在北京、上海、广东等一线城市的白领，面对高昂的房价和生活成本的上升，不得已逃离"北广上"，选择到二三线城市定居和工作。如果说，北京、上海、广州这样的一线城市飙升的房价将无数白领赶向二三线城市的话，那么，面对二三线城市日渐疯涨的房价，他们又该如何选择？难道继续逃离和回归，到县城去？问题是，县城的房价就便宜吗？作为县级市的昆山，房价即将集体步入万元时代。而在我的家乡，月均收入顶多一千有余的小城，房价已然飙到了三千多元。

房价是无数中国人，特别是年轻一代挥之不去的梦魇。实际上，大量白领从北京、上海这样的城市回归，更多的是一种无奈选择，是一线城市天文数字般的高昂房价抛弃了他们。如果二三线城市继续着这样的房价涨幅，成为"地王"频现的温床，可以毫不夸张地说，对于被孩奴、车奴、卡奴等众奴加身的白领们，他们很有可能被二三线城市再次抛弃。白领尚且如此，那些收入一般的民众又如何能够承受高房价之重。

曾有专家指出，白领阶层从一线城市回归到二三线城市，可以为二三线城市带来一线城市严谨和认真的工作理念，带来优秀的企业文化和竞争意识，对于二三线城市的经济增长、科技进步和体制创新带来积极的推动作用。只是，面对即将再次抛弃他们的房价，哪里还有给他们施展才能和唯才是举的舞台？

有恒产者有恒心，作为安身立命之所的住房，理应成为年轻一代所有梦想的起点，而不是终点。房价过高，不仅会影响人们的消费积极性，还会影响人际关系、道德水准、人生梦想以及奋斗动力等等。当二三线城市的房价也如此汹涌，被裹挟的每一个人将成为望不到幸福彼岸的泅渡者，他们的尊严和幸福，终将无处安放。

第七章　报刊财经新闻评论

第一节　报刊财经新闻评论概述

所谓"报刊财经新闻评论",就是以报刊为传播载体刊发的关于财经信息的看法和意见。下面对报刊财经新闻评论的特点和现状做一介绍。

一、报刊财经新闻评论的特点

报刊财经新闻评论是新闻评论大家族的一员,它区分于广播电视评论、网络评论等评论范畴。财经新闻评论在与其他评论相比较时表现出如下特点:

(一)可以适当展开论题,深刻论证

"语言是思想的直接现实",报刊以文字为表达手段,这赋予了它独具的优势表达思想的深刻性和彻底性。虽然文字是报刊和电视共有的视觉传播符号,但是电视中的文字(字幕)主要起提示、交代、解释、说明等作用,是声画的辅助表达手段。电视的图像本身不能脱离"所指",所以也就不善于表现抽象的思想和观念,以及消逝了的事物和场景。广播短和浅的特点自然更不适合于深刻地论证,而报刊评论的特点正是思想性、论理性,在三大大众传媒中,可以说报刊是最符合这些要求的。报刊财经新闻评论却可以在所占用的版面空间中铺展开来进行抽象的评论。广播、电视的每一档新闻评论类栏目中,真正上升到抽象的具体的论述片段加起来也不过两三分钟,中间还要不断地插入事例、图像,不断地介绍过程,类似于新闻述评。尤其是在访谈类节目中,访谈占据节目的大部分时间,而真正议论的部分很淡薄,形同新闻报道,这固然有多方面的原因,但同声画不善于体现说理,不善于从思想、政治或伦理的角度分析论述问题有关。

(二)可保存性、可选择性,新闻评论的逻辑性、可读性强

报刊具有可保存性,读者可以从容地阅读,慢慢地领会,这保证了报刊财经

新闻评论的内容可以尽量多、尽量准确地被读者理解。这也使得评论员在写作时慎重地考虑,仔细地推敲,语言表达尽可能准确而明晰,避免意义含混。而广播电视的声音和画面都是稍纵即逝,不易留存,保存的成本较报刊高,不具有可选择性。报刊不仅具有可保存性,还具有可选择性。一份报刊上有许多信息,读者可以选择自己喜欢的去看,即便是同一条信息,也可以挑选其中的重要部分看。而广播电视节目是以时间顺序编排的,听众和观众不可选择。正因为报刊的可保存性和可选择性,对于报刊财经评论的质量提出了更高的要求,对于财经评论员的素质要求也更高。在互联网出现以前的报刊财经评论,绝大部分由专职财经评论员写作,无论是编辑部文章、社论、本报评论员文章、本报特约评论员文章、短评、编者按、观察家评论、个人署名评论、杂文等的作者,他们要么具有马列主义修养、要么政策法律纪律观念强、要么博学多才,知识功底深厚,要么笔锋犀利,见解独到。报刊经过常年的积淀,已经培养了大批的报业人才,广播电视望尘莫及。

　　网络的出现,给报刊财经新闻评论提供了一个新的平台,同时诞生了一个依托网络平台的新评论样式——网络评论。网络评论是新闻评论这一传统新闻体裁在网络媒介上的具体运用,也是新闻评论在网络平台上的延伸和创新。网络评论的发展是随着网络的发展以及网络论坛的兴起而兴起的。社会正处于转型期,呈现出多样化、文化多元化、价值多元化的客观趋势,而网络评论最能适应并反映出这趋势。与报刊评论一样,它也是一个完整的系统。报刊的网络版或网站评论是报刊评论的一种延伸。

二、我国报刊财经新闻评论的现状

(一)不同的报刊定位造就了不同的写作风格

　　综合性报刊的定位比较全面,目标读者分布广泛,工农商学兵各行各业的人士都有可能成为其读者,因此,综合性报刊的财经评论大多数是以评论新近发生的、具有新闻价值的经济现象,注重宏观层面的述说和评论,语言讲究通俗易懂,防止罗列术语。

　　而专业报刊的目标读者则大多是经济领域的学者和专业经济干部,因此,专业报刊上的财经评论以评论具有理论价值的学术问题和现实经济工作中的具体问题为主,专业性比较强。因为不同的报刊定位造就了两种报刊不同的写作风格,有学者称综合性报刊的财经评论为"新闻性的评论",而把专业报刊上的财经评论称之为"经济学的评论"。

(二)专业财经报刊的时效性要好于综合性报刊

　　从新闻实践中我们不难看出,《人民日报》和《经济日报》的经济、财经评论在时效性上都不及《21世纪经济报道》。每每国家重大经济政策的出台或遇到重大经济事件、经济现象,《21世纪经济报道》总会在第一时间发表社评文章或评论员文章,对其进行深层次的解读,为读者提供方向性的指导。而综合性报刊的经济、财经评论总显得姗姗来迟,很少抢到第一落点。

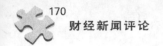

（三）综合性报刊经济评论文章形式多样

综合性报刊的评论文章形式多样，通常有社论、评论员文章、短评和快评之类的，像《经济日报》更是开设出众多的专栏。而专业财经报刊的评论形式则显得相对单一，仅有社评和时论。

综合性报刊重视系列评论的作用，而专业财经报刊没有系列评论。还是以中央召开经济工作会议为例，《人民日报》和《经济日报》都相继刊发系列评论。中央经济工作会议12月5日至7日在北京召开，《人民日报》于2006年12月11日至16日陆续刊发系列评论《论学习贯彻中央经济工作会议精神》6篇：《又快又好是全面落实科学发展观的本质要求》、《坚持把"三农"问题放在经济社会发展全局的突出位置》、《在结构优化中促进总量平衡》、《促进国际收支平衡是宏观调控的重要任务》、《不断强化企业激励和约束机制》、《坚持促进经济社会协调发展》。《经济日报》于2006年12月11日至16日陆续刊发系列评论《学习贯彻中央经济工作会议精神》6篇：《努力实现国民经济又好又快发展》、《继续加强和改善宏观调控》、《扎实推进社会主义新农村建设》、《加快转变经济增长方式》、《坚持深化改革扩大开放》、《不断促进社会和谐》。面对大的政策方针仅靠一两篇评论文章是不足以解释清楚透彻的，因此系列评论可从不同的侧面、角度来全面阐释政策方针。[1]

第二节　报刊财经新闻评论的关系处理

新闻报道的主要特点是用事实说话，新闻评论的主要特点是议论说理、直抒己见。新闻评论又是对新闻报道的概括和提高，它可以对新闻报道的重要事件和重大问题进行分析和评价，也可以明确指出新闻报道的思想政治意义。毛泽东同志曾经指出："搞新闻工作，光务实，不务虚，不好。有了看法，有了意见，就要找机会、找题目发挥。"并且强调："应该有比较深刻的议论。"[2]这就进一步揭示了新闻评论的特点、作用及其自身的规律。纵观报刊新闻评论的历史，可以说，其成败得失、是非功过，无不与是否遵循新闻评论的特点及其自身的规律密切相关。

有必要认真总结报刊财经新闻评论的经验教训，探讨报刊财经新闻评论中"矢"与"的"、"快"与"准"、"理"与"情"、"软"与"硬"、"高"与"低"、"深"与"浅"、"奇"与"正"等关系，更好地发挥财经新闻评论这种传播形式的作用。报刊财经新闻评论必须处理好以下的几大关系。

---

① 兰君：《报纸经济评论刍议》，硕士学位论文。

② 《毛泽东新闻工作文选》，219页，北京，新华出版社，1983。

一、"矢"与"的"的关系

新闻评论的导向性和针对性。报刊的财经新闻评论，首先要有正确的方向，这样才能发挥其应有的舆论引导作用。1996年9月26日，江泽民同志在视察人民日报社时强调指出："舆论导向正确，是党和人民之福；舆论导向错误是党和人民之祸。"这就充分说明了舆论导向正确与否的极端重要性。

财经报刊的舆论导向，在很大程度上是由新闻评论来体现和担负的。一篇评论，尤其是社论的失误或错误，就会给国家经济建设、政治生活造成很大的消极影响，甚至给党和人民带来严重的灾难；导向正确且有分量的社论，则可以发挥强大的威力，提高人们的认识，统一人们的思想，振奋人们的精神，团结奋斗，推动社会主义事业前进。

财经新闻评论的导向是否正确，主要看其内容、主题、观点是不是正确，是不是坚持了马克思列宁主义、毛泽东思想和邓小平理论，是不是坚持了党的"一个中心，两个基本点"的基本路线，这是第一位的，此其一。其二，财经新闻评论还必须具有针对性。导向正确的财经新闻评论，既要以科学的理论为指导，全面准确地体现党中央的路线、方针、政策，又要从实际出发，深入反映广大人民群众的愿望和要求，真正把理论和实际联系起来，把对上负责和对下负责统一起来，借用毛泽东同志的比喻就是"有的放矢"。新闻评论要做到有针对性，主要是要解决一个"空"的问题。

评论忌空，空泛议论是财经新闻评论的大忌。为什么会出现空泛的财经新闻评论？原因之一是情况抓得不准，问题缺乏提炼，虽然洋洋千言、旁征博引，读者却不知所云，不知道你为什么要讲这么一堆道理，到底要解决什么问题。原因之二是先入为主，往往是上级硬性规定什么问题要写评论、某个报道要配评论，而评论作者常常是为了应付差事、"完成任务"而写，至于值不值得写，评什么，怎样论，并没有认真去思考一番。有一些配新闻报道发表的短评或评论员文章，几乎完全是为了体现一种规格，评论的内容除了复述报道的内容外，看不出明确的针对性。原因之三是问题虽抓住了，但由于评论者受自身思想理论水平的限制，犹如一个射手瞄准了靶心，却没有一支利箭，加之对实际生活缺乏切身感受，因而对问题分析不透，也论不出多少道理来。财经新闻评论要有的放矢，就要切中时弊，使人读了起到振聋发聩的作用。

二、"快"与"准"的关系

报刊财经新闻评论讲求时效性和准确性。财经新闻评论和一般的理论文章不同，同一般的评论也不一样，它必须兼有新闻和评论两者的特点。凡是反响大、受到读者欢迎和好评的财经新闻评论，大都是讲究快、及时，讲究时效的。财经新闻评论时效性表现在许多方面。如及时地体现党和政府的要求、指示；及时地掌握人民群众的思想脉搏，反映人民群众的呼声、愿望；及时地抓住新鲜的事物和经验；及时地颂扬真善美、抨击假恶丑等等。总之，财经新闻评论要及时地写出来，及时地发表出去，使人耳目一新，并对当前的舆论起引导作用，对当前的工作起促进作用。

财经新闻评论的准确性之一是真实性。如果引用的财经数字和事例不准确，如果思想症结未弄清、问题的提法不准确，财经新闻评论就会失真，也就失去了它的指导性。二是科学性。如果概念不准或弄错了，或者数字、材料、事例引用有误，或者引发的议论不确切，或者引语断章取义，这样写出来的财经评论就谈不上科学，只会扰乱人的思想，给社会生活添乱。

如果说财经新闻评论的时效性主要是克服一个"慢"字的话，那么准确性则强调一个"准"字。讲究时效一定要以准确为前提，不能急急忙忙、马马虎虎、毛毛糙糙地发表出去，更不能出现差错。还应当注意掌握好时机，快与慢、早与迟都要根据时、事的需要，该快则快，该慢则慢，该早不宜迟，该迟也不宜早，特别是一些政策性很强的财经新闻评论，一定要根据总的工作部署和具体的步骤进程，适时地写作和发表，并非越快越好。

提高财经新闻评论的时效性，大体上可以从三个方面入手：一是对政治、经济、社会生活中的问题要看得准并且及时地抓住它，通过评论来加以阐述。这样及时写出来并发得快的评论，就能给人以新鲜感，就能起到澄清思想、统一认识、振奋精神的作用，就能发扬成绩，纠正错误，推动各项事业向前发展。二是对人民群众新的创造、新鲜的经验要及时了解，认识其价值和意义之所在。亿万人民群众在丰富的实践中会不断有新的创造，作为财经新闻评论工作者则有责任及时把群众的各种新的创造、新鲜的经验反映到评论中来。三是对中央和上级的指示精神，要认真学习，在财经评论中及时地体现出来。对于那些需要及时让群众知道的中央和上级的指示精神，如果通过评论及时地体现出来，传播开去，就能使群众很快地了解上面的精神，或起稳定人心的作用，或起指导行动的作用。这就离不开财经评论作者雷厉风行的工作作风、加班加点的吃苦精神。

要保证财经新闻评论的准确性，需从这样几个方面努力：一是命题要准确。如果命题错了，必然全盘皆错。二是由头、分寸都要准确。所谓由头，就是写这一篇财经新闻评论的根据或依据，包括所依据的事实、背景，都必须是真实、准确、没有一点水分。所谓分寸，是指对事物的量的把握。准确不仅是事实要准确，对事实的评价还要有分寸感，过犹不及，都不准确。三是分析要准确。分析要实事求是，讲清道理，使写出来的财经评论具有说服力；同时还要弄清一般与特殊、共性与个性的关系，要注意条件性。

三、"理"与"情"的关系

财经新闻评论也要讲求说理性和生动性。一篇上乘的财经新闻评论不仅仅要以理服人，还应当以情动人，尽可能做到"晓之以理"、"动之以情"。财经新闻评论的说理性基本特征应该包括：思想是深刻的，论证是充分的，结论是科学的。思想深刻、富有哲理、有理论色彩、有创造性的观点，才能引人入胜，才有新鲜感。论证充分就是提出一个问题必须进行论证，这个论证应当是有根有据、虚实结合、逻辑严密的。结论科学就是必须符合马克思主义的基本原理，符合党的基本理论和基本路线，符合客观实际，经得起时间和实践的检验。这就是说，财经新闻评论要有理论的力量，思想的力量。

有人认为，生动性主要体现在形式和语言上。其实不然。因为，财经新闻评论作为富有指导性的论说文，固然应当庄重、严肃，但这绝不意味着表达方式可以生硬呆板、千篇一律，而形式风格的多样化、文字的生动活泼都与评论者的思想感情密切相关，因此生动性关键在于评论作者要富于感情，充满激情。态度不鲜明，该怒不怒，该喜不喜，没有激情，读者就会觉得你是应付差事、敷衍了事。这个情就表示了财经评论作者对某件事情的态度，表明了他在这个问题上的立场、观点。应时时划清这样一个界限：财经评论的指导性绝不是指令性。无论指导性多么强的财经评论，它终究不是党的指示、政府的法令，它所起的是一种指导和引导作用。即使有些社论是指示性的，也不能板起面孔说话，因为它毕竟是以大众传播媒体的评论形式出现的。至于"一定要"、"应该"、"必须"等等一类词语是肯定要用的，但以尽量少用为好，用多了读者就会厌烦。如果多用知心朋友谈心的态度来写财经评论，这样就会使人感到亲切，也乐意接受。梁启超曾经说，笔锋要常带情感。如果是表扬先进，就需要满腔热情，明确表示对先进典型赞扬、肯定、支持的态度，使人看到了感到心里热乎乎的，而且在评论的感染下能够产生一种奋发向上的精神，积极主动地去向先进人物、先进单位学习。反之，鞭挞丑恶的东西，就应该理直气壮地伸张正义，使人对丑恶的东西恨得起来，或者是通过对某一问题的揭露，发人猛省，使人警觉。

毛泽东同志曾经说过，政论应该像政论，但并不排斥抒情。财经评论作者感情的流露和激情的迸发，都会极大地增强新闻评论的感染力。

增强说理性就要运用理论的力量，透彻地说明问题。要抓住人们思想认识上的问题，用马克思主义的基本原理和基本方法，进行科学分析，从理论和实践的结合上进行说明和解释。此外要采取多种方法和手段，比如摆事实、讲道理，把事实和理论结合起来，就实论虚、虚实结合；要善于运用对比的方法，可以是一个方面和一个方面、一件事情和一件事情的比较，可以是横向的也可以是纵向的比较，可以是相同问题的也可以是不同问题的比较，还要善于揭露论敌自身的矛盾，等等。这些都是增强评论说服力的有效方法之增强生动性，财经新闻评论还要学会把深奥的道理通俗化，深入浅出，通俗易懂。要把深刻的道理寓于通俗的表述之中，听起来像平常说话一样。对于专业性很强的财经评论，如果专业用语太多，势必晦涩难懂，这就需要财经评论作者下一番工夫，使之通俗化。①

---

①　陈志：《新闻评论必须处理好的三大关系》，载《青海社会科学》，1998(3)。

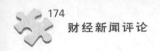
四、"软"与"硬"的关系

财经新闻评论是财经新闻报刊的旗帜,但是,眼下很多的财经新闻评论却难以尽如人意,读者越来越少,没有起到应有的分析、思辨、引导的作用。究其原因,主要是财经评论开篇出口太"生硬",勾不起大多数受众的关注兴趣。财经新闻评论能否以"软"代"硬"直接影响到接受率。

(一)理性思考也要注意讲心里话,要有真情实感

眼下,很多财经评论总是缺少人情味,或居高临下,盛气凌人,或给人一副严肃、刻板,甚至冰冷的面孔,这种感觉好似在财经评论与群众之间筑起了一堵墙。财经新闻评论与读者接触时产生的第一感觉十分重要。良好的第一感觉使读者愿意留住视线,接受引导;反之则会产生戒备、对抗、敬而远之的心理,这势必影响财经新闻评论的成效。所以,财经新闻评论要讲心里话,追求真情实感,使人读来亲切。同时,财经新闻评论不能只套用一个模式,发表大同小异的文章。其实,财经媒体的喉舌作用和桥梁作用应当是统一的。作为党的喉舌,应该始终把宣传党的方针、政策放在第一位。与此并行不悖的是,党是代表人民群众利益的,它的媒体就必须随时反映群众的呼声,只有当人民群众看到你讲的是心里话,他才会更深刻、更自觉地理解党的决议,更信赖、更热爱党的媒体。这时作为党的媒体喉舌作用才能得以充分体现。

(二)摆事实讲道理更应注意趣味性,避免板着面孔说话

现实的情况是,我们媒体的一些财经新闻评论一点也不讲究趣味性,不但格式一律,连语气都相差无几,只有干巴巴的说教,读来味同嚼蜡,引不起读者的兴致。读者即使看也是硬着头皮看,其宣传效果就可想而知了。有的人认为,财经新闻评论主要是抓准问题,阐明观点,不必强调趣味性。财经新闻评论不仅要有趣味性,而且更要讲求多种手法的运用。因为财经新闻评论是面对大众的,必须适合大多数人的口味。把财经新闻评论写得有趣些,不但是必要的,也是可行的;这既是读者的需要,也是新闻工作者的责任。媒体的宣传是面向大众的,只有深入生活贴近百姓,用人民群众喜闻乐见的语言去表达,才能收到预期的宣传效果。

(三)阐述观点不仅要鲜明更要有新意,要肯于调查研究

我们所说的财经新闻评论的所谓"软",就是人们乐于接受。而要做到这一点,前提必须吸引人,如果我们的财经新闻评论提出的观点和问题缺少新颖与深刻,那怎么会"软"下来吸引读者呢?财经新闻评论就是面对千千万万的读者发言,要使这个"言"发得好、发得人们爱听,你肚里没有"鲜货"行吗?我国新闻界前辈邓拓就此曾专门著文说:"对一个问题还没有研究清楚就不能写文章,这不仅是政治责任心的问题,同时也是思想

作风问题。如果对情况不了解，就要去调查研究，把它弄清，判断一个问题，如果把握不大就应该继续研究，直到把问题弄清为止。"财经新闻评论要求必须快，有的人为了赶任务，往往匆匆忙忙、随随便便就抛出了个东西。有的人认为，写评论主要靠逻辑推理，用不着多花工夫作调查研究，以致平时无准备，关键之时拍脑袋，这样势必会"硬"，读者不愿意看也就不足为怪了。其实，谁都是人不是神，那些脍炙人口的财经新闻评论哪个不是"有准备头脑"的产物？哪个不是经过了长期深入研究之后才一挥而就？如果没有事前较长的调查研究，就不可能有深度的东西。

（四）要做到财经报道与财经评论相结合

这是当代受众的客观需要。在信息传播全球化、多元化的环境中，一方面新闻媒介之间的竞争加剧；另一方面也同时培育、锻炼了受众的分析能力、比较能力和思考能力，使他们的独立评判意识、主观选择意识、不满足感和参与感都日渐增强。表现为受众在接受信息阅读新闻时，已经不满足于仅仅知道新闻事件本身，还有着对这一事件背后的深层"探究"：事件发生的前因后果是什么？事件的背景情况如何？其中蕴涵了什么意义？对个人有什么样的影响？会波及到什么程度？财经报道不仅能满足受众的"知晓权"，还能有效地平衡受众心理，起到心理宣泄的作用。只有在事实报道中自然而然地流露思考的倾向，让受众潜移默化地接受并做出独立的判断，正确引导舆论视听，才能有效地发挥财经新闻评论特殊的教育作用。[①]

五、"高"与"低"的关系

胡锦涛总书记《在人民日报社考察工作时的讲话》中提出"要把提高舆论引导能力放在突出位置"。财经新闻评论是财经报刊的灵魂，是财经报刊的生命，是财经报刊的旗帜，是引导舆论的主要途径。在"独家观点"日益重要的今天，财经新闻评论扮演的角色也越来越重要。报刊财经评论必须从政治高度、时代高度、理论高度等方面保持财经评论的高度与权威性，同时要从民生角度以艺术性的文字保持"低度"。从新闻传播学的角度来看，所谓"高度"，是一种着眼于传播者（媒体）的观察视角，本质上是媒体的一种自我定位，是媒体宗旨、编辑方针、办报理念、受众定位等综合因素的体现和共同作用的产物。"高度"体现媒体的品格、品味和追求，而其支撑是基于源自受众的"影响力"。所谓"低度"，是一种自下而上的审视立场和写作视角。"高"与"低"结合才是报刊财经评论的正确选择。

（一）政治高度

新闻工作关系党和国家命运，关系中国特色社会主义事业兴衰成败。新闻媒体是党

---

① 郎希久：《新闻评论以"软"代"硬"》，载《记者摇篮》，2005（7）。

和人民的喉舌,新闻评论更是灵魂。报刊财经新闻评论特别需要一种政治家的眼光,能站在全局的高度,善于在复杂的形势下辨明是非利害,做出正确判断。让党放心,让人民满意,不断强化导向意识是把握正确舆论导向的前提。强化导向意识就是要坚持和贯彻新闻工作的党性原则,坚持树立大局意识、责任意识、阵地意识,守土有责;坚持弘扬主旋律,打好主动仗。保证报刊财经评论时刻全局在胸,围绕中心,服务大局。胡锦涛总书记《在人民日报社考察工作时的讲话》中指出"舆论引导正确,利党利国利民;舆论引导错误,误党误国误民"。由此看来,要实现正确的舆论引导,准确无误的具备权威性的财经新闻评论至关重要。

（二）时代高度

历史的选择是一种时代的发展趋势。2009 年是新中国成立 60 周年,一个伟大的结论,就是一个时代的发展标志。中国共产党给中华民族的时代结论就是沿着中国特色社会主义道路奋勇前进,而沿着中国特色社会主义道路奋勇前进的时代内涵和背景就是没有共产党就没有新中国。从战争年代的严峻考验,到改革开放的艰辛历程是中国共产党在复兴中华民族,是中国共产党对中国和谐社会的绝对领导,让中华民族站在了时代前列,并始终走在了时代前列,光荣属于中国共产党和中华民族。

中国共产党以马克思主义作思想武装,不仅是历史的选择,更是一种时代的发展趋势。以科学发展观为核心的具有划时代意义的伟大理论指导着当下中国前进的方向。报刊财经新闻评论当站在时代的高度和起点上,准确把握先进性的时代特征,准确把握当代中国社会前进的脉搏。

（三）理论高度

报刊必须坚定并坚持中国特色社会主义道路和中国特色社会主义理论体系,以党和人民的利益为最高利益。

报刊财经新闻评论必须旗帜鲜明地坚持马克思主义新闻观,践行马克思主义新闻观的原则。在日常宣传报道中,财经报刊要让党的各项理论创新成果深入人心,让读者深刻理解这些理论成果的重大意义和丰富内涵。在重大事件来临之际,就要充分发挥新闻宣传主阵地作用,进一步占领舆论制高点。把党中央对发展着的世情、国情、党情、民情的真理性新认识,让读者入耳、入脑、入心,能够帮助广大基层干部准确理解和深入贯彻。这不仅是财经报刊义不容辞的使命,也完全契合了读者的需求。力量不在于声高,辱骂也绝不是战斗,说理深刻才是战斗力之所在。

（四）民生"低度"

胡锦涛总书记《在考察人民日报社时的讲话》中指出:"必须坚持以人为本,增强新闻报道的亲和力、吸引力、感染力。"贴近民生实际,站在人民群众的立场上,是党全心全意为人民服务这一根本宗旨的体现。从为人民服务到以人为本,新闻工作对民生的关注更多的是一种理念和视角,反映的是财经报刊的价值取向和新闻工作者的世界观、价值观。站在民众的生存、生活的"低度",也就是从以人为本的角度去观察和分析社会现象。

关注民生,实际上就是科学发展观的核心——以人为本理念在新闻领域的具体表现。财经新闻评论要站在发展的目的为了人民、发展依靠人民、发展成果由人民共享这个党的执政理念的高度去审视和发展,它就会深入民众,体察民情,充满感情,关怀百姓,真正把宣传党的主张与反映人民心声统一起来。

(五)文字"低度"

报刊财经新闻评论的文字要准确、通畅、生动,要有艺术性,列宁曾说过,每个宣传员和鼓动员的艺术就在于,用最有效的方式影响自己的听众。提高舆论引导能力必须讲究宣传的艺术,进行艺术的宣传,这样才能最大限度地吸引受众。提高舆论引导能力必须在提升吸引力感染力上下工夫。实践证明,以公众乐于接受的方式传播党和政府的声音,才能更好地发挥舆论的引导作用。文无定法,评论文章的谋篇布局、篇章结构不可能千篇一律。然而就评论问题而言,也有特定的文本要求,就是在结构形式上做到完整、严谨、匀称,收放自如,纵横捭阖,呈现出恣肆汪洋、行云流水般的洒脱。这就要求评论文章做到中心突出、材料连贯、过渡自然、首尾圆合,有一股文气贯穿始终。使文章脉络相承,神意相通。文章结构精细严密,层次分明,内在逻辑环环相扣,无懈可击;段落大小详略得当,材料之间搭配得体。要善于使用来源于生活本身的"新鲜"语言,吸收极具丰富表现力及个性的时代语言,力求财经评论与时代同拍共振。新的舆论形势要求党报新闻评论在进行思想引导时,需多从群众的心理出发,用贴近实际,贴近生活,贴近群众的具有亲和力的话语来表达,少一些自上而下的宣传灌输,多一些与群众对等的平等交流,真正把坚持正确导向和通达社情民意统一起来,提高报刊财经新闻评论的亲和力,从而提高舆论引导的实效性。[①]

高度提升权威性,高度增强生命力,高度增强影响力,低度可贴近群众,增强亲近性。只有在报刊财经新闻评论的选择、处理上有自己的高度,有自己的独特见解,发出自己的权威的声音,贴近群众,增强亲近性,才能对社会舆论产生引导作用,才能产生更大的影响力。

六、"奇"与"正"的关系

善于出奇是一篇报刊财经新闻评论成功与否的关键。

---

① 苏鹏:《新闻评论的高度》,载《新闻窗》,2009(5)。

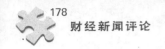

（一）辨清条件，标新立异

报刊财经新闻评论的内涵十分丰富，要阐述清楚，务必将其内涵分出各个层次、分出各种类别，予以辨清，并从中寻求标新立异之处，才能出奇制胜。唐代诗人刘禹锡说："请君莫奏前朝曲，听唱新翻杨柳枝。"宋代戴复古说："须教自我胸中出，切忌随人脚后行。"新闻评论不奏"前朝曲"，多翻"杨柳枝"，就是要善于抓住社会热点、难点、疑点问题，写出"自我胸中出"的独特感受和新的发现。

报刊财经新闻评论要标新立异关键在于一要写时代的新人新思想，要论时代的新事物新风尚，颂时代的新气象新风貌，只有这样，才能把那些闪耀着时代光辉的新思想、新观点、新表现、新要求和新趋向等捕捉入篇，使论点立意与时代脉搏合拍。二要对传统意识多反思。不少传统意识，在它们问世之初或许在一个相当长的历史时期内曾起过积极作用，但随着历史车轮不断向前，它便慢慢地变成禁锢人们思想、约束人们创新的桎梏。标新立异就是要对传统意识挑战，对其进行重新认识，发扬其先进的方面，扬弃其落后甚至错误的方面。这样，就能"人无我有，人有我变，人变我新"，不断推陈出新，出奇制胜。

（二）抓住实质，独出心裁

报刊财经新闻评论论点往往产生于现实生活中。作者在观察社会、了解社会的过程中，既要善于抓住社会上、生活中的各种事件、问题和现象，更要培养饱满的生活热情和政治热情，善于分析和研究，透过现象看本质，抓住事物的实质，揭示事物的内在规律。古人云："虽杼轴于予怀，怵他人之我先。""惟陈言之务去，戛戛乎其难哉！""人所易言，我寡言之；人所难言，我易言之，自不俗。"在这一基础上，作者特别讲究别出心裁，不蹈袭别人，着意在"新颖"二字上下工夫，因为真正新颖的，哪怕是萌芽、蓓蕾，但它代表着未来，必然是高人一筹。否则囿于俗见、成见，落入窠臼，必然是随人之后，人云亦云，鹦鹉学舌，拾人牙慧。

报刊财经新闻评论的出奇制胜，抓住实质，独出心裁是重要方法之一。要使报刊财经新闻评论"新颖"，有几条路可走。其一，发人之未发；其二，反其意而用之；其三，尚奇造意。奇特的往往是新颖的，但亦须奇而不怪，一味追求新奇，违背常理，那就不好了。力求趋于新颖别致的最高境界，论点才能给人耳目一新之感觉。

（三）变换角度，文中见情

报刊财经新闻评论的一个命题可以从多角度立论，但是我们写作时只能选择一个最好角度，确定一个最合适的论点，贵在从平凡的材料中写出能够拨动人们的情弦的文章来。庄子说："不精不诚，不能感人，故强哭者虽悲不哀，强怒者虽严不威。"刘勰说："情以物兴，故义必明雅；物以情观，故词必巧丽。"白居易说："感人心者，莫先乎情。"报刊财经新闻评论虽说是讲道理的文章，但既然是写给人看的，就得考虑到读者爱看不爱看，看得下去看不下去。一篇报刊财经新闻评论，设若写得有情有理，入情入理，爱憎好恶之情泻于笔端,喜怒哀乐跃然纸上,读者怎能不情动于衷,心悦诚服呢？设若满篇空洞推理,干巴巴说教,威风凛凛地面命,读者看了,怎能不觉得味同嚼蜡、难以忍受！只有从平凡的客观材料中,充分挖掘那些可以用心灵感触到的观点,注意凸显人们的七情变化和生活中的哲理、思想,这样的新闻评论才能有灵魂和生气,才能文中见情,达到出奇制胜之目的。

　　要坚持变换角度,达到文中见情的目的,首先要求报刊财经新闻评论的作者情感充沛,爱憎分明,其次要有人情味,就是"人禀七情,应物斯感,感物吟志,莫非自然"。否则"苟其感不至,则情不深；情不深,则无以惊心而动魄,垂世而行远"。当前,在全面实现小康建设的进程中,每时每刻都在产生着新事物、新风尚、新思想、新观点。许多作者往往善于积累新闻素材,不善于积累新的观点,这是十分可惜的。

第三节　报刊财经评论面临的挑战与对策

　　今天,人类已经进入一个高度信息化的社会。在这样一个社会里,传播媒介空前发达,广播电视开始朝着数字化、多频道和网络化的方向发展；PC机普及到家庭,然而最大的变化在于"国际互联网"的迅速发展。从传播的角度讲,国际互联网开创了人际传播、群体传播和大众传播在同一载体同时并存的新的传播形态,是传播史上又一个里程碑；国际互联网开创了平面媒体、声像媒体和网络媒体三种媒体相互竞争、相互依存、共同发展这样一种前所未有的传播生态环境。在这样一种情形下,作为传统媒体的报刊的财经新闻评论,怎样面对这样一种生态环境,从而实现自身长远发展。

　　报刊财经新闻评论的生存环境包括两个方面,一是媒介与个人互动构成的受众生态环境,一是媒介与媒介共生构成的行业生态环境。互联网与受众的互动,形了报刊评论平等、自由、广泛的受众环境；互联网与报刊媒体的共生共荣,构了报刊评论广阔的传播平台。媒介变了,环境变了,报刊评论本身的生存策略在相应地进行调整,以此实现自我改造,维持适应性的生存和发展。

一、报刊财经评论的生存环境

　　从报刊财经评论总的发展趋势上来看,它是朝着关注现实社会,注重新闻时效的方向发展变化的。从报刊财经评论形成和发展的历史可以看出,社会环境尤其是政治环境对于评论的发展作用不可小视,报刊财经评论的每一个发展的步骤都与中国社会的变化和运动联系在一起。声像媒体尤其是网络媒体相对于报刊来说是一种新媒体,基于以上的特点,它们给报刊财经评论带来了新的媒介环境,同时也带来严峻的挑战,咄咄逼人,

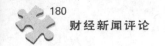

大有取代之势。

曾经有人预言,广播电视,尤其是网络媒体的出现,报刊将成为声像媒体时代的恐龙,然而时过大半个世纪,报刊依然活着,而且更加坚强地与其他媒体齐头并进。报刊财经评论没有因为其他媒体的出现而消亡,这是因为一方面报刊财经评论有着自己独有的特点,有着不可替代的安身立命之本。另一方面广播电视的传播方式和传播特点,是巨大的传播优势和不易克服的传播劣势的对立统一。其实,报刊也可以借助网络得到发展。

(一)网络为报刊财经新闻评论提供了一种新的传播平台

网络评论中有一种形式是网络媒介评论,即传统媒介新闻评论的翻版或延续,这是网络评论最初的形式。在中国网络媒体发展的初级阶段,报刊、广播电台、电视台纷纷上网,以电子版、网络版为基本形态。网络媒介评论是指网络媒介编辑就新近发生的新闻或变动的事实,在新闻网页上所设的言论专栏里发表或发布的署名评论。有三种表现形式:来源于传统媒介的评论,通过链接方式发表网友的评论,以及由网络评论员或特邀的专家发表的评论。网络媒介评论很大程度地保留了传统报刊财经新闻评论的观点,是报刊评论功能的延伸。但是也有所创新,就是在言论专栏里链接网友的反馈信息,一般以"我要评论""推荐给网友"作为标志。

网络为报刊财经新闻评论提供了一种新的传播平台,它把报刊财经评论文字形式转换为以比特存在的数字形式,有力于扩大受众的范围,有利于受众对报刊财经评论的即时反馈。这种评论与传统的评论基本上没有区别,唯一的不同是传统新闻评论的载体是纸质媒介,而在这里评论是以电子文本的形式出现。

(二)网络助报刊财经评论的影响力进一步扩大

网络财经评论的主体最为复杂:其中既有难以计数的网民,或特约评论员。其中的特约评论员就包括报刊的专职评论员也有网络媒介的编辑,此种新的形式成为评论员在线评论,即传统媒介的专职评论员在新媒介上与受众直接交流的评论方式。评论员在线评论方式,改变了新闻评论的工作处理和传播方式。评论员从服从媒介的需要变为兼顾服务受众的需要。传统意义上的评论员从幕后走向在线,借助新媒介以在线主持的身份与广大受众直接地互动地参与新闻评论。评论员在线评论的方式,充分利用了传统媒介拥有的专业素质、丰富经验的财经新闻评论队伍资源,将传统媒介中的评论品牌和公信力优势得到更大范围的延伸,培养和稳固了潜在受众群体。同时,由于新媒介的参与,弥补了传统媒介的财经新闻评论对突发事件反应的时效性和容量的不足。新媒介的参与使财经新闻评论在新闻事件发生后不久或事件正在进行中就能及时推出,信息在线评论员与受众的交互评论能够快捷即时地传递和广泛共享。超链接的自由广度和深度,不受限制的页面容量,拓展了一个传统媒介无法比拟的全新评论空间。新媒介的开放自由互动的特性,也使得传统媒介的专职财经评论员要以一种更加开放多元的思维方式、价值观念和理性的承受心态,来主持和参与财经新闻评论。

二、网络时代报刊评论的发展机遇与对策

互联网的兴起,给原本是报刊体裁的财经新闻评论带来的新的发展机遇和挑战。随着信息技术的进步,网络评论依然在继续充实和完善自己的个性特征。报刊财经评论在网络时代要生存要发展,也必须积极地探索自己新的表现形式和方法。适应受众和媒介的需求,朝内容和形式多样化的方向发展,将是不可遏制的发展趋势。网络媒体的发展也有它的弱势不足,如海量的信息容易使人迷失,信息的真假难辨,败坏社会风尚和危害国家安全的内容可能引起道德沦丧和社会不安定等等,这些都是传统媒体需要认真对待的。传统媒体在与网络媒体的对接中不能迷失自己,虽说互联网的兴起正在给传统媒体带来一场革命,第四媒体势头咄咄逼人,但在目前的媒体格局中,传统媒体仍然具有不可替代的优势。传统媒体发挥自身的优势,利用互联网提供的机遇,借鉴网络媒体的可取之处,是迎接挑战并取得胜利的重要保证。

（一）报刊财经评论要充分利用网络的传播意见平台

明安香认为"互联网是一个人类社会前所未有的综合传播大平台"。随着网络的成熟和发展,它逐渐把传统媒体的所有功能集于一体,把多媒体信息表现方式集于一体,把人类既有的多种传播方式集于一体,集合到一个面向全球的传播平台上,实现独特的综合传播功能。

人际传播、群体传播、传统媒体传播、网络传播以前都是相互分离甚至隔绝的,各种传播类型往往只能在各自的传播平台上进行。而互联网凸显出来的独特的功能,它一举打破了各种传播平台之间的壁垒,形成了迄今为止人类最大的综合传播平台。在这个综合传播大平台上,人们可以根据需要进行各种类型的传播,既可以进行两人之间的"点对点"传播,也可以进行个人对群体即"点对群"传播,还可以进行个人对大众、社会的"点对众"传播等等。也就是说,人类传播的各种形式都可以打破彼此之间的传统壁垒,借助网络传播这个大平台无障碍地进行,甚至进行得比过去更好。报刊是文字的艺术,广播是声音的艺术,电视是声画结合的艺术,而网络是综合所有这些的艺术。

报刊财经评论要充分利用互联网这个综合传播大平台,扩大其影响力。主要在两个方面:一是传统的报刊媒体应设立网站,除了将传统媒体内容悉数上网外,还要利用互联网的传播特点,设立新的栏目,提供更多的新闻信息。二是报刊媒体可以利用商业网站组织和集纳的优势,与商业网站签订协议,提供新闻和评论资源,扩大信息流通的渠道。这也正是商业网络渴望的信息来源途径,双方互惠互利。新浪网的"报系言论""新闻评论名专栏"、千龙网的"媒体精粹"栏目的大部分内容都是专门选登报刊媒体的各家之言。

（二）报刊财经评论与网络的信息互动

信息互动可以分为两种基本形态：同质整合与异质重构。同质整合是指同种媒介间的信息互动和交流；所谓的异质重构是指异种媒介间的信息互动与转换。网络与报刊之间的互动属于后一种。网络与报刊财经评论的互动是双向的。一方面网络应尽量多的采用报刊财经评论稿源；另一方面报刊也可以大量利用网络媒介提供信息，利用网络媒介作为采访工具，获取新闻线索。

现在网络采用报刊的新闻报道尤为普遍，网络媒体由于各种条件、政策的限制，在新闻源上更多地依赖于传统媒体。传统纸质媒体可以在网上开设网络论坛。传统新闻媒体在其互联网站点上开设的论坛，供用户发表自己观点和意见，这是传统媒体在信息时代利用网络的 BBS 功能所创造的其他任何传播媒介在现实中和技术上都不可能实现的多元言论空间。

网络与报刊财经评论的信息互补与整合有利于扩大单个媒体的采访能力，也大大丰富了媒体的报道内容，既丰富了新闻的信息量，又是对日常新闻报道的一个有效补充；有利于结合报刊财经评论的权威性和网络内容的多元化特点，实现优势互补。

（三）报刊财经评论与网络联动共同设置舆论议题

网络媒体在一定程度上推动了传统媒体的报道。当报刊媒体无法对某一事件开展报道时，往往会把消息先透露给互联网，在网民中迅速产生巨大反响，引来无数跟帖和评论，在网络积聚影响力后，对新闻事件的报道会回归传统媒体，最终对各当事方和政府部门形成强大舆论压力，导致对事件的处理方式和结果顺应民意。

彭兰认为："传统媒体的报道往往是投石问路，放到网上后将事件置于民众的关注之下，而民意是一种任何力量都不能忽视的强大的力量，它可以分担原本由一家媒体承担的责任。"报刊财经评论与网络联动的模式一般是"平面媒体的采访与报道—网络媒体转载—形成舆论议题—平面媒体跟上——形成合力"。网络与报刊媒体联动产生的力量是巨大的，远远超过单独一家媒体的力量，而且产生一加一大于二的效果。

（四）保持报刊财经评论的品牌及人才优势

传统媒体多年来积累的新闻信息采编资源和人才优势，在媒体格局中仍有强势地位。人们对报刊的感情是由来已久的，即使在目前网络媒体无孔不入的境地下，人们对报刊还是有着一份信赖。报刊拥有一定的社会公信力。作为有着良好传统的平面媒体，特别是公信度、权威性较高的报刊，在迎接网络的挑战时还是有很大的优势。

传统媒体大多都有十几年、几十年建立起来的品牌资源。品牌就像一面颇有号召力的旗帜，将受众聚集在自己的周围。例如《经济日报》，它在读者心目中是一个权威、严肃、全面、可靠、实力强大的品牌。《经济日报》在历史上有一个强大的优势就是其评论和言论优势，如何让这一优势在网上得到延伸，就开设了评论栏目，每天推出一篇针对经济时事的评论专稿,对人们关心的经济领域的问题发表评论。尽管网上信息已到了多得让人目不暇接的程度,但绝大多数信息的第一来源仍是传统媒体。大量的社会信息,尤其是重大的新闻信息掌握在传统媒体手里,他们都有着自己多元的信息渠道,是新闻原材料的生产者和提供者。传统媒体还有着一支庞大的训练有素的记者队伍。这些都是网络媒体欠缺的。网络媒体也在积极地借助报刊媒体的信息渠道,大量转载报刊的新闻和财经评论。对于网络媒体来说组建自己的新闻采访队伍,不仅存在条件方面的障碍,还存在开支问题等,雅虎中文网宣称:"我们从来没有自己的编辑、采访、写作人员。"美国是世界上网络媒体发展最早的国家,它们把传统媒体的人力资源记者,变成网络记者,使他们成为网络新闻服务的提供者,组建一个网络原创队伍,把传统媒体的品牌资源优势利用起来。

(五) 报刊财经评论要在变化中求发展

网络评论在时效性、容量上拥有绝对的优势,反过来就是报刊评论的劣势。面对这一劣势,我认为报刊财经评论应该在现有的版面之下,扩大财经评论的比重和分量,以高质量的财经评论弥补评论数量上的缺陷。专版化、品牌化、小型化、整合化、平民化是解决问题的关键所在。

1. 专版化

事实上很多报刊已经作出了有益的尝试,很多财经报刊已经打破"栏"的限制,出现了财经新闻评论版。正如美国新闻教科书所言:"社论·言论"版像头版,其重要性远远超过其篇幅。它是有机的,富有生命力的;它是平衡的,表情丰富的。例如,《21世纪经济报道》新增加了"时论"专栏,并专门辟有两版的评论专版。

2. 品牌化

新时期的媒体竞争,从以往的独家新闻之争,逐渐有演变成独家评论之争的态势。而独家评论之争不在于争夺独家新闻的时效优势,则在于塑造个性化的品牌评论。品牌就是竞争力,就是影响力。中国人民大学舆论研究所所长喻国明认为,媒介本身就是一种影响力经济,就像市场经济中多说的,是做品牌的。无论是专栏、专版还是单篇的评论作品,个性化和品牌化经营是其生存之道。个性化是说报刊财经评论不但要具有真正的价值,而且要占据读者心灵独特的空间。现在很多报刊在个性化品牌化方面已经有了很多很好的经验。《中国青年报》的求实篇,无不既是深受好评的名牌栏目,又是极具个性的评论典范。在专栏评论品牌化经营方面,《中国青年报》是典范,新世纪的《中国青年报》在专栏品牌化经营方面继续深入,努力进行栏目个性化探索,除名专栏"冰点时评"外,目前还有"经济"等五个分类新闻版块,每个新闻版块都经营新闻时评专栏,该报努力结合版面定位,逐渐形成个性化、差异化的评论栏目风格,使专栏品牌化特征更加突出。

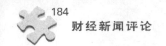

3. 小型化

是指报刊财经评论应尽量撇开宏大的政治叙事角度,内容向具体化、形式化、多元化转变。传统的报刊财经评论轻问题重主义,板起脸孔说话,侧重对问题形而上学的解读,这使得传播者与受众的距离遥远,评论话题单一陈旧。为了解决这一问题,报刊财经新闻评论首先在内容上应避免大而空,选取小角度。从现实中选题立意,贴近实际、贴近群众、贴近生活。其次开设小言论专栏,专门刊登群众来论,每期 4~5 篇 500 字左右的财经评论,这些小言论取材广泛,贴近群众生活,以小见大,有的放矢,短小精干,受到读者欢迎。报刊财经评论的小型化还通过开设群言型评论来达到。以往编辑部评论"包打天下",局面单一,我们可以变报刊财经评论的职业化写作为编辑、财经评论员写作和读者广泛参与的群言式写作,形成群言式写作共生共荣的局面。编辑部评论往往大而空,而读者来论在篇幅上可以做到小而精。小型化的财经评论可以开设名人专栏,一定知名度的公众人物参与,使财经评论的主笔明星化。

4. 整合化

报刊整合财经评论包括横向和纵向两个方面。横向整合指的是转载来自其他报刊的优秀财经评论,包括中央党报的重要财经社论或评论员文章,或者转载世界各大报社的重要财经言论。纵向整合指的是转载来自其他类型媒体的优秀财经评论,尤其是来自网络各种论坛、BBS 可圈可点的财经评论。如《南方周末》"观点"版块的"网眼"栏目,专门收集来自网络的思想原创热帖,这些帖子不乏思想新颖、见解独到、言简意赅的好的财经言论。它们都来自于博客中国、天涯关天茶社、西伺锐思评论、万科思想评论等网站。虽然报刊财经评论整合没有网络集纳性的博大,但是可以做到精深,精深的前提必须选择有代表性、思想性的财经言论,引导人们思考,开阔读者的思维。

5. 平民化

借鉴网络评论主体多元化、内容丰富的特点,报刊财经评论可以在平民化上下工夫。新闻财经评论的平民化是指在新闻内容、主题的选择上持平民立场,倾向于针对同平民利益密切相关、最具现实意义的问题加以评论;在论述方式和语言上,能采用一种平民能够理解的通俗形式,站在平民的立场说话。可从三个方面着手:评论作者的平民化、评论选材和角度的人性化、评论语言的通俗化。就评论作者而言,除传统的记者评论员外,可以邀请社会各阶层和不同的社会群体参与,工农商学兵都广泛地邀请进来。《南方都市报》的来论版,群众大唱主角。就评论选材和角度而言,要更加注重从人性人文的角度关注社会现象,从民众的立场对热点、焦点新闻进行解读。就评论的语言而言,可以不拘一格。或清新明快、或尖锐犀利、或风趣幽默、或朴实平易。如南方都市报时评的语言风格,就体现出明显的平民化,活泼清新自然。

6. 打造冲突与宽容的财经言论版

网络评论优势之一在于多元化,报刊财经评论如何做到多元呢?

他山之石,可以攻玉。我们先看看美国言论版的一些做法。美国报刊素来重视言论的平衡,把正反双方的观点放在一起争论。它的言论版冲突性突出体现为多种言论主体、体裁混杂的格局。以《纽约时报》和《今日美国》为例,首先,两报实行社论与读者来信版对页的做法,"社论版对页",取与社论版相对、分庭抗礼之意,经常发表一些与社论观点相对立的读者来信,表现了读者"来论"与报刊"社论"的对立格局,其次冲突性也体现在读者来信与专栏文章的冲突上。尤其是《今日美国》,它的社论版叫做"今日争论",通常的做法是在一篇社论之下安排两篇观点对立的文章,其中一篇是"我们的观点";另一篇是"反对观点"。《纽约时报》言论版栏目品种多样,社论、专栏作家文章、编辑观察、来信、投稿、读者观点等栏目,可谓丰富多彩。栏目的多样性有利于把严肃的政治性和浓郁的生活气息融合在同一版面上。

中国的报刊言论版兴起于 20 世纪 90 年代末,到现在已经蔚然成风。较早创办和有一定影响力的有《中国青年报》的"青年话题",《南方都市报》的"时评版",《经济观察报》的"社论版"。我国的言论版在形态、内容、版式等方面可谓百花齐放,但是风格却不是很明显和稳定,尤其在营造冲突与宽容的言论风格上与西方不可同日而语。

言论版应该借鉴国外的做法,突出冲突性,保持正反观点的平衡性。马少华认为:"一个版面的多篇言论,往往并不是偶然的、机械的关系,而可能是不同的、对立的关系、相同的关系、相互映衬的关系,这些关系形成一个有张力的语义空间。单一的言论品种不能构成生态性;多品种但不互相发生关系也不构成生态性;不同的言论品种、代表不同人群的言论品种相互反应、互相批评,构成生态性。"如果财经言论各自不发生关系,那么财经言论版就只是言论的机械堆砌,没有实质性的意义。冲突性和包容性的财经言论版的意义在于表示报刊的客观公正,使报刊反映的观点更全面,收集读者意见的范围更广泛。

7. 占领财经舆论引导的制高点

美国报业编辑协会主席罗德里格斯在接受《南方周末》的采访时说:"博客固然是一种很好的传播方式,但博客表达的是一种个人意见,报刊表达的是'人们'的观点。"罗德里格斯认为报刊是能把人们团结起来的力量。"在美国的一些危机时刻,报刊就变得比以往更重要,因为报刊是凝聚剂。不错,博客能让草根阶层抒发他们的想法,但是它无法起到号召社群的作用。或许它是小圈子范围内的凝聚剂,但它没有力量团结起更多的人群。""如果那些被《纽约时报》录用的博客写手们认为印刷媒体是即将灭绝的恐龙,博客代表着未来,他们就会拒绝《纽约时报》的邀请。"罗德里格斯的这段话很好地说明了报刊的一个优点:长于舆论引导。尽管网络本身也存在一定的把关,在舆论走向上不是放任自流。但网络媒体的把关是远远不够的。

网络本身的把关是有限管理的模式,由于商业利益的影响,很多网站很多时候对于内容选择存在媚俗化、吸引眼球、把关不严的倾向。同时网络论坛的管理也还存在很多的问题:高素质论坛管理人才的缺乏,版主对话题的理解程度有限,难以对网上驳杂的信息作出准确的判断;网络媒体如何把各种观点、意见、建议转化为有关职能部门的决策参考等。主流财经舆论的引导主要还得依靠传统媒体。中国大众传播业的一个显著特点是特许经营,在宣传报道上,新闻媒体则要体现党和政府的喉舌功能,要发挥正确的社会舆论导向作用。网络评论具有无序性、自发性、非理性、把关薄弱等特征,所以报刊必须肩负财经舆论引导的责任,引导网络媒体在舆论上的正确走向。报刊财经评论要利用自身的品牌和已有的影响力,在舆论引导上发挥风向标的作用。如果报刊媒体盲目地跟风炒作,则丧失了自己传统的社会责任。

报刊财经评论在时效性上不如网络财经评论,因此很多时候都是网络财经评论在第一时间对某个问题或新闻事实发出声音,网络财经评论占据了先导的作用。但是报刊财经评论在引导舆论方向,"以正确的舆论引导人"上优越于网络评论。报刊财经评论要旗帜鲜明地支持正确、进步的财经舆论,而对错误、落后的舆论予以批驳。尤其是在由网络论坛发起的社会财经热点问题中,要讲究引导的策略。首先是"镇热"。财经评论方向正确,旗帜鲜明地发出声音,以强势声音先导。其次是"散热"把公众对"热点"问题的关注度适当合理地释放;再次是"降热"。进行意见鉴别,区分消极和积极的舆论,区别对待。最后是"下药"。针对关键,发表意见,引导舆论向正确的方向发展。

在媒介多元化的今天,报刊财经新闻评论应该汲取各家媒介之长,更好地发挥评论的作用。尤其是网络时代网络评论和报刊评论,两者更应当扬长避短,共生共荣。①

【例文】

预算透明:"阳光财政"一束光
(《财经》社论)

全球经济危机下的中国"两会"格外引人关注,重心之一便是预算草案的审议。今年"阳光财政"的呼声空前高亢,有人大代表散发了对 31 个省级财政透明度的评分和排序,舆论也对此热切鼓与呼。这些均为可喜之事。

应该承认,今年政府提交全国人大的预算案,较之往昔确有进步。与同为危机之年的 1999 年相比,预算案文本字数从 8 000 余字增加了 1 倍余,达到 1.9 万余字,信息充分了许多;较之上年,今年的预算报告有了更多的图表及名词解释,有助于代表、委员和公众准确理解。更重要的是,向全国人大报送部门预算的中央部门从 51 家增至 95 家(含人民银行),已经占到 168 家中央部门编制预算的半数以上,其支出说明部分也较前详细。

今年的政府预算报告还有一个亮点,就是首次纳入了数额巨大的中央和地方政府性

---

① 胡鸽:报纸评论发展的机遇与挑战(硕士论文)。

基金预算收支,包括引人注目的地方政府的土地出让收支。众所周知,地方政府出让土地的收支情况以往并不纳入预算,仅以预算外的"土地账户"实施管理,从而弊端丛生。2007 年以后的改革,已将土地收入纳入地方政府性基金收入项下,实施预算内管理,但是政府性基金预算收支本身从未提交人大审议,相关透明监督仍无从谈起。

此次人代会审议通过的政府预算在土地收支项目上体现了公开性。预算报告显示,去年地方政府性基金收入达 13 110.69 亿元,相当于由税费构成的地方财政一般预算收入的四分之一。其中,土地出让及新增建设用地土地有偿使用费收入为 10 375.28 亿元,占全部基金收入的 79%。由此可见,地方政府除了一般预算收入,政府性基金收入确实相当可观,且土地收入占大头,和此前学者的估算基本吻合。

过去,多数分析人士认为,地方政府将其大部分土地收入用于建设,且相当一部分用于一般性政府支出。但数据显示,地方政府的土地收入用途非常广泛,其中,37% 用于征地、拆迁补偿以及补助征地农民,15.3% 用于破产或改制国有企业职工安置,12.6% 用于土地开发和耕地保护,3.6% 用于农村基础设施建设、基本农田建设和保护,约 1.4% 用于廉租住房建设,而用于城市建设部分仅有 29.8%,相当于总收入的三成。地方政府鲜有将土地收入用于一般性政府支出的情形。所有这些预算信息,对分析地方政府行为和制定相应政策,了解"土地财政"实情,无疑将有很大帮助。

政府预算公布透明化的进步令人欣慰,但也应当承认,这项工作还可以做得更好,走得更远。须知,人大代表和公众现在已获知的仅是上年预算执行情况和下年预算案,并非完整的政府预算本身。例如,目前人大代表所拿到的预算主报告连用名词解释不过 63 页,相关中央部门预算也偏于简单,而笔者手头的河南省焦作市政府 2008 年市级预算,全部文件有八本之多,总计 1 200 多页,内容虽以数字和表格体现,字数也当在百万以上。依常理可知,中央政府部门的完整预算内容一定更多、更完整。以 94 个中央部门及人民银行编制报送的部门预算推算,至少应当有近百本单册详细预算。这部分重要文件已由政府送至全国人大相关工作机构"内部公开",却未与全体代表见面且公之于众,显然是极大的缺憾。

应当指出,让公众了解完整预算意义重大,而且切实可行。

在近年来创建公共财政体制的进程中,政府预算收支分类改革已取得关键性进展,新编制框架下的政府预算相当清楚明晰,易读可析。在中国,中央一级预算单位试编部门预算始于 2000 年,当年即选择了教育部、农业部、科技部、劳动和社会保障部四个部门的预算报送全国人大。但当时的数据较简单,采用的是计划经济体制下标准繁杂、缺乏明细的粗糙框架。经多年酝酿试点,从 2007 年始,中国正式启动政府收支分类改革,摈弃旧有科目分类体系,采用了一套可以体现公共财政要求的全新收支科目框架。改革两年多来,预算编制已经走上新轨道,虽然改革最初设计的支出"功能分类"与"经济分类"二维结构尚未完全实现,但政府预算编制作为整体,已是面目一新。

　　2009年财政部提交全国人大审议的预算草案和报告，第一次全面采用了新科目体系的收入分类和支出功能分类。透过中央政府各部门的详细预算，可以清楚地获知政府的收入来源，支出总量、结构、方向与用途，各个部门做了哪些事，钱花在了哪些方面。如将这样的预算全面公布，不仅便于人大代表审议时查阅援引，更有助于在公众监督下执行，是极有必要的。

　　预算透明，正是当初实施预算收支分类改革的主要初衷。如今，相关改革之舟已过重山，通过公布完整的政府预算体现改革成果，促进财政体制改革和政府改革，应尽快提上议事日程。（本文刊于2009年第6期《财经》杂志 作者：胡舒立）

第八章　广播电视财经新闻评论

随着经济的不断发展,在全球经济一体化的背景下,特别是新世纪以来,广播电视财经新闻评论节目更是如雨后春笋般不断涌现,可是电视财经评论节目在它的繁荣下发挥着推动作用的同时也产生了一些不良的影响和弊端,需要我们重新审视,谋求更高更好的发展。

在传统媒体中,评论一直具有十分重要的地位,被视为媒体表达思想、引导舆论的旗帜。随着我国新闻事业的快速发展,广播电视财经新闻评论也要与时俱进。从记者现场口头评论到连线嘉宾的访谈评论,从纯文字评论到带音响评论,有声评论的内容愈发犀利深刻,形式更加灵活多样,成为广播电视媒体抢先发展的必争之地。

从有声评论的形式演变去追溯有声评论的源头,应当是从报纸评论借鉴过来的,很长一段时间,有声评论发展缓慢,仅仅局限于播音员代读的文字评论形式。进入新世纪后,经济、政治的改革推动了新闻的改革,评论状态也发生了很大变化。虽然那种显示权威的评论依然存在,但从其总体上说,它已成为众多评论式样中的一种。家长里短的事,自有百姓评说;一些新现象、新问题,自会引发社会的议论。这些财经评论内容不用那么严肃,有的也不必忙于定音,公说公的理,婆说婆的理,而每一番讨论都会留下许多思考。这些开放的理念,不但使曾有的诸多评论式样变活,而且生出更多新的评论式样。

第一节　广播电视财经新闻评论概说

广播电视财经新闻评论是广播电视评论的一种,是新闻评论体裁与广播电视媒介相结合的产物,它是广播电视为了适应社会及其自身的生存发展需要从报纸、杂志评论中引进并经过预期传播特点、传播方式的逐渐磨合调试改造而产生的。其显著特点是通过电视图像和声响、图文结合、声像并茂地给受众造成强烈的视听效果潜移默化地影响着人们的思维意识。改革开放30年来,从中央到地方,广播电视财经栏目都经历了从无到有,由少到多,变简为精的不断改善和调整的历程。

"评论是媒体的旗帜、灵魂。"①新闻评论节目作为广播电视台的核心所在,是推动其走向国际性大舞台,迈向新闻最高台阶的关键所在,而财经新闻评论作为伴随经济发展所不可或缺的一种,更是肩负着重要的责任。

电视新闻评论是新闻评论体裁在电视中的运用。早在电视出现以前,新闻评论就已经获得了相当的发展,成为报纸、广播表明自己观点、立场的最有力的思想武器。与飞速发展的广播电视事业相比,广播电视财经新闻评论工作仍是一个薄弱环节,无论评论的力度还是频次,与目前丰富的广播电视节目内容相比,还有较大的差距。因此,加强和改进广播电视新闻评论工作已成为当前摆在广大广播电视工作者面前的一项刻不容缓的任务。

一、财经评论在广播电视新闻节目中的地位

谈到评论在媒体中的地位,我国著名报人邓拓在他的《关于报纸的社论》一文中曾写道:"社论是表明政治面目的旗帜,报纸必须有社论才具有完全的政治价值。"因此,作为党和人民的喉舌,作为反映舆论、引导舆论的报纸,不能设想没有评论会怎样;同样,广播电视也是如此。在当今社会,广播电视媒介作为强大的舆论工具,其发挥舆论工具的作用,最基本的手段就是通过对社会上新近发生的最重要事件,有选择地进行报道。但是,仅有这种新闻报道是不够的,还必须对新闻事件进行分析,发表议论、表明态度、提出主张,以深刻的哲理影响观众。这样,才能更好地发挥舆论导向的作用,而要做到这一点,就必须依靠评论手段。新闻和评论,两者相互配合,相辅相成,不应只有新闻,没有评论。新闻报道事实,告诉人们发生了什么事;评论则是评价事实,告诉人们应该怎样看待这个事实,指出它的政治意义和社会价值。作为广播电视台的政治旗帜的新评论,它的任务就是宣传马列主义、毛泽东思想、邓小平理论和"三个代表"重要思想以及落实科学发展观、构建社会主义和谐社会,激励全国人民斗志,为实现中华民族的大复兴,为建设具有中国特色的社会主义而奋斗。因此,广播电视工作者只有善于运用广播电视财经评论才能发挥好广播电视这个强大的新闻舆论工具引导群众的经济生活。

二、广播电视财经新闻评论的五大要素

广播电视财经新闻评论与报刊新闻评论一样,同样是由新闻事件、时效性、评论员观

---

① 叶子:《现代电视新闻学》,344 页,北京,中国广播电视出版社,2005。

点和大众性五大要素组成。

（一）强烈的时效性

由于广播电视财经新闻评论是针对新闻事实的评论,自然它也就带上了时效性的特点。广播电视财经新闻评论对时间的要求,有时几乎与新闻报道一样强烈。特别是那些因特定新闻事件而发的评论,赢得时间往往意味着赢得主动,赢得先声夺人的优势。而忽视时间这一因素,则可能使评论成为"马后炮",削弱以致完全丧失财经评论存在的价值。不过,有时与时间相比较,时机也是影响评论社会效果的一个更为经常,也更为重要的因素。在这里,时机作为与绝对时间相对应的概念,主要指事物发展、变化的关键阶段,社会脉搏跳动变速的时候,人们注意力重心转移的时刻……总之,是广大受众最需要评论为其释难解惑的时候。在这种时候及时发表评论,正确而中肯地阐述对于有关事物的看法,往往可以收到入耳入脑,以致直接影响人们的思想和言行,转化为相应的物质力量的效果。反之,如果忽视时机,评论发早了人们还没有意识到它的重要性,再正确的见解也可能被当成耳旁风;发晚了,事过境迁,则难免沦为"事后诸葛亮"。

因为若不对新闻及时加以评论,时过境迁,就变成了旧闻评论。老一辈的革命家和政论家都十分重视评论的时效,他们所写的许多新闻评论在时机上都是恰到好处、及时配合了形势,充分发挥了新闻评论的战斗力。现在,我们的许多媒体常常是发了一篇新闻之后,在后面直接配上一篇评论。近年来,随着新闻媒体的进步,交通、通信器材的不断改进,广播电视财经新闻评论的时效性越来越强,即时性新闻评论得到了大发展。特别是在电视直播中,已经有一些主持人能够做到现场采访、现场评论,引导观众对新闻事实所反映出的问题、迹象进行深入思考。这种即时性的评论报道已成为广播电视财经评论今后发展的一种趋势。

（二）客观的新闻性

任何一篇广播电视财经新闻评论都有自己的评论对象。虽然它们评论的对象千差万别,各有各的表现形态,但却毫无例外地存在于当前的客观现实中,这就是我们常说的,新闻评论是对于新闻事实的评论,失去新闻事实,新闻评论就会无的放矢,失去了存在的前提,不以新闻事实为依托的评论就变成了非新闻评论。此外,对新闻事实的评论不能就事论事,而要从中发现普遍存在的"问题",并就这一问题发表自己的观点。"问题"是从新闻事实中发现的选题。其次,面对某一特定评论对象究竟如何评论,重点突出什么、强调什么,往往还要根据现实需要选择突破口,全力分析论述的重点,力求切中要害,触动绷得最紧的那根社会神经。当然,新闻评论以新闻事实为依托,并不是说在新闻评论中一定要出现新闻事实。正如我们平时说话时经常省略掉一些彼此都知晓的前提一样,一些人们都熟知的新闻事实在评论中经常被省略。

（三）广泛的群众性

广播电视财经新闻评论的目的是影响和引导社会大众的看法，它不是给少数人看的，它要对大众舆论产生影响，制约大众舆论，引导大众舆论朝着评论者所期望的方向前进。同时，电视财经新闻评论又是在群众自愿收看的基础上发挥影响群众的作用，因而这就决定了电视财经新闻评论要具有广泛的群众性。不能反映群众愿望和要求的评论、不能激励和帮助群众的评论以及言之无物的评论是不会受到观众的欢迎的。广播电视财经评论所要评述的问题应该和必须是群众所关心、所亟待解决的问题，是我们党和政府的工作所需要引起群众重视的、指导群众为之奋斗和处于萌芽状态下经济领域的新动向、新问题，并且要注意以理服人。

此外，广泛的群众性还有一意，就是观众对于广播电视财经新闻评论的积极参与。广播电视财经新闻评论是对大众共同话题的评说。有了大众的参与，才能形成双向对话交流，广播电视财经新闻评论才能真正有了生命，成了有源之水。

（四）令人信服的说理性

广播电视财经新闻评论不但要亮出评论者对于新闻事实的看法，而且要通过摆事实、讲道理，用道理去支撑自己的看法，从而说服别人。若少了讲道理的环节，仅仅是亮出观点，做出判断，就无法使观众对新闻评论者的观点心悦诚服，广播电视财经新闻评论必须靠讲道理使人折服。但在讲道理的同时必须善于处理好"理、事、情"三者之间的关系，不能单纯以大道理压人，甚至得理不让人。要注重发挥电视与其他媒介不同的独特优势，发挥有声有画、直接传情的优势，用情感打动观众，增强评论的说服力、感染力，真正做到以事明理、以情化理。

（五）鲜明的思想性

广播电视财经新闻评论作为意识形态中的特殊部分，带有强烈的政治倾向性，代表着一定阶级、阶层或民族、集团的利益。我们在前面曾提到，评论是新闻媒介的政治旗帜，电视台的政治倾向性固然大量从所报道的事实中反映出来。但是，最突出、最鲜明的还是从电视台的评论中反映出来。不同的电视台的评论会反映出不同的立场和观点，从而表现出不同的政治倾向。因此，广播电视财经新闻评论作为评论者对新闻事实发表的看法、观点，它必须亮明评论者的立场、态度，旗帜鲜明地肯定什么、否定什么，而不是人云亦云、随波逐流。评论者不是单纯的新闻记录者，不能满足于对新闻事实的准确记录，不能浮在事件的表层，而要透过新闻现象洞察现象背后本质的东西。在我国，广播电视财经新闻评论工作者要具有强烈的社会责任感，要做党的"喉舌"，要维护人民的利益，要正确地去引导大众的舆论。人们说："新闻评论是传媒的灵魂。"确实，有没有评论者的观点，是区分消息和广播电视财经新闻评论的一个关键。消息一般是忌讳发布者站出来说三道四的，而广播电视财经新闻评论恰恰就是要对财经新闻事实说三道四。

近年来,广播电视财经新闻评论节目经过广大广播电视新闻工作者的不懈努力和探索,评论工作取得了长足的发展,涌现出了一批在广大电视观众心目中有影响的电视评论节目。广播电视财经新闻评论在我国改革开放、现代化建设和构建和谐社会进程中正日益发挥着不可估量的作用。但同时我们也应该清醒地认识到,广播电视财经新闻评论毕竟起步较晚,只能算是新闻评论界的一支新军而且一出现就面临着报刊的既有评论模式的双重影响,需要在许多方面不断加以发展、完善。这就要求各级电视台要重视和加强财经新闻评论工作,一方面要善于总结经验,另一方面更要不断探索广播电视财经新闻评论工作的新方法、新思路。要选派理论上、品德上、知识上、写作上都有较高修养的人充当评论员。同时,广大广播电视财经新闻评论工作者要认真学习党的路线、方针政策,要掌握丰富的文化科学知识,同时还要深入基层、深入实际,了解群众的愿望和要求,把握群众的情绪和思想。只有这样,才能写出有指导性的好评论来,才能使广播电视财经新闻评论工作不断迈上新台阶、达到新水平,使广播电视财经新闻评论真正成为节目中最锐利的思想武器。①

第二节 广播电视财经新闻评论的特点与形式

一、广播电视财经新闻评论的特点

(一)广播财经新闻评论的特点

广播财经新闻评论的特点是共性与个性的统一体。

广播媒体其共性同报纸、电视一样,是党和政府的喉舌,必须贯彻"二为"方针。但是,广播媒体及其广播财经评论又有自身的特殊性,它具有两个层次的内涵。一是媒体自身的特殊性。广播传播迅速,覆盖面广;以音响见长,思维转换环节少,便于听众参与,这是广播得以建立具有自己特色的评论模式的基础和条件。二是广播财经评论自身的特殊性。与报刊评论一样,广播财经评论既不属于政治理论性文章的范畴,也不同于学术性讨论文章。从属性上讲,广播财经评论是与它所依附的载体的性质、地位和运行机制相适应的一种新闻体裁;就媒体传播手段的相异而言,它也不同于报刊评论单纯地依靠文字符号来传达信息,表明观点,阐发理论。这就决定了它在结构和模式上与其他媒体评论有很大的不同。

总括起来,广播财经评论具有以下五个方面的特点:

---

① 郭晔:《电视新闻评论的五大要素》,载《编辑之友》,2006(3)。

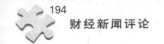
1. 广播财经评论选题的新闻性

就广义的新闻而言,它具有真实、新鲜、时效、公开的特点。这些特点决定了广播财经评论不可能像其他文章那样较少受时空环境的制约,那样充盈地注入个体色彩,或在历史的长河中徜徉,或在理论的王国里遨游,或在艺术的滩涂上寻珠。广播财经评论必须与新闻性相适应。首先,在一般情况下,广播财经评论都要依托特定环境下的新闻事实来进行。特别是以台或编辑部名义发表的类似于报纸社论一类的评论,通常都要以新近发生的新闻事实作为由头。其次,它与新闻一样,具有强烈的时效性,必须置于新闻宣传的整体部署中去考虑。也就是说,它要及时地配合党和政府的中心工作和新的方针政策出台,及时地对舆论给予反映、影响和引导。另外,它同新闻一样,也有发表时机的问题。只有当它和当地党委和政府工作的整体部署形成契合、吻合和相融时,才是最佳时机,迟发或早发都会对舆论引导形成不良效应。最后,在评论题目的选择上,广播财经评论具有公开性的特点。这就是说,广播作为一种大众传媒,它的评论所阐述的观点,应当是适宜于公开的,并且在观点上与大政方针保持一致,凡是没有出台的政策,属于正在讨论中的观点,都不宜在广播财经评论中出现。

2. 广播财经评论指向的针对性

就评论范围来说,广播传媒的大众性决定了大众生活中一旦出现新情况、新问题,广播财经评论都会或褒扬,或鼓吹,或抨击,或评判,表示出它干预生活的态度。然而就某一篇评论来说,它一般只针对一个问题,论题要集中,角度要小,议论要实,说理要透。既具有宽广的理论视野,又解决人们普遍关注的现实问题,也更符合广播传播的线性程序。

3. 广播财经评论观点鲜明的政治性

政治家办广播,很重要地是体现在广播财经评论上。一是要旗帜鲜明地讲政治。也就是说,要始终不渝地宣传党的路线、方针和政策,把舆论和宣传的党性原则统一于服从和服务于全党工作大局的实践中。二是要立场坚定地批判和抨击一切违背党的基本路线,阻碍经济建设和改革开放的思潮、观念和主张。三是要理直气壮地讴歌时代精神,褒扬时代典型,促进人们树立正确的世界观、人生观和价值观,构建适应于社会主义市场经济体制的道德体系。当然,这三方面是所有新闻体裁的共同任务,但评论则表现得更为强烈。

4. 要素凝结的综合性

评论的要素一般来说,包括论点、论据和论证三个要素,是一种逻辑思维的运作过程。单就论据来说,可以是理论的,也可以是实践的;可以是历史的,也可以是现实的;可以是正面的,也可以是反面的;可以是典型的,也可以是一般的。广播财经评论当然也要遵循这些普遍的规律。但是,随着广播改革实践的不断深入,广播财经评论融入了其他许多要素。一是从传播符号上说,广播财经评论不再以单纯的文字作为传播载体,而是更加追求音响与文字的完美统一。二是不再是评论作者单向的撰写和阐述,而是充分发挥新闻音响的优势,增强了参与性。三是运作形式上表现出多样化的特点,有对话式评论,有主持人与嘉宾谈话式评论,也有录音述评。四是在结构上往往形成文字与音响的单元断层。就是说,单纯的文字或者单纯的音响,都无法展示文章内部的逻辑关系,只有二者的有机结合,才是一件结构严谨、角度新颖、声文并茂、论理充分的评论作品。这一切,都使广播财经评论更生动,更立体,更宏观地展现出自己特有的魅力。

5. 制作过程的合力性

广播改革的发展,使得广播财经评论的写作进一步突破了个体运作的模式,呈现出社会性劳动的特点。一件作品,是集体智慧的结晶,既蕴涵着记者对现实生活的理性透视,又渗透着播音员二次创作所付出的心血;既有参与者对论题的精辟见解,又凝结着合成人员剪裁缀结,融合荟萃的审美思维。由此想到今后的新闻评奖活动,在评价一件评论作品时,应赋予立体的视角。①

从单篇形式上说,有记者现场口头评论或主持人的点睛评述,也有含于串接语中三言两语的点评,还有连线嘉宾的访谈评论;从表现形式上说,有播音员播读的纯文字评论,也有带采访音响的录音评论;从评论的指向说,有褒扬的评论,也有褒贬兼具的评论,还有仅仅质疑的评论;从评论的风格来说,有严肃正经的评论,也有尖锐泼辣的评论,还有幽默风趣甚至调侃的评论……

有声评论的形式可谓百花齐放,从中可以看出广播媒体从贴近百姓到求深求精的发展目标。有声评论需化弱为强相对于平面媒体,有声媒体更便于与受众的直接交流,贴近受众、亲近自然一度是广播节目追求的第一目标。主持人取代播音员便是提升亲和力的一种有效尝试。而主持人不仅可以在语言运用上更加亲近受众,而且便于添加简短评述,从而提高节目质量。

1. 主持人的"点评"

点评是广播财经新闻评论类节目的重要组成部分。点评的内容是主持人对新闻价值的准确把握及对社会现实情况的深入了解,也是主持人语言个性走向成熟的标志之一。点评重在"点"上,不能层层展开,而是三言两语,点到为止,精辟、到位。

2. 嘉宾点评,权威声音

在目前的广播新闻节目中,广播财经评论还是一个薄弱环节,尤其在力度和深度上与报纸相比,仍有一定差距。如何发挥有声传媒的自身优势,弥补这一不足? 2007 年"两会"期间,中央人民广播电台在"全国新闻联播"和"新闻和报纸摘要"节目中推出了全新的评论栏目——"两会时评"。该栏目新闻时效性强,内容紧贴"两会"热点,观点鲜明集中,更重要的是其中使用了权威嘉宾的点评,形式新颖,对于广播评论节目的创新具有启示意义。

广播的一大优势便是传播迅速。在第一时间,充分利用广播媒体的快捷之便先声夺

---

① 杨焕亭:《广播评论特点初识》,载《新闻知识》,1997(10)。

人,成了"时评"创新的发力点。"时评"以"快、高、深"的特点充分发挥了广播快捷、便利的媒体优势,同时又通过对事件内容的分析,"加深""增厚"了评论的深度和力度,弥补了声音语言稍纵即逝等不利因素,使节目迅捷抢占舆论制高点,在激烈的媒体竞争中脱颖而出。今年,中央人民广播电台中国之声在节目改版中再次做出新的尝试:把权威嘉宾直接请进直播间,对最新发生的时事财经新闻做出现场点评。①

(二)电视财经评论的特点

电视起步很晚,电视财经评论起步更晚。在我国,直到 1958 年才建起第一座电视台——北京电视台,现在中央电视台的前身。电视台建起以后,先有新闻,后有评论。真正的电视财经评论,在我国是 20 世纪 80 年代以后的事情。电视财经评论的体裁和形式,既受报刊、通讯社评论的影响,更多的则是受广播评论的影响。本台评论员、编后、口播评论等体裁和名称,基本上是沿袭或套用广播评论的形式和名称。但它在实践中,毕竟又有自己的个性特点和独特形式。中央电视台新闻频道在节目中增加了电话连线权威专家做及时点评的内容,这些尝试都取得了很好的收听、收看效果,增加了节目的权威性和厚重感,以长补短,使有声评论化弱为强。

电视财经评论是新闻评论在电视新闻节目中的运用和发展。与电视新闻一样,电视财经评论的突出特点是集图像、声音、文字、色彩之美,使用多种符号传播信息。其特点,具体地说:

1. 声画并茂,形象逼真

电视财经评论透过电视荧屏,为人们提供了一个声画并茂、视听结合的"观察世界的窗口"。形象逼真,有现场感,可观可听,真切具体。与广播评论比较,电视财经评论更贴近生活、贴近群众;感觉更真实、更亲近,且有具体的美感。它的感染力和说服力也强。

2. 渗透力大,受众面广

在当前电视机已走进千家万户之时,电视财经评论的直观性、生动性,无时不在影响着广大的电视观众。与广播评论相比,电视财经评论的观众和听众,除了自觉地视听电视财经评论节目外,更多的情况是处在不自觉视听之中。电视频道的多选择性、声画并茂的荧屏美感,客观上促使广大电视观众在不注意的情况下"无意识"地收听收看了电视财经评论内容。

这种潜移默化的力量,无形中更增加了电视财经评论的渗透力和受众面。这种优势,是任何报刊评论、广播评论都难望其项背的。

3. 视听结合,论述手段丰富多样

电视财经评论可以听,可以看;既作用于人的听觉,又作用于人的视觉,双通道地传

---

① 朱轶博:《点声为金》,载《新闻窗》,2009(6)。

递信息。电视财经评论在写作和制作中,就可以既发挥广播评论的长处,又可运用图像语言,同时辅之以文字解释,以提高收视效益。

二、广播电视财经新闻评论的分类与形式

(一)广播财经评论的特殊形式

广播财经评论的具体形式,不少脱胎于报刊评论。如本台评论、本台评论员、本台短评、编后和记者述评等等,都直接沿袭报刊评论的名称和分类标准。但广播财经评论在自己的实践中,也陆续创造了一些独特的评论形式,如广播谈话、口头评论,以及带音响的评论等。

1. 口头评论

口头评论,指由评论员自己播讲的评论,是与由播音员播讲的评论相对应的评论形式。广播财经评论应用有声语言表情达意,以说、听为传授手段,就传播方式说,其实都可以称为口头评论。但是,由于在广播实践中,财经新闻评论历来有两种播出方式,或由播音员播讲,或由评论员直接播讲。为了便于区分,人们称由评论员自己播讲的评论为"口头评论"。

口头评论,既是播出方式,也是评论形式。它由评论员个人署名、自己播讲,既是评论作者,又是播出者。它大多比较讲究论题具体、单纯,立论集中、显豁,说理浅显、平易,语言表述通俗、明快,符合听知规律,更加接近于日常口语。"口头评论"常常以"口头述评"形式出现。

2. 广播谈话

这种评论,名称不一。也可称"广播漫谈","广播杂谈"等。在广播领域里,谈话体既可以用来发表意见、阐述主张,也可以用来报道事实、描述人物。广播谈话,其实不过是谈话体文章中的一种,是用谈话的方法阐述对于事物看法的一种财经评论形式。

广播谈话是谈话体应用于广播财经评论领域的产物。谈话体是一种"为听而写"的文体,是相对于"为读而写"的书面体的文章体式。广播谈话是说、听双方地位平等的评论形式。说、听双方完全平等的谈话评论,谈话体是它的基础或母体,说、听双方平等则是它的本质属性。二者紧密结合,是这种评论形式生命力的源泉。广播谈话的说、听双方的谈话,毕竟不是日常谈话的直接交流,而是一种"类交流"。广播谈话是在广播条件下的谈话,由于脱离具体语言环境,它与听众相互之间沟通思想情感,只能是间接的,并且存在着一定的时间和空间距离。换句话说,广播谈话中的交流,是以某种方式为中介,把估计到的听众可能的反映表现在作品之中,并借以启发听众,引起他们的联想和思考,从而多少改变听众的被动收听状态。交流是广播谈话的根本特点,也是广播谈话区别于其他广播评论的主要界限。我们在写作和播讲广播谈话这种评论形式时,都应注意这

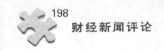

一点。

3. 带音响的评论

在我国新闻广播中,音响迟至 20 世纪 80 年代才进入新闻评论领域。什么叫带音响的评论? 严格地说,迄今还不能把带音响的评论称为一种评论形式,而只是音响在评论中的作用。尽管有时称为"录音评论",或称为"录音述评"。实际上,它与广播谈话、口头评论等的区别只有一条,那就是有没有运用来自评论客体的音响。音响在广播财经评论中,可以起类似事实所起的作用,它可以直接支持论点,强化事实的论证能力,恰当运用评论客体的音响,等于增加了一种独具特色的说理手段。不过,音响也有它的局限性,随意采用,可能反而会削弱评论的效果。

4. 广播对话

这是近年来兴起的一种由节目主持人组织和串连的一种评论形式。形式多样,包括对话、讨论、问答等。因为这种形式尚在发展之中,暂时用"广播对话"这个名称。它由节目主持人设置题目,往往是社会上的一些热点、难点问题,或者是人们日常生活中比较关注的问题,组织有关专家、行家或普通听众,或用对话式,或用问答式,或用讨论式。节目主持人既是论题的组织者,又是财经评论员。自从近年把热线电话传播直接引入广播电台以后,普通听众在家里,只要拨通电话,就可以直接与节目主持人或远在京、沪等地的专家学者、影视明星直接对话,直接参与交谈或讨论。这种交谈是双向的而不是"我说你听"式的单向传播。这种交流虽然原则上仍属于类交流,但时间和空间的距离大大缩短了,产生了一种比广播谈话和口头评论更为亲切、自然的感受。听众对广播的信任度也提高了。听众直接参与广播,也使广播真正介入生活,贴近听众。

(二)电视财经评论的体裁和形式

电视财经评论的体裁和形式是很多的,现在只选其中有它独自特点的一些形式,简述如下:

1. 电视谈话

这是从广播谈话演化而来,由评论员、节目主持人、记者、编辑等电视新闻工作者出现在荧屏,并伴有身势语,向观众讲述财经新闻事实和评价财经事实、发表意见和观点;讲述和评价时,也可配有各种背景材料画面和字幕说明。电视谈话的形式多样,既可类似于广播谈话和广播口头评论,也可以是组织对话、问答、讨论和辩论等。自从电视台开通直拨热线电话以后,电视观众象电台听众一样,可以直接参与由节目主持人组织的论题交谈和讨论。电视台还可以直接组织有关专家、行家、行政领导和社会名流,在电视台进行现场的或录像的电视讲话、电视讲座等。

2. 口播评论

这是由播音员在荧屏上口头播讲各类新闻评论稿件,这些评论稿包括本台撰写的和广播电台、报刊、通讯社提供的文字稿等,它们的体裁形式和写作要求与广播评论相同。

但电视的口播评论,除了声音外,还有自己的形象特点。首先,播音员的活动图像在荧屏上出现,播讲评论时经常伴随着面部表情、手势等。其次,口播评论还往往配有背景画面和活动图像、照片、字幕、图表以及漫画、速写等形式的背景材料。虽说是口播评论,也是声画结合、图文并茂的。

3. 电视述评

这种评论形式,以活动图像为主,与背景材料、文字解说词、画外音等相结合,进行现场的或录像的播出。它是以评论员或节目主持人为主串连的,是一种综合性的电视财经评论形式。电视述评,要把观众"带入"现场,用夹叙夹议的方法,以画面提供的事实为依据,时而用画外音叙述,时而在荧屏上评论。它是新闻述评在电视财经评论中的运用和发展,以画面叙述为基础,以评论为主线。它的选题立论,有的放矢,新闻性和针对性都很强。电视述评把众多新闻事实呈现在观众面前,在叙述事实的基础上,夹叙夹议,自然地引出观点、看法,就实务虚,叙事说理,既具体形象,又生动逼真,有很强的感染力,使观众易于接受。这种节目往往制作成单独的专题的评论片形式。

中央电视台评论部每晚在"新闻联播"之后的黄金时间,推出的新闻评论节目——"焦点访谈"(部分节目涉及财经),最能从中体现电视述评的特色。"焦点访谈"具有强烈的新闻性,节目的主题采访、画面编辑、后期合成都充分遵循着电视新闻规律。在采访方式上突出纪实性和现场感。两个多月来,从已播出的内容看,这档评论节目大体分为四种类型:调查分析式,追踪采访式,快速反应式,访谈述评式。节目的具体内容包括热点话题、热点人物、社会事件、社会问题、重大政策的出台及背景解释、改革开放的新现象与新问题及财经新闻,也包括一些国际事件和国际问题等。①

也有以下形式的分类:

口播式 这种形式的财经新闻评论既包括电视经济新闻的编前、编后话以及主持人、记者的即席点评,主要以口播的方式出现。如《一周经济新闻回顾》,主持人在报道完一篇经济新闻后,会发表一下自己的看法,口语化,生活化,只代表主持人的个人观点,并不是经过严密思考推理后得出的结论,只是一种即席的感受、编前、编后话,通常附在重要经济报道的前后,是对报纸模式的沿袭。

电视述评式 电视述评是叙述事实和发表议论相结合的评论形式。电视述评式的财经新闻评论是电视叙述经济新闻事实与发表评论相结合的评论形式,在节目中既报道财经新闻的基本情况,又对事件进行分析、评论。

谈话式评论 谈话式财经评论是以谈话形式出现的评论,是主持人在演播室或其他固定的场所与特定的谈话对象围绕某一经济话题进行的一种财经新闻评论。它可以分为

---

① 王兴华:《广播电视评论的个性特征与特殊形式》,载《杭州大学学报》,第3期,第24卷。

三种形式：访谈式、讨论式、观众参与式。①访谈式。这种形式的财经新闻评论是邀请一个或者几个经济学方面的专家作为嘉宾，具有一定相关专业素质的主持人与之对话，对某个财经新闻事件、问题、现象进行探讨，采取一问一答的形式，主持人往往从观众的角度提出人们最急于解答的有代表性的问题，专家专门解答，选题往往是重大的经济问题。②讨论式。这种形式是在主持人或者记者的主持下，就某个经济事件或现象邀请有关方面专家进行讨论。③观众参与式。也可以叫做沙龙式、俱乐部式，由主持人、嘉宾、现场观众共同参与，场外观众可以通过手机短信、电话参与，就某一经济事件、问题、现象展开讨论。

电视财经评论是个新事物。它的特点将会进一步显现，它的形式将会进一步发展。电视财经评论将会不断地在实践中走向成熟。

第三节　我国广播电视财经新闻评论的现状、挑战与展望

一、我国广播电视财经新闻评论目前存在的问题

（一）个性化缺失

个性化缺少包括栏目个性化和评论人个性化缺失。目前一些电视财经新闻评论节目既定形式陈旧，个性评论员较少。电视财经评论栏目评论题材狭窄，表现形式单一。财经领域品牌评论栏目缺失，很多电视新闻评论题材都集中在政治或者政策层面，不但存在着重复的现象，可评论的空间和力度也很狭窄。其评论表现形式上存在着模式化和同质化的问题，总体质量不高，很多节目都没有做到完全遵循电视传播的规律，存在着定位模糊，制作手段雷同的问题。一些电视新闻评论栏目，已经形成相似的节目结构，大体分布在三个阶段，先是演播室主持人介绍与新闻事件相关的背景、国家政策方针或者法律、法规等，这种叙述不仅是引出新闻事实，还在于通过背景知识的限定或者叙述口气、叙述方式如使用疑问句等来暗示即将叙述的事件的性质，从而在节目开始就指向了事实再现过程中主持人阐释问题的方向和立场。接下来是事件展示过程，通过访谈、画外音或少许记者的现场评述等对事件进行充分地表现和倾向性的总结，来强化对事实的理解和对结论的认同。最后，是演播室主持人总结发言式的言论，这段言论大多结合社会主流的宣传方向或者社会共识等以不容置疑的语气对事实做出点评并"上纲上线"提出应该如何或者必须怎样等并没有实际建设性的意见。这种模式常见于荧屏，长期下去必然影响电视财经新闻评论的发展和探索。对于电视财经新闻评论多数栏目来说，应该是不断创新发展而不是安于现状，大量复制与跟风。

一些电视财经新闻评论中的主持人和评论人都还停留在背稿子和陈述的阶段,只是起到了串场的作用:在节目开始的时候做简单的介绍,以叙述为主,引出要财经评论的新闻事实;节目中间对事实的展示起到承上启下的作用,对财经评论的话题方向做出指引;最后对事实进行书面性的总结、点评。其对财经评论节目的特点、评论的内容、评论话语的口语表达都不能自如地驾驭和把握,缺乏真知灼见。其主持的风格平庸,看起来是可以相互取代的,甚至其评论的口吻和语调都如出一辙,缺乏有个性和有影响力的主持人和评论人。[①]

(二)时效性不强

广播电视传媒的特点就是快速和现场感,强调第一时间报道和第一解释权。然而从一些广播电视财经新闻评论栏目的分析可以看出,除了《时事开讲》和读报类节目外,大多广播电视财经新闻评论栏目都存在着新闻性不强,尤其是新闻的时效性不强的缺点,个别栏目宣传色彩过于浓重,"炒冷饭"、"打死老虎"似乎已成为常态。正如有人评价现在的广播电视财经新闻评论节目"慢、呆、少"一样,许多社会热点、难点、新闻焦点问题在大陆广播电视新闻评论栏目中播出时,其消息类节目、资讯类节目中早已播出,或者其他媒体早已经有定论了,这导致了广播电视受众关注度的下降和转移,更不用说其收视(听)率和传播效果了。现在网络评论发展迅速,其对广播电视财经新闻评论的冲击力大大增强

(三)色彩淡薄,重述轻评

目前很多广播电视财经新闻评论节目在展示事实和过程方面比较生动、具体,叙述也很流畅,吸引人,然而在财经新闻评论这种体裁特征与电视这种媒介的结合上显然还没有探索出更具有广播电视特色的道路。如一些电视财经新闻评论栏目的表现,对事实后面的评论观点暧昧不清,很多都存在着不能充分地说理、论证,缺乏政论性的问题。只注重用电视画面来表现或者叙述事件过程或者印证事件的真实性,注重"用事实说话",而忽视了对政论性的追求和体现,整个节目观点不明确,缺乏锐气,评论不到位,缺乏一针见血,没"能为受众、社会提供一个自由交换观点的市场,一个公共的论坛"[②]。"用事实说话"固然不错,可是事实本身能够多大程度的说话呢?即使接受了事实,并不必然等于观众就会一定得出与事实相符的正确结论。因此,只强调事实、画面或者过程就会淡化了对整个新闻事件或现象本身的探寻,就难以揭示事实真相和本质,并提出解决问题的建设性意见。有些评论栏目即使是有观点,有立场,也大多是一个声音,一个面孔,老生常谈,缺乏新意和多元性,不能给人启发和思想的碰撞。[③]

---

① 张学霞:电视新闻评论研究(论文)。

② (美)康拉德·芬克:《冲击力:新闻评论写作教程》,柳珊,顾振凯,赫瑞译,5页,北京,新华出版社,2002。

③ 张学霞:电视新闻评论研究(论文)。

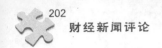
二、广播电视财经新闻评论发展所面临的制约因素

广播电视财经新闻评论发展所面临的制约因素主要有：

第一，商业利益的驱使。对利益的追逐是当代传媒无法回避的现实，而公正平衡的报道及时有效的言论监督在巨大的广告利益及眼球经济的驱动下变形。

我国现实的媒介语境中，其笔下的社会世界在某种意义上是包括媒介、为媒介提供利润的广告商以及受众，按照大众的诉求，盲目提供。电视媒体无法回避的一个词语就是收视率。一方面它是社会的工具，承担社会责任；另一方面它是商业实体，要追求利益。说到底这本也无可厚非，但承担这双重功能的应该是"商业电视台"[①]。可是从理论上说我国中央电视台以及各级电视台等都属于党和国家的电视台，应该强化责任，弱化利益追逐。可是这在现实中是不现实的。李希光批评当前的新闻学是"为广告填补空白的新闻学"。[②] 而在《新闻学核心》一书的后记中说，："一个国家的主流媒体的存在应该是密切报道与广大公众利益国家安全经济形势国际关系等密切关系的重大事件、评论、言论。"[③]这警醒人们在我国媒介商业化狂欢中作沉静的思考。

第二，受众自身的需求。广播的发展历史表明，现代广播最有效的模式即"娱乐"＋"信息"的模式。财经电视广播表现形式的专业性要求与受众对广播电视的娱乐需求之间存在的矛盾导致了财经电视广播要想迎合大量受众就必须放弃其专业化的表述，这种放弃直接导致了财经评论的不专业性，从而使财经新闻的"泛经济化"[④]过度存在。普通受众偏重于娱乐性的电视节目，如2005年湖南卫视"超级女声"选秀节目引发的收视率的历史新高凸显了观众对娱乐节目的追逐。本身而言，电视财经新闻评论本身作为一个趣味性不高的节目，其关注人群都是特定的经济人群，这更加局限了它的发展，这必然造成它的收视率低下，在较低的收视率前提下，考虑到广告等商业利益的要求所在，必然无法使财经评论节目安排在黄金时段播出，这样恶性循环，更加阻碍了财经评论节目的发展之路。另外，财经评论往往专业性较高，这在要求主持人、评论员的专业知识的同时也要求受众具备相应的财经知识，可是现实是怎样的呢？大部分的受众并不能具备相应的专业财经知识，这造成了传播者和接受者之间的交流阻碍，传播者所传达的讯息无法进一步传播下去，接受者对讯息不甚了解，最终导致财经节目的门前冷落。市场经济因素介入新闻传媒。从某种意义上说，谁赢得了受众，谁就赢得了市场。因此如何在市场经济条件下保持和发扬媒体自身的人格魅力，吸引受众，并引导受众认同和接受你所倡导

---

① 《南方人物周刊专访崔永元：我要拍案而起》，搜狐 国内新闻。

② 李希光：《为广告填补空白的新闻学——哥伦比亚大学世界领袖论坛讲演稿》。

③ 李希光：《新闻学核心》，362页，广州，南方日报出版社，2003。

④ 闻学：《经济新闻评论：理论与写作》，267页，武汉，武汉大学出版社，2007。

的价值观念是"当务之急"。

第三,部分财经评论节目粗制滥造。部分广电单位由于人员专业素养程度的限制,在加上制作设备的陈旧,制作过程中的不重视,有的节目更是为了在专业具备深层财经知识的人群和普通受众人群之间权衡不准,难以把握一个度,导致有些财经评论节目呈现在受众眼前的是一个四不像的节目,这更加增添了受众的厌烦和不满,广告商也开始从新审视是否应该加大对财经节目的投资,这就又进一步制约了电视财经新闻评论节目的发展。

第四,现代通信技术和信息高速公路的迅猛发展为受众提供了极大的信息选择空间,从而进一步加剧传媒之间的竞争。网络媒体的日益繁荣,其独特传播的特性日益给广播电视带来了严峻的挑战。

三、广播电视财经新闻评论的改革与发展趋势

进入 21 世纪以来,加入世界贸易组织,在经济全球一体化的背景下,我国经济迅速发展,人民生活水平得到了提高。面对日益更新,变幻莫测的经济形势,受众迫切要求更为专业的财经栏目给予他们建议与指导,更为准确地了解当前经济形势,分析经济现状,降低受众的经济行为风险,减少损失,这就更为广播电视财经新闻评论的发展提出了难题。

"百年一遇"的金融海啸从洗劫华尔街开始,演化成为全球性的金融危机,这场危机将持续多久、波及多广,对我国经济会产生什么样的影响? 我们如何了解金融危机的来龙去脉? 如何从危机中吸取教训? 如何对国际经济和本国经济的走向审时度势? 如何应对和化解危机? 如何对中国经济的发展保持信心? 公众此时需要一个强有力的舆论的声音来指引处于迷途中的观众。广播电视财经新闻评论表现出以下趋势:

第一,融合性的发展。新闻事件的报道在于以事实使人信服,而评论则是重在讲述道理,以理服人。随着经济的发展,各媒体飞速发展的同时,广播电视财经新闻评论基于电视新闻评论发展的总体形势,也在寻找着自己最佳的结合点,呈现出一种不同形式评论的融合。事实与论述相结合,既报道事实又加以分析,增强了节目的吸引力和说服力。

第二,多元化趋势。经济生活的丰富多彩,决定了其电视财经评论节目的题材也是广泛多样的,因而选题也具有开放多元化趋势,大到国际经济形势,金融风暴,小到家庭个人的投资理财等。而在形式上也是多种多样,有主持人自己进行评论的,如中央电视台的《商道》,也有专家学者参与评论的,如《对话》《金石财经》……

第三,大众化趋势。几年前,我国媒体的财经评论还有着很深的说教痕迹。观众只能被动的接受,常常不知所云。而现在,财经新闻评论变得更加口语化、大众化、故事化,视听难度大大降低,财经问题中很复杂的宏观、微观问题以及一些很深奥的经济学专用

名词,都被一些学者专家通俗化、形象化了。出现这样的变化是因为,财经问题在人们日常生活中的影响日益增大,变得越来越与普通人的日常生活息息相关。另外,同我国经济形势的改革变化也是分不开的,证券股票银行信用卡,大众对于经济学知识的渴求,促使财经节目向通俗化、大众化转变。财富问题仅仅依靠几个经济学家去研究的时代一去不复返了。

广播电视财经新闻评论对于受众而言是需要"精"而不是"量"的,千篇一律的财经评论很难引发观众的深思,甚至无法调动起观众的兴趣继续观看这档节目。目前我国各大卫视相继推出自己的财经节目,可是取得显著成果的甚少,曾经有过一个小的调查,在调查中被问及你所知道的财经节目中,大部分的回答只有一个中央电视台经济频道(CCTV-2),而对其他地方电台却所知甚少,这一方面体现了中央电视台经济频道作为国家权威主流媒体取得的显著成果,同时也宣告了地方电台一窝蜂似的只注重量而忽视质发展财经节目的失败。现在我国大部分的财经新闻评论仍然拘泥于传统形式的评论之中,偏于主观,评论员高高在上的空洞的说教灌输很容易遭到受众的反感,观众更注重客观性的实事求是,反感于口号式的振臂高呼。

目前我国的广播电视财经新闻评论仍处于探索发展的过程中,在经济全球一体化总的形势下,结合我国日益变化的经济形势,广播电视财经评论要想在同媒介中崭露头角,获得重要的席位,需要发掘出财经本身的特点,结合我国现实国情,实事求是,脚踏实地进行改革创新。解决对策如下。

(一) 增强时效性和政论性,追求电视新闻直播评论,发展电视时评

电视新闻追求"现在的新闻现在报",追求新闻直播。新闻直播是观众与新闻事件的当事人和记录人同一时间知晓事件的进展,它减少了中间环节转述的间接性,具有现场感和原生态的感觉。而电视新闻评论也要追求"现在的新闻现在评",追求新闻评论的时效性。新闻直播中的评论是现场新闻报道与新闻评论的联袂。有人认为它是一种"即时性"的评论,具有"阶段性"、"预测性"和"体验式"的特点。[①]

电视新闻直播财经评论是对电视评论员的一个考验。因为要评论的事实是刚刚发生或者正在进行中的事件,而评论员就要即时对此发表看法,表达观点,迅速分析、解读现场信息而又不能停留在就事论事的阶段,要有概念、判断、推理的过程,要以理服人,即兴发挥,这就需要评论员具有深厚的底蕴和快速的反应能力和出色的口头表达能力。而评论员一旦具备这些,电视财经新闻评论也就具有了高度时效性和专业化的时代特色。

电视新闻直播中的财经评论,有利于受众一边接收新闻事实一边接收财经新闻评

---

① 殷俊等:《媒介新闻评论学》,399 页,成都,四川大学出版社,2005。

论,从而加深了对信息的了解和掌握。但也存在着风险。比如由于财经评论的即时性,那么财经评论的深度和广度以及整体把握性都难免让人担心。由于其"阶段性"和"预测性",难免出现以偏概全的认知或者预见性不强的评论。然而,即使评论者的观点被以后的事实证明是片面的,在事物尚未发展到这一阶段,人们的认识还没有接近真理的时候,这些观点的存在也是必然的,也是可以理解的。这也是财经评论的魅力和追求所在,我们不能因噎废食。而是要继续探索和熟练运用,培养一批专业的评论员队伍来适应电视直播评论的特点。

电视时评"是在其他节目报道时事新闻动态的基础上,在每日的固定时间做出快速评论,将有限的时事新闻进行全面包装,使这些新闻资源呈现规模化、集约化发展,从而使得争取传播效果的最大化成为可能"①。上文分析的《时事开讲》就是典型的电视时评栏目,它表现出了电视新闻评论发展的一种新思路,也给电视人以很好的借鉴。电视时评的生命力就在于它评论的时效性,它与时事紧密结合,在时间上几乎是与新闻报道同步或者是争取抢占第一解释权。在新闻发生后,迅速及时地发表观点明确、立场坚定的评论。注重即时性,这正是电视财经新闻评论的价值之所在。

现有的很多电视财经新闻评论栏目应加大评论的力度,要注重借用评论的逻辑思维方式来对新闻事件展开分析和评论,更好地掌握深层次的信息解读方式,树立用观点说话的意识。"在我可笑的认知里,我以为观众是不太在意你如何调查的,他只关注你调查的结果是什么。即我们注重的求证、分析过程也许在普通观众眼里无足轻重甚至难以理解,他们只对结论感兴趣。"②在当前的信息社会中,想获得独家的新闻越来越成为一件难事,但是形成独家的观点是可以做到的,也是可以被受众接受的。

在用观点说话的同时,还要考虑在主流价值观念以外,还有很多价值观念并存。价值观念的多样化是这个时代的特色。因此电视财经新闻评论的观点也应该与时俱进,抛弃那些四平八稳的腔调和不温不火的态度,而是要具有特定性和针对性,要以开放的心态和多元的观点吸引受众,通过多种方式加强与受众的交流,如开通网络平台、手机短信或者电话交流等等。

(二)个性化发展

即电视财经新闻评论栏目的个性化和主持人、评论人的个性化。财经评论栏目的个性化能确保在日益激烈的媒介竞争中抢占市场并脱颖而出。因此,电视财经新闻评论栏目应该明确定位,准确判断受众市场细分化的情况,明确界定财经新闻评论类节目的核心受众群,真正体现出电视财经新闻评论的政论性色彩,而不是长期徘徊在述与评之间,徘徊在讲故事和做评论之间。应该认真研究电视与财经新闻评论结合的点,研究新闻媒

---

① 陈秀梅:《电视时评栏目的发展特色》,载《中国记者》,2004(7)。

② 王志:《新闻背后》,178 页,北京,人民文学出版社,2005。

介与新闻体裁之间的关系,明晰电视财经新闻评论栏目就是要以新闻评论为主,突出新闻性和政论性,突出电视新闻直播中的评论或者时评。不能一味停留在故事和纪实报道方面,不能停留在就事论事,貌似客观实则含混不清上面。个性化的主持人和评论人是电视财经新闻评论发展成熟的标志,他们的出现带来了电视财经新闻评论节目的结构、形式的变化,甚至打破了传统的电视财经评论模式。他们的出现能实现电视人格化的双向交流传播,而不再是单向、灌输式的传播。个性化的主持人和评论人能与财经评论栏目融为一体,他们本身就是栏目形象的代言人和栏目广告,能够吸引一批认同他们的忠诚的受众。同时个性化的财经评论人具有一定的号召力和权威性,其个人的知识修养、专业精神以及人格魅力都能提升栏目的影响力。通过他们,电视财经新闻评论更加自然亲切、贴近生活,贴近受众,易于被受众接受和欣赏。目前总体而言,有个性有口碑的荧屏财经评论人还是太少了,新面孔更少,因此各电视财经新闻评论栏目应该倾力打造专属于自己的能让观众耳熟能详的明星评论人。这些人的培养不是一蹴而就的,是一个长期的过程,但首先要有培养人才发现人才和锻炼人才的意识和机制,同时社会也要为财经新闻评论提供一个相对宽松的舆论环境。[①]

电视财经评论要紧贴经济改革的现实。无论中央电台还是地方各级电台,一般节目还是普通节目,都要有很强的现实针对性,仅仅伴随着经济改革的旋律和节拍,关注热点,聚焦重点,瞩目难点。此外要注重微观上对财经评论的把握,给予一般消费者足够的重视。对农村经济和农业生产,要坚持一直以来的充分关注。

凸显自身的风格与特色。不能为了盲目追求收视率,收益率而忽视对财经评论专业化的要求,不能为了娱乐大众而评论,要坚持财经评论的自身特性,强调专业人员的专业知识要求,与时俱进。这点上中央经济频道的改革值得借鉴。要追求个性化发展,须注意以下问题:

财经主持人的交流对话功能。电视财经评论员在电视新闻的制作过程中处于核心地位,发挥着核心作用,首先其核心作用表现在主持人评论员的现场交流对话能力中,主持人、评论员要紧紧围绕节目的目的进行采访和后期制作,要尽力避免现场采访的无序性,避免与主题无紧密联系的现场采访,从而使评论精练有力。其次电视财经新闻评论节目通过主持人与评论员的演播室对话交流,进行不同观点的碰撞,从而给评论赋予辩论色彩。

财经节目选题注重时效性。追求时效性是财经新闻评论节目的一大卖点,因为刚刚发生的经济事件,其结果和影响力尚未完全显露,受众更想从媒体那里了解事件的"真相",强烈的求知欲和好奇能引发观众的收视行为。追求时效性也是电视财经新闻从传者为本位向以受众为本位转换的体现,它要求新闻工作者从受众的角度出发,不能以自

---

① 张学霞:电视新闻评论研究(论文)。

我为中心,谨慎地选择评论的话题,而绝不能抛开当下的舆论环境和社会热点随意设计话题,从而疏远受众。

保持财经话语的平衡。话语平衡的问题在财经新闻节目中体现的较为明显,要极力避免不同话语碰撞排斥弱势话语的现象。一个多人财经节目中,会有专家学者,也会有普通的市民,专家学者的语言会更专业权威,但不能只是因为如此就抹杀了普通人的话语权,许多时候,大众话语是用形象具体的事例表述,有时它展现的其实就是深奥的抽象理论,而这样的大众话语比之专家话语更易于理解。

财经新闻评论员的培养。财经新闻评论要求评论员具备高标准的专业水平,掌握专业的财经知识,对国家的经济形势有宏观和微观上专业的把握,在呈现个性化的同时要增强自身人格化的魅力,能将个体化的经历与感觉融入到财经评论中去,体现出某种独特的人文关怀,拉近媒体与受众之间的心理距离。原华夏时报总编辑吕平波在接受媒体采访时说,"从国外经验来看,一个好的财经媒体的采编人员至少需要5到7年的培养,做财经记者必须要有积累,因为需要知道很多东西,比如财经方面的知识,你的价值所在,包括你能准确地分析出事物的发展趋势,凭借什么? 就是凭借你的经验和历史的对比研究。历史的操作经验已经告诉你,因为你只有知道历史才能知道现在,只知道现在才能做出对未来的准确判断,这样的记者没有5到10年时培养不出来的。"[①]从中我们可以看出财经报道对于专业人才的要求之高。

(三)拓展评论内容,综合评论形式,多元化发展。

多元化包括选题方式多元化,观点多元化,审美多元化以及电视性表现手段多元化等。电视财经新闻评论应该注重评论范围的拓展。不同的题材领域和受众群体的评论都要有所区分并各自发展。即使同一领域的评论也要像《时事开讲》和《有报天天读》一样,应打造各自的风格和视角,加以不同的包装从而形成创新型言论空间,拓展出不同的评论空间和特色。在评论形式上也要多样。即话语表达方式和栏目风格要多元化。既要有严肃的评论氛围和言论,也要有轻松活泼、嬉笑怒骂式的评论氛围和言论,要激发受众参与评论的热情,打造平民化的氛围。同时不断尝试和创造新的评论形式。如凤凰卫视的《点睛》栏目,它纯粹采用了新闻图片加主持人评论的形式,是对新闻图片评论的探索;《一虎一席谈》栏目则广泛展示了网络评论、手机评论与现场观众评论的力量。

电视财经新闻评论的选题应该不再仅仅由评论部内部人员或者专家、学者顾问完成,还可以通过受众来电、E-mail、手机短信或者网上留言等方式收集选题和素材,更重要的是,可以通过这些手段来听取和评价受众的观点和看法,体现出大众化和群言化的特色,真正做到"没有什么唯一的途径,没有什么唯一的道路,没有什么唯一的智慧"[②]。电

---

① 张燕,2007年采访华夏时报总编辑吕平波。

② 康拉德・芬克:《冲击力:新闻评论写作教程》,13页,北京,新华出版社,2002。

视新闻评论作为一种人际间的话语表达,应该在互动中体现出观点的碰撞,"对于同一新闻事件,人们会发表不同的看法,这些看法在他们的判断中可能发挥着重要的作用。这就需要我们的电视新闻评论栏目在各种评论的多向交会中来架构观众的思考空间"①。

在电视性方面,可以采用图片、漫画、Flash、甚至小品等各种表现形式对社会现象进行点评。把新闻爆料人和网络博客、播客都用各种传播手段集中起来,使财经评论的内容和形式更加开放化,使财经评论的主体大大泛化,使各阶层的话语都得以表达,从而在国家与社会之间构筑一个公共话语空间,使电视财经新闻评论的参与性和开放性得以提高,满足人们知情权和话语权的基本需求,使社会的个体获得更大的群体认同和自我实现,这样才足以全面发挥社会、个人的价值,并以此促进社会的民主化进程。

纵观我国现在财经媒体的发展形势和我国经济的发展程度以及国民财经知识的普及程度,广播电视财经新闻评论仍然对受众群体有着高度的要求,要定位于具备一些专业财经知识的群体,这也是财经评论目前在我国整个传媒领域依旧不能火爆的一个因素。

我国现阶段广播电视财经新闻评论还仍处于不成熟阶段,当前面临的形势也很严峻,改革发展之路任重而道远。

【案例分析】

当重大的国际经济事件发生,并影响全球、影响中国的时候,什么样的媒体能够从抢占舆论制高点的层面,做到大规模实时跟进报道、权威理性分析、正确引领舆论,那么这个媒体将会在行业发展中留下可圈可点的一笔,甚至是丰碑式的记录;这个媒体也将在品牌美誉度上提升含金量;这个媒体更将在报道中凸显它对社会、对公众的高度责任感与使命感。

中央电视台经济频道(CCTV-2)不失时机地担当了这样的角色。其崛起值得我国财经媒体的借鉴。

一、瞬间出击,独占传媒经济报道市场

中央电视台经济频道总监郭振玺一向主张,经济频道"节目品牌背后是对社会经济生活脉搏的敏锐把握"。郭振玺还主张,经济频道要"做有用的新闻"、"做有思想的新闻"。对全球金融危机的报道,经济频道抓住了千载难逢的机会。

经济频道以特别节目《直击华尔街风暴》为代表的大规模报道,造成了一种近乎独占的市场效果:要想了解金融危机,就要看经济频道。这达到了经济频道人一个梦寐以求的目标:有经济大事,看经济频道。

从 2008 年 9 月 20 日开始,经济频道《经济信息联播》、《经济半小时》栏目联合在晚间

---

① 朱羽君、殷乐:《声音的汇聚:电视评论节目》,载《现代传播》,2001(5)。

21：00 连续推出时长 60～120 分钟的大型直播特别报道《直击华尔街风暴》节目，全方位报道金融风暴的最新进展，分析其造成的影响。即使在国庆假日期间，除 10 月 1 日、2 日外，《直击华尔街风暴》也继续播出。与此同时，经济频道的《第一时间》《全球资讯榜》等资讯节目也以金融危机为关注重点。随着金融风暴的不断蔓延，应广大观众要求，经济频道又从 10 月 11 日起，在傍晚 18：00 时段增加了一档 60 分钟的《直击华尔街风暴》直播节目。这样，经济频道就形成了早间时段（《第一时间》，两个小时）、午间时段（《全球资讯榜》，半个小时）、晚间两个时段（18 点档和 21 点档《直击华尔街风暴》，全场两个小时到三个小时）全天四个时段递进报道、滚动播出的格局。《直击华尔街风暴》直播规模之大（充分发挥了 CCTV 全球记者网络系统），嘉宾阵容之"豪华"（邀请了中外金融界高层人士、学界专家 50 多位），在中国电视史上创造了针对一个经济事件进行连续深入报道的纪录。《直击华尔街风暴》及时、全面、深入地报道了华尔街金融风波的来龙去脉以及在世界范围内造成的影响，增加了社会各界对这场金融危机的理性认识，节目还详尽分析金融危机对我国经济的可能影响，引导观众正确认识我国当前的经济形势，提振发展中国经济的信心。

二、不忘使命，中外经济报道融会贯通

首先，守望经济大事，成为中国国家和民众经济利益的瞭望哨。中央电视台经济频道及时、充分报道金融危机在全球的进展，全方位展示这场危机的方方面面，为国内观众准确把握危机进展提供最及时、全面、权威的资讯。

其次，加强经济报道的指导性、实用功能，将国际金融危机与中国经济联系密切的部位作为报道重点，将搞好国内经济作为报道的落点。比如说，节目请工商银行行长姜建清等人士介绍中国金融机构的运行状况，客观分析了中国金融机构可能遭受的损失，同时强调，由于此前几年中国金融机构的改革和我国金融业稳健开放的政策，中国金融业总体健康。这些内容既为国内各方面防范危机提供了预警信息，也为大家正确了解中国经济状况提供了非常权威的信息，引导了舆论，提振了信心。

同时，授观众以"渔"，提高把握经济运转方向的能力。由于危机的复杂性，经济频道很难由某一个人在某一个时刻对危机的方方面面作出准确、全面的判断，中央电视台经济频道将这场危机当成了认识当今世界经济深层次运行规律、认识中国经济与世界经济关联性、增长经济知识的课堂。节目全方位展示各种视角，提供大量的经济学知识，让参与节目的各方和观众一起共同深化对这场危机的认识，共同提高把握重大经济问题的能力。

所以说中央电视台经济频道改版后不仅仅是在量的基础上达到了受众对财经新闻的需求，更是在质的飞跃上满足了受众对高质量财经新闻的诉求。

与此同时，其他财经媒体的当前现状值得我们深思，首先广播电视财经新闻评论本身有着自身的局限性，之于纸质媒体如报纸上的财经评论，流媒体不能给予受众长时间的回味和把握,财经作为一个本身需要专业深度研究讨论的话题,其繁杂的数据需要时间上一个持久的思考,如果受众接受的仅仅是一闪而过的数字,图表,电视画面稍纵即逝,很难引发观众深层次的思考认知。而在这点上,纸质媒体有着它自身的优越性,受众可以反复对某一经济事件的财经评论品读,给予长久的思考,来认同作者的观点,与作者达到共鸣。

【财经栏目】

中央人民广播电台《天下财经》专栏简介

一、栏目宗旨

《天下财经》是一个侧重经济报道的新闻资讯栏目,以"报道天下新闻,传播财经资讯"为宗旨,以"用资讯创造价值"为目标。具体而言,就是把有价值的新闻和资讯及时有效地传递给听众,使听众方便地获知重要的或者与他们密切相关的新闻资讯,对财经大事及细节、内涵有较为全面深入的理解,及时掌握投资理财所必知的信息。对国内外大事比较关心,有投资理财行为,或者有投资理财方面的需求和愿望的群体是《天下财经》的目标听众。

主要内容有:国内外重要新闻、经济新闻、财经资讯、股市外汇交易行情和分析等,主要子栏目有《今日快报》、《全球股市报道》、《证券广播网》等。

二、栏目特色

1. 贴近群众,服务特色鲜明

内容选择"专"、"泛"适度。在把财经内容通俗化、大众化方面有所突破创新,做到了既充分满足目标听众对财经信息的第一需求,又兼顾他们对其他重要新闻资讯的需求。因为《天下财经》的目标听众对新闻资讯的需求并不仅仅是财经内容,所以栏目在对新闻内容的选择上不局限于经济,而是把国内外的重要新闻资讯都收在其中。这样目标听众收听这个栏目既可以得到专业的经济信息,也可以纵览天下大事,方便目标听众锁定栏目。

2. 创新新闻栏目播出方式

《天下财经》在国内广播界中第一个采用即时滚动播出的方式,轮盘式推进节目进程。即以40多分钟的内容为一个单元,第一次播出后,立即再滚动播出主要内容,并在这个过程中及时补充进最新的重要新闻。这种播出方式符合广播的收听规律,满足了收听时间不同的听众需求,使在不同时间开始收听节目的听众都可以听到完整的、最新的内容。同时采用不断推进的预告方式,增强了听众的收听愿望,方便择机收听,强化了收听效果。

3. 节目编排在探索符合现代广播收听习惯方面进行了成功的尝试

节目开始时,《今日快报》首先把最新的国内外各方面重要新闻以简讯的方式播报给听众;随后对目标听众最关心的经济和民生方面的新闻进行详细深入报道;再往后是国际方面的重要新闻和国际财经;到沪深股市开市前半时,则把报道内容集中到国内股市方面。栏目内容从早间的宽泛、简明、密集,逐渐过渡到上午的专业而深入,符合收听人群的对信息需求的变化规律,从而使栏目保持了长达两个小时的高收听率。

4. 把先进的企业管理模式引入到栏目管理中,在媒介管理方面做出了成功的探索

栏目的管理实行标准化管理,在岗位职责、工作流程、确定选题、编辑稿件、采制报道等各个方面都有明确、具体、可操作性强的标准和制度,从而保证了栏目的风格统一、质量稳定。

5. 名主持与名栏目之间的良性互动

一方面,《天下财经》深受全国各地听众欢迎,使栏目主持人也得到听众的喜爱,造就了国家电台名主持人,主持人杨曦被评为"全国优秀新闻工作者",晓菲以高票(听众投票和专家评价)当选中央人民广播电台"首届十佳播音员主持人";另一方面,栏目的主持人风格庄重而亲切,播报自然流畅,不仅具有很强的财经方面专业知识,同时又具有很强的亲和力,表现出了国家电台主持人的风范,这也带动了许多喜爱主持人的听众成为了栏目的忠实听众。

6. 台网结合,在拓展广播栏目的发展空间和推广品牌方面做出创新

《天下财经》栏目音频可以在互联网上同步收听,也可以事后点播收听,重要报道还有文字版,主持人开有博客。与互联网的结合,既增加了听众的收听、了解栏目的渠道,增强了栏目和听众间的互动,拉近了听众和栏目的距离,扩大了栏目的知名度和影响力。

二、听众评价

"《天下财经》是每天早晨都离不开的一份广播资讯大餐"

从各种渠道得到的听众的直接反馈来看,《天下财经》在听众中的知名度、认知度和赞誉度都非常高,由于栏目的忠实听众中有相当多的层次较高的听众,其社会影响力也较大。

三、收听调查数据显示

在覆盖北京地区的近20套广播节目中《天下财经》的收听率和市场份额均稳居前6名。

专业机构在各地进行的收听情况调查结果充分证明《天下财经》日益赢得了全国听众的喜爱。以广播竞争最激烈的北京为例,据央视索福瑞的数据,《天下财经》栏目的收听率和市场份额连续3年大幅度提高,2007年全年平均收听率是1‰,市场份额是7%。与相同时段的节目相比,在覆盖北京地区的近20套广播节目中,《天下财经》栏目的收听率和市场份额均稳居前6名以内。

四、专家评价

"《天下财经》创新财经新闻传播方式,信息量大而又颇具深度,经济特色鲜明而又有

很强的可听性，对新闻常有独家而深入的解读，编辑手法娴熟、精细，内容权威、专业而又深入浅出、通俗易懂，贴近听众、贴近生活，引领全国财经新闻广播。"

《天下财经》在新闻业内也得到了充分认可。创办当年被评为中央人民广播电台年度优秀节目评选最高奖——创新栏目奖，之后多次被评为中央电台"十佳栏目"，并于2006年获得中国广播影视大奖优秀栏目提名奖。其创新的滚动播出方式深深影响了全国地方电台的经济广播，其对财经新闻的独到解读、精湛的新闻编排艺术，深得新闻传播界专家和业内人士赞赏。（资料来源：央广网）

中央电视台财经频道及新栏目介绍

一、频道简介(CCTV-2 原经济频道)

2009 年 8 月 24 日，中央电视台经济频道正式更名为财经频道，金黄色的"财富金"确定为频道主色调，充分体现财经特色，频道面貌焕然一新。据悉，8 月 24 日当天首推的节目包括全新的《环球财经连线》(午间版)，改版后的《第一时间》、《经济信息联播》三个栏目。接下来，财经频道所有新栏目将陆续展现在观众眼前，10 月 1 日前全部节目推出完毕，以全新的频道向新中国成立 60 周年献礼。

中央电视台财经频道的推出是中央电视台第二套节目(CCTV-2)发展史上一次革命性地变化，同时又是 CCTV-2 多年在经济特色、专业化发展上的必然要求，更是在全球化背景下，中国经济崛起赋予中央电视台的伟大使命。

二、开播财经频道意义

建设权威的中国财经频道势在必行

经济全球化时代，作为第三大经济体的中国为世界所瞩目。世界关注中国，更多的是关注中国的经济。中国经济的崛起，为中国财经媒体成为国际一流媒体创造了机遇和条件。如何在世界范围内发出自己的声音，争得属于自己的话语权，为中国经济的发展创造良好的舆论环境，这是时代赋予我们的历史使命。

经济现象错综复杂，而大众对经济现象的判断和认知，对经济健康发展有着强大的互动效应。这就需要一个权威的财经媒体为广大受众深入分析经济形势，解读经济政策，宣传经济成就，做到"敢说话，早说话，说准话，会说话，说新话"，中央电视台有责任也有能力建设专业的财经频道，掌握经济宣传主导权，成为经济舆论引领者。

从不断增加的股民、基民开户数来看，中国经济已经进入了一个大众投资时代，党的十七大也适时提出要"创造条件让更多群众拥有财产性收入"。在这一形势下，丰富、及时、权威、可靠的财经资讯和专业的分析、评论有着巨大的市场需求。大众投资时代的中国百姓需要专业可靠的投资参谋，中央电视台创立专业的财经频道也是应运而生。

三、频道新定位

"全球视野、全球市场、全球资源、全球智慧",财经频道将大量使用全球多点连线直播,让观众与全球市场同步。目前,在上海、深圳、香港、东京、新加坡、纽约、伦敦、法兰克福等主要资本市场,都建立起财经频道的标准直播点,采取"现场记者＋市场分析师"的固定配置,与全球市场同步,与经济运行同步。财经频道的制作队伍将是一支复合型的专业化团队。与原来比较单一的采编播队伍相比,财经频道的制作队伍还将包括财经评论员、市场分析师、理财顾问师、专家型的主持人、在线包装技术人员、数据库管理员、数据分析员等等专业工种,是"集团军作战"。还将签约聘请国内外专业机构和专业高端人才提供智力支持,使用全球智力资源。这些大脑及其所具有的智慧,是财经频道的核心竞争力所在。

财经频道的节目的"三度化"生产。"速度,深度,粘度"是财经频道节目竞争力的最重要体现。传统的新闻资讯强调的是速度,但财经频道不是简单的财经资讯频道,它还强调深度的分析和评论,强调通过即时互动答疑等方式增强节目的"粘度",也就是节目吸附观众的能力。

以专业内容服务大众。财经频道要成为"财经政策的窗口、投资理财的指南,经济生活的帮手"。财经频道不盲目追求"高端",不片面为少数专业投资人服务,而是要面向最广泛的大众,采用通俗易懂的形式提供专业的财经服务。内容上,增强实用性,用多样化、多层次的节目介入百姓经济生活,真诚为提高百姓经济生活品质服务;形态上,加强数据和图表的使用,并通过卡通、电脑动画等手段让节目变得鲜活、生动、现代。

四、频道新栏目

★《环球财经连线》(午间版):周一至周日 11：50—12：35

《环球财经连线》每天从北京出发,穿越五大洲,横跨十二时区,纵贯南北半球,带你一起环球旅行。节目以亚洲、欧洲、美洲、大洋洲、非洲五大洲地域划分为框架,选取各洲最有分量,最有意思的财经资讯,通过五大洲版块的轮换,凸显环球财经旅行的特色。

连线作为节目的重要形态,《环球财经连线》力求"让每一次连接都有价值"。阳光、新锐、国际化、实力派主持人芮成钢将成为节目主持人,也是全球资源的总调度。节目充分利用财经频道全球直播站点,连线新闻当事人、媒体记者、市场分析师、财经评论员,对新闻进行多角度的报道、点评、分析。在每一次连接中,节目的视角将得以拓展,节目的深度将得以挖掘,节目嘉宾、主持人、观众的思想将得以碰撞和交流。"让每一次连接都有价值",这是《环球财经连线》的最高追求。

栏目主题歌《连接》由奥运会开幕式主题歌《我和你》曲作者和原唱、《中国年》编曲和参与演唱者的常石磊(石头)创作和演唱,优美的歌词和旋律,每天伴随节目结束。

★《第一时间》:周一至周日 7：00—9：00

"非常新闻"、"清晨读博"、"美股连线"是这次《第一时间》改版后的新推小版块。

非常新闻：对重要民生经济新闻的另类解读，对公共新闻的独特表达。重点是最新的财经政策、热点事件、重要言论。本质是新闻述评，述是主体，评是灵魂。有专门的版式和语态，语言活泼而不失大气，标题另类而一针见血。如：非常身价·刘翔"跳水"；非常故宫·天价面条；非常力拓·谍战6年等。

清晨读博：马斌读报版块里增加的一个内容。主要是选取、定制知名博主，选读精彩观点，分享头脑智慧。

美股连线：连线驻站记者、市场分析师的连线，对美股做简要的点评和分析，让观众更好地把握市场走势。

改造后的《第一时间》传承节目民生定位、民生视角，富有亲和力的早间语态。在创新节目包装、新闻的处理方式和表达上，打造中国人的民生资讯早餐。

★《经济信息联播》：周一至周日20：30—21：20

定位于"中国经济政策发布平台、全球重要经济资讯总汇"的《经济信息联播》本次改版时长由40分钟扩展至50分钟，首次采用双主持形式，强化交流、评论和连线，节目内容将更加丰富、实用、权威。

新版《经济信息联播》由联播头条、联播动态、联播调查、联播人物、资本市场扫描等五大板块构成。

联播头条：最快解读 最快分析。

解读当天发生的，最受关注和最重要的经济新闻，突出时效性、重要性、关注度。

联播动态：更多信息 更多选择。

其他重要国内国际经济资讯，以组合、打包的形式进行报道，讲求报道的内涵外延，国内国际的勾连，背景、链接、数据、图表的运用。

联播调查：深入现场 深入人心。

与公众利益密切相关的消费新闻的深度报道，消费领域新现象的解析，对侵害公众利益现象的舆论监督。

联播人物：商海沉浮 人生起伏。

深度挖掘公众关注的、处在经济潮头的国内国际财经新闻人物，设立"CEO行踪"模块，追踪报道国内国际著名企业CEO和著名企业家的行踪和言论。

资本市场扫描

对即将开市的美国股市预测和展望，对正在交易的欧洲股市进行实时报道，并梳理当天的A股市场、亚太股市、汇市、黄金市场、国际油价等。（资料来源：央视网）

第九章 网络财经新闻评论

第一节 网络财经新闻评论的崛起

一、网络媒体的发展

20 世纪 90 年代,互联网(Internet)迅速扩张,成为全球最大、最流行的计算机信息网络。互联网发展至今,已经打破了传统的地缘政治、地缘经济、地缘文化的概念,形成了虚拟的以信息为主的跨国界、垮文化、跨语言的全新空间。1994 年,中国科学院高能物理研究所网络(IHEP)和中关村地区教育与科研示范网络(NCFC)正式接入互联网。1995 年 5 月向社会开放互联网接入并提供全面服务。中国的网络发展由封闭性的科研教育网络阶段进入到开放性的市场化网络阶段。网络集文字、图片、图像、声音于一体,同时具备了报刊、广播和电视的技术优势,是一种多媒体的整合形态。随着互联网在我国的迅速发展,被称为"第四媒体"的网络媒体也得到了蓬勃发展。

1996 年 1 月 2 日,《广州日报》电子版通过新加坡报业控购的服务主站"亚洲一号站"正式进入互联网络。1996 年杂志上网亦呈现热烈场面。1997 年与1995 年、1996 年的萌芽状态相比呈现出媒体上网数量增加,网站建设水平提高的变化。最有代表性的是中共中央机关报《人民日报》于 1997 年 1 月 1 日正式推出网络版。国务院新闻办公室所建立的政府外宣网站"中国互联网新闻中心"(即"中国网")于 1997 年 1 月 1 日开通,成为中国对外新闻报道的一个重要平台。1998 年起,互联网传播领域中商业网站异军突起并开始涉足新闻业务是一个极其重要的变化。中国国际广播电台网站于 1998 年 12 月 26 日正式推出,将华语(普通话、粤语)、英语、德语和西班牙语四种语言的节目送上了互联网。2000 年 11 月 28 日,《拉萨晚报》以独立域名上网,这标志着我国内地所有省、自治区行政区域内均有新闻媒体网站。2001 年 9 月 25 日,新浪网和阳光文化网络电视控股有限公司在北京召开新闻发布会,宣布共同建立中国最大跨媒体平台。通过网络的巨大影响力逐步确立了自己的品牌的新浪已成为网络传媒的一面旗帜。2002 年,以"搜狐视线"、"焦点网谈"为代表的深度报道栏目的出现和成功运作,显示网络媒体形态的进一步成熟。

中国网络媒体经过多年的发展,尤其是进入 21 世纪以来的快速发展,已经形成完整的布局和体系。从地域布局看,从中央到地方形成了梯形的综合性新闻网站布局。从细分的领域看,也形成了体育、娱乐、财经、法律、民生等诸多专业化的网络媒体传播体系。

二、网络财经新闻评论的产生

传统传媒一直以来都十分重视评论,新闻评论向来被看作是媒体的旗帜和号角。有"第四媒介"之称的新媒介网络作为一种新型的媒体,因其自身的特点改变了新闻传播的方式,但评论在网络新闻传播中的作用同传统媒体是一样重要的。随着互联网的迅速发展,新闻网站在向受众进行信息传播的同时,也发展起来自己的评论体系。作为新的大众传媒,互联网为社会提供了前所未有的言论多元化舞台。网络作为大众传媒在我国真正与传统媒体成鼎足之势,网络新闻评论在这一时期得到了长足发展,网络媒体的监督作用也日益显著。随着网站的不断增多、网民队伍的急剧扩大,网上的言论热情空前高涨。作为网络互动的重要特征,评论在互联网上更多的是反映受众对新闻本体所传递出的信息的评价,反映着受众的思想行为和价值取向。网络技术的快速发展,使网络媒介与传统媒介之间的界限逐渐被打破,媒介融合成为可能。各种媒介之间形成了以相互结合优势资源为基础,以互动互补为核心的局面。而传统媒介与网络媒介之间的互动,使网络新闻评论又产生出许多新的特点。

借鉴丁法章教授在《新闻评论教程》中对于网络新闻评论的定义,网络财经新闻评论,即指在网络媒介上就财经新闻事件或当前事态发表的评价性意见。这种新闻评论既包括网络媒体自身在网络上所发出的声音,也包括网民在网络上对某一新闻事件或现象所做出的评价和发表的意见,还包括某些专家、学者针对某一事件或社会现象做出的分析和评论。随着网络的兴起,网络财经新闻评论已成为新闻评论的一种重要形式,丰富和完善了原有的新闻评论的体裁和样式。

中国财经信息服务市场目前尚处于发展期,中国证券市场对中国财经信息服务市场的发展起到积极的推进作用,经济主体市场发展的火热直接驱动社会公众对财经信息服务需求的日益增强。我国经济发展与世界经济发展的关联性、加入世界经济贸易组织后对我国经济发展带来的机遇、挑战和困难,以及城乡千家万户手中直接持有各种储蓄、债券、股票、保险单、有奖证券等投资商品,促使大家前所未有地更加关心财经报道,关心自己的投资商品每天是在升值还是在贬值。这些巨大的公众财经信息需求,不仅为搞好、搞活财经报道,提供了适应大量受众需求的"用武之地",而且促使各新闻从业机构加强对财经新闻报道的解读和评论力度,以满足更多受众的需求。① CNNIC(中国互联网络信息中心)发布的第 19 次中国互联网发展报告相关数据显示,中国网民上网获取信息的需求已经发生了变化:对社会新闻的需求已经退居其次,获取财经信息需求的已经占到 41％,希望获得对他们有用的信息,其中有网络金融、网络炒股已经占到调查的 10.5％。② 目前,在投资市场、资本市场都具有着良好的发展势头,中国庞大数量股民的巨大潜力,受众对财经新闻(包括评论)的迫切需求,用户对财经类网站的依赖性在不断地增强,对财经网站的关注时间超过以往的任何时刻,呈直线上升的趋势。

　　在世界经济全球化的今天,经济已经和人们的财富积累拴在一起,说"无事不经济"有点过分,但是近些年金融投资泛化,越来越多的人卷入金融投资活动,更加强化了受众对财经评论的需求③。另一方面,随着全球经济一体化程度的不断提高,人们迫切需要解疑释惑,解读分析各国各类财经信息的评论成了目前财经评论争夺眼球的重磅产品。这些因素的存在势必让人们产生对财经评论的依赖,从经济学的角度上讲,有市场需求就必然会产生供给,财经新闻评论为满足公众的需求,也实现了由财经新闻评论初期的面向高端、专业化的解读演变为面向普通的社会大众、通俗化的解读。在 2000 年的时候,财经评论还很稀罕,2005 年之后,财经评论进入快车道,在评论的种类和质量上都出现了质的飞跃。

　　目前,国内比较专业性的财经网站大致分为三类。第一类是由传统媒体或传统媒体与别的公司共同出资组建的网站,以提供财经内容作为主业。其显著特点是,发布的信息比较权威,经济报道深入,但技术力量一般。第二类是新兴的财经网站和门户网站的财经频道,其显著特点是提供多种免费的服务,技术力量强大。第三类是有券商背景或由券商直接开办的网站,它们被认为是证券商原有业务的延伸,主要通过公布研究报告与以后的网上交易业务吸引股民。④

　　在和公众的生活密切相关的财经评论领域,也随着网络这种新媒体的产生而以一种更加平易近人的姿态接近广大的受众。网络财经新闻评论以简洁、详实、生动形象的语言,以快捷的速度向受众传递、解释国家的财经政策,普及财经知识,为受众提供投资、理财、居家生活等各方面的指导。目前,影响力较大的财经评论网站有被称为"中国最具影响力的财经评论"的和讯评论、几大门户网站(新浪、搜狐、网易、腾讯)的财经频道等。最早在和讯网上诞生的"马上就评",现在已经成为很多互联网媒体的常用方式,主持人选择一个话题,邀请专家或者媒体评论人进行现场分析评论。这种方式尤其受到投资者的欢迎。互联网采用音视频同步发表财经时评的办法,也正在成为网络争夺人气的重要

---

　　① 澎潮、张剑:《新型财经报道"异军突起"》,载《新闻前哨》,2001(12)。
　　② 黄相如:《财经类网站路在何方》,http://www.it86.cc/master/2009/0702/71471.shtml。
　　③ 倪小林:《对外报道的利器——财经评论》,载《对外传播》,2009(5)。
　　④ 樊娟:《财经类网站借牛市崛起》,载《新经济导刊》,2007(6)。

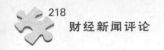
之举。

在网络财经评论飞速发展的同时，也涌现出来一批专门的财经评论员，如自由撰稿人侯宁、《上海证券报》的时寒冰、《每日经济新闻》的首席评论员叶檀，上海《东方早报》首席评论员鲁宁等，他们以其专业化的视角、平易近人的姿态受到了广大网民和媒体的追捧。

第二节　网络财经新闻评论的现状及特点

一、网络财经评论的现状

互联网技术的飞速发展，使得网络新闻传播功能得以不断完善和发展，这为网络财经评论的发展提供了不断扩展的舞台。而网络财经评论的进步也反过来促进了网络财经新闻传播功能的增强。网络财经新闻评论作为网络新闻的一个拳头产品，在经历了从单一化到多元化的历练过程之后，逐步走向成熟，到以其独特的魅力和特色已经成为社会大众生活中不可或缺的重要部分，以其日益彰显的个性化营造了民主自由的舆论氛围，呈现出比传统媒介新闻传播更为广阔的发展空间。

在目前的财经评论类网站流量分析报告中，按服务模式分为两类：专业财经网站和门户财经频道。专业财经网站包括：第一理财网、金融界、金融街、天天基金网、和讯网、东方财富网、中国经济网、证券之星、中国财经信息网、中国证券网和中金在线。门户网站的财经频道包括：新浪财经和搜狐财经、网易财经。其中，东方财富网已建立了当今中国最大、最活跃的财经评论互动社区，集合了行情分析功能，增加了资讯功能，特别是即时评论直播功能，对股民有很大诱惑力。各大门户网站中财经频道的财经评论员对评论时效性的把握，与网民充分的互动无一不在扩大网络财经评论的影响力。

依据评论产生的过程，目前常用的网络财经新闻评论主要有以下几种形式。

（一）来源于传统媒介的评论，即传统媒介财经新闻评论的复制或延续

这种类型的评论与传统的财经新闻评论没有本质上的区别，唯一的不同是传统财经新闻评论的载体是诸如报纸此类的平面媒体，而在这里评论是以电子文本的形式出现。如以平面媒介《经济观察报》为依托所成立的"经济观察网"（http：//www. eeo. com. cn），在其网站的子栏目"电子版"（http：//www. eeo. com. cn/eeo/cover/jjgcb/index. shtml）中便将每期《经济观察报》中第16版评论版块的内容完全以电子文本的方式呈现给广大的网民读者。

（二）通过链接方式发表网友的评论，即通常所说的留言板跟帖

留言板是针对单条新闻所设置的交流与讨论平台，评论往往出现在新闻报道或专题

报道之后,通过链接的方式进入。这种形式的评论借用了网络媒介的链接功能,与主体新闻一起构成了更完整的形式,丰富和赋予了新闻报道新的内涵①。如搜狐财经频道,在每则财经新闻稿件标题的下方或稿件文章结尾的位置均设有"我来说两句"一项,蓝色字体突出显示,并显示出网友评论的数量。再如腾讯网在每一则财经新闻报道后也附有"我要评论"、"分享到空间"等操作,网友点击进入即可发表自己对于主题财经新闻的评论。

如针对美国强行干预人民币汇率的问题,新华网于 2010 年 3 月 24 日发表财经新闻头条"'美元新霸权'四大特征日趋明显 美债绑架全球经济"的评论。评论指出"在新的国际经济环境下,美元霸权正以新的形式和特征延伸和演变,其必然要对世界经济的稳定产生负面影响"。众网民也纷纷发表评论,反对美国干涉我国经济事务的强权姿态,呼吁要抵制美方的压力,保持人民币的自主、合理的汇率,避免出现对世界经济及我国经济形势产生不利影响。

(三)由某新闻议题的专家或网站专属的评论员发表的评论

评论员、专家、学者的评论,是用新闻事实本体之外的视角来解读新闻。专家、学者常有专业化独到的见解和观点,拥有所从事的研究领域的发言权。他们的意见往往能有更多的理论支持,能够开阔读者的思路、使网民读者对新闻的感性认识转向理性认识,以一种相对客观、公正的姿态去看待问题,从而激发出合理的问题解决方案。

如和讯评论 2010 年 3 月 4 日发表一篇题为《外资在中国大收购 中国企业只有贴牌的命?》的评论文章,其作者叶檀是复旦大学博士,著名经济评论人,迄今为止已在《每日经济新闻》、《中国青年报》、《中国经济时报》、《上海证券报》、《南方都市报》、《新京报》、《中国企业家》等报纸、杂志发表大量文章,现任《每日经济新闻》首席评论员,评论版主编,《环球财经连线》财经评论员。由于近年来外资大手笔收购中国本土品牌,引发了国内业界人士对于国产品牌未来命运的担忧。叶檀结合自己的专业特色及从业优势,指出"只有对内外资一视同仁,对国企民企一视同仁,只有想尽办法改良中国的营商环境,外资在中国的大收购才不会成为内资主动的投怀送抱行为。如果环境不改善,外资的大并购会激起民粹主义,内资的强大会与权贵结交,中国品牌消失,中国的工人永远在贴牌的流水线上轮回",使人们摆脱了一遇见外资就捶胸顿足、咬牙切齿的思维模式,从如何进一步深化经济体制改革,如何提高民族企业市场竞争力的角度,给决策制定者提供了有益的参考和启示。

(四)网络论坛

网络论坛,一般指网民口中常提的 BBS,英文全称为 Bulletin Board System。它是网

---

①　殷俊等:《媒介新闻评论学》,448 页,成都,四川大学出版社,2005。

民在互联网上就新闻事件或社会某方面的问题发表评论、交换意见的场所,是在相互传递和交换信息过程中形成的一种无形的用户交流平台。网络论坛为网民提供了一种开放式、互动的信息传播环境,真正实现了各层级、各行业、各地区网民超越时空限制的交流、讨论。在论坛里,网民可以选择自己感兴趣的话题或发表意见、或寻求别人的帮助、或进行评论。网络论坛在发展的规模上逐渐进入成熟期,其影响力也不断扩大,但离一个成熟、高品质的论坛还有相当的距离。在话题的选择、自由度的把握、观点评论的质量上还存在不少需要进一步完善的地方。

目前知名度较高的网络财经新闻评论论坛,主要有百度贴吧里的"东方财富网吧"、号称中国第一财经社区的理想论坛(http://www.55188.com/)、中国最大的股票论坛"金融界论坛"(http://bbs.jrj.com.cn/)、纵横财经社区 http://www.enoya.com/等。网友在论坛中关注的多是与目前的社会经济发展密切相关的新闻事件。2010年以来,国内发生了诸如"北京地王"、"西南地区干旱"、"人民币汇率"等事件,在纵横财经社区中,网友纷纷发表了"谨防西南大旱助推通胀"、对"中国操纵汇率论"的反击之道、"又是央企!保利50亿吞下京城'二号地王'"、"多举措全方位 五部门共谋战略性新兴产业大发展"等评论文章,显示出了公众对我国经济发展走势的热切关注及经济稳步增长的信心。

(五)博客

博客 BLOG,又译为网络日志,是一种通常由个人管理、不定期张贴新文章的个人网站。博客上的文章通常根据发表的时间顺序,以倒序方式由新到旧排列。许多博客专注在特定的课题上提供评论或新闻,其他则被作为比较个人的日记。一般而言,一个典型的博客是集合文字、图像、视频、其他博客或网站的链接及其他与主题相关的网络媒介。能够让读者以互动的方式参与评论并留下意见,是博客的重要要素。

例如,著名财经评论人时寒冰的个人博客:http://shihb.blog.sohu.com/、知名地产商潘石屹的博客:http://blog.sina.com.cn/panshiyi、网易财经频道的财经博客:http://money.163.com/blog/、搜狐网的财经博客群:http://blog.sohu.com/biz/等,这些博客的博主通常会就目前社会经济生活中广泛存在的热点问题进行分析、评论,并吸引了众多的粉丝(即拥护、崇拜者)参与到评论的行列,从而强化了相关财经问题的被关注和重视程度,一定程度上对经济的良好运行起着不可忽视的作用。在2010年的"两会"结束后,被誉为中国房地产最具影响力的独立评论家牛刀即刻在其位于网易的博客上撰文"两会后的北京地王说明了什么?",对于今年"地王"频出的现象进行深入剖析,站在国计民生的立场上指出"要寻找体制的创建和民生的独立。招拍挂这种住宅用地的供应模式不适合中国民生,不从根本上解决这个问题,就不可能保证住宅用地的民生化,很多社会保障的设想都是纸上谈兵,都是不可能落实的",以期在目前基本上作为国民经济支柱产业的地产行业能得到切实有效的宏观调控,恢复到正常的发展水平,而不是逐渐成为经济发展过程中的一块"短板"。此文一出,立即引来网友热议,截至2010年3月21

日阅读(37 527),评论近 300 条。此外博客还链接了其他多名博友的博客,充分体现出了网络传播的互动性。

传统媒体的评论,不管是报纸评论还是广播电视评论,都有其规范和标准,是一篇完整的文章或者是一期完整的节目。而网络新闻评论的几种形式则显得自由、随意。评论可以是一篇完整的文章,或者是几句简短的感悟,或者一个词,甚至一些符号化的网络语言(如感叹号、问号、带有各种表情的卡通形象)。其中以一两句话的帖子居多。除了基本的将传统媒体的财经评论电子化在网络上,在留言板、论坛和博客上的言论基本上都是即兴的,并不追求严谨的逻辑推理、详实的论点论据,网友多是表达自己一时的意见和情绪。从本质上讲,留言板跟帖、论坛评论和博客是将作为人际交流的私人之间聊天和讨论的内容在网络这个平台上进行,而这个平台因为网络本身的特性是面向社会大众的,是一个公共领域。

二、网络财经新闻评论的特点

以科技为支撑的互联网提供了一个网民交流的公共场所,大量意见、评论通过网络媒介进行汇集、交换和传播。网民通过网络传媒发表自己的观点,实现作为一个社会成员的权利和义务。网络财经新闻评论处于传统媒体财经新闻评论和互联网的交汇点,在发展的过程中呈现出了自己独有的特点。

(一)财经评论文本形式的创新

从技术的变革上讲,新媒体的出现,在新闻的传播上必然会带有这种新媒体的技术特征,产生出新的文本形式。从技术上来说,网络可综合运用文字、声音、图像、视频等来向受众传播新闻评论。就目前的发展状况看,网络财经新闻评论虽仍以文字为主,但也出现了超文本、超媒体这样新的交流方式和编辑组织形式。

超文本(hypertext)是一种在互联网上可以将文件彼此连接起来的编码文件系统,网友只需用鼠标点击该链接文字或画面,浏览器就会调出相关文件。在这一技术支持下,网友可以方便地浏览到相关主题的多篇新闻评论,甚至包括网站整理的报刊评论文章。如新华网"评论"专栏 2010 年 3 月 26 日刊登了财经评论文章《警惕房地产企业以负债"绑架"调控》,在页面下部的链接上就有多个相关的评论链接,其中有来自《齐鲁晚报》的评论《不准官员"插手"房产开发值得期待》,也有来自《京华时报》的评论文章《"不行也得行"敲响高房价丧钟》,更有来自红网的署名评论《为了这个支柱我们都成了流汗的房奴》等。

超媒体(hypermedia),实际上是超文本的延伸,包括声音、图片以及影像在浏览器中的显现。在各大网站的财经评论专栏里,视频、动漫以及音频技术被广泛运用到评论当中,起到画龙点睛、"吸引眼球"的作用。如新华网 2010 年 3 月 10 日的财经访谈《樊大志谈小企业融资》的专题讨论中,既有文字实录,又有图片解说,同时还配有"视频回放",这样多种技术手段的综合运用,极大地提升了访谈评论的社会关注度和对网民的吸引力。

上述文本形式的创新除了体现在留言板跟帖和论坛评论这两种网络媒介特有的、全新的评论形式上,也体现在网络财经新闻评论频道的编辑组织形式上。

一方面利用网络的超链接功能,通过编辑点题的方式,进行议题设置,组织网民进行讨论,在议题设置方面,人民网观点频道的财经子栏目中设有"人民时评"、"今日话题"、"热词推荐"、"热评精选"等,由网站编辑针对社会的热点财经议题进行提问,引发网民进入其所链接的留言板进行讨论。

另一方面利用网络的超大容量功能,进行评论汇编,就某一热点讨论制作专题,为网友制作评论文集,建立评论数据库。如人民网上开辟的《人民日报》经济版的"感言"专栏(http://finance.people.com.cn/GB/8215/78329/index.html),便有这样一些子栏目:"名家感言"、"专家言论集"、"记者报道集"、"专家学者"、"政府高官"、"企业精英",其中既有对于单个财经新闻事件的评论汇集,又有来自社会各领域个人的评论汇集,还有其所依托的传统媒体的评论汇集。

(二) 评论主体的多元化

虽然在报纸、广播和电视这些传统媒体的财经新闻评论版块中,越来越多地听到了普通人的声音,但发表在传统媒体上的评论一方面受到版面和时段的限制;另一方面相比于网络新闻评论有着较为严格的审稿程序,普通受众的参与有限。而网络媒体的出现则打破了这些限制,任何一个网民,只要有基本的表达能力且有表达的愿望,就可以对自己感兴趣的新闻主题发表评论,而且能够通过网络这一平台进入大众的视线,普通受众的广泛参与是网络财经新闻评论对传统新闻评论的一个重要发展。在网络这个虚拟社区中,网民可以隐藏自己的真实地位和身份在网络上与他人平等交流,自由表达自己的意见。

网络为现实社会提供了前所未有的舆论多元的空间,吸引了天南地北的网友广泛参与,在重大社会事件发生时迅速形成舆论。网络的匿名性促使人们在网上实话实说,真正表达了网民的心声;网民的地域分布、行业分布乃至阶层分布都很广,网评中能够听到多元化的声音;同时它赋予了普通公众包括弱势群体、边缘群体的某种话语权。许多网站在财经新闻报道的下方开设"我要评论",且人气很旺,就说明了这点。网络财经新闻评论汇聚了来自社会各界的声音,反映了民众的意愿与呼声,形成不可忽视的舆论,在一定程度上成为了社会有关职能部门的民意调查场所,成为上下沟通的桥梁,为政府决策提供参考意见,推动社会进步。

如人民网的经济频道于 2009 年 9 月 15 日推出的"全球金融危机启示录"的专题评论(http://finance.people.com.cn/GB/8215/134583/134605/index.html)中,有发表"专家解读:全球金融改革的中国战略思路"文章的学者,有发表"金融危机仍在,华尔街银行家仍高薪胜出"的知名评论人叶檀,有来自《经济参考报》的社评《发展急需转型时》,也有以普通网民为主体发表的"调查:逾五成受访者认为金融危机对我国影响有限"文章。这些汇集了来自企业界、政府、专家、学者、记者、普通网民等多方面的声音,充分体现了评论主体的多元化倾向。

（三）评论的题材广泛

网络财经新闻报道往往融政治、经济、社会于一体,从涉及金融、证券、财税的政策、信息、资本市场的各种经济现象切入,对彼此间相互影响的重要信息做出理性、客观的披露。而评论的内容也均与资金、资本、市场、商品及其价格等密切相关,与投资者、消费者的切身利益相关联。而且任何一种其他类型的新闻信息均能成为网络财经新闻评论的对象。如货币利率的调整变动、各类证券信息的变化、上市公司的股权结构及股票市值的变化和分红配股信息、企业间的融资和资产优化组合,甚至于时尚、娱乐信息、个人的投资理财均能成为财经新闻评论的对象。

2010年初爆出的章子怡"诈捐门"事件,便引发了各大财经论坛的大讨论,评论无一例外地从娱乐新闻事件本身的评论延伸到对慈善资金的管理、使用及公众应该拥有的知情权,完善经济主体规范化行为、市场诚信机制确立等方面的讨论,给人以深刻的反思。如果说新闻评论"只有一天的生命",那么网络财经评论的生命力则具有"长盛不衰"的存在价值,它通过评论的方式,向广泛的社会受众提供关系其日常经济生活、关系国计民生的服务性、指导性、实用性的信息,使我们对经济的发展形势保持一颗清醒的头脑,避免出现因信息不对称、决策依据不足所导致的影响我国经济良性发展的情况。

（四）意见表达的多元化

网络财经新闻评论,设立论坛,服务于公众的表达权的实现,其形成的网络舆论空间向哈贝马斯理想的"公共领域"又迈进了一步。互联网以最先进的计算机技术作为后台支持,提倡了多元化思考的议题,为社会公众的言论自由、表达自由提供了前所未有的广阔空间,为现实社会提供了多层次的舆论空间。提倡多元化的思考并非让媒体及受众放弃影响社会进程的主流意识,而是综合各方面意见,在充分把握事实的基础上,做出与时代精神相符合的、与时代发展同步的价值判断。

以网民为主体的网络财经新闻评论与以记者、专家学者为主体的传统媒体财经新闻评论相比,体现出了意见多元化的特点即评论内容的不确定性和繁多性。由于互联网本身的开放平等、即时交互这些特性,致使各种"有益"、"无益"的评论都来的异常宽泛。整体上讲,多元化评论意见的客观存在对互联网的发展是有意义的,对提升公众的经济、文化生活也有促进作用。也正因为评论反映社会经济生活的多元而驳杂,出现了某些评论总体上是有益的,但评论枝节上却存有一定缺陷的评论意见。此外,网络评论中不可否认存在着不少"无益"信息,这些评论比虚假新闻有更强的煽动性和更大的破坏性。网络财经新闻评论应进行正确的舆论导向,符合正确的道德观和价值观。

2008 年 4 月 7 日,我国的残疾运动员代表金晶在法国巴黎进行北京奥运会的火炬传递过程中遭到不良分子的恶意骚扰,这引起我国人民强烈的反法情绪。"火炬事件"从体育赛事的活动本身演化成了中法贸易之间的博弈,不仅在许多城市也出现了抵制法货、抵制家乐福在中国的市场行为等过激行为,在网络的财经评论频道也出现了一些诸如取消两国间经济合作、实施贸易制裁之类的过激的非理性言论。在这种情况下,许多保持理性的网民立即在网上发帖,呼吁公众要保持理性的爱国行为,避免因此事件升级而造成两国间的经济摩擦升级,从而对我国的对外经济发展造成不利影响。

(五)评论的开放性

相对于传统媒体,受众更容易通过网络追求开放的新闻信息。平和的心态、客观的态度是网络财经新闻评论实现有效信息传播的基础。这种评论的开放性体现在网民对热点财经新闻事件的超时空关注,即对同一新闻热点共同评论。

前美国联邦储备委员会主席艾伦·格林斯潘于 2006 年 01 月 31 日正式卸任,这本是一条普通的财经领域内的人事变动新闻,但因其特殊的身份(格林斯潘自 1987 年 8 月 11 日就职以来,已经在美联储主席位置上稳坐了 18 年半之久,任期内先后经历里根、老布什、克林顿和小布什四位总统,对华尔街、美国经济乃至世界经济影响深远),这篇报道通过网络在短时间内成了全球关注的焦点,引发了世界性的评论狂潮。如斯坦福华盛顿研究集团高级经济顾问莱尔·格兰利发表的评论:"格林斯潘是最早认识到新经济的经济学家之一,他成功地说服了美联储内部同僚采取灵活的货币政策,以支持新经济的持续成长。"Credit Sights 公司战略研究专家克里斯顿·斯坦克的评价:"格林斯潘的货币政策总体是成功的,但并不完美,20 世纪 90 年代初的经济衰退就与其不恰当的货币政策有关。"美国著名经济学家保罗·克鲁格曼的评论:"格林斯潘 2001 年以来支持布什总统的减税政策,使美国本已庞大的赤字更加严重,从而带给美国经济更深的内伤。"此事件在国内也引起了强烈的反响,一时间各类评论如潮,尤其在网络媒介中更是汇集了来自各方面的声音。在知名的网络论坛"天涯杂谈"中,便有人开辟专帖对此事进行讨论,参与讨论的网友来自天南地北的各行各业,讨论时间也从开帖之日即 2006 年 2 月 1 日持续达半月之久[参见"请大家讨论格林斯潘卸任对中国的影响"(http://www.tianya.cn/publicforum/Content/free/1/479697.shtml)],这充分体现出了网络财经新闻评论的开放性特点。

(六)评论的交互性

交互性作为一个正式的传播学概念,是由瑞菲里第一次提出来的。他试图用交互性概念把大众传播和人际传播联系起来。最初定义为:"后来的信息在顺序上与前面信息的相互关联程度,尤其是后来的信息对早先信息关系叙述的程度。"网络是一种双向交流的媒介,任何一种网络终端设备既是接收工具又是传播工具,这使受众不用借助于其他的媒介,直接通过网络就可以与上网者进行交流。由此,真正实现了信息从人际传播到大众传播之间的跨越。

新闻评论从本质上讲不仅仅是阐明观点,更是不同观点间的相互交锋。在传统媒介的评论栏目中,如果其他读者对同一新闻事件持有不同见解,必须再次投稿,经过编辑的选编之后才能再次刊发。如此,互动交流的效果就不尽如人意。在网络媒体上,情况则大不相同:各种主题BBS论坛和嘉宾在线访谈,在专家(嘉宾)和网友、网友和网友之间架起了一座观点交流之桥,使观点的碰撞更加充分、及时。网络媒体比传统媒介更能充分提供足够的、更透明的信息,并且更适合受众深层次的记忆性、启发性、对话性信息接受需求,满足受众充分的参与性和话语权的保证①。网络新闻评论可以看作是一种"交互式评论",将过去主要通过民间渠道传播的声音引向了主流渠道,使民意的表达更加畅通,也为新闻机构了解民意、为社会各阶层的互动提供了一个非常有效的窗口。

体现在各财经频道或财经论坛的评论中,一般由网络聊天室邀请专家、学者等社会知名人士就当前社会经济领域的热点问题发表个人看法,同时在线回答网友的提问,是网络财经新闻评论互动性的突出表现。近年来世界性的金融危机影响了每一个国家,也引起国内上下的普遍关注,针对这一关注焦点,2010年1月,博鳌亚洲论坛的秘书长龙永图做客网易财经会客厅,就WTO贸易保护、中国经济发展走向等问题,与主持人及网友进行了多角度、多层次的在线互动交流。

(七) 评论的高时新性

时新性是新闻传播的原则之一。新鲜是新闻的本质特性,它包括内容新、形式新、时间新。快速报道是新闻传播的第一要素,将鲜活的新闻拖成明日黄花,就不能成为新闻。因此,各个新闻媒体都很注重新闻时效性。面对突发新闻或重要新闻,出版到见报,需要经过多道工序。尽管新闻行业的出版技术相对以前有所提高,但报纸的时新性在传统媒体中是相对较差的,广播和电视也都有不可缺少的一些程序,受到录制、播放、硬件设备等各方面的限制,因而时新性也较差。而新闻评论作为新闻的一部分,其时新性的地位自然举足轻重,特别是对于"党和人民喉舌"的新闻媒体而言,它对引导舆论所起到的举足轻重的作用不可忽视。有学者指出,由于网络新闻评论的迅捷性使其能够在最短时间内形成新闻热点,因而有望在未来担负起更重要的引导社会舆论的任务。丁法章教授则认为:"网络的出现和繁荣既为我们的现实生活带来了丰富和便捷,也为不同人群对同一事件的不同评论提供了更加便利的平台。"

网络财经新闻评论是一种连续动态的评论。传统的财经新闻评论一般是静态的评

---

① 唐小兵、姚丽萍:《新闻网站:现状及未来》,http://www.cjr.com.cn。

论,在时间和空间上具有一定的间隔性。网络新闻评论因其强大的互动性,吸引大量的网民参与评论,从而形成就某一新闻报道连续、动态的评论。杜骏飞教授在《网络新闻学》一书中提到的全时写作,他这样描述道:"全天候的滚动新闻是网络媒体独有的新闻形式,在网络上,新闻文本的时间已经细化到了几分几秒。"网络财经新闻评论的连续动态性使评论的时效性大大增强。

高时效性是网络新闻的重要特点。网络财经新闻评论依托互联网这一载体,简化了传统媒体评论的中间环节,大大简化了发表程序,评论的发表只需点击"发送"就可完成。

《扬子晚报》2010年3月26日刊发的头版新闻"扬州房价备案,半年不准涨价",此文一出便即刻在各网站财经频道的评论中热议如潮,人民网于2010年3月26日8点56分在经济频道的"财经热议"栏目中刊登评论文章"扬州楼市新政:'房价备案'半年内不得涨价'"。如此快速的反应实属传统媒体评论所不能比拟,也因此体现出了网络评论的高时效性。

(八) 评论的广度和深度增强

重要的财经新闻发布后,媒体都会表达对这一新闻事件的看法,但其深度、广度和群众的参与度又各有不同。报纸由于受时间、空间、制作条件的限制,不可能对每条新闻发表评论,大多在新闻报道后的次日单独写一篇评论或几篇评论,而大多数是在文章的末尾把作者或媒体的观点说出来。电视和广播节目通常在财经新闻报道之后,会立即连线特约评论员进行评论。一般而言,对于一条新闻或一项政策的公布,评论员往往也只是配合主持人进行临场发挥的评论。这样一来,传统媒体财经新闻评论的广度和深度都受了影响。

财经新闻评论的目的性、实用性、社会功利性十分明确,就是为社会各种投资者正确理财、规避投资风险、为消费者准确把握市场脉搏进行服务。因而迫切需要媒体抓住市场经济主体运作中的变化及反常等现象,排除各种阻力,深入挖掘内幕信息,帮助受众了解错综复杂背景资料,探究发生异动的根源所在,进行深度报道或公开揭示,以充分发挥新闻舆论监督作用,帮助受众明了是非真伪,提高辨识能力。

网络财经新闻评论借助于互联网这一现代科学技术在评论的深度和广度中大出风头,向受众提供了详实、充分的信息。在国美集团主席黄光裕的案件中,人民网的经济频道制作了专题栏目"黄光裕被调查"(http://finance.people.com.cn/GB/8215/139920/index.html),多方面挖掘背景资料,引述各方评论,使真相一步步接近社会公众。

总的来看,普通受众的广泛参与、言论空间的拓展、议题范围的扩大、文本形式的创新、由网络匿名所带来的评论的自由随意性、交动性和评论的即时发布所带来的高时效性,是网络财经新闻评论区别于传统新闻评论的几个鲜明特征,也是网络媒体在财经评论形式上的最主要的创新。正是这几个方面的特征使网络新闻评论在更大程度上体现出了评论的本质,即摆脱形式和制度的束缚,自由而且广泛地交换观点和意见。

第三节　网络财经新闻评论的发展趋势

一、网络财经新闻评论的局限

　　网络财经新闻评论具有传统评论所不能匹敌的优点,在一定程度上推动了民主的进程和社会的进步。然而,发展中的事物必然存在缺陷和局限。

　　网络传播学者指出,在我国,由于"在社会现实中缺乏一个能充分容纳民意表达的平台,民意很难通过正式的制度渠道,进入到公共政策和公共事务的决策和裁判中去;而在正式制度之外,也缺乏一个拥有充分言论自由与新闻自由的传统舆论空间,对正式制度的决策和裁判进行来自'第四种权力'的有效监督和民意的释放。因此,当互联网在中国迅速普及之后,由于它的传播特性,便自然而然成为公众发表言论、表达意见、释放情绪的便利通道",在这样的大环境下,互联网这一"便利通道"难免会出现一定程度的失控,言者无疆,泥沙俱下也就在所难免。据相关调查结果显示,网友普遍认为"质量参差不齐","选题有点窄","随意性大"以及"侵犯知识产权"是目前网络新闻评论中存在的突出问题。

(一)网络言论匿名性的问题

　　网络具有虚拟性、隐匿性的特点,网民在网络上以虚拟的身份(即网络名称或 IP 地址)出现,评论者与其真实身份不具有特定指向性,使网民在发表言论时可以规避风险,不必为说过的话负责任。如腾讯财经频道在 2010 年 4 月 7 日刊发文章"北师大教授称存款 1 000 万元未必能保障养老"(http：//finance. qq. com/a/20100407/001893. htm),在文章下方提供的"我要评论"链接中的参与评论的网友便以"Loquat tree"、"冷风工作室"、"会飞的鱼"、"乐悠悠"等网络匿名的形式进行。

　　但正因为网络财经新闻评论在很大程度上允许发言的匿名性,评论主体的背景无从考察,因而这些网民到底有多少人,在多大程度上反映了真正的民意,会不会出现发言者与事件本身有利害关系从而对事件的评论有失客观、理性的情况,这些都无法确认。所以,在某一财经新闻事件发生之后,针对这些具体个案所发的网络财经评论是否全面反映了社会发展进步的整体状况,是否真正代表了广大人民群众的心声,还得打上一个问号。同时,网络的自由性使得网上的言论可以不受社会规范的制约,有些言论缺乏理性,比较偏激、情绪化,有些纯粹是不良情绪的宣泄,成为互相攻击谩骂的工具,形成网络上的"语言暴力"。再加上网络媒体管理上的不严谨,监督职能、监督技术的缺乏,导致了虚假的、不健康的乃至违法的言论的出现。

　　网络财经新闻评论从出现到现在时间很短,和其他新生事物一样,在发展过程中只有扬长避短,引导广大网络受众正确认识新闻事件,参与社会热点问题,在政府和群众之间建立有效的沟通,表达人民群众的需求,才能真正发挥自己应有的作用。互联网为公众提供了一个既隐匿又公开的交流环境。网民徜徉在网络中时,没有了社会规范、道德的约束。在这样的情境下,人容易失去自我约束的能力,只想利用网络技术提供的条件来体验突破现实世界的种种束缚所带来的快感,导致评论的质量参差不齐。在网络新闻评论中不可否认存在着有害信息,因为评论体现了比新闻事实本身更多的主观性,因而有害评论就有更强的煽动性和破坏性。如果网站的有害评论没有得到有效的控制,便会丧失网站的公信力,失去公众的信赖和支持,最终导致网站在激励的市场竞争中被淘汰。而若有大量的网站存在此种现象,其后果不堪设想。

政府要加强对网络的监督和管理。只有赢得网民的信任和支持,才能赢得市场的胜利和未来发展的前途。网站对于评论内容的管理,则要从对论坛和社会舆论有害信息的删除开始,逐步转到对论坛言论的正确引导。例如,针对网民的评论提出要求即发表的言论不得发表违反国家的相关法律、法规;网站根据运营情况和网络受众的需求决定网络评论栏目的取舍;围绕社会财经热点问题在评论栏目或论坛中设置议题,以吸引社会公众的注意力;网站编辑对重点评论提供相关新闻链接等。

(二)网络评论侵犯知识产权的问题

如今,随着网络媒体与传统媒体的联合运营,越来越多的平面媒体的评论被网络媒体所转载,这其中不可避免地涉及知识产权的问题。这类问题不仅对政府实施有利的舆论引导带来了挑战,也给业界和网民提出了网络伦理道德的新问题。互联网的健康发展需要包括网络媒体在内的众多不同形式媒体的友好、良性的合作。网络评论的健康发展则需要政府、网络媒体、网民三方面的共同努力。网络的开放性特点及现阶段国内网民对于原载媒介、原评论作者知识产权的漠视,使得网上的侵权问题日益突出。版权保护不力,会令作者和原载媒介蒙受损失,也会影响网络平台本身的声誉,更会带来的网络言论伦理的失范。对网络财经评论应进行正确的舆论导向,使其符合与主流媒体公认的道德观、价值观。同时也要加强网络新闻编辑对评论发表流程的把关力度,编辑在自身要具备较高的水平与素质的前提下,需要更多的社会责任感和法律意识。另外,要加强网络空间的伦理道德建设,网络文化的迅速发展改变着人们的生活、行为方式和思想意识形态,因而必须遵循一种在网络环境下的责任感,这要求网络受众应加大原创力度,尊重原作者及出版媒体的著作权,遵守网络环境中的文明与自由,并以实际行动来实现网络传播过程中所必须遵循的法律、道德准则。

(三)网络财经评论的人才问题

网络财经评论所需的人才要真正了解传媒业,既要掌握所评论领域的专业知识,也要熟悉互联网技术的相关知识,目前这方面的人才相当稀缺,充斥在各大网络评论栏目主体的多为评论内容领域的专家学者也是仅知其一却不知其二的"人才",而更多的则是不懂网络技术特点也没有专业背景知识和新闻素养的大量社会人员(注:这里并无对评论者的贬义,只是用来说明评论者所掌握知识的不全面)。人才的严重匮乏,势必成为制约网络平台深入发展的重要因素。网络评论要获得长足的进步,就要充分调动媒体从业人员、网络评论参与者的主观能动性和创造力。网络媒体或从品质优良的几大传统媒介里"挖人",或邀请相关领域的专家、学者和资深人士,或鼓励、发展优秀读者发表原创评论以成为自己网站的评论作者。通过这些途径,虽然评论者在来源和数量上有所增加,但从评论内容本身来讲无论数量、质量都远不能适应蓬勃发展的网络新闻传播的需要,网络新闻评论的整体现状还是显得相当薄弱。

二、网络财经评论的发展趋势

网络财经评论在经历了多年的演变发展后,具有传统的几大媒体所无法比拟的特点,有着不可忽视的影响力,并逐渐成为传媒体系中不可缺少的部分。未来,网络财经评论将呈现以下发展趋势。

(一)实现评论栏目的品牌化发展

在网络新闻传播过程中,从表面上看有着令人目不暇接的海量信息,而从信息的本质上讲却是千篇一律的雷同、肤浅和抄袭。这显示出了网络媒体在发展初期阶段多实施"速度与数量"上的浅层次竞争行为。随着技术的发展、信息量的不断扩张及市场竞争行为的深化升级,网络媒体从以复制、粘贴为手段的"同质化"竞争手段,转向凸显个性魅力、不易被复制的"差异化"竞争。从这个意义上说,挖掘网络媒体自身的优势资源,打造品牌网络评论,是网络媒体提升核心竞争力的有效手段。在网络品牌论坛的塑造中,遵循的道路无外乎两条:一是独特性,即拥有别人所没有的;二是先进性,即拥有的比别人的都要好。

目前,在各类网络媒体中已出现不少具有较大影响力的品牌评论栏目和品牌论坛。比如,人民网经济频道的《评论 观察》(http://finance.people.com.cn/GB/1045/index.html)、搜狐网的《财经评论》(http://business.sohu.com/s2004/xingkong.shtml)、被称为"中国最具影响力的财经评论"的和讯评论 http://opinion.hexun.com/。品牌的确定意味着受众在情感上的依赖、信任及在行为上的接触。

(二)注重高品质评论员队伍的培养培育,加强舆论引导功能

目前,网络媒体上的评论文章,除了来自传统媒体的转载,便主要出自参差不齐的专、兼职评论员和普通网民之手。虽然在数量上极其庞大,但从质量上讲却是既多又杂,毁誉参半,普遍存在质量不高的问题。尽管不乏精雕细琢之作,更多的却是信口开河、口

水帖及无聊的谩骂,这样通常使得财经评论的主题不够严肃,缺乏责任感、论证过程缺乏力度,引导舆论的能力也因此受到影响。专业化和通俗化相结合的评论较少,高格调、高水平的作品相对较少。从根本上讲是网络媒体发展的市场化程度不高,相应的体制、机制没有得到进一步的发展和完善。因而,要提高网络新闻评论的质量,重要的是加强网站体制建设,培育一批有影响力和个人魅力的优秀评论员、网民写手。

网络媒体应结合传播实践活动,邀请或聘用具有较高水准的人员担任网站的特约评论员,以此来加强评论员队伍的建设。由这些评论人员结合网络及社会热点新闻所撰写出的评论文章,质量上普遍较高,在与其他各色观点的交锋中,占据了网络评论的制高点,容易形成和国家政策相符的主导舆论。从实践的角度讲,具体可以通过以下方式进行。

1. 网络媒体要建立属于自己的高素质财经评论队伍

在现有评论人员中间进行针对性的培训,为其提供足够的空间来施展才华,开启网络评论原创时代新的序幕。

2. 网络媒体可以邀请社会上知名的业内专家或学者,给网络财经评论注入新鲜的外来活力

一方面这些被邀请的人士可以通过网络发表相对合理化、科学化的评论,用他们在现实生活中的权威性形成主导意见,引导舆论;另一方面也会对评论的主题进行总结、引申及升华,在为网站本身的财经评论员队伍提供良好样本素材的同时,也可以提升网民的鉴别能力和思维能力。

3. 除了上述两种方式之外,网络媒体还可以通过在参与财经评论的广大网民中间进行选择

鼓励或兼职聘用优秀的普通网民作为网站或者论坛的财经评论人员,从社会公众的视角对新闻进行解读和评析,提高网络财经评论对社会的普遍关注度,以此形成网络财经评论崭新的社会影响力,树立作为大众传媒所应该具备的公信力。

(三)强化网络媒体的议题设置功能

在网络财经评论中,可以通过按专题讨论、重要议题置顶、网络调查、人气网民发表相关言论帖、删除口水帖等方式来突出重点议题,形成论坛板块的舆论引导。很多网站向网友推出的《今日话题》、《热点评析》等栏目"建议网民思考什么",从而掌控网络话语权的聪明之举。对网络新闻评论进行议题设置的关键是能否真正想党和人民所想,思党和人民所思,要站在先进的科学化思想的高度,对社会舆情动向进行全局性、前瞻性的考虑,对有可能引起负向作用的言论加以抑制;对处于激烈争辩中的、比较尖锐的社会经济热点问题,通过巧妙设置话题,创造更具时代特色的话题,分散并转移公众的注意力,遏制负面舆论对社会的辐射作用。

（四）网络财经评论要充分重视社会公众的舆情

网络财经评论的特点之一便是存在大量来自于普通社会民众的言论。从客观的角度上讲,这些评论中既有诤言,也有怨言。从宣传导向的角度看,要为广大的网络受众提供互动沟通的空间,在重视其观点的同时,也要根据党和政府的政策指引对其言论进行有意识地整合经过恰当的梳理、选择、集纳、加工后形成舆论多元化的良性发展态势。如人民网的《感言》栏目、在为网民提供表达空间的同时,通过编辑把关,放大了这些言论的建设性,抑制了言论中的破坏性。同时,有效整合网民意见,善待民间舆论,也体现了作为"把关人"的网络媒体对于普通受众的尊重和重视。

（五）实施媒介融合,加强与传统媒体的交互式合作

在科学技术不断发展的前提下,网络媒体和传统媒体的互动为媒介融合提供了技术和实际操作的可能[1],可以在传播活动中进行实行全方位、立体化的传播策略。只有通过媒介融合的手段才能实现信息的全方位传播,从而产生强大的传播效果。网络媒体与传统媒体各有自己独特的传播优势,拥有不同的受众群体。在这两者之间进行充分有效的互动,取长补短、博采众长便可取得 $1+1>2$ 的传播效果,也必将有利于对网络舆论进行合理的引导。如对 2010 年"两会"期间经济工作报道的相关评论,从这些报道的传播看大致延续下面的流程：传统媒体报道——网络媒体转载——网民评论——形成民间舆论——传统媒体对网民观点的报道——网络媒体再转载——形成舆论。传统媒体与网络媒体的这种互动,进一步扩大了报道的社会影响力。

纵观近几年热门的网络新闻传播事件,无一例外地体现了网络媒介与传统新闻媒介的互动。在媒介融合的过程中,往往是网络媒体笑到最后,成为舆论的集散地与聚集地,并进一步通过传统媒介的影响扩大其效果,从而影响社会民主进程。几大类型媒介在传播内容和技术上的融合是必然趋势,而网络财经评论也必将在这种新形势下展示出越发光彩夺目的魅力。

（六）重视新技术的发展

新华网总裁周锡生指出："网站的竞争是多方面的,内容是关键,技术同样是关键。如果技术跟不上,网站的竞争力就会减弱。下一轮竞争中网络媒介能不能继续保持发展的势头,技术至关重要,只有内容与技术更加紧密地结合,只有获得强大的技术支持,网络媒介才能够做大做强。"

而随着网络技术水平发展,网络财经评论也将呈现出多样化的发展趋势,评论的分

---

[1]　本书采用戴默等几位在美国鲍尔州立大学任教的学者的定义,即作为合作伙伴的媒介相互利用对方推广自己的内容,如一家报社的记者编辑在某电视台的节目中对新闻进行解释和评论,某一媒介为自己的合作伙伴提供部分新闻内容等。

众化、论坛内容多元化、栏目细分化等将得到进一步发展,论坛满足不同类型网友的不同需求也将进一步实现。为了实现这个目标,一方面,网络媒体的从业人员要利用好现有的技术资源,紧密结合内容建设,让这些技术条件更好地发挥作用,使网民在登录新闻网站时,感到更加方便。另一方面,要不断研发新技术和新应用,使应用各类先进科学技术的手段更加先进、丰富。新闻网站的技术应用不能仅仅满足于新闻发布、搜寻检索、论坛互动、多媒体展示等基本的功能,还要不断地以新技术促进内容的提升,要下工夫研究对无线互联网、宽带多媒体、社区信息化、移动终端等新技术和新功能的开发利用,使内容与技术更加有机地结合,适应不同环境下网民浏览阅读和评论的需要。

(七) 建立规范的互联网道德、法律、法规,提升网民素质

目前,现有的法律、技术手段对于网络传播活动的监控和管理都是有限的,网络伦理和相关法律、法规的完善就显得尤其重要。无论网络空间具有怎样的隐匿性和虚拟性,其行为主体无一例外均是现实社会中真实的个体,伦理道德素质的高低决定其网络行为的文明、规范程度的高低。网民是网络新闻评论参与的主体,在网络新闻评论活动中参与程度最高的主体,网民的素质越高,网络财经评论的质量就越好;反之,网络财经评论的质量就会江河日下。要使网络财经评论朝健康、有序的方向发展,从根本上说还是靠网民的素质的提高。因此,网民应在平时的工作和生活中不断提高认识事物本质的能力和自控的能力,不断提升自己的修养,强化综合素质。在网络虚拟社会和现实社会的言行中都能做到遵纪守法、诚实守信。保证自己不发表有害评论的同时,自觉抵制有害评论的侵害。①

在互联网的法律、法规建设方面,现行的法律体系中还存在着一些问题,如政府不同的主管部门间的管理权限重复交叉、规章与行政法规相抵触、处罚幅度不一致、审批部门及审批事项多等。之前出台的《互联网电子公告服务管理规定》是一个部门性的规定,而且信息产业部也仅仅是一个技术性管理部门,对于网络评论内容的认定、对于违规行为特别是违法行为的处罚,显得有些单薄。网络评论的管理涉及技术的、评论内容、评论主体等多方面问题,必须有一个权威部门牵头来联合组织其他各相关部门,制定出一个更加合理化、实用化的规范体系,并最终促成关于互联网言论规范化的立法行为。

有了法律、法规后,各级政府执法部门要依法办事,依法管网,把互联网纳入依法管理的轨道,真正做到有法必依,执法必严,违法必究。在国家通过法律、法规进行规范的同时,网络经营者也有必要建立相应的行业规范。目前一些网络经营者已经认识到:要使这项事业真正发展,就必须进行行业自律。因此,他们在论坛中对用户做出了必要的规范,并设立了专门的管理人员(如论坛的版主、管理员等),比如,有的网站要求前来访

---

① 《新时期对网络新闻评论发展的几点建议》,http://16851lw.com/HYHtml/bxh6no4u-3i48.html。

问的用户不得发表反动、恐怖、黄色、人身攻击等"有害"言论,否则将删除这些言论,严重的取消资格。但是,这种规范目前尚属于少数网络经营者的自发行为,还有待于在全行业做出统一的约束。特别是对于执行规定的"版主",如何提高其素质,规范其从业资格,是一个亟待解决的问题。①

新闻网站是党和国家的重要舆论工具,网络新闻评论作为网络媒体的重要部分,具有极大的发展潜力。网络财经评论的出现和逐步规范,最重大的意义就在于它给了所有人前所未有的话语权和知情权。同时,网络财经评论所具有的特性也决定了它在发展中将存在诸多困难。就目前网络财经评论发展的现状来看,要想发挥其最大的社会效用,就要从整体上把握网络财经评论所面临的各类问题,采用科学的态度进行,分析并提出相应的对策,使其进入良性发展的轨道。

【案例分析】

网易财经频道刊登来自《法制晚报》的评论文章

中央主流媒体接力 14 天密集炮轰高房价

今天早上,中央人民广播电台以"住房保有税能否抑制高房价?"为题报道了如何遏制房价快速上涨。这是自新华社 3 月 28 日开始播发聚焦高房价的"新华时评"以来,中央媒体连续 14 天炮轰高房价、高地价,以及追问房地产市场存在的问题。

记者惊讶地发现,在这次炮轰高房价的中央媒体中,我国的中央主流媒体几乎全部在内,包括新华社、中央电视台、《人民日报》、中央人民广播电台、《光明日报》、《中国青年报》等,已经发了 20 余篇稿子。

中央媒体的"接力"炮轰高房价,也成为了股市房地产板块近期下跌的主要原因之一。因此,从效果来看,央媒的炮轰对房地产市场和购房者心理也产生了一定的影响。

集 体 炮 轰

网上盛传房地产崩盘时间表

就在新华社炮轰高房价的时评出台前,网络上盛传一张房地产崩盘时间表,该表通过中日房地产走势的对比,发现中国的房地产价格走势与上世纪八九十年代的日本极为相像,从而预言 2011 年中国房地产市场将崩盘。虽然很多专家和业界人士都分析这张表有些耸人听闻,但舆论普遍认为,这其实传达了关于高房价的一种"民意焦虑"。

之后,便是新华社连续发表 6 篇聚焦房价的"新华时评",引起社会和网络的强烈关注和重大反响。有网友理性地认为,如果说房地产崩盘时间表还只是一种"民意焦虑"的

---

① 刘君:《网络言论与网络舆论导向》,http://www.doule.net/student/xinlizixun/rdtj/200505/12018.html。

话，那新华社连发 6 篇评论批高房价，则可以解读为国家将出台重要政策加强房地产管理的前兆。

"现在的房地产实际上是行业垄断，老板互相之间一个电话说：我们是不是每平方米涨 200 元，那就涨起来了。既不需要听证，也不需要物价部门审批。"网友留言说。

小半月，中央媒体接力炮轰高房价

新华社从 3 月 28 日开始，以"新华时评"的方式，每天都从不同的角度来"炮轰"高房价，一连整整发了 6 天。新华社连续近一周的高调炮轰立刻引起了各类媒体的关注，也让百姓开始猜测这可能是高层授意，可能会在近期出台相关政策，特别是新华社的最后一篇评论《税收杠杆应发挥更大作用》，让媒体的猜测似乎得到了印证。

就在大家猜测的时候，新华社评论播发后的第二天，细心的观众发现了一个小细节，那就是报道我国重大时政要闻的央视《新闻联播》突然在 4 月 3 日介绍起日本青年如何解决住房问题，这一小细节变化更加坚定了百姓对于高层将出台政策的猜测。

为了让猜测得以佐证，伟大的网友们开始到中央媒体上去寻找答案，"辛勤"的付出总会有回报，答案比想象中的还要好。

《人民日报》在 4 月 1 日就开始"追问中国楼市"，并在 6 日和 7 日发表多篇文章，追问中国楼市的改革之路。中央人民广播电台也在 8 日、9 日进行了跟进，除了北京的投资性买房占多数外，还专门在自己的门户网站上推出导听专题"关注疯狂房地产"。

此外，中央级媒体《光明日报》、《中国青年报》等也发出了自己的声音，从 3 月 28 日到 4 月 10 日，连续 14 天来，中央媒体痛批高房价，中间没有"休息"。

近半月央媒房价报道

4 月 10 日：《住房保有税能否抑制高房价？》(中央人民广播电台)

4 月 9 日：《北京楼市持续火爆 投资性买房占多数》、《评论：征收房产税是遏制房价上涨的有力手段》(中央人民广播电台)

4 月 8 日：推出专题"关注疯狂房地产"(中央人民广播电台)

4 月 7 日：《住房制度改革要不要大幅调整？》、《遏制土地拆征的"利益依赖"》(《人民日报》)

4 月 6 日：《是否取消房地产预售制》(《人民日报》)、《新华六评能否触动畸高地价房价》(《中国青年报》)、《美国政府采取多种措施促房价稳定》(央视《新闻联播》)

4 月 5 日：《实行土地招拍"价低者得"难在哪里》(《检察日报》)

4 月 4 日：《面积小价格低 纽约小户型受青睐》(央视《新闻联播》)

4 月 3 日：《日本年轻人：租房住也幸福》(央视《新闻联播》)、《奥地利房价稳定靠政府干预》(《光明日报》)

4 月 2 日：《税收杠杆应发挥更大作用》(新华社)

4 月 1 日：《"土地财政"还能维持多久》(新华社)、《中国楼市三问：老百姓如何才能

住上房?》(《人民日报》)

3月31日：《疯狂的房价叫板土地招拍挂》(新华社)

3月30日：《坚决清除房价中的"腐败成本"》(新华社)

3月29日：《不能让楼市成为投机者的乐园》(新华社)

3月28日：《红火景象下的楼市之忧》(新华社)

炮 轰 效 果

股市房地产板块调整

就在央媒炮轰房地产的时候,再传出"发改委称进一步加强地产调控及央媒齐轰楼市",股市地产板块再次遭遇政策利空,地产股连续两日大幅调整,明显拖累指数。

在4月的前两个交易日里,房地产板块成为了拉动大盘向下的主要力量。继前一交易日地产板块以13.96亿元的净流出金额高居抛售榜榜首以后,4月7日当天,房地产板块再度领跌大盘,八成个股下跌,整体跌幅为0.82%。

房地产的业内人士将之与央媒如此集中的"炮轰"又联系在一起。

"再等等"想法出现

房地产遭受中央权威媒体炮轰后,各种传言见诸报端,有消息称物业税方案已经落实,将在京沪穗渝进行试点,"上海将开征房产保有税"的说法漫天飞。让房地产市场再次陷入调控观望期,让许多刚准备出手买房者出现"再等等"的想法。

专 家 分 析

表明政府决心调整的态度

中国房地产经理人联盟秘书长陈云峰在接受法制晚报记者采访时说:"房地产走到现在的地步,确实也暴露了许多问题,已经可以说是千夫所指,众人瞩目。"

陈云峰认为,房地产本来是风口浪尖上的行业,对其存在的问题,中央媒体毫不客气地给予无情披露,有恨铁不成钢的感觉。中央媒体对房地产的"炮轰",可以让人们更清醒地认识到房地产的确存在很大问题,而且必须要调整。

"只是一个信号,它并不是政府部门一种政策性的东西,更重要的是表达了老百姓的呼声。但无疑也表达了一种政府的态度,表明政府要下定决心进行调控。"陈云峰说。

政治意义大于经济意义

中国社科院城市发展与环境研究中心主任牛凤瑞昨天对本报记者表示:"中央媒体有更多、更强势的话语权,但很少炮轰过某个行业。这次把房地产行业作为炮轰的对象,是破天荒的事。"

牛凤瑞认为主要表明了中央级媒体决策层对房地产市场形势的一种评断。"媒体对整个民情民意的影响非常大,同时民情民意有时能妥协政策的走向,这是一个逻辑关系。

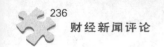

但我不认为他们的炮轰对中国的房地产健康稳定的发展会产生多大实质性的作用,因为市场有市场的规则,而不是人多了就符合客观事实。"牛凤瑞说。

"这是中央媒体的决策层对读者的交代,也是向中央的反映民意,它的政治意义大于经济意义。"牛凤瑞补充道。(本文来源:《法制晚报》2010 年 4 月 10 日 作者:温如军)

相关新闻(点击链接即可查看该评论):

- 博鳌首日专家剑指高房价调控政策或加码(上接 1 版) 2010/04/10
- 博鳌首日专家剑指高房价 调控政策或加码 2010/04/10
- 高房价成众矢之的回调压力加大 2010/04/10
- 楼市一周聚焦:高房价的推手到底是谁? 2010/04/09
- 高房价挤出效应明显 购房者向郊区楼盘看齐 2010/04/09

第十章 财经新闻评论工作者的修养

第一节 加强财经新闻评论工作者修养的必要性

一、财经新闻评论工作者面临的国内外经济形势

（一）世界整体经济形势日益复杂

目前,全球经济一体化成为世界经济贸易体系中主导性的发展趋势,始自美国的次贷危机成了第一张倒下的诺米骨牌,引发了 2008 年那场席卷全球的金融危机。2008 年第四季度全球经济全面衰退,2009 年上半年全球经济也受到了很大的影响。经济全球化在一定程度上对此次金融危机起到了推波助澜的作用。而正是因为全球经济的一体化,各个国家和地区才能够联合救市,采取一系列刺激经济回暖的政策来遏制危机的蔓延和经济的衰退。大多数国家和地区都采取两个最基本的政策,一是财政政策,二是货币政策。货币政策最主要有四个表现:降低利息,降低存款准备金,向金融机构注资,制止买空。财政政策主要有两项:加大政府支出和产业振兴。经过一年多的努力,各主要国家和地区的货币和财政政策都发挥了积极的作用,从 2009 年下半年开始,大多数国家和地区的经济开始有所回暖。

全球金融市场从 2009 年 3 月份开始反弹,到现在为止,包括美国、欧元区、日本、英国在内的主要国家和地区的金融市场的金融指数基本上恢复到金融危机以前的水平。在世界贸易发展方面,进入 2009 年以来,随着欧美等发达国家市场需求的复苏,全球贸易在第二季度开始反弹,其中全球货物出口增长额比第一季度增长 7.6%,达到 2.88 万亿美元,这是自 2008 年第三季度以来的首次增长。

金融危机对全球经济制度、管理架构、金融和贸易规则进行了大范围的调整,很可能出现突破性的技术和新的经济增长点。但经济增长道路并不平坦,

仍然面临着一系列风险和挑战。如金融体系仍然存在较大的不确定性和脆弱性;大量中低收入国家面对融资困难;经常账户和财政同时出现赤字;高失业率和通胀预期并存的威胁;多数国家都面临着严峻的宏观经济政策挑战;石油价格趋升导致中长期爆发能源危机的风险。[①]

(二)我国的经济形势异常复杂

财政政策在我国应对此次金融危机中发挥着独特作用。在金融危机发生以前的两年,我国主要是提高利率抑制通货膨胀。危机发生以后,在 2008 年连续四次下调一年期人民币贷款基准利率,两次下调金融机构人民币存款准备金率,奠定了中国应对危机的适度宽松货币政策的基调。金融危机蔓延以后,宏观经济政策组合是积极的财政政策和适度宽松的货币政策。2010 年开始,中国经济刺激政策仍将延续。从财政刺激方案资金投资的比例来看,铁路、公路、机场、水利等重大基础设施建设和城市电网改造占据了37.5%,汶川灾后重建所占比重为 25%。这两项占据了 62.5%,可见中国绝大多数的投资都流向了这些传统投资领域,造成对教育、医疗等社会领域的投资欠缺。短期内看,这种经济刺激政策会起到抑制经济下滑,避免深度衰退的目的,但困扰经济长期可持续发展的问题并没有得到根本性的解决。投资、出口和消费对经济驱动作用的不平衡是困扰我国经济复苏、威胁经济长期稳定发展的重大隐患。经济驱动方式的再平衡是我国经济发展需要解决的一个战略性问题。我国经济领域中更多的是投资驱动,投资的主要方向是基础设施、房地产和制造业,而这些领域的普通工人的工资性收入却相对较低。造成的结果是经济在短期内得到高速增长,但是社会公众的工资性收入却没有获得同等幅度的提高,这就抑制了居民的消费能力。消费对经济的拉动作用就不能发挥出来,投资的驱动作用被进一步强化形成恶性循环,成为威胁中国经济长期稳定发展的重大隐患。

另外,投资在拉动经济增长的同时,也会造成产能过剩。尤其是在部门利益和地方政府利益的驱动下,产业项目仓促投产,为产能过剩提供了可能。在内需不足,外需形势不利的情况下,产能过剩问题变得更加突出。中央已经开始着手解决这一问题。2009 年12 月的中央经济工作会议提出要把加快经济发展方式转变作为深入贯彻落实科学发展观的重要目标和战略举措,从制度安排入手,以优化经济结构、提高自主创新能力为重点,以完善政绩考核评价机制为抓手,加快经济发展方式转变的自觉性和主动性,不断在经济发展方式转变上取得实质性进展。未来,货币政策、财政政策和产业政策应该将社会上的经济资源更多地引导到促进产业技术创新和完善社会发展领域。用于实现经济发展方式转变的资金也将增多,投向技术研发创新和社会领域的投资也将会加大。通过自主创新和产业技术创新为经济发展提供新的动力,开发出新的经济增长点。[②]

---

① 张汉林:《当前国内外经济形势分析》,http://apps.hi.baidu.com/share/detail/2736122。

② 张汉林:《当前国内外经济形势分析》,http://apps.hi.baidu.com/share/detail/2736122。

国际、国内经济形势的巨大变化和财经新闻评论服务于广大社会受众的本质属性，客观上要求国内的财经媒体工作者加大对整体经济形势、产业经济发展、经济刺激政策等的解读和分析能力，这就对财经新闻评论工作者提出了更高的职业要求。

二、财经新闻评论的作用越来越大

　　作为现代大众传媒体系里重要组成部分的财经类媒体，在人们的社会生活和经济活动的运行中扮演着举足轻重的角色。财经新闻评论有责任引导社会公众正确认识财经新闻事件，积极参与社会热点经济问题，正确引导舆论，作为政府和群众之间联系沟通和联系的纽带，传递党和政府声音，表达人民群众的真正需求，其重大作用主要表现在以下几个方面。如：监测经济环境，披露社会主义市场经济条件下财经领域出现的问题，保障投资者知情权，影响宏观经济运行。

　　拉斯威尔最早提出了传播的三个社会功能，C.R.赖特在其基础上在《大众传播：功能的探讨》(1959)中提出了大众传媒的四功能说，即监测环境、解释与规定、社会化功能和提供娱乐。强调媒介对于特定环境的内外部信息收集和传递是大众媒介的第一要义。[1]

　　市场经济的重要特征是在信息的透明化、公开化的公平竞争环境下，生产要素通过交易能够进行自由流通，达到优化配置。这种设想运行的前提是交易双方享有充分对等的信息，只有这样，交易的主体双方才能做出基于市场条件的理性行为。然而，现代市场经济的庞大和复杂使得作为个体的投资者很难掌握关于投资对象的充分信息，便产生了信息不对称的现象，损害了社会公众知情权的获取，这不利于推动市场向健康方向发展。经过改革开放几十年的发展，我国的市场经济建设取得了很大成就。但由于处在一个社会经济体制的转型时期，相关领域的法律、法规还不甚完善，不少经济主体利用政策制定中的真空地带，唯利是图，做出有悖社会公德、损害国家和人民群众的行为。通过财经新闻评论可以对这类现象进行披露和谴责，使社会公众了解被遮掩的内幕信息，规范企业参与市场竞争的行为。

　　2000年10月8日，《财经》杂志发表了一篇题为《基金黑幕——关于基金行为的研究报告解析》的封面文章，以大量篇幅揭示了基金在股票交易中出现的种种问题。《基金黑幕》的出世立即引起证券界的轩然大波，作为直接反应，10月16日，包括大成、嘉实等10家基金管理公司在《中国证券报》、《证券时报》、《上海证券报》这国内三大证券报上发表"严正声明"，称《黑幕》一文"颇多不实之辞和偏颇之论"，是"耸人听闻的"[2]。证券业内人

---

① （美）W.施拉姆，《传播学概论》，32页，北京，新华出版社，1984。

② 见大成等十家基金管理有限公司，《严正声明》，载《中国证券报》，2000-10-16。

士认为,《基金黑幕》是中国证券市场 10 年来第一份对机构交易行为有确切叙述的报告,它通过跟踪 1999 年 8 月 9 日至 2000 年 4 月 28 日期间,国内 10 家基金管理公司旗下 22 家证券投资基金在上海证券市场上大宗股票交易记录,在客观详尽地分析了它们的操作行为之后,得出的结论是证券基金有大量违规、违法操作的事实。《基金黑幕》引发的不单单是一场辩论,正是由这场论争开始,此后的 2001 年成为中国证券行业的风暴之年,从而揭开了一场针对整个基金行业的"战争",并最终对于中国证券行业的发展和整个中国宏观经济的运行都起到了一定的影响。从"基金黑幕"的披露到和相关利益双方展开"大辩论"的过程正是信息的透明化和公众的知情权得以实现的过程。这种对于经济信息的充分披露无疑符合投资者以及整个中国宏观经济发展的利益。它有利于人们对于中国证券市场的现状作出清醒的评价,避免了投资者利益的进一步损失,有利于中国证券市场的完善和健康发展。

解读财经政策,加强前瞻性和指导性,引导经济主体的合理化市场行为,确保整体经济形势按正常轨道发展。党和政府推进经济体制改革的重要方式之一是发布各种各样的财经政策,这些政策只有经过主流媒体的正确解读才能为广大受众所理解,从而对市场经济主体的竞争行为起到良好的促进和改革作用。财经新闻评论正是这一过程中必不可少的部分,评论可以明确阐述、分析政策可能产生的影响,以使人们对于政策获得更加丰富、清晰和准确的理解,并对未来有所预见[①]。如 2009 年出台的小排量汽车购置税减半的政策,经过财经媒体的悉心解读(详见中青在线 2009 年 1 月 20 日刊发的评论文章:《政策解读:五问购置税减半》[②]),对逐渐从金融危机中恢复的经济形势是个利好的刺激信号,鼓励广大的消费者在进行环保类车型消费扩大内需的同时,增强了对"能源节约型"和"环境友好型"城市发展道路的认识,为党和政府其他诸如基础设施建设等相关工作的顺利开展打下了良好的群众基础。

从党、国家和政府的工作全局出发来看,财经新闻评论通过对宏观经济政策及当前经济形势的适时解读,做出具有现实针对性、指导性的评论,帮助投资者和消费者准确把握市场脉搏,以便进行合理化、科学化的市场行为活动,这直接关系到国民经济的健康发展、社会局势的稳定、市场经济主体投资理财行为的理性。财经新闻评论主要应放在解释财经政策制定的原因、分析政策执行过程中存在的问题、评析在财经领域改革过程中所取得的成就以达到示范效应的目的,从而为党和政府获取广泛的舆论支持,实现对整个社会进行合理、有效控制的目的。

为党和政府治理国家提供参考,提升新闻宣传能力,进行正确舆论引导。财经新闻评论是社会公众、专家学者等智慧的结晶,能形成一定的舆论影响力。党和政府制定各

---

① 龙希成:《什么是好的经济评论》,载《新闻与写作》,2004(10)。

② http://life.cyol.com/content/2009-01/20/content_2516997.htm。

项经济政策,除了广泛吸收系统内部的意见和建议外,也很重视社会公共舆论的意见,以提高决策的科学化和民主化程度。党和政府的新闻宣传工作要坚持正确的舆论导向,一般来说以正面宣传为主。正面宣传不仅仅是弘扬积极向上的行为,也包括鞭挞丑陋等舆论监督和批评的内容。财经新闻评论在赞扬先进典型的同时,要不断揭露和抨击各种扰乱社会主义市场经济秩序的不良现象,通过大众传媒的影响力对这些不良现象形成强大的舆论压力。这客观上保证了经济体制领域内改革开放的顺利进行。

　　作为一种面对投资者和消费者直截了当的表达观点方式,财经新闻评论可以站在舆论的制高点通过大众媒介对当前经济领域内发生的问题表明态度。特别是面临某些重大财经事件的时候,社会公众总是迫切想了解事件的真相及问题的实质。在这种情况下,以党报为首的主流新闻媒介的财经新闻评论的作用便尤为重要。它对相关的新闻事实和重要问题作出分析,帮助社会公众明辨是非,就存在于公众中间的疑惑不解、莫衷一是的问题进行释疑;使人们正确认识当前的形势,进而实施良性的舆论引导,稳定市场、确保市场主体行为的科学化、合理化发展。

　　调节各阶层的利益关系,维护市场经济秩序,稳定社会大局。美国耶鲁大学金融学终身教授陈志武博士在谈及美国"安然"案件时将财经媒体与董事会、市场参加者、证监会和法院并列为维护市场资本运行的五方力量。[①] 认为,在一个健康有序的现代市场经济制度中,经济类媒体扮演了一种利益平衡的角色,这种平衡或者说制衡的作用正是财经媒介最重要的影响力的体现。

　　现代市场经济制度强调的是一个在公正规则下多方利益主体的博弈。这一制度的健康有效运行有赖于各种利益群体之间的自由和公正交易。但是,市场经济制度又同时存在着信息不对称、不公正的倾向。相对于分散的大多数——公众而言,企业无论是在专业性还是在信息的占有上都存在着绝对的强势,这使得企业在同公众利益的博弈中处于几乎是肯定的优势地位。目前,我国正处于政治、经济和文化体制改革的转型时期,社会的经济成分、人们的就业方式的不同使得各不同经济主体间的利益关系和收入分配方式也日益多样化。我国特有的城乡二元化结构的存在,使城乡之间的差别日益增大;而社会保障机制的滞后,也使以老弱病残为主体的这类人员没有得到应有的照顾,社会贫富悬殊。其他因素诸如人与自然环境之间、投资与消费之间、区域之间、城乡之间、经济增长的效率和效益之间、社会分配的公平与效率之间都出现许多前所未有的新矛盾、新问题。如果处理不当,就会产生社会群体的分化、基于地域差别的认知对立,从而影响社会稳定、国家长治久安的大局。[②]

　　对社会公众情绪释放和安抚作用。网民通过在各种大众传播媒介对财经新闻发表

①　李利明:《监管 vs. 监督——陈志武谈财经媒体对证券市场的监督功能》,载《经济观察报》,2002-03-13。

②　常守柱:《新闻宣传在化解社会矛盾中的独特作用》,载《新闻战线》,2006(3)。

评论,可以宣泄情绪、发表不同观点,起到了"社会减压阀"的作用。社会心理学研究表明,公众及时有效的意见宣泄有利于将社会情绪保持在理性水平,以维持社会力量的平衡和稳定。尤其在网络财经论坛的部分言论和意见集中反映了社会公众切身利益受到损害后的不满情绪或对某一社会问题的集中关注,为其提供一个适当的释放空间,有利于化解社会矛盾,增强社会认同感,从而实现疏导、安抚的减压作用。心理疏导作用突出地表现在对社会热点财经新闻的宣传评论上。新闻宣传应主动接触并时时关注普通民众呼声最高、反映最强烈的社会热点问题,要善于化解社会矛盾,促进社会和谐。

2010 年 3 月下旬关于"武汉东湖水面被房产商当土地竞得 将填湖建房"的新闻被各大媒体转载。东湖作为国内最大的城中湖,属国家一级风景保护区,在每一个熟知武汉的人心目中都有着不可取代的地位,一直是武汉市的一张名片,在城市气候的调节等方面起着重要作用。其丰富的旅游及水产资源还惠及附近的多方居民。如对东湖进行商业开发的消息属实,必然将严重危及周边的生态平衡及附近居民的生活。此事件导致了东湖附近居民及各界社会人士的不满情绪。一时间引发评论纷纷,人民网 2010 年 3 月 28 日刊登的评论《开发商低价获武汉东湖地块 拟填湖 450 亩建酒店》(http://house. people.com.cn/GB/11240427.html)、搜狐转载的荆楚网评论文章《填埋东湖搞开发威胁生态应当叫停》(作者:侯文学 http://news.sohu.com/20100330/n271202521.shtm)、《法制日报》刊发评论文章"武汉东湖开发被指规划未批拆迁先行 属土地财政冲动"。在舆论的监控下,东湖风景区管委会与此事件的主体深圳华侨城于 4 月 2 日召开记者会,明确没有"填湖开发"的规划,以缓解此事件造成的社会舆论压力。虽然"东湖被填湖造房"事件没有得到最终明确的解疑,但通过财经新闻媒体评论的介入,及时让公众了解事件真相,抒发不良情绪,对于事情的妥善解决及社会公众利益合理化、理性化的表达起到了不可忽视的作用。

行使媒体的监督权力,起到经济预警作用。市场经济社会中的大众传播媒体担负着对市场行为的主体——企业(而不仅仅是对政府)进行监督的职能。具有中国特色的社会主义市场经济发展模式,在取得了巨大经济成果的同时,也不可避免地存在一些隐患。这主要源自从事经济活动的参与者法制意识的淡漠、经济规律的陌生、传统计划经济体制的思维惯性等因素。为了确保我国经济领域内改革开放的胜利,就要防微杜渐,即时发现问题,解决问题。财经新闻评论作为社会财经领域内的"瞭望者",要用高瞻远瞩、发展的眼光去看待和分析经济领域内的反常或特殊现象,及时发出舆论预警,以便对社会、投资者、消费者起到提前警示的作用,提醒社会公众的投资风险,为矛盾的最终解决做出自己独特的贡献。

在"基金黑幕"事件中,我们看到了财经媒体对监督市场职能的一次充分运用。2001年起,中国证监会陆续出台了一系列关于基金监管的文件,内容涉及法人治理结构、基金公司交易行为规范以及基金公司的发起设立等。其中以"好人举手"政策为主要内容的基金业准入制度改革成为 2001 年基金业规范化进程的重要内容。^① "好人举手"政策是指改变行政审批与小范围内选择基金管理公司的做法，强调拟设立基金管理公司的机构要用事实证明自身具备管理能力，并向社会公开承诺自己是行为规范的理性机构投资者。由于引入了市场监督评价机制，这一举措在短期内大大提高了市场准入的门槛和市场监管的水平。^②

财经新闻评论者一定要严肃、认真地对待评论在舆论导向、宣传效果等等方面的作用，尤其要在实际操作过程中做好网络财经新闻评论的管理、引导工作。

三、媒体专业化与大众化发展趋向对财经新闻评论工作者提出了更高的要求

2004 年底，《第一财经日报》、《每日经济新闻》等财经媒体的创办在业界掀起热潮，引发了公众对于财经媒体专业化和大众化发展趋势的强烈关注。专业化是财经媒体生存和发展的基础，大众化则是财经媒体不断发展的动力源泉。

财经媒体的专业化是指财经新闻选择与提供的专业性、新闻信息分析的专业性和信息服务方式的专业性。信息选择、提供的专业性是财经媒体的基本要求。在这个信息资源丰富的时代，对于竞争激烈的媒体来说，重要的不是提供了什么信息，而是对信息进行分析和判断的独特方式。对信息进行深度解析和权威判断的能力是财经媒体真正获得影响力的基础。财经媒体的大众化有以下几个含义。首先，是指其服务对象的社会大众化，不仅仅涵盖了商业机构或企业组织，也包括社会上所有对此信息有需求或兴趣的个体。其次，是指财经新闻由于要兼顾大众的接受能力和阅读能力，在表达方式、写作特点等方面具有"易读性"的大众化色彩。最后，是指财经媒体报道的内容不仅涉及商业、金融、财经方面，而且也涉及政治、社会民生等领域。财经媒体发展的大众化趋势不仅仅出于广义的经济与政治和社会之间关联的密不可分性，深层次上是源于财经媒体在追求专业市场的同时最大限度争取传播效果的目的。^③

我国财经媒体所面临的主要问题就是缺乏专业优势，在新闻信息的采集、评论和分析方面缺乏专业性，在人力资源方面又缺少专业的财经从业人员，无法赢得专业市场的认可。造成这种现象的原因是我国媒体市场的不成熟。现阶段，财经媒体还不能完全以市场化的方式运作，在市场化经营的手段、专业化运作以及专业从业人员的培育上都显得不足，短时期内不能发展出具有较高市场化程度财经媒体。

① 胡立峰：《2001 年基金业准入制度改革回顾》，载《中国证券报》，2001-12-19。
② 常守柱：《新闻宣传在化解社会矛盾中的独特作用》，载《新闻战线》，2006(3)。
③ 王学成：《大众化还是专业化？——国外财经媒体的启示》，载《新闻记者》，2005(5)。

此外,国内的财经媒体在定位、报道内容和范围以及报道写作的方式上都与大众化的趋向存在着不小的差别。反映在中国财经媒体的受众定位上既是过于追求高端受众,如《第一财经日报》的目标读者为中国"最具决策力、最具消费力、最具影响力"的"三最"人群。从表面上看,这是由于媒体的定位不恰当地集中于高端受众市场;而深层次上看则是在观念上把社会精英与社会大众、专业化和大众化人为地对立起来。这种将大众化与专业化对立的思维方式恰恰又是因为中国财经媒体未能在建立专业化优势的前提下发展大众市场。由此陷入了这样一种困境:一方面,由于历史与现实的原因,不能在短期内建立专业优势,难以得到专业市场的认同;另一方面,虽然缺乏专业性,但在定位和写作上又盲目追求"专业性",言之无物,却又故作高深,难以为大众所理解,这便在无法得到专业市场认同的同时,又丧失了大众市场。[①]

如何提升财经新闻评论的质量,强化财经媒体的专业化程度以满足日益增长的社会大众的需求成为众多财经媒体所面临的一个共同话题。虽然国内的不少财经媒体在财经资讯的选择、处理上已经取得了长足的进步,但由于人力、财力等资源条件的种种限制,若要获得更大的发展空间,就对财经新闻媒体的从业者提出了更高的要求。

第二节　对财经新闻评论工作者的具体要求

我国目前的财经新闻评论文章中的大多数属于假设、例证、推理、归纳等结构严谨、框架严明的经济研究类文章。财经新闻评论家被经济学家替代,财经新闻媒体也似乎变成了经济学家的附属品。财经评论部形同虚设,凸显出了新闻行业评论人才奇缺的困境。对新闻科班出生者最大的讽刺是,在新闻评论界做得比较优秀的,往往不是新闻专业出生的,新闻专业科班毕业的学生几乎承担不起评论的重任。

时代发展的要求使得我们对于财经新闻评论员的素质要求比以往任何时候都高得多,他应该具有较高的政治觉悟、开阔的视野、深厚的人文知识素养、精深的财经专业背景,具有把复杂的财经专业性事件用新闻语言表达出来的能力,学习和运用新技术的能力、可以把握不同类型媒介的特点,且具有强烈的历史使命感、社会责任感。财经媒体要重视培养专家型、权威型财经记者、编辑,对事关大局的财经报道严格把关,时刻注意以维护社会安定团结为重,以促进经济发展为重。具体来讲,新时期内的财经新闻评论工作者应该努力从以下几个方面来强化自己的综合能力。

---

① 王学成:《大众化还是专业化?——国外财经媒体的启示》,载《新闻记者》,2005(5)。

一、较高的思想政治觉悟

新闻评论是政治主张、观点的宣传,同时又是道德情操、伦理价值、人文价值等的自然渗透。其突出表现,就是政治主见、政治远见和政治预见三个方面。政治主见,主要指坚定而正确的政治立场、政治观点、政治信念,这是政治方向的问题。政治远见,主要指胸怀全局地观察问题、分析问题和解决问题的综合能力,即政治洞察力。要站得高,看得远,不为假象所迷惑。政治预见,主要指政治鉴别力和政治敏锐性,能够正确把握客观事物发生、发展的运动规律,对其发展的趋势及其结局能够有所预测,做到顺应自然,按客观规律办事,增强报道的科学性和先见之明。只有具备这三种素质,才能始终保持清醒而冷静的头脑,做到大事面前不糊涂,原则面前不让步,高屋建瓴,写出具有科学性、本质真实性的新闻评论作品,以正确的舆论引导人。正如著名新闻记者普利策所言:如果把社会比作一条航行在大海上的船,记者就是船头上的哨兵,他要随时指出暗礁。

当前,作为财经新闻媒体的工作人员,其思想政治素质,就应当遵照中央提出的"政治方向、政治立场、政治观点、政治纪律、政治鉴别力、政治敏锐性"这几个方面,进行全面地培养和锻炼。在政治方向上,现阶段就是要坚定不移地坚持建设有中国特色社会主义的方向和共产主义的远大目标,始终把握住新闻宣传的正确导向。在政治立场上,就是要坚定地站在党性和党的政策的立场上,站在维护中国人民利益和世界人民利益的立场上,站在维护党和国家、民族的根本利益的立场上。想问题、办事情、作决策,都要自觉地以党和人民的意愿为出发点和落脚点。在政治观点上,就是要按照马克思列宁主义、毛泽东思想、邓小平理论、"三个代表"重要思想和科学发展观的观点行事,绝不能搞资产阶级自由化和政治多元化那一套。在政治纪律上,要认真贯彻执行民主集中制原则,不能搞独断专行,更不能搞无政府主义。尤其要注重党的宣传纪律,在宣传口径上要与中央保持高度一致。在政治鉴别力和政治敏锐性上,要坚持马克思主义唯物史观,学会正确认识社会发展规律,正确分析国内外形势,在错综复杂的情况下把握正确的政治方向。[①]

二、财经金融知识背景

对于媒体专业水准的不足,各界的批评之声时有耳闻。有人曾撰文《媒体的尴尬:懂得太少,说得太多》:"在传媒人把持的各种媒体上,不懂装懂,一知半解,庸俗浅薄,竟是家常便饭;张冠李戴,指鹿为马,以讹传讹,也已屡见不鲜。"从实际情况来看,现今有专业背景的新闻人才越来越受到广大媒体和新闻单位的青睐。虽然目前新闻从业人员的专

---

① 苏媛华:《论新闻工作者自身素质修养问题》,载《中小企业管理与科技(上旬刊)》,2008(12)。

业构成仍以新闻和中文为主,但是近期以经济、管理、法律、政治等为专业背景进入新闻业的人才的比例正在不断上升。多数媒体在招聘时已经不限专业,不少财经类报刊则专门招收经济、管理等相关专业的人才。《中国经营报》就明确表示,不追求新闻的时效性,而致力于深度报道和背景报道,追求热点焦点,追求深刻生动,追求新颖独特。其对专业知识的要求也就可想而知了。

随着全球经济发展的复杂多变性,危机将会不时光顾这个领域。人们怎样在困局中稳定心态,保持财富的增长,从危机心态中走出来等等,都需要财经评论发挥相当重要的作用。这必然要求撰稿人熟悉财经领域内的专业知识,发挥记者"万金油"的特殊功能,不断积累,不断学习,跟上社会进步的步伐。

约翰·坎尼夫[①]认为从事经济报道的新闻写稿人应当这样工作:"他必须认识到,他的工作是把专家的工作解释得一般读者可以读懂。他必须用金融方面的知识教育自己,但又并不是要成为一个金融专家。他必须努力学习,必须保存资料,因为各个商业事件都有漫长的历史,而且没有哪个人的头脑能够记住所有的细节。他必须懂得政府各机构的工作情况,因为从华盛顿传出的商业新闻的数量及其重要程度正在不断增加。"

《财经》杂志于 2001 年 2 月 7 日的深度调查评论文章《庄家吕梁》、《财经时报》的《点评影响 2004 的十大管理危机》、《经济观察报》等对于各类证券、外汇、货币等政策的解读都充分地体现了财经新闻评论对于从业者所应具备专业知识的要求。

三、其他学科知识储备的综合素养

财经新闻媒体工作人员,是通过其所编辑制作的各种报刊、栏目、论坛将经济领域内的各类信息以专业的眼光、平民的视角展示给广大受众。从这个意义上说,是教育者,就有一个先受教育的问题。尤其是在这个知识爆炸的时代,经济全球化、政治多极化、高科技迅猛发展,如果新闻媒体工作人员的素质跟不上形势发展的需要,就很难满足人们日益增长的文化生活需要。因此,必须加强学习,不断提高自身素质。加之当前知识更新的频率加快,不随时随地进行学习,靠吃原有知识的"老本"过日子,肯定是不行的。就目前而言,新闻媒体工作人员除了加强政策理论、财经知识的学习外,还应进行其他相关学科诸如社会科学知识的学习,现代科技知识的学习,网络技术的学习,以及外语知识的学习等。做到既学有专长,又广泛涉猎,成为通才型人才。

有人曾提出传媒人素质的"蜂巢理论",即有火一样的激情,有海洋一样的胸襟,有钢铁一样的意志,有慈母一样的爱心,有猎犬一样的敏锐,有冰山一样的冷峻。这六个方面

---

① 约翰·坎尼夫,二十多年前美联社《商业明镜》每日专栏撰稿人,与唐·怀特黑德、雷尔迈·莫林、霍华德·本尼迪克特、约翰·巴伯等编辑记者共同创造了美联社的神话。

构成了一个六角形,是一位出色传媒人的基本框架。它像一个蜂巢,传媒人就是这个巢子中成长的蜜蜂。蜂巢的六角形越是匀称,蜜蜂的素质就越高,酿出的蜂蜜就越好。在某种程度上,这形象地表现出对传媒人综合素质的要求。

《财经》杂志关于《汶川地震对保险业的影响》[①]一文,作者以广袤的视角,从地理、人文、经济、保险、政治等方面入手,深入剖析了面临重大自然灾害时政府及行业应该采取的措施和态度,显示出了作者深厚的文化知识积累和素养。

四、娴熟的业务素质

财经新闻评论作者要善于运用马列主义、毛泽东思想、邓小平理论和"三个代表"及科学发展观的立场、观点、方法去观察、分析错综复杂的社会现实,具有透过现象看本质的洞察力。这是发现新闻和最大限度地发掘新闻价值的基本功力。新闻工作者最致命的忌讳就是偏听偏信,以偏概全,因而要做生活的有心人,随时随地发现和掌握新闻线索,丰富自己的信息源和信息库。同时,还要注意倾听来自方方面面的意见,特别是不同意见,避免以偏概全,确保报道的客观、公正、真实、全面。为此需做好下面几点。

(一)有能力制作专题报道

向受众提供综合化、多样化、立体化的财经资讯服务,成了许多财经媒体的首要任务。尤其在网络媒体上,集成了 Web2.0 时代的优良功能,如网络直播、视频、在线访谈、博客等,财经媒体的工作人员应当密切关注互联网技术的进步,思考其可能给报道和评论工作的开展所带来的发展机遇或新的工作方式。

对于社会热点财经新闻,媒体大多选择专题报道的形式,内容包含了热点事件的方方面面,同时以文字、图片、视频、在线采访等形式展现给读者,使一件事情的影响被无限放大。例如,闹得沸沸扬扬的达能低价收购娃哈哈一案,引起了业界对外资企业与中国本土企业合作方式及利弊的大讨论,各大财经网站纷纷制作了专题页面,其中包括很多业内专家的精彩评论。而专题一般都被放置在网站中比较重要的位置,并且由于事件的持续性,放在重要位置的时间也会比一般新闻长,所以财经新闻评论人员在实际工作中要考虑到专题的巨大传播效应,使自己具备做专题报道的能力。

(二)较强的撰稿能力,能够对稿件进行审查、编辑修改

财经新闻评论应当有个性、有速度,且准确、透彻、易懂,用专业化的眼光和平实的语言去向大众传播信息。这意味着摆脱经济领域的官僚主义、语言惰性和男权作风,将想象力、平等意识和对受众的责任感带进来。在信息时代,如果获得财经资讯是一种特权,

---

① 陈慧颖:《财经》总第 212 期,出版日期:2008 年 5 月 26 日。

财经媒体的作用应当是使这种特权普及,而不是相反。像《福布斯》、《财富》和《国际先驱论坛》这样的出版物也许在经营理念上相去甚远,但是有一点是相同的:它们的经济报道十分重视适应普通读者的理解力。和各行各业的优秀人才一样,一个合格的财经新闻评论工作者需要勤奋地学习各种知识,需要有足够的精力和野心,需要活泼的想象力和优秀的语言才能。

为了实现上述要求,财经媒体的从业人员要勤于写作,把所见所闻所感尽快付诸文字,努力缩短新闻事实的发生与受众感知之间的距离,力求最大的时效性。能够按照报道和评论的目的,撰写出中心思想明确、层次结构清楚,语言文字精练、贴切,能把要反映的情况客观、真实、全面地表现出来,以使其真正地发挥出教育人、启迪人,从而为经济建设服务的作用。

萨缪尔森说过,学习经济知识是十分有趣的。然而一种古怪的矜持却使我国财经新闻评论尽显"阳春白雪"之态,令人生畏乃至生恶。这些坏习惯有各种各样的来源,比如漠视商业的文化传统、八股文教育、政治报道的催眠、新闻工作者的惰性等。不管坏习惯有什么来头,它都会结出相似的果子:使用令人费解的文体,而不是清楚简洁的句子;用金融界的行话,而不是日常的说法;等待一个企业发表公告,然后全盘接受,而不是出去寻找新闻;被动地抄录被采访对象的话,而不是平等地与之谈话乃至交锋。总之,是接受,而不是批判;是叙述,而不是描述;是照本宣科,而不是精心构思。这样一来,一个设计得当的软件也可以编出一篇时下的经济报道,而且一样的难看。[①]

此外,对于来自各个方面作者的稿件,工作人员要具有审稿的能力、看稿件的中心思想是否明确,层次结构是否清楚,语言是否通顺,文字是否简练,最后综合认定该稿件是否可用。对决定采用的稿件,要具有对稿件进行修改的能力。通过修改,把多余的段、句、字删去,把错别字纠正过来,使文章更加通顺、流畅,所表达的意义更加清楚、明白。

(三)了解网络媒体的传播特点

与传统财经媒体相比,网络财经媒体几乎不受时间的限制,一般大的网站全天都有编辑值班,无论新闻对企业的负面影响度如何,其都会在第一时间内上传至网页,传播速度之快,范围之广,是传统媒体所无法相比的。财经新闻的工作者要充分了解网络的这种特性,尽量使评论的内容达到最佳的传播效果。

2005年6月5日,世界环境日前夕,绿色环保组织突然曝出惠普的产品采用了非环保的材料,一时舆论大哗。惠普很快遭遇到了来自全国各地的质疑之声。当天,惠普立即发表声明,用材料证明自己的清白,并将声明在第一时间内发到了各大网站,与绿色环保组织指责的报道并列在一起,共同展现在网友、读者乃至媒体面前。第二天,惠普再次

---

① 覃里雯:《财经趣文:经济新闻报道的嘴脸》,载《经济观察报》,2001-08-21。

通过网络发表声明,并针对外界的质疑,本着"公开一切,回答一切"的原则做出了回应。虽然这一事件没有像"电池召回事件"那样赢得了声誉,但使其远离了危机公关的漩涡。

(四)利用多种学科背景获取及分析新闻事实的能力

在财经新闻工作者的工作中,最有意义同时也最富挑战性的就要算获取新闻线索了。以往的新闻传播教育虽然也提供了不少发现新闻线索的方法,但在知识经济迅猛发展的今天,仅靠这些传统方式已经远不能适应社会发展的要求,要找到好的新闻信息进而进行有针对性、理性的评论,还必须具备较强的获取和处理信息的能力,因此,记者有必要掌握一些情报学和信息学等方面的知识。

情报学是研究情报的产生、传递、利用规律和使用现代化信息的技术与手段,目的是提高情报产生、加工、贮存、流通、利用的效率。随着人类社会向信息社会的演进,情报学的社会重要性日益增加,其作用和研究成果已经被认为是信息化社会的强大支柱之一。信息科学是研究信息的一门综合性学科,其基础是信息论。按照新闻界最新的观点,记者已经被定义为是"专业的信息传播者",这就赋予了记者这一职业新的内涵和外延。

财经新闻评论是一种复杂化、专业化的新闻报道,但并不等同于乏味、难懂。财经新闻评论也不仅仅是公司盈亏、股市涨跌的分析、政策的解读等,它应该是丰富多彩的商业经济世界的真实和全面的反映。在注重数据分析和事实陈列的财经评论领域,需要增强对信息的获取能力和综合分析能力,财经新闻工作者可以学习并运用情报学、信息学的一些研究方法,如社会调查法、文献计量统计方法、数学分析法、系统分析与评价方法、历史的研究方法等等,对自己的新闻报道工作做出深入的研究和周密的安排。有了充分的前期工作,才能确保新闻评论水平的提高。

五、健康的人文、心理素质

身体是革命的本钱,无论从事何种工作,没有一个好身体都是不行的。作为新闻工作者,其工作性质就是流动性大,有时还需要周游世界。即使是坐在办公室里编稿的编辑也并不轻松,他们日复一日、年复一年地为人做"嫁衣",不图名、也无利,辛苦地忙碌着。因而,新闻工作者迫切需要有个好的身体和心理状态。

尤其在财经评论中,出于对党和国家及人民群众负责的态度,需要经常面对经济转型过程中出现的种种问题和黑幕,这更加需要参与报道的人员有坚定不移的意志和永不放弃的心。在不少财经评论中,记者或学者不但要深入实际去调查问题的方方面面,且往往会面临来自相关利益群体的巨大压力。如果没有坚定的毅力和良好的身体素质作为支撑,极有可能就会失去探究问题真相的机会,社会公众的知情权得不到满足,更深层次的问题是扰乱经济秩序的恶劣行为得不到应有的曝光和批判,从而对我国经济建设产生巨大的破坏作用。

对于农夫山泉"砷超标"事件的系列报道和评论文章,《财经》杂志的《谁在操纵亿安科技?》、《上海社保:危险的投资》、《周正毅兴衰》、《贷款黑洞》等系列文章的载出,其调查之缜密、叙述之简洁为世人刮目相看,更令人叹服的是报道揭露了中国经济领域内隐藏的黑幕,尖锐地批评了市场中存在的那些丑恶现象,引起有关部门高度重视和调查处理。其中作者所承受的压力远非普通百姓所能想象。没有良好的身心素质做基础,是难以实现这些报道的顺利发布并对经济发展的大局产生良好的推动作用。

财经新闻工作者综合素质的提高不是短时期内快马加鞭就可以实现的。切实可行的办法就是新闻媒体在对记者进行再培训、业务"充电"的过程中,借鉴外国大学的成功经验,优化新闻课程设置和教学模式,减少教授写作、编辑技能的课程,增加社会科学和人文科学,如经济学、政治学、法律、历史和语言文字学等内容,是使新闻记者拥有更多的可以利用的能力,为社会公众提供更多的财经资讯,为我国的经济建设服务。

第三节　财经新闻评论工作者的职业道德

职业道德是职业活动中的行为规范,它是通过人们的职业活动、职业关系、职业态度、职业作风及社会效果具体地表现出来。职业道德是社会生产发展和社会劳动分工深化的产物,是人们在职业实践中逐步形成的行为规范,是人类文明意识在职业活动中的体现,是一种高度社会化的角色道德。职业道德的实质和核心,是处理和协调职业活动中的责、权、利、个人、集体和社会的关系,以正确地实现职业的社会职能。没有哪一种职业像新闻这样对社会的稳定和发展及人民的生活有着更大的影响,也没有哪一种职业的道德状况对职业自身的生存发展有着如此密切的相关性。尤其是现代社会,新闻已成为人们政治、经济、文化生活中不可缺少的一部分,人们对新闻职业的关注程度超过了任何一种职业。因此,新闻从业者职业道德的建设引起了全社会范围内的高度重视。

新闻职业道德和其他职业道德一样不具有法律的强制力,靠社会舆论监督和人们内心信念的自律发生作用的。新闻工作者的一言一行都影响着社会舆论,如果不具有高尚的职业道德和全心全意为人民服务的精神,就免不了犯错误,在社会上造成极坏的影响,损害新闻事业的声誉。

如今,我们生活在一个信息化高度发达的社会里,生活的周围充满了各种各样的信息,随时被来自报纸、广播、电视、网络等不同方面的信息包围着。作为这些信息的主要提供和发布者的新闻工作者,随着社会的日益发展和进步所充当的角色也愈发的重要。信息的多样性丰富了我们的生活,同时也对新闻工作者的职业道德提出了更高的要求。

在我国,新闻媒体作为党和政府的"喉舌",作为人民群众进行舆论监督的重要工具,其宗旨是为党、为社会主义、为工人阶级、为广大人民群众而工作。新闻职业道德是在共产主义道德原则指导下的先进的道德规范。其主要内容是：(1)热爱党、热爱社会主义祖国，坚持四项基本原则，坚持新闻的党性与人民性的统一；(2)坚持新闻的真实性，忠于事实，不搞虚假报道，以人民利益为准绳，宣传党的政策，反映群众的心声，克服新闻报道中的客观主义倾向；(3)热情讴歌正义与光明，无情揭露邪恶和黑暗，主持公道，坚持正义，不畏惧任何压力，时刻同群众保持密切的联系；(4)严格要求自己，廉洁奉公，不利用工作之便谋私利，不拿版面做交易，吃苦耐劳，深入基层，有良好的新闻意识，遵守新闻纪律；(5)热情为广大读者服务，提供有益身心健康的稿件，甘当无名英雄，同行之间，相互尊重，相互学习；(6)认真学习马克思主义基本理论和党的路线方针政策，树立共产主义理想、信念，掌握丰富的科学文化知识，加强职业修养，勇于献身新闻事业。

我国正处于经济体制改革转型期。贪婪掠夺股东的上市公司、听任网站色情化的网络企业、还有那些攀附权贵、一夜暴富、忘乎所以的暴发户在追逐私利的过程，并没有增进社会福利，反而摧毁了市场公平竞争的环境，诚信合作的信念和责任感。财经新闻媒体作为整个经济环节中不可缺少的一部分，不可避免地受到了一定程度的污染。财经评论者应该"出淤泥而不染"，体现出作为负责任的良知，超越特殊群体的利益度量，真正以社会公共利益为着眼点去捍卫市场经济制度本身，坚持这样的良知不仅需要激情，更需要理智。财经新闻评论又与国民经济的发展、社会公众的日常生活密切相关，因而财经新闻评论的工作人员除了遵守新闻行业通行的职业道德外，又有着特殊的职业道德要求。

一、确保信息的真实性

真实性作为新闻最基本的特征，是财经新闻工作者的第一道"防线"。而如何保持新闻的真实性就成了新闻工作者首先要考虑的问题也是最基本问题。而在如何保持新闻的真实性上就需要新闻工作者恪守新闻工作者的职业道德要求，不得有半点马虎。许多新闻工作者为了盲目追求轰动性报道，不惜以身犯戒，制造虚假新闻，最终受到了道德谴责和法律的制裁。

二、反腐倡廉，强化财经道德素养

财经职业道德是指在财经职业活动中应遵循的、体现财经职业特征的、调整财经职业关系的职业行为准则和规范。财经新闻从业者因其工作领域的特殊性，不可避免地会接触到充斥了财富的人群和行业，这是个诱惑也是个挑战。职业理念要求我们的从业者认认真真地从客观公正的角度出发去报道和评论新闻，而一些涉及的行业、企业或个人

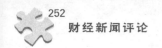

为了巨大的经济利益,不惜以身试法,对记者进行行贿等腐蚀手段。而一些记者也利用涉嫌违规的企业法人和经济个体害怕曝光的心理,进行有偿新闻的播报或遮掩,严重违反了职业道德,给新闻行业造成了极大的声誉损害。

三、坚持诚信理念,弘扬社会正气

媒体记者被社会上称为"无冕之王"说明了其在社会生活中所充当的角色相当的特殊。通常,通过媒体报道出来的事件具有很强的舆论导向作用,所以记者在发稿时要注意坚持正确的舆论导向以保持社会的稳定。记者在参与新闻事件报道的同时也不应该为了报道而报道,在报道的同时更应该闪烁着"人性的光辉",毕竟新闻报道的目的更多是为了弘扬社会正气,可以说是社会的一面镜子。

诚信为本,诚信是金,这是财经职业道德的基本原则。在财经新闻工作者的实践工作中,结合专业知识和新闻传播规律,要按照经济规律、价值规律的要求去了解和研讨市场经济的运行机制过程中存在的问题,把反对不正当竞争、保护消费者权益、维护市场经济秩序正常运行作为主要关注内容,把法治与德治紧密结合起来,使受众在满足财经资讯的同时,也可以受到做人、做事行为规范和正确价值观的影响。财经媒体可以在管理工作人员的实践中,加强对记者诚信言行考核力度的制度建设,如设立诚信档案,签订诚信自律协议书等。通过这些制度的执行使经常面临财富和道德诱惑的工作人员相信,讲求诚信会带来一定的约束,但更会使其享受到遵守规则的快乐,养成诚信做人、认真做事的品质。

记者的本职工作是对新闻事件进行采访报道,而且有时候在采访的过程中会遭遇种种的磨难甚至有时还会牺牲生命。大灾大难面前,我们的新闻工作者和参与救灾的解放军,武警,医疗工作者一样冲锋在前,他们也可以被称为世界上"最可爱的人"。但与此同时,我们的记者团队也一直被诸如"有偿新闻,灰色收入"等负面影响所包围,这也是作为记者"可悲"的一面,而且越是大型的、有影响力的媒体,这种现象就越突出。原央视知名记者方宏进,曾在《中国经营者》中担任主持人、《今日新观察》节目评论员。2009年因涉嫌合同诈骗被河北邢台警方拘留。这条爆炸性的消息发布之后即刻成了大众关注的焦点,不但引发了对于公众人物的质疑,更加引发了对媒体的从业人员的诚信意识、职业道德水准的空前重视。

参 考 文 献

一、著作

程道才、严三九：《经济新闻写作概说》，北京，中国广播电视出版社，2001。

薛中军：《新闻评论》，上海，上海大学出版社，2004。

周建明：《新闻评论写作》，北京，中共中央党校出版社，2000。

闻学：《经济新闻评论：理论与写作》，武汉，武汉大学出版社，2007。

姜淮超：《新闻评论教程》，北京，中国政法大学出版社，2003。

王振业、胡平：《新闻评论写作教程》，北京，中国广播电视出版社，1995。

王振业、李舒：《新闻评论与电子媒介》，北京，中国广播电视出版社，2004。

王兴华：《新闻评论学》，杭州，杭州大学出版社，1998。

李法宝：《新闻评论：发现与表现》，广州，中山大学出版社，2005。

丁法章：《新闻评论教程》，上海，复旦大学出版社，2005。

程世寿：《新闻评论写作教程》，武汉，华中理工大学出版社，1996。

程世寿、刘洁：《现代新闻传播学》，武汉，华中理工大学出版社，2000。

符建湘：《新闻评论》，长沙，湖南大学出版社，2007。

范荣康：《新闻评论学》，北京，人民日报出版社，1998。

杨新敏：《新闻评论学》，苏州，苏州大学出版社，1999。

马少华：《新闻评论学》，武汉，中南大学出版社，2005。

殷俊等：《媒介新闻评论学》，成都，四川大学出版社，2005。

沈毅、韩元：《中国经济新闻史》，北京，北京大学出版社，2008。

喻国明：《变革传媒：解析中国传媒转型问题》，北京，华夏出版社，2005。

杨兴锋：《高度决定影响力》，广州，南方日报出版社，2004。

赵振宇：《现代新闻评论》，武汉，武汉大学出版社，2005。

胡文龙：《中国新闻评论发展研究》，北京，中国人民大学出版社，2002。

曼昆著：《经济学原理》，梁小民译，北京，机械工业出版社，2005。

孙旭培：《当代中国新闻改革》，北京，人民出版社，2004。

郑兴东，陈仁风，蔡雯：《报纸编辑学教程》，北京，中国人民大学出版社，2001。

苑立新：《现代经济新闻教程》，北京，中国广播电视出版社，2001。

彭朝丞：《新闻标题制作》，北京，中国广播电视出版社，2007。

（美）安雅·谢芙琳、埃默·贝塞特：《全球化视界：财经传播报道》，李良荣译，上海，复旦大学出版社，2004。

张君昌：《超媒体时代》，北京，新华出版社，2004。

（美）罗杰·菲德勒：《媒介形态变化——认识新媒介》，明安香译，北京，华夏出版社，2000。

杜骏飞主编：《网络传播概论》，福州，福建人民出版社，2004。

林坚：《从书海到网络——科技传播的演进》，南昌，江西高校出版社，2002。

（美）约翰·V. 帕夫利克：《新闻业与新媒介》，张军芳译，北京，新华出版社，2005。

明安香主编：《信息高速公路与大众传播》，北京，华夏出版社，1999。

仲志远：《网络新闻学》，北京，北京大学出版社，2002。

戴维民：《网络信息优化传播导论》，上海，复旦大学出版社，2004。

匡文波：《网络媒体概论》，北京，清华大学出版社，2001。

（美）比尔·盖茨等：《未来之路》，辜正坤主译，北京，北京大学出版社，1996。

叶子：《现代电视新闻学》，北京，中国广播电视出版社，2007。

蔡凯如、黄勇贤等：《穿越视听时空——广播电视传播论》，北京，新华出版社，2003。

刘冬华：《当代电视报道理念与技巧》，北京，新华出版社，2004。

师永刚：《解密凤凰—凤凰卫视时事开讲影响力》，北京，作家出版社，2004。

吕正标、王嘉：《电视新闻节目理念形态与实务》，北京，中国广播电视出版社，2004。

蔡照波、肖极：《中国电视新闻评论类节目发生和发展探微》，北京，中国广播电视出版社，2003。

李文明：《新闻评论的电视化传播》，成都，四川大学出版社，2003。

李连喜：《电视批判》，北京，中华书局，2003。

（美）康拉德·芬克：《冲击力：新闻评论写作教程》，北京，新华出版社，2002。

吴庚振：《新闻评论学通论》，保定，河北大学出版社，2001。

马少华、刘洪珍：《新闻评论案例教程》，北京，中国人民大学出版社，2008。

柳珊：《当代新闻评论》，上海，复旦大学出版社，2007。

程曼丽：《北大新闻与传播评论·第三辑》，北京，北京大学出版社，2004。

杨新敏：《网络新闻评论研究》，苏州，苏州大学出版社，2009。

裴毅然：《经济新闻学概论》，上海，上海财经大学出版社，2003。

李良荣：《新闻学导论》，北京，高等教育出版社，1999。

二、论文

申玲玲：《网络新闻评论的特色》，载《新闻爱好者》，2008(12)。

顾建明：《中美新闻评论立论方法的比较分析》，载《新闻爱好者》，2007(10)。

闫广道：《都市报财经新闻的经济学视野》，载《新闻爱好者》，2007(11)。

戴书志：《要增强新闻评论可受性》，《新闻爱好者》，1998(3)。

方芳：《社会舆论与经济发展》，载《新闻爱好者》，2004(5)。

魏翠、方文红：《多维下的网络新闻评论》，载《青年记者》，2008(11)。

余玉：《新闻评论选题的方法和技巧》，载《青年记者》，2007(18)。

周纯：《财经新闻评论写作变化初探》，华中科技大学学位论文。

张辛欣：《新闻评论中的"两面提示"策略》，载《新闻三昧》，2007(8)。

闻学：《当前经济新闻评论变化管窥》，载《新闻界》，2007(1)。

顾怡洁：《胡舒立经济评论的特点》，载《现代商业》，2007(13)。

依旺：《如何写出读者喜爱的经济评论》，载《新闻与写作》，2007(3)。

育葵：《试谈新闻评论的层次结构》，载《新闻与写作》，1995(9)。

龙希成：《什么是好的经济评论》，载《新闻与写作》，2004(10)。

罗继秀：《报纸新闻评论标题的创新》，载《新闻窗》，2007(2)。

张晓祺：《论网络新闻评论》，载《军事记者》，2006(6)。

陈玉苗：《网络新闻评论浅议》，载《今传媒》，2006(11)。

田秋生：《网络新闻评论的突破和创新浅析》，载《新闻传播》，2006(9)。

贾春光：《谈新闻评论选题的三个结合》，载《新闻传播》，1997(4)。

范荣康：《论如析薪 贵能破理——新闻评论的论证》，载《新闻战线》，1985(10)。

范荣康：《新闻评论的结构》，载《新闻实践》，1985(12)。

袁秋乡：《市场化报纸救市之试解》，载《新闻知识》，2006(10)。

涂光晋：《用电视"解析"经济——第六届全国优秀电视经济评论类节目》，载《中国记者》，1998(6)。

范敏：《从受众的"使用与满足"看经济评论的服务性》，载《新闻与写作》，2004(11)。

邰小丽：《把脉报纸经济评论》，载《新闻大学》，2002(夏)。

王眉：《新闻如何创造价值——从〈21世纪经济报道〉的成功看经济报道的方向》，载《新闻大学》，2002
    (夏)。

华丁、王豪：《华尔街日报——财经类报纸的标杆》，载《传媒观察》，2003(1)。

章小英、刘丽华：《经济学人——社论话语分析与启示》，《对外传播》，2009(6)。

刘俭云：《财经言论风格探析》，载《新闻界》，2007(4)。

袁达珍：《观点，财经纸媒的第一卖点》，载《传媒观察》，2007(6)。

印久青：《经济报道中如何运用好经济数据》，载《数据》，2005(8)。

葛玮华：《论新闻评论的语言创新》，载《湖北广播电视大学学报》，2009(5)。

李荣新：《浅论新闻评论的语言特色》，载《哈尔滨金融高等专科学校学报》，2001(2)。

孙志文、王玉甫：《浅谈新闻评论的文采》，载《吉林商贸大学报》，2006(3)。

赵清华：《寻找经济报道的形象视角》，载《新闻战线》，2002(5)。

方琦：《做好财经新闻"解码器"》，载《青年记者》，2007(7)。

杜忠锋：《经济评论的专业深度与通俗表达》，载《今传媒》，2006(7)。

李启军：《中国电视新闻评论发展透视》，载《经济与社会发展》，2004(4)。

李琦：《困惑与突围：中国电视新闻评论节目的现状与前瞻》，载《湖南大学学报》，2005(6)。

郑午阳：《当前媒介生态环境下电视新闻评论的发展方向》(硕士论文)，河北大学新闻学 2005(5)。

何婕：《论当今中国的电视新闻评论节目》(硕士论文)，复旦大学新闻学 2000(5)。

罗耀霞、钟益帆：《电视评论节目形态初探》，载《邵阳学院学报》，2003(2)。

刘三平：《电视新闻评论节目研究——以〈东方时空·时空连线〉为个案研究》(硕士学位论文)，复旦大
    学新闻学 2005(5)。

王晓洁：《电视新闻直播中的评论研究》(硕士论文)，中国人民大学新闻学 2004。

赵振宇、王黎妮：《"述"多于"评"：〈央视论坛〉一年来节目调查及批判》，载《西南民族大学学报》，2006
    (5)。

赵振宇、杨漩：《〈央视论坛〉百期调查》，载《电视研究》，2004(4)。

林振豪：《试论中国电视新闻评论的"电视化"》(硕士论文)，上海大学广播电视艺术学 2002。

张矛矛、高欣：《主观形式下客观主义的延伸——关于读报类电视新闻评论节目的几点思考》，《徐州工
    程学院学报》，2006(1)。

田大宪：《电视新闻评论影响力的理性思考》，载《淮阴师范学院学报》，2004(6)。

朱羽君、殷乐：《声音的汇聚：电视评论节目》，载《现代传播》，2001(5)。

唐宁：《重振电视新闻评论的影响力》，载《电视研究》，2004(8)。

陈秀梅：《电视时评栏目的发展特色》，载《中国记者》，2004(7)。

赵振宇：《时评的复兴与公共领域的建构》，载《新闻爱好者》，2004(5)。

谢志林：《电视评论节目的现状和发展浅探》，载《新闻前哨》，2002(12)。

严义英：《电视新闻评论的两极走向》，载《中国记者》，2004(10)。

孙允：《〈今晚特别点击〉：打造城市台电视新闻评论节目的新模式》，载《中国广播电视学刊》，2004(10)。

郭初、谢良：《网络新闻评论疏导探究》，《新闻战线》，2005(7)。

田勇：《浅论网络新闻评论的特点》，新华网，2004-04-05。

卢迎新：《浅谈目前我国网络新闻评论的优点和局限》，《应用写作》，2005(12)。

周灿华：《网络新闻评论的特点及影响》，《现代视听》，2008(3)。

倪小林：《对外报道的利器——财经评论》，《对外传播》，2009(5)。

陈静：《新媒体挑战下财经新闻的突围》，《新闻导刊》，2009(6)。

李霞：《从读者角度写财经新闻》，《东南传播》，2008(3)。

魏翠、方文红：《多维度下的网络新闻评论》，《青年记者》，2008(4)。

陈飞：《网络新闻评论与构建公共话语空间的多视角分析》，《青年记者》，2007(1)。

常守柱：《新闻宣传在化解社会矛盾中的独特作用》，《新闻战线》，2006(3)。

李勇：《网络新闻评论的效果研究》，硕士论文。

宋泠：《我国网络新闻评论发展研究》，硕士论文。

殷瑜：《网络新闻评论的现状及前瞻性研究》，硕士论文。

蔡丽莉：《对加强财经职业道德建设的认识》，《科技信息》，2010(1)。

李颖：《浅谈经济评论的针对性》，《声屏世界》，2001(7)。

邓涛、张国新：《电视经济评论与中国经济舆情——以中央电视台〈今日观察〉栏目为例》，《现代视听》，2010(2)。

顾怡洁：《胡舒立经济评论的特点》，《现代商业》，2007(18)。

徐兆荣：《社会主义市场经济下的经济评论》，《新闻战线》，1993(12)。

梁植松：《财经高专学生素质结构的讨论》，《广西财专学报》，1997(5)。

刘春萍：《论在科学发展观指导下的财经职业道德建设》，《新疆大学学报》，2008(3)。

张骐：《论加强财经院校诚信为本的职业道德教育》，《山东省青年管理干部学院学报》，2006(1)。

阎卡林：《经济评论三部曲》，《中国记者》，1999(1)。

王学成：《大众化与专业化——国外财经媒体的启示》，《新闻记者》，2005(5)。

吴逸：《新财经报刊的忧患与出路》，《新闻战线》，2004(7)。

秦朔：《财经媒体的产业价值链分析》，《中国报业》，2007-05-01。

刘佩：《财经报道的专业化与大众化》，《新闻爱好者》，2006(4)。

陆小华：《论财经媒体市场与财经媒体的竞争力》，《新闻记者》，2002(4)。

李红艳、付希娟：《CCTV-2第三次改版得失谈》，《荧屏内外》，2004(4)。

后　记

　　目前中国大陆没有专职的财经新闻评论家,财经评论家被"经济学家"替代,这或许是公认的事实。有人认为,经济学中的效率是基于技术通过不断精细的专业分工来保证的。财经新闻评论和经济学研究是两个截然不同的概念,让经济学家写篇七八百字的短评比登天还困难,美国著名经济学家萨缪尔森坦言:这是件非常困难的事情。也难怪目前我国财经评论,大多评论稿件属于假设、例证、推理等结构严谨、框架严明的经济研究类文章。财经新闻评论家被经济学家替代,财经新闻媒体也仅仅是经济学家(幕僚)的附属品而已。说些简单原理和现象并没有说明经济学家有多么优秀,只能说明占用了其不少研究时间。当前,新闻行业媒体财经评论人才短缺,中国大陆新闻教育面临严峻挑战。但,中国不缺人才,可惜,目前最不缺的是限制人才的体制。

　　财经新闻教育与实践的历史在我国还很短,无论是教育界还是实务界都还在探索中。所以编写这样一本《财经新闻评论》似乎很有现实意义,但是任务也相当艰巨。

　　财经新闻评论在媒体中的分量日益加重,其重要性也日益凸显。与此相应而又不对称的是:关于财经新闻评论的研究严重滞后于新闻实践。当前,关于我国财经新闻评论研究的书籍和论文都不多。国内尚没有发现专门研究财经新闻评论的书籍,新闻评论专著中涉及财经乃至经济评论研究的也不多,在经济或财经新闻和专业新闻的相关专著中虽有所涉及,但比较零星,浅尝辄止。而在学术期刊上公开发表的关于财经新闻评论的文章,其中很大部分是研究财经新闻评论写作的,囿于财经新闻评论的微观层面,对整个财经新闻评论宏观层面的研究少之又少。编者希望通过本书,使得财经新闻评论的研究趋于完整和完善,能够弥补财经新闻评论理论研究滞后于新闻实践的现状。

　　财经新闻评论作为评论大家族的重要一员,笔者期许本书可以在一定程度上丰富我国新闻评论,尤其是财经新闻(评论)发展的研究,对广大新闻学子和新闻工作者有一点参考价值。由于资料的相对缺乏和时间紧迫,本书一定还有很多不足和缺点。本书还参考了大量已有研究成果和资料,在此向这些专家、学者,如赵振宇、周纯、兰君、张学霞、萧美瑾、曹钥等表示谢忱,如有疏漏,敬请谅解,并将在重印或再版时予以更正和补充、说明。特别说明的是,参与编写的人员有梁娟(第五、九、十章)、郭晶晶(第二、三、四章)、包国强(第一、六、七、八章)。全书由包国强负责提出写作提纲并统稿、修撰。特别要感谢本书责编,感谢中央财经大学谭云明博士、教授的支持,同时还要特别感谢我国财经新闻的先行者胡舒立先生的支持和勉励,以及吴天明教授、陶丽萍教授、强月新教授等所有朋

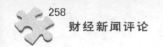
友的关心。

此时的武汉普降大雪，天气寒冷，大地肃杀，一派北国风光，但，春天已经在敲门了，让我们一起期待！加尔布雷斯①说过：我所做的事情就是努力用简明的英语来写经济学，不管这有多难。与君共勉。

是记。

包国强

2011 年 1 月于武汉南湖

---

① 加尔布雷斯(Galbraith，John Kenneth)(1908—2006)美国经济学家。新制度学派的主要代表人物。出生于加拿大安大略。1930 年获安大略农学院文学士学位。1933 年获加利福尼亚大学硕士学位，1934 年获哲学博士学位。先后在加利福尼亚大学、哈佛大学、普林斯顿大学任教。曾任美国价格管理局局长助理、民主党顾问委员会经济顾问委员会主席。第二次世界大战后，担任过印度、巴基斯坦和斯里兰卡政府顾问。1961—1963 年任美国驻印度大使。1972 年被选为美国经济学会会长。